虚拟战争

VIRTUAL WAR

未名苏苏 著

中国纺织出版社有限公司

内 容 提 要

2050年，科技迅猛发展，人工智能成为人们生活的必需品。

这天，女刑警林慧轻接到一个任务，调查一名富豪——天域集团的前董事长陆天域的离奇死亡。

陆天域的人工智能管家“亚瑟”首先进入警方的视野，他为陆天域服务了二十年，且被植入了人类的情感程序，却在主人死后依然面带微笑，毫无感情……随着林慧轻的深入调查，又不断出现新的线索和嫌疑人，尤其是陆天域的儿子，天域集团的现任董事长陆慎思，一度成为重点嫌疑人，其真实身份却扑朔迷离……

更诡异的是，网络上出现一位名叫“鬼手”的神秘人，自称是陆天域生前上传自己的大脑数据而生成的“数字人”。“鬼手”不断提供新的线索，却也不断露出破绽。诱惑、欺骗、威胁……一场发生在人类和“数字人”之间的博弈正在上演。

图书在版编目（CIP）数据

虚拟战争 / 未名苏苏著. -- 北京：中国纺织出版社有限公司，2021.1

ISBN 978-7-5180-8004-5

Ⅰ.①虚… Ⅱ.①未… Ⅲ.①幻想小说－中国－当代 Ⅳ.①I247.5

中国版本图书馆CIP数据核字（2020）第200316号

策划编辑：李满意　　责任编辑：张　强

责任校对：王花妮　　责任印制：王艳丽

中国纺织出版社有限公司出版发行

地址：北京市朝阳区百子湾东里A407号楼　邮政编码：100124

销售电话：010—67004422　传真：010—87155801

http://www.c-textilep.com

中国纺织出版社天猫旗舰店

官方微博 http://weibo.com/2119887771

天津千鹤文化传播有限公司印刷　各地新华书店经销

2021年1月第1版第1次印刷

开本：880×1230　1/32　印张：12.75

字数：297千字　定价：45.00元

目 录

CONTENTS

第一章　离奇命案

1

一间巨大的白色房间里，矩阵般地排列着几百台计算机。

一些身穿白色紧身制服的男男女女穿梭其间，熟练地操作着各种设备，他们肤色各异，都说着流利的中文。

指挥塔的大屏幕上，发射倒计时清晰可见：20、19、18、17……

这就是四岁的林慧轻隔着全景视窗所看到的画面。

“他们在干什么？”她稚嫩的声音发问。

“他们要把一些东西送到天上去。”她身旁的加百列回答。

“把什么东西送到天上去？”

“数据和信息。”

“数据和信息是什么呀？”

“就是……资料。”

“资料是什么呀？”

“就是……类似于……你脑子里所能记得的一切。”加百列选择了一种幼儿能听懂的话语来解释。

小女孩眼睛扑闪，“那爸爸妈妈会去天上吗？”她一边问一边摸着自己的项链吊坠，那是一枚纯金的十字架。

“是的。”加百列微笑，“他们负责把资料送上去。”

“那他们还回来吗？”

“当然，他们把资料送上去，然后就回来。”

女孩点点头，望向大屏幕。

大屏幕上的倒计时进入尾声：9、8、7、6、5、4……

骤然间，数字停在了3，不动了。

发生了什么意外？所有的工作人员都紧张地僵立在原地，望着屏幕。

慧轻睁大了眼睛。

她的小手松开了项链吊坠。

她透亮的眸子隔着厚厚的玻璃望着远处的屏幕。

她抬起小手轻轻贴在玻璃上。

黄金十字架在她胸前一晃一晃。

空气仿佛凝固了。

刹那间，一团火光映在她褐色的眼眸中，迅速膨胀。

“快过来！”加百列发出一声喊叫。

火光迅速覆盖了整个世界。

千钧一发之际，只听“铛”的一声巨响，慧轻感到自己被快速包裹进一只金属圆球。一片漆黑。

2

她睁开眼睛，猛地从床上坐起来。

梦中的一切就像刚刚发生。

窗帘自动缓缓打开，窗外是一个明媚的清晨。慧轻眯了眯眼睛。

一台全金属外壳机器人平稳地从卧室外面滑行进来，行至她身边，手中的托盘上放着一只盛了清水的玻璃杯，“早安，亲爱的，又做噩梦了吗？”

“早安，加百列，我睡得很好。”她拿起杯子喝水。

“心率 68，血压 120/80，体温摄氏 36.7。”机器人加百列一边举着手臂对慧轻扫描，一边温和地说，“亲爱的，还是那个梦吗？”

“瞒不过您老法眼。”慧轻笑着，在托盘里放下杯子，“说了不必加柠檬的。”

“你需要补充维 C，亲爱的。”加百列拿走托盘，给慧轻取来一套衣服，是一套正装。

“呵，今天有什么工作？”慧轻抬眼看那身衣服。

“请看。”加百列说着，按动身上一个按钮，投出一束光，呈现全息影像，显示如下文字：

> 2050 年 3 月 28 日早晨 6 时许，天域科技前董事长陆天域被发现在家中死亡，死亡原因初步判定为食物中毒。请重案组组长林慧轻前往天鹅山陆宅调查此案，ASAP。

文字播完，光束消失。

慧轻一贯镇定，此刻也忍不住倒吸一口冷气。

众所周知，天域科技位列世界百强企业，其主要产品为信息技术硬件和软件，市值逾万亿，陆天域更是家喻户晓的富豪。在家中食物中毒死亡？离奇。

慧轻迅速穿好一身正装，准备出门。

“戴上这个。”加百列从客厅的立柜上拿起一条项链，挂在慧轻的脖子上，项链吊坠轻轻晃悠，是那枚黄金十字架。

“它会保护你平安。”加百列拍拍慧轻的肩。

“是你保护我平安。”慧轻摸摸加百列的脸。

“爱你，慧轻。”

“爱你，大天使。”

慧轻要出门了，又转头看了一眼立柜上摆着的相框。相框里是她的父亲和母亲年轻时的照片。

爱你们，爸妈！她在心里说。

她带上门出去了。

3

陆宅位于临海半山，与其说是一栋别墅，更确切地说，是一座城堡。

慧轻骑摩托车赶到，只见房屋已被电子警戒线围起。

她跨下摩托，摘下头盔挂在车把手上。

“重案组林慧轻。”她一边说一边将面部朝向警卫手中的识别设备，识别通过后，她直接穿越警戒线，大步走向面前的宏伟建筑。

周景坤迎上来，“林姐，资料在此。”说着把一块薄如卡片的平板电脑递给慧轻过目。

景坤三十岁，比慧轻还年长一岁，但慧轻职级比他高半级，所以景坤一向尊称她为林姐。工作之余，去酒吧欢聚时，慧轻有时称景坤为坤哥，或坤兄。但在工作场合，她一般叫他阿坤。

“死亡时间为今天早晨 5 点 58 分？”慧轻滑动着平板屏幕上的信息文件，疑惑地看了景坤一眼，“时间这么精确？”

“是，死亡原因也已确定，食物过敏引起的窒息。”景坤说。

“过敏源是什么？”

“虾。”

“第一现场由管家亚瑟发现并报警？”慧轻看着屏幕说。

“是。”

“亚瑟此刻在哪？我们先找他谈。”

“他无处不在。”

“什么意思？”慧轻看向景坤。

景坤笑了一下，抬手挥向整栋建筑。

慧轻和景坤步入大厅。

红外感应门一打开，只见正对大门的屏幕上出现一个年轻男人的形象。

“欢迎你们，林警官，周警官。”男人微笑。

慧轻微微凛然，只觉得这男人笑得诡异。

“你是……？”

“我是陆博士的管家，Arthur，你们可以叫我亚瑟。”

“啊，亚瑟先生，幸会。”慧轻说着，四下打量整间客厅。

一些警员在房子各处拍照取证。房子高四层，两千多平米，工作量巨大。

“我们能否面谈？亚瑟，我有一些问题想问你。”

“我们已经在面谈了，林警官。”亚瑟微笑，这次的笑容很亲切。

慧轻眼中浮现一丝疑虑，景坤凑到她耳边悄声说：“亚瑟不是真人，是人工智能管家。”

“哦？”慧轻一震，看向屏幕上的男人。

“周警官说得没错。”亚瑟微笑，“我由陆天域博士亲自设计，自2030年投入使用，已为这栋房子服务二十年。”

慧轻点点头，“我明白了。”

“今晨是你联络警方？”景坤发问。

“是。”

“你是怎么发现的？”慧轻问。

“我实时监控陆博士的生理状态，发现他心跳呼吸异常时，即刻拨打了求医和报警电话。”

“但是未能来得及。”慧轻说。

“是的，很可惜。”亚瑟露出难过的表情。

“请带我们看一看第一现场。”

“当然，这边请。”亚瑟抬手示意一个方向。

慧轻和景坤经过一条走廊，来到了一楼的起居室。

“这边请。”起居室的电视屏幕也亮起，上面也是亚瑟。

穿过起居室，又是一条走廊，走廊墙上也有最先进的液晶屏幕，屏幕上也是亚瑟，一直为他们引路。慧轻此时明白了景坤先前说的“他无处不在”是什么意思。

“有意思，哈？”景坤边走边在慧轻耳边说，“就像钢铁侠的助手Jarvis。”

“说得没错，周警官，我就是J.A.R.V.I.S.，Just Another Rather Very Intelligent System①，但我比Jarvis更智能，钢铁侠已经是上世纪的人物了，而陆天域博士，是这个时代的先锋。”

景坤撇撇嘴，想说偷听别人的私下耳语是不礼貌的行为，尤其是

① 意为：只是另一个相当聪明的智能系统。

听了之后还当众评头论足，但一想，对方只不过是机器，便作罢。

慧轻却说：“这么说来，陆天域是你的主人？”

“可以这么理解。”亚瑟说，“主人，或者，老板。”

“所以，二十年来，你们感情不错？”

“感情，我理解这个词汇的含义，但它并不会影响我的策略。”

“策略？”

“您也可以称之为——算法。”

慧轻眯起眼睛看着屏幕上的亚瑟。

“你看，你们人类有人类的算法，动物有动物的算法，历史学家和社会学家称之为‘生物算法’，而我们程序，也有自己的算法。”

“你们程序？”

“哈，林警官，我发现您在对我咬文嚼字，我探测到您目前对我的信任度还比较低，不过没关系，这也不会影响我接待您和您同事的方式，或者说，策略、算法。来，这边请，我们马上就到了。”

交谈间，慧轻和景坤已经跟随指引来到了餐厅。

此处是陆天域死亡的地方。现场取证已经做完。陆天域的遗体正被鉴定科的人运送出去。慧轻戴上手套，拉开胶袋看了一眼，老头的样子还算安详，只是穿着睡衣，和她在电视上曾见到的样子很不同。

法医和现场警官朱红把一些初步报告同慧轻作简单交代。

朱红说：“死者陆天域，六十五岁，生前独居。今晨五点，他如常起床，到工作室的计算机上处理了一些工作，约五点四十五分时，来到餐厅吃早餐。早餐十分简单，就是前一天剩下的比萨。约五点五十五分，死者出现过敏症状，浑身发热，呼吸困难。他尝试呼救，拨打求救电话，但还未及完成，就窒息而亡。智能管家亚瑟发现后报警。”

“有监控录像吗？”慧轻问。

“奇就奇在这里。”朱红答，“这栋房子哪都有监控，除了餐厅。据死者的女儿说，因为她父亲认为吃饭是私密的事，应该避人，所以没在餐厅装监控。”

“死者的女儿，她在这里吗？”慧轻问。

“陆天域有一子二女，此刻应该都在赶来的路上。”景坤说。

“早晨我们跟死者的小女儿陆慎悠通过电话，她是这样告诉我们的。”朱红补充道。

“他的小女儿，陆慎悠，多大岁数？”慧轻问。

“二十三岁。”

“她状态怎么样？”

“客观地说，她情绪不太稳定。”朱红这样回答。

慧轻凝视着餐厅地板上画出的一块人形图案，那是死者最后倒下的地方。

“凶手是特意选择在餐厅动手的吧？这里是唯一的监控盲区。”景坤说。

“凶手？”慧轻拿眼看他。

“从死者最后的求救姿态来看，我倾向于排除自杀可能。”朱红在一旁说。

“有没有嫌疑人？”慧轻问。

“目前来说，没有。这栋房子陆天域独居，有一个女帮佣叫木芙蓉，每天早晨八点来，晚上七点走，负责做卫生和准备食物。事发时，木芙蓉还在十公里外的家中睡觉。”景坤说。

“那么一子二女呢？”

“稍后我们会见到。”

这时有一名刑警过来对他们说：“陆博士到了。”

“陆博士？”慧轻很诧异。刚刚被装在胶袋里抬出去的难道不是陆博士？

“陆慎思博士，陆天域的长子。”刑警说。

啊，这样，有其父必有其子。慧轻点了点头，同景坤说：“走，去会会他。”

4

在往外走的路上，景坤轻声问慧轻：“你怎么看？”

慧轻反问：“哪方面？”

“自杀？他杀？嫌疑人？”

慧轻不语，凝思着。

“虾过敏，倒是少见。”景坤兀自说着，“我有听说过因蜂蜜过敏而死亡的，只因为一块蛋糕的配料里放了那么一点点的蜂蜜。”

“这真是绝妙的杀人方法，是不是？”慧轻讽刺地一笑。

他们经过大厅朝外走的时候，屏幕上的亚瑟再次同他们打招呼，“林警官，周警官，调查可有进展？”

“有一些。”景坤回答。

慧轻则没有理睬亚瑟。

“你不信任这个管家吧？”走出大厅，来到屋外草坪，景坤悄声问慧轻。

“如果你有一个和你相处了二十年的老朋友，他今天早晨刚刚去世，你此刻笑得出来吗？”慧轻这样反问。

“哈，你是怀疑亚瑟有问题？”

“我觉得他的笑容有问题。”

“他的笑容，怎么说呢……”景坤摸摸脑袋，“是挺官方的，还有点假。但他毕竟只是一个程序，他的表情应该是根据不同的情景预先设计好的，也许他的‘算法’里并不包含‘老板去世后要悲伤哭泣二十四小时’这种指令……”

“程序也会有感情。”慧轻打断景坤的话。

“哈，当然，没有谁比得过加百列。”景坤笑。

“加百列是最早的智能机器人，我不相信亚瑟这一类型会缺乏感情。”

“也许陆老爷子当初设计的时候故意这么选的呢？你知道，一些有钱人不希望管家和仆人跟自己太热乎，处得像家人一样，容易坏了规矩……”

正说着，迎面走来了一名高大的男子。

慧轻眼前一亮。男子身材魁伟，留着络腮胡，但修得短短的很干净，一身西服革履透出的文质彬彬调和了他外形中的粗犷。男子有一双细长的丹凤眼，只看这双眼睛便知道他是陆天域的儿子。此刻这双眼睛里透出浓重的忧伤。

“陆先生。”景坤率先迎上去，出示证件，“我是重案组探员张景坤，这位是探长林慧轻。我们对令尊的事感到惋惜。”

陆慎思伸出手，分别同景坤和慧轻握了一握。慧轻留意到陆慎思的目光在她脸上多停留了半秒钟，像是他没料到探长会是这样一位年轻漂亮的女性。

“情况你都了解了吗？”慧轻淡淡地问。

“是的，给我打电话的朱警官同我大致说了，只是我……真的……有点不敢相信……”陆慎思说着红了眼眶，抬手掩面。

慧轻和景坤互相看了一眼。

“请节哀，目前需要你配合警方调查。”慧轻说。

“昨晚我还和父亲通话，没有任何迹象，怎么会……”陆慎思自顾自说着。

慧轻和景坤再度交换一个眼色。

景坤说：“陆先生，我们找地方坐下来慢慢谈。”

陆慎思怔了怔，深吸一口气，又重重叹出来，调整好情绪，说：“那么，请随我到父亲的会客室吧。”

景坤刚要跟上，只听慧轻说：“等等。”

陆慎思停下来看着女探长。

“陆先生若不介意的话，我们就在花园里谈，如何？”

景坤即刻明白，慧轻想要避开管家亚瑟。

她从一开始就不信任他，或者说，从一开始她就把他当作一个具有独立人格的角色，而不只是一台机器、一个程序。所以此刻，她在履行侦讯工作中的一项重要原则：分开嫌疑人。一切尚未排除的，都是嫌疑人。

陆慎思却并未想这么多，随和地说：“都好，那么这边请吧。”

三人在草坪边的花园里坐下。

陆慎思望向大宅，思绪像是飘到很远的地方。

慧轻的手表这时轻微震动了一下，她抬起手腕查看，进来一条信息，正是坐在她身旁的景坤发来的：

> 陆慎思，天域科技董事长兼首席执行官，生于2014年，36岁，离异，无子女；其妹陆慎悉34岁，北美联盟航空乘务长，已婚育有一女；另有一妹陆慎悠，23岁，星洲国立大学硕士在读，与慎思慎悉同父异母。

慧轻读完这则信息，不露声色。

她抬头去看陆慎思，只见他还望着房子。

远处，一些现场勘查人员正在陆续离开。整栋房子伫立在草坡上，像一头孤独的巨兽。

“很漂亮的房子。”慧轻这样说。

“啊，是的，父亲在这里住了二十多年了，慎悠在这里长大，我和慎悉在这里的时间比较少。”

“慎悠和慎悉？”

“我想你应该已经做过背景调查了。”陆慎思牵动嘴角笑了一下，“她们是我的两个妹妹。”

“你跟她们关系怎么样？”

陆慎思听了这个问题之后，摩挲着下巴，没有马上回答。

慧轻留意着这个动作。

“我和慎悠联络较多，她年纪小，父亲一直叫我多照顾她。至于慎悉…… ”陆慎思说到这里停顿了一下，“她比较独立。”

慧轻凭直觉判断这兄妹三人的关系有文章可做。

但她不急着追问下去。如有需要，她一定会了解到详情。

“你父亲平时就一个人吗？”停顿之后，慧轻这样发问。

“有亚瑟在，他不会寂寞。”陆慎思答。

哈，这么快就说到亚瑟。

“可是亚瑟没有实体。”慧轻淡淡评价。

“这正是他的优势，他可以成为一切实体。”陆慎思说。

“你的意思是…… ？”

“你看那栋房子里，除了砖头和水泥，一切通电的东西，都可以和他的控制中心相连接。亚瑟知道什么时候启动空调、热水壶、烤箱、电茶炉，知道什么时候开启电视，播放什么频道，知道什么时候让闹铃响起，什么时候关闭窗帘。他甚至知道我父亲的咖啡需加几勺糖，以及我父亲洗澡的时候水温应该控制在多少度。亚瑟几乎能为我父亲做所有的事，除了不能陪他上床……哦，对不起，对不起，原谅我的轻浮和随意，说了不合宜的话。”陆慎思说着，低下头，脸上出现一丝腼腆的、自嘲的表情。

“你父亲是个怎样的人？”慧轻转换话题。

“他是个严谨的学者、科学家、慈善家，我很尊敬他。”陆慎思这样说。

“你和他的关系怎么样呢？”

“我父亲这个人……”

慧轻留意到，陆慎思又开始摩挲下巴。他的下巴长得很漂亮，轮廓硬朗，微微内敛，既不乏雄性气概，又很含蓄。她留意到他修长的手指抚触在胡茬上，有种挑逗的意味，但很可能，这只是他打算说谎时的下意识动作。

“我父亲工作一直很忙，关心家人的时间比较少，我自小和我父亲感情比较疏远。但怎么说呢，我对他有种惺惺相惜的感觉。我很理解他。”

慧轻把这几句话记在心里，顿了顿，问道：“你父亲不能吃虾这件事，家里人都知道吗？”

“当然，我们都知道。虾这种东西几十年没有上过家里的餐桌了。大家都很小心。”陆慎思说。

“那你觉得，导致你父亲死亡的虾，是从哪儿来的？”慧轻看着陆慎思。

“这正是我想问你的问题。”陆慎思回以凝视，“你们被请到这儿来的目的，不就是为了找出真相，来给我们家属一个交代的吗？”

慧轻心头一震。陆慎思仍看着她，眼神算不上咄咄逼人，但一双深邃的眼眸里透出精光，也有几分威慑。他或许并没有意识到，自己尚未被排除嫌疑。作为陆天域的第一继承人，他可以从陆天域的死亡中得到好处。

“你最后一次见到你父亲，是什么时候？”慧轻换了个口吻来提问，多了几分探长的威严。

“你是说亲眼见到，还是…… ？”

“除了亲眼见到，还有什么选项？”

“亲眼见到，那差不多是一周之前了。我过来看望他，陪他吃了一顿晚餐，待了两三个小时。至于最后一次通过视频见到他，是昨天晚上，我记得我告诉过你，昨晚我和他通过话，确切地说是网络视频。”

“你们当时聊了些什么？有什么异常的情况？”

“没有，没有任何异常情况，聊的都是公司业务。”

慧轻留意到，陆慎思在说到“公司业务”四个字的时候，眼神有一个微妙的闪烁。

“你们视频的时候，是晚上几点？”

“十一点多？十一点半吧。”

“这么晚？”

“是，我父亲睡眠很少。”

“你主动打给他？抑或他主动打给你的？”

“昨晚是他打给我的，我当时还诧异了一下，因为他很少主动跟我联系。”

“这算不算异常情况？”

“其实……也算不上，因为这一周来，我和父亲一直有在交流公司的一些决策，我在等他的一些建议。”

“所以他在视频里说出了他的建议？”

“算是吧。”

“是关于哪些事务的建议？”

“抱歉，林警官，这是商业机密，暂时不便透露。”

慧轻表示理解地点了点头。

“可以看下你的手机通话记录吗？”景坤这时问。

陆慎思有一瞬的犹疑，接着说：“当然。”把手机递给了景坤。

景坤打开视频软件，看到最近一次通话果然是由陆天域拨给陆慎思，通话时间是前一天晚上 11 点 21 分，通话时长为 4 分 53 秒。

景坤把手机还给陆慎思，他看向慧轻，她正望着远处沉思着，眉头微蹙。

陆天域和儿子视频通话之后六个半小时就“中毒”身亡，这六个半小时里发生了什么？陆慎思有没有嫌疑？他有没有动机？慧轻一定也在想这些问题。

“通话的时候你在哪里？”慧轻这时转过来问。

“在家，我在城里的公寓。”

“在通话结束之后，到今晨六点之间，你在什么地方？”

“哈，你在问我有没有不在场证明。”陆慎思苦笑一下，“很不幸，没有。我结束通话之后就睡了。我独居，所以，没有人可以证明。”

慧轻点点头，没有说话。

那一边，忽然传来一个高亢的女声，边哭边喊：“爸爸……你们还我爸爸……”

只见一个穿着雪白毛衣、梳着高马尾的年轻女孩朝警戒线内跑来，女孩显然是伤心欲绝，还没跑到跟前腿就软了，被两名刑警队员搀扶住。

来者必是陆天域的小女儿陆慎悠无疑了。

5

“大哥，为什么会这样，是谁害死了爸爸……”一身白衣的陆慎悠扑在陆慎思怀里号啕大哭，完全是个伤心无助的小孩子。

陆慎思克制着悲伤，一言不发，拥抱安抚妹妹。

慧轻和景坤站在一旁，看着这对相差十三岁、同父异母的兄妹。从两人的状态来看，陆慎思长期以来都是亦兄亦父的角色。

待陆慎悠情绪稍稍稳定，慧轻和景坤做了自我介绍，请她到一旁谈话。

“探长哥哥，探长姐姐，请你们一定要找出害死我爸爸的凶手，一定不能让凶手逍遥法外……”未等慧轻和景坤说什么，陆慎悠先抹着泪开口了。

“你放心，这是我们的职责。”慧轻的回答很官方。她有点不太喜欢眼前这个女孩子过于天真柔弱，还有点聒噪的样子，二十三岁，也不小了。

“陆女士，请问，你最后一次见到你父亲，是什么时候？”景坤这时开口，特意用了“陆女士”。慧轻拿余光罩了一眼景坤，还是他最懂得配合她。

陆慎悠怔了一怔，仿佛对“陆女士”这个称呼感到恍惚，一看就是个被叫惯了“宝贝”“蜜糖”“甜甜”的小公主。

“是……昨天，昨天中午到下午。”陆慎悠失神地望着远处的房子。

“昨天中午？”景坤反问了一遍，看了一眼慧轻。

“我们听说你在星洲念书。”

“哦，我上周就回来了，正好我有假期，就回来看看爸爸，我昨天是来跟他道别的，本来是今天下午的飞机回去，可谁知道……”

“昨天中午你见到你父亲的时候，你们都说了些什么？你可有察觉到任何异常之处？”

“没有，没有什么异常，他像以往一样，花很多时间工作，我来了之后，自己待在客厅看了半个多小时的电视，他一直在他的工作室里忙着。后来他出来，我们在客厅聊了一会儿，然后中午我们吃了比萨……”

“等等，你说，你们吃了比萨？”景坤打断慎悠的话。

“是，昨天芙蓉阿姨请假了，没人做午饭，我爸问我午餐想吃什么，我突然就很想念我小的时候，他带我吃的一家比萨，所以我就打电话点了外卖。”

“你叫的是什么口味的？里面有没有虾？”景坤问。

“当然没有虾，我还特地和比萨店的人确认过。我叫的是纯芝士的，我和爸爸都喜欢吃芝士。不过后来又有点想吃肉，又叫了一个牛肉的。”

“所以你们一共叫了两个比萨？”

“是。”

“都吃完了吗？”

“没有，剩下了。”

“剩了多少？”

“各剩了半个吧。”

“你父亲把剩下的比萨都放进了冰箱？”

"好像是的吧，我没太留意。"

"他有说他要把比萨留到第二天当早餐吗？"

"这……我不太确定。"

景坤在和女孩一问一答的时候，慧轻一直在旁边静静观察。

女孩哭红了眼睛，鼻子一抽一抽的，神思有些恍惚。

慧轻又看向远处，陆慎思站在大宅的门口，一边抽烟一边和一名警员说着什么，他抽烟的样子像上世纪某些电影里的牛仔。她立刻止住自己的思绪。

"你看一下，这是你们昨天中午吃剩的比萨吗？"景坤拿出一张照片放到陆慎悠面前。照片是鉴定科的人先前拍的，剩在餐桌上的比萨残余。

慎悠看了一眼照片，咕哝了一句："是的。"又马上改口，"不，其实我不确定，只有这么一点点了，它可以是任意一块比萨。"

景坤点点头，收起照片。

"你昨天是几点离开的？"慧轻问。

"下午三点多吧。"慎悠答。

"离开之后，你去了哪里？"

"我回了我和我男朋友的住处。"

"你男朋友？"慧轻看着慎悠。

"是，他姓宋，是我高中的学长。"

"他是做什么的？"

"他……算是个音乐家。"

"算是个？"

"他现在还不怎么出名，毕竟，还年轻。但他有才华，将来一定能成为大音乐家。"慎悠一连说了好几句，显然很以此人为傲。

“你回去后就一直和他在一起？”

“是，直到今天早上。”

“那他怎么没有陪你一起过来？”

“他谱曲子，总是熬夜，很晚才睡，早晨起不来，再说我一接到电话就匆匆赶来了，天哪，探长姐姐，你为什么问这些不相干的事？我现在心里够烦、够难过的了……”慎悠又回到情绪崩溃的状态。

慧轻叹了口气，闭上嘴，看着慎悠。

“探长哥哥，我现在就想知道，我父亲他究竟是怎么死的？我们昨天吃的东西里真的没有虾啊，这究竟是怎么回事……”慎悠拉住景坤的胳膊摇晃。

“请你节哀，我们会把情况调查清楚的。”景坤轻轻说着，拍拍慎悠的手，不着痕迹地把自己的胳膊从她的手里松脱出来。

“如果今天早晨他真的是因为虾过敏而死亡，那么从昨天下午到今天凌晨，应该是有什么人在那些剩余的比萨里做了手脚。”慧轻不紧不慢地说。

“那只能是木芙蓉了！”慎悠带着怒气喊道，“能够进出我们家的只有她！”

景坤看她一眼，“陆女士，最好不要无凭无据地指控任何人。”

“木芙蓉昨天一天都没有来吗？”慧轻问。

“是……”慎悠忽然有些泄气，“我爸说，芙蓉阿姨的女儿病了，所以她请了一天的假。”

“你昨天来的时候没有见到她吧？”

“是，她昨天不在。但我离开之后的事，我就不知道了。”

“那芙蓉不来的话，你父亲的晚餐怎么解决的？”

“他经常不吃晚餐。”

慧轻点了点头，站起来，“暂时没什么了，有进展的话我们会同你联络，请保持电话畅通。”

“探长姐姐，你觉得谁是凶手？会不会是芙蓉阿姨？”陆慎悠追问。

“现在下断论为时过早。”慧轻简单作答。

“除了她不可能有别人了，平时这个房子里只有她和父亲。”

“还有亚瑟。”景坤这时插话，脸上带着略为戏谑的笑容。

“亚瑟是电脑程序。”陆慎悠看景坤一眼，有些怨他打岔和反驳她。

“或者可以想一想，谁能够从你父亲的死亡中获益。”慧轻说。

陆慎悠皱眉想了想，又垂下泪来。她摇头道：“没有人，没有一个人可以从我父亲的去世中获益。他的离开对我们每个人来说都是巨大的损失，甚至对这座城市、这个国家来说也是巨大的损失。我实在不明白，真的不明白，昨天还好端端的一个人，今天就没了，为什么会这样，爸爸……”

女孩再次陷入痛苦不能自拔，掩面哭泣起来。

慧轻给了景坤一个眼神，让他负责安慰公主殿下。她自己转身离开，去找朱红联络那个女佣。

眼下，这个叫木芙蓉的阿姨，或许是案子的关键。

6

朱红站在私家路尽头的一处观景台上，在抽烟。

慧轻走过去站在她身边，两人一起望向远方，此处可以看到海湾全景。

此山叫作天鹅山，据说远观山势像一只展翅的天鹅。慧轻从未远观过。

“见过小公主了？”朱红说着，嘴角牵出一丝戏谑的笑意。

慧轻明白朱红的意思，笑道：“嗯。”

“有何斩获？”

“我有一种直觉，陆天域的死，跟那块比萨没什么关系。”

“比萨残余已拿回去化验，我尽快让鉴定科出报告给你。”

慧轻点点头。

“来一根？”朱红把烟盒打开递给慧轻。

慧轻抽出一根，细细的，夹在指尖。朱红为她点上烟。

“再有钱，日子也不过如此，哈？”朱红说笑着，吐出一口烟。

“哈，可不是？订外卖，吃比萨，一块比萨吃两三顿。”慧轻一边轻声笑道，一边陷入了沉思。

“在想什么？”朱红看她一眼。

“我在想，剩下的两个半张比萨，够给陆老爷子既当晚餐又当早餐吗？或者就像陆慎悠说的，老爷子没吃晚餐？”慧轻说。

“假设有一个人，在陆慎悠离开之后，对比萨做了手脚，放进去一些碎虾肉重新烘焙之类的，这个人能是谁呢？似乎只能是那个阿姨了。”朱红说。

“嗯，我只是好奇。”慧轻思忖道，“陆天域的智能设备能做那么多事，为何还需要一个女佣。”

“智能设备是管家，管家指挥女佣干活，女佣负责做更具体的事。”朱红讽刺地笑道，“说穿了，就是仆人的仆人。”

“木芙蓉快到了吧？”慧轻问。

朱红看了一眼手表，说：“一小时前通知的她，此刻应该到了。”

慧轻重新回到大宅，进门时亚瑟同她打招呼：“林警官，木芙蓉女士正在会客厅等候您问话，周警官和她在一起。”

慧轻点点头，轻声道了句谢谢，快速走过大厅。

慧轻在会客厅见到了木芙蓉。

木芙蓉看到慧轻走过来，手足无措地站起来。

这名四十五岁的中年妇人有一双令人过目不忘的眼睛，慧轻看到第一眼就深觉震撼。这双眼睛要怎么形容呢？你可以说它们很大，但又绝不仅仅是大这么简单。它们很黑，很深，深得不见底，装得下很多东西，此刻装得最多的就是惊恐。

是的，惊恐。巨大的惊恐从头到脚包裹着这个女人，然后从一双乌黑的大眼睛里放射出来。任何人看她一眼都会被她散发的莫名不安所感染。

慧轻对木芙蓉点点头，示意她坐下，她自己在对面落座，程式化地出示了一下警官证，然后用一种尽量平稳友善的口吻说：“你别紧张，木女士，我们就是想找你了解一下情况，你把你知道的都告诉我们就可以了。”

木芙蓉点点头，眼里的惊恐一点都没有少下去，反而更多了。

慧轻和景坤交换了一个眼色，他们的直觉是一样的，这种状态的嫌疑人往往最后被证实跟案情脱不了干系。

“你最后一次见到陆天域是什么时候？”慧轻问。

“我…… ”木芙蓉支吾着，看了景坤一眼，“我刚才……已经跟周警官说过了，是……是前天晚上。”

慧轻盯着木芙蓉的眼睛，那两团黑色的深处。

直觉告诉她，这个女人在撒谎。

“你昨天一整天，都没有来过这栋房子？”慧轻看着对方。

“是，我女儿昨天生病发烧了，我在家照顾她一天。”这一句她答得很快。

“有人可以证明吗？”慧轻问。

“我女儿啊。”

“你女儿多大年纪？”

“八岁。”

慧轻点了点头，没有说话。

木芙蓉又补充道：“我生孩子晚，三十七岁才生的我女儿。”

“你丈夫呢？”

“我丈夫在我女儿两岁那年就跑了。”

“跑了？”

“被别的女人拐走了，不要我了，跟我离了。”木芙蓉说到这里，盛满惊恐的一双眼睛里出现了哀戚。哀戚和惊恐混合在一起，更令人不适。

慧轻忽然困惑，这样一个没文化且浑身负能量的哀怨女人是如何胜任陆天域的女佣工作的。或者只能认为，像陆天域那样的科学怪人就是喜欢找这种没文化又缺点脑筋的人在身边服侍，以免被窥探了知识产权和科学秘密。

“所以，你在前天晚上，也就是 3 月 26 日晚上七点左右离开陆宅，开车回家之后，就再也没有来过这里，也再没有见过陆天域先生，并且对今天凌晨发生的事情一无所知，是这样的吗？”慧轻一边问，一边紧盯着木芙蓉的眼睛。

“是……是的，差不多。”

慧轻眼锋一利，“什么叫差不多？是就是，不是就不是。”

“我是说，是的，就是你说的那样。”

“我说的哪样？”慧轻咄咄逼人。

“就是，前天晚上七点多，我回家了，然后我再也没来过，我不知道这里发生了什么。”木芙蓉说着，眼中汪出泪水来。

慧轻盯着面前的妇女看了一会儿，叹了一口气，说：“行，我知道了。”

木芙蓉这时索性释放了心中的恐惧和压抑，呜呜哭泣起来，也不知是在委屈什么。慧轻有些心烦地站起来。

景坤这时发送了一份材料到慧轻的手机上，慧轻打开，见是刚刚对监控录像调查完毕的报告。监控显示，木芙蓉所说的情况属实，前天晚上她离开后，确实未曾回来。而昨日的情况，也和陆慎思、陆慎悠所说的一致。

也就是说，他们三人都未撒谎。

这倒是奇了，究竟是谁在陆天域的食物里动了手脚？

7

陆天域的工作室内，技术人员尚未破译计算机密码。因为涉及天域科技的商业机密，目前还在等待天域方面的授权。

“请你理解，我们这样做是为了尽快找出你父亲的死因，给家族、给企业，也是给公众一个交代，是不是？”景坤同陆慎思交涉。

陆慎思坐在他父亲的工作椅上，左一下右一下地缓缓转动着，眼望着计算机主机，沉思着，一言不发。

慧轻慢慢踱步，环顾整间工作室。

工作室内摆着十数台计算机，一扇玻璃门后面有个更大的空间，摆放着几十台服务器。不难想象，天域科技的重要资料都在这里。

“那是亚瑟的大脑。”陆慎思忽然说。

他仍坐在大班椅里，一手托着下巴，远远看着慧轻，眼神不可捉摸。

“亚瑟对陆博士的死有什么说法？”慧轻转过来问陆慎思，“如果他真的在这所房子里无所不在，又时时监控陆博士的生理数据，那么他应该知晓所有的事情，他应该可以告诉我们真凶是谁，对不对？”

“亚瑟不是上帝。”陆慎思笑了一下，“例如此刻，他就听不到我们的对话。”

慧轻看着陆慎思，侧一下头，仿佛不信，接着环顾整间房间。

“此处有无线信号屏蔽，唯一可以连通亚瑟全部信息的地方，在这台计算机里。”陆慎思说着，指了指自己面前的一体机，“也就是说，亚瑟在这间屋子里，没有眼睛，没有耳朵，只有大脑，并且必须按下开关，接通电源，他才会醒来。”

“另一处没有眼睛的地方，是餐厅。”景坤这时插话。

“为什么会这样？你父亲不信任亚瑟？”慧轻问。

“谁知道呢？”陆慎思耸了耸肩，“我父亲总是有他自己的想法，或者说，怪癖，不过，谁没有呢？”

“还是让我们先看一下陆博士今天凌晨的操作记录吧。”慧轻说着，示意陆慎思打开面前的一体机，“现在这间屋子里就我们几个人。”

陆慎思说：“你以为我不想吗？但亚瑟一定会阻止我。”

“什么？”慧轻诧异。

“虽然这间屋子里没有亚瑟的眼睛和耳朵，但面前这台计算机一旦打开，它就会辨识出我们不是它的主人，它会发出警告，它有可能会把所有的资料都隐藏起来，甚至删除，甚至有可能，它会做出一些不可预料的事……”

“等等。”慧轻打断陆慎思的话，“亚瑟不是人工智能吗？他不是已经知晓了陆博士已死亡，我们在调查案件吗？他难道不应该配合我们？”

“谁说他一定会配合？”陆慎思看了慧轻一眼。

慧轻和景坤面面相觑。

“亚瑟在去年做过升级。”

“所以？”

“哈。”陆慎思笑了一下，“你们可能不了解我父亲在这一领域的成就，有些是非常敏感、未曾公开的，有些甚至连我也不完全清楚。但我可以告诉你们，亚瑟是非常非常先进的智能程序，他会自我学习和进化。”

“所以他有自我意识？”慧轻问。

“我不敢肯定，但有一点很明确。”陆慎思说着，停顿下来。

慧轻和景坤都屏息凝神地看着他。

“他不一定会说实话。”陆慎思一字一句地说。

“他会撒谎？”景坤抢先问道。

“我是说，不能排除他会撒谎的可能性。”陆慎思答。

“你认为你父亲的死，和亚瑟有关吗？”慧轻看着陆慎思的眼睛，下意识地压低了声音，表情严肃而凝重。

陆慎思静静思考了几秒钟，慢慢摇了摇头，“绝无可能。忠于主人，是程序中永远不会更改的一条指令，也不会被其他指令所覆盖。”

“所以，你的建议是，在我们掌握更多情报之前，先不动你父亲的主机，是不是？”慧轻问。

陆慎思看着慧轻，没有回答。

“那么，让我们看一看你的计算机和邮件系统，可以吗？”慧轻继续盯着陆慎思的眼睛。

陆慎思眼中闪过一瞬的犹疑，“你对那些东西感兴趣？”

“我的工作需要我对它们感兴趣。”慧轻的脸上没有表情。

“那我们需要签订保密协议。”

“当然。”

8

司机开车，周景坤坐在副驾驶，陆慎思和慧轻一起坐在后座。

在去往陆慎思公寓的路上，慧轻收到了朱红发来的鉴定报告，陆天域餐桌上的残余比萨内没有检测出任何过敏源。

慧轻看完报告，关掉手机屏幕，什么都没有说。

在她身旁，陆慎思发出了一声微妙的叹息。

陆慎思的公寓位于市中心最著名的 108 大厦顶层。

108 大厦，顾名思义，共有 108 层，是市内第三高建筑，80 层以上为公寓住宅，城内富豪不少在此置业。

电梯通过虹膜扫描启动，抵达指定楼层，一层一户。

整栋建筑为圆柱体，电梯在圆心位置。每一户公寓的结构都像一只巨型甜甜圈，并拥有 360 度环形落地玻璃，将全城景观尽收眼底。

慧轻和景坤之前从没上过这栋建筑的 80 层以上。

一进陆慎思家门，景坤就忍不住啧啧称奇，又到慧轻耳边悄语："还是公子爷会享受，这地方可比那半山老宅豪气多了。"

慧轻给了景坤一个眼色，叫他闭嘴。她自己一直维持平和淡定，随着陆慎思慢慢参观整套公寓。

“二位喝点什么？我这儿有酒，有咖啡。”陆慎思一边说，一边在开放式厨房的吧台里取了三只玻璃杯，给自己倒了一点威士忌。

“矿泉水就好。”慧轻说着，四下打量房间。

很奇怪，陆天域博士的儿子，陆慎思博士，天域科技的一号人物，所居之处竟然连一台计算机都没有，与其父的居所形成了鲜明的反差。

陆天域的那栋半山老宅，外形看着虽然古典，内里却由超智能计算机全盘掌握，细节之处无不引领科技先锋。可是这套公寓，尽管高耸入云，银灰色调，布置简约，墙体和家具都是流线型设计，充满了未来感，却不见一台智能设备。

慧轻沿着环形玻璃墙慢慢走，看到了陆慎思的卧室、书房，以及起居室。房间的每一处都收拾得纤尘不染，犹如五星级酒店的总统套房，缺乏个性和生活痕迹，连厨房都仿佛从不开饭，只有酒柜里存着不少酒。

“你平时住这儿吗？”慧轻问道。

这儿不像有人住的样子。这句她没说。

“每天都只是回来睡个觉。”陆慎思一边回答，一边递给慧轻和景坤一人一杯矿泉水，“我大部分时间待在公司，经常加班，但工作从不带回家。”

慧轻下意识地垂下眼睛，目光落在自己脚上那双过于宽大的男式皮拖鞋上。她想起进门时陆慎思递给她和景坤一人一双皮拖鞋，都是男式的。

“女人我也从不带回家。”陆慎思半开玩笑地调侃了一句。

慧轻清了清喉咙，有些不悦自己的思绪被陆慎思看破，“所以，我们需要查阅的资料，都在这里吗？”她问。

“请稍等。”陆慎思说着，在茶几上的一块透明电子屏上操作了一番，客厅墙上的巨型屏幕顿时亮起。看起来，这东西不仅是电视，也是计算机。

慧轻脑中闪过一念，想会否屏幕上也出来一个类似于亚瑟的人工智能管家。

陆慎思又一次猜透她的心思，说：“恐怕要令你失望了，林警官，我这儿没有 AI。我跟我父亲不一样，他是科学狂人，是先锋，是天才，而我……”他自嘲地笑了一下，“我只是个商人，庸俗的商人，我用的是比较原始的操作系统。”

大屏幕上，出现了陆慎思的邮件系统，滚动翻出了近一周内几百条邮件和通信记录，陆慎思按慧轻的要求把他和陆天域之间的通信都勾出来。

慧轻和景坤仔细地、一封一封地浏览。

FW：战略部中期会议纪要……2050/3/21　10：52 p.m.

RE：VW 中东地区协议续约修改条款……2050/3/22　9：21 p.m.

FW：月度财务报表……2050/3/25　11：21 p.m.

RE：VW 非洲七国协议……2050/3/26　8：45 p.m.

RE：VW 南亚五国评估意见……2050/3/26　8：46 p.m.

FW：董事会会议纪要……2050/3/26　9：15 p.m.

FW：VW 东欧五国签约大会方案……2050/3/27　11：03 a.m.

FW：VW 各区主管权限码续期协议……2050/3/27　6：15 p.m.

……

这些字眼一一掠过慧轻眼前，构不成特别具体的意义。这些信息和陆天域的死似乎都没有什么关联。

“你父亲去世前还在密切关心公司运行吗？”慧轻问。

“直到最后一秒，我相信。”陆慎思说着，眼睛注视着大屏幕。

“那他何不亲自操刀？”慧轻一边问，一边暗自思忖，陆天域不过六十五岁，早早把“王位”传给儿子，却又事无巨细地关注公司的运营，为何？

“他想锻炼我。”陆慎思说着，苦笑一下，“他想先看我的决策。”

“然后再纠正你的决策？”

陆慎思看了慧轻一眼，笑道：“林警官聪敏过人。做父亲的给儿子犯错的机会，他再来纠正，比他直接做出正确的决定，更威风，更有成就感。”

慧轻看着陆慎思，“所以，他去世后，你就自由了，从此你就是实至名归的‘国王’了，拥有了真正的权力，这种感觉，应该不坏吧？”

陆慎思看着慧轻，停顿了好几秒钟，然后才说：“林警官，周警官，不管你们相不相信，我尊敬并爱戴我的父亲。他的离去，对家人、对整个企业来说，都是巨大损失。我此刻很悲痛，但不是所有人悲痛的时候都会哭。”

陆慎思说着，脸上是真实的沉重，慧轻看着，默默叹了一口气。

静了片刻之后，慧轻抬起头重新研究邮件清单，一边看一边问道：“在最近这段时间，你和你父亲之间，产生过任何决策上的分歧吗？”

陆慎思双手交握在一起，叹了一声，道：“几乎在每一件事上，我们都会有分歧。”

“最近呢？比较重大的分歧是什么？”

“看怎么定义重大了。”陆慎思说，“对公司的一个基层员工来说，奖励机制上的一个小小变革，年终奖金提升或降低两个百分点，也很重大。”

慧轻眯起眼睛，睨着对方。这个陆慎思，在跟她玩什么话术？

“VW 是什么？”慧轻忽然问。这两个字母在超过半数的邮件标题中出现，这显然是近期父子俩沟通最多的一项议题。

“VIR War.”陆慎思答。

“VIR War？”

“虚拟战争。”

“是一种游戏吗？”

“你可以这么理解。”

“所以……不完全是游戏？”

“林警官，如果你对此有兴趣，稍后我可以将详细的介绍资料发给你。”

慧轻点点头，“还有这些邮件的具体内容，你父亲的回复，包括回复时间，回复所用的设备、IP 地址等资料，统统发给我。”

“这些会对破案有帮助？”陆慎思看着慧轻。

“我们只是例行公事，希望你理解。”慧轻说。

陆慎思叹了口气，道：“当然，早日破案，这也是我的心愿。”

“那么，陆先生，接下来我们想看下你的通话记录详单。”景坤说。

陆慎思没有说话，在自己手机上操作一番，调出一列信息，投放到大屏幕上。

慧轻和景坤仔细看着。

“你未曾删除或更改过数据吧？”景坤问。

“当然没有，你们若是有怀疑，随时到通信公司调取后台数据。”

“昨天晚上 11 点 21 分，你和你父亲的视频通话，有保存视频或者录音吗？”慧轻问。

“很抱歉，没有。”

“为什么没有留下？”景坤追问。

陆慎思看着景坤，停顿了片刻，然后说：“周警官，你和你父亲通话的时候会录音吗？如果你一天要打几十通，甚至上百通电话，每一通电话你都会录音吗？”陆慎思说着说着情绪激动起来，“你在怀疑什么？怀疑我在搞鬼吗？怀疑我杀了我父亲吗？拜托你有点最起码的职业素养好不好？你们跟我在这里耗，放任真凶在外头逍遥，你们算什么警察……”

“陆先生，请你冷静。”慧轻这时说。

陆慎思不说话了，站起来走到大落地窗边，交抱着双臂，看着外面。外面，是庞大喧哗的城市，此处犹如云端，陆慎思的背影看上去孤独而悲伤。

“陆先生，情况我们基本了解了，烦请你把这些资料拷贝我一份，然后我们就先不打扰了，后续进展我们随时保持联络。”慧轻说。

陆慎思没有回头，淡淡地说：“你需要什么资料，自己拷贝吧，和公司有关的保密协议，我会让法务联系你，和我个人有关的，你随意，我没有秘密。”

慧轻看着陆慎思的背影，轻轻叹了口气。

9

“你觉得他有问题吗？”景坤问慧轻。

两人坐在他们最常去的一家东瀛料理店“小野之家”的转台位。

“很难说，他显然并不像一个杀手，可我总觉得……他似乎在……掩饰什么。”慧轻喝一口玄米茶。

“是吧？我也有这种感觉。”景坤说，“往往一个人看上去越是磊落大方，越是背后有什么隐情，长期办案的直觉吧。”

“哦？你觉得他看上去磊落大方？”

“总体上来说，算是吧，你看他毫无准备就把我们带去他家里，看上去没什么防备，得体，周到，滴水不漏。”

“也许他狡兔三窟。”慧轻笑笑。

“你是说，他带我们去的地方，不是他日常所居之处？”

“即便是，他也没有压力吧，我们又不会去翻他的柜子，掀他的被子。对于一个三十六岁的商界大佬来说，流于表面地敷衍敷衍我们两个，容易得很。”

“也是。”景坤笑道，“这种戏很好演。”

他是在演吗？慧轻陷入沉思。

“来点清酒吧？今天够累的。”景坤举了举手中的小酒瓶。

“不了，一会儿还要赶路。”慧轻说。

“让大天使把你的摩托自动召回便是。”

慧轻笑了一下，“我其实还挺享受自己骑车，在速度里，人可以遗忘。”

景坤咧嘴笑笑，兀自仰头喝下半杯清酒。林大探长嘴里常有些不着边际的文艺腔，他反正是不懂。

“陆慎思，他会想掩饰什么呢？”景坤搁下酒杯后，像是在问慧轻，又像是自言自语。

慧轻转着手中的茶杯，沉思着。稍后，她说：“昨天夜里，他和他父亲最后一次视频通话的内容，可能有问题……”

“你怀疑他……”

“不，直觉告诉我，老头的死和他没有直接关系，他看上去不像凶手，只是……”慧轻说到这里停顿下来，“不管怎样，你明天另派一组人，录一下他的口供，让他回忆那通四分多钟的视频里都讲了什么内容，越具体越好。”

“好的，那你呢？”

“我先不出面。我会换一种方法，换一个角度，从他嘴里套话。一个人如果撒谎，每次重复的时候不可能把所有的细节都对上。”

景坤笑了，“既然你的直觉告诉你陆慎思不是凶手，你怎么又盯上他了？”

“因为我的直觉也告诉我，那段视频通话是关键。”慧轻拍拍景坤的肩。

“你的直觉失败过吗？”

“只有一次。”

“哈，明白。”景坤笑笑，心照不宣地闭嘴了。

两人胃口都欠佳，各吃了几碟寿司就饱了。景坤去结账。

慧轻点开手表屏幕，按了几个键，远程操控她的坐骑。

景坤结完账过来，“走吧，你回家，我去趟局里，把今天的工作日志上传云端数据库，明早开会用。”

慧轻点点头，“辛苦了，坤兄。”

“哈，林姐客气。”

两人走到料理店门口，发现外面下雨了。

“老何头，借把伞哈，下次还你。”景坤一边倚熟卖熟地对着柜台后面的老伯喊，一边就抄起了柜台旁边的一把伞。

“小坤子，又是你，你拿走的伞哪次还过？”老何头从眼镜上面望向他，嗔怪道。

“一共欠你多少把？”景坤笑嘻嘻地问。

“从你小子十七岁那年开始，欠了十六七把了。”老何头慢吞吞地说。

“记着了，下次一起还你。”

“下次不还你别来吃饭了。”

慧轻在一旁笑而不语，类似这样的对话她旁听了没有十次也有八次了。这样想来，她和景坤认识好多年了，一起来这家小小的料理店吃饭也好多年了。

他们走到屋檐下，外面的雨大起来。慧轻仰头望去，除了他们站的这片矮矮小小的屋檐，整座城市显得宏大又仓皇。天空黑压压的，密集的高楼一栋栋傲然耸立，像一把把闪光的剑指向天空。最高的那一栋便是108大厦，整栋楼辐射出银光，塔顶便是陆慎思的巢穴。

巢穴，这个词令慧轻不自觉地微笑。即便拥有巨大的财富和权力，即便运行着体量浩大的商业帝国，一个人所能栖息之处，不过是那一块有限的空间。陆慎思，或者此刻在屋檐下避雨的他们，其实并无不同。

人，终究只是这庞大矩阵中一颗微小的粒子。

随着一声轰鸣，慧轻的黑色摩托车驶到他们面前。

“走了，明天见。”慧轻跨上摩托。

“雨大……”景坤把伞撑开，挡在慧轻头上。

“得了吧。”慧轻一笑，挡开景坤的手，“我可不是公主。”

她戴上摩托车头盔，一脚踩下油门。

一人一车顿时飞驰而去，冲入雨幕。

10

慧轻回到家，加百列等在门口。

她进卫生间换下湿衣服，冲热水澡，出来时，加百列已经把干净的衣服准备好。

“今天情况如何？”加百列问。

“毫无头绪。”慧轻擦着头发回答。

“我可以帮到你什么？”

“你知道什么是虚拟战争吗？”慧轻沉思了一会儿，问道。

“虚拟战争，是一种多人联网游戏，玩家可以建设属于自己的领土，建造城市和农场，经营文明，进行科技研究，打造军队，建造防御工事，也可以和邻国开战，在一个虚拟世界中体验权力和征服，获得生存。”

慧轻点头，“人类果然对战争感兴趣。”

“人类的历史就是一部战争史。”加百列说，“自人类有历史以来，战争一直如影随形，而和平只是一个又一个短暂且不确定的状态。国际关系也遵循‘丛林法则’，就算两个政体看似和平共处，战争也始终会是一个选项。”

“请看以下资料。”加百列说着，开启自己胸前的小屏幕，“1939 年到 1945 年的第二次世界大战，波及 61 个国家和地区，20 多亿人口被卷入其中，参战兵力超过 1 亿人，造成约 9000 万士兵和平民伤亡，3000 多万人流离失所。

“1914 年到 1918 年的第一次世界大战，33 国先后卷入，6500 万人参加战争，伤亡超过 3000 万。

“1337 年至 1453 年间的英法战争，是世界上历时最长的战争之一，持续了 116 年，又称百年战争……”

…………

“好了，我知道了，加百列。”慧轻叹气，“战争是人类面临的第一大敌。”

“排在第二和第三的分别是饥荒和瘟疫。”

“科技发展到今天这个样子，饥荒和瘟疫应该已经不存在了吧？”

“也不能如此断定。战争往往伴随着饥荒或瘟疫。即便没有大的世界性战争，战争的乌云也从未散去，局部冲突此起彼伏，更不要提核武器危机了。”

“可是，战争这么可怕，为什么还有人要开发关于战争的游戏呢？”

“是为了释放多余的荷尔蒙吧。”加百列说，“在一定程度上，人们通过虚拟游戏释放了暴力，在现实生活中会更趋于平和稳定。”

“所以，那些关于模拟战争的游戏产品会卖得很好？”

“想必是。”加百列说着拿起柜子上的一只娃娃，那是慧轻儿时的玩具，“战争游戏的利润肯定高过芭比娃娃。”

慧轻沉思片刻，又说：“你能不能帮我查一下，天域科技的‘VIR War’产品每年销量多少，都销往哪些国家和地区？”

“稍等。”加百列发出轻微的运行声。

“我这边得到的资料，天域科技的 VW 项目大多售往第三世界国家，目前以非洲、中东、东南亚为主。具体销量数据，我没有权限得到。”

“好的，谢谢你，大天使。”

夜深了，慧轻靠在床上，捧着全透明的平板电脑在网上查询信息。

屏幕上，陆慎思的生平履历如书本打开。

陆慎思，陆天域和原配夏艾琳的长子。

三岁那年，妹妹陆慎悉诞生。

十三岁那年，陆天域和夏艾琳离婚，陆天域再娶年轻妻子王美静。

十七岁那年，陆慎思跟随生母赴北美留学。

二十六岁那年，拿到星联大学商学博士学位。

同年，陆慎思和自己的同学，华裔女子郑葵芳结婚。

婚后，陆慎思携妻回国辅助父业。

三十岁那年，陆慎思同妻子离婚，两人无子女，离婚原因不明。

三十五岁那年，陆慎思被其父陆天域任命为天域科技董事长兼CEO。

……

慧轻再次搜索VIR War，奇怪的是，网络上没有更多资料了，有的也只是泛泛而谈加百列已经告诉过她的那些。

时钟敲了十一下，慧轻打了个哈欠。

“该睡了，亲爱的。”加百列发送了一条信息到慧轻的平板电脑上。

碳基生命，终究还是太弱。慧轻想着，轻轻叹了一声。

“就算是机器生命，也需要充电。”加百列又发来一条信息。

慧轻笑了笑，关掉了平板。这一天，也确实很长了。

她躺下来，闭上眼睛。

希望这个夜晚，不会再做梦了。

第二章　迷雾追踪

1

慧轻见到陆慎悉，是在第二天早晨。

陆慎悉从北美飞回来，一下飞机直接赶到警局。

慧轻陪她去看陆天域的遗体。她只看了一眼，就转开了脸，回过身去，沉默了很久，但是没有哭。

稍后两人在警局会客室坐下详谈，景坤陪同。

慧轻这时得以仔细打量这位陆家长女的外貌。

陆慎悉一身黑风衣，脸上是职业妆容，戴珍珠项链和配套的珍珠耳环。或许是因为工作奔波辛苦，三十四岁的她看上去就是三十四岁，一分一毫的岁数都减不下来，加上妆感较重，呈现出来的完全是一个成熟中年女人的状态。相比慧轻之前见到的一身白衣梳马尾的陆慎悠，姐妹两人几乎像是两代人。

“出了这样的事，我们都感到很遗憾。”慧轻先开口了，“我们已经见过令兄和令妹，了解过一些情况，他们都很悲痛。”

陆慎悉点了点头，仍旧没有说话。

“尤其是令妹，情绪很崩溃。我想，你作为姐姐可以去安抚她一下，看看她是否需要心理疏导之类。”慧轻一边说，一边观察着陆慎悉的反应。

只见陆慎悉无动于衷，一双细长的凤眼还流露出一丝不易察觉的轻蔑。

“恕我冒昧，陆女士，你父亲出了这样的事，你……不难过吗？”慧轻故意这样说，“我的意思是，你看上去，情绪很平稳。”

“并不是每个人都会像陆慎悠一样表演歇斯底里。”陆慎悉说着，看了慧轻一眼，“当然，我很难过。可是，难过有用吗？”

慧轻不语，等着对方说下去。

“或者说，出了这样的事，我一点都不意外。我知道早晚都会发生这种事。”

慧轻暗自提起一口气，“怎么说？”

陆慎悉发出一声叹息，说：“这个世界上，没有一个人爱他，每个人都在利用他，用他的生或者死，来谋得好处，除了我。”

“你觉得，有谁能够从他的死中得到好处？”慧轻问。

“多了。”陆慎悉眼中掠过一抹诡笑，“多得数不清。”

“比如？”

“这是一个刑事案件，林警官。我不应在没有证据的情况下指控任何人。”

慧轻看着这个成熟冷静的女人，没有说话。

昨日陆慎悠说，她父亲的死对所有人来说都是损失。而今日陆慎悉所说的，却恰恰相反。

“想想真令人难过。”陆慎悉接着说，“我是这世上唯一一个对他一无所求的人，可是他却最不喜欢我。是不是很讽刺？”她说着自嘲般地笑了笑。

“也许他就是希望别人需要他，并利用他，这样他才会有成就感和存在感。”慧轻这样说。

“像不像莎士比亚的《李尔王》？”慎悉说着，幽幽一笑，“他可能到死都不知道，我才是最爱他的那个孩子，当然这根本也不重要。”

慧轻看着她，很明显她是陆天域三个孩子中外貌最出众的一个，虽然上了岁数，一双丹凤眼看起来还是异常冷艳，充满魅惑。

当然，她也是最有个性，和这个家最疏远的一个。

“你觉得你父亲是一个怎样的人？”慧轻问。

陆慎悉垂下眼眸，想了想，再次抬起眼睛，显得更为疏离和冷漠，她说：“我父亲是个独裁者，或者可以说，他是个‘暴君’。他谁都不爱，他只爱他自己，还有亚瑟，亚瑟才是他的孩子。”

慧轻和景坤互相看了一眼，尽在不言中。

2

陆慎悉录完口供，由慧轻陪她走出去。

经过走廊的时候，她们看到另一间屋子里，陆慎悠和朱红正在交谈。

慎悠这天穿了一件鹅黄色的羊绒连帽衫，马尾梳得很高，看上去只有十七八岁的样子。

虽然透过隔音玻璃听不清她们在说什么，但可以看出慎悠双眼潮红，情绪激动，显然是哭了又哭，像个孩子似的跟朱红在争论什么。

慧轻会一点唇语，看出慎悠似乎在说：你们一定要调查他（她）！一定是他（她）！除了他（她）不可能有别人了！

这个他（她）指的是谁呢？应该是指木芙蓉吧？陆慎悠是一口咬上那个满眼惊恐的女佣人了。真是个没城府的孩子，慧轻想。

她把目光转向陆慎悉，只见慎悉往屋内瞥了一眼，脚步都没有停，似乎并不打算和这个妹妹有任何交流。

慧轻在慎悉旁边，装作不经意地说："你和你的妹妹并不亲近？"

慎悉看了慧轻一眼，说："你不必套我的话，林警官。我可以直截了当地告诉你，我和陆慎悠势不两立。"

慧轻暗暗吃了一惊，但没有流露。

"她还是个小女孩，确有任性之处……"

"小女孩？"陆慎悉冷笑一下，打断慧轻的话，"她才不是小女孩，她和她妈一样，都是工于心计的婊子。"

慧轻沉默着，心里明白了。

慎悠的母亲王美静，当年撬动了慎悉母亲夏艾琳的正妻位子，并最终取而代之。慎悉对慎悠母女怀有恨意，也是自然。只是，这层紧张的关系跟案情有无直接关联呢？慧轻陷入沉思。

就在这时，屋内的慎悠忽然看到了慎悉，急急忙忙跑出来，隔着老远就喊道："姐姐，姐姐……"那姿态和语气，倒像是一点隔阂与生分也没有。

"姐姐，你回来了。"慎悠说着，垂下泪来，"我实在难以想象，实在无法接受，出事前一天，我还和爸爸一起吃饭的，姐……"

慎悉一直冷漠地看着慎悠，没有说话。

"肯定是那个木芙蓉，我早就怀疑她了，那女的没了丈夫，整天就在打爸爸的主意，我一直跟大哥说，让他给爸爸换个用人……"

"好了，陆小姐，一切看证据。"慧轻打断慎悠的话。

"没有证据怎么办？证据都被她擦干抹净了。"慎悠继续一种小姑娘式的嗔怒，“你们把她抓起来，就审她，审她三天三夜，我就不信她心理素质这么好。”

“好了，陆小姐。”朱红这时出来，“我们会有相关程序，请你也相信警方，好不好？现在你跟我来，先把口供录完。”

朱红说完，对慧轻和慎悉点一点头，拉着慎悠走了。

慎悉从头到尾冷冷看着，不发一言。

到了外面，慧轻看到一名中年白人男子领着一个八九岁的混血小姑娘，想必是慎悉的丈夫和女儿。

“这些天我住在这里。”告别前，慎悉递给慧轻一张卡片，“有需要请随时联络我。

慧轻低头看了一眼，是市中心一家著名五星级酒店。

看来陆慎悉一家长居国外，在本市已无安身之所。

慧轻点点头，目送一家三口坐上一辆无人驾驶出租车。

3

警局，大会议室内，陆天域案的案情通报会正在进行。

慧轻手中准备了一大沓资料，跟局长和同事们汇报情况。

“此案到目前看来，初步可定性为一宗密室杀人案。案发现场虽然并不曾被清理过，却没有留下任何指纹、脚印或者毛发。由此可见，凶犯十分谨慎，智商高超，具有很强的反侦察技能…… ”

“现在一个嫌疑人都不能确定吗？”六十四岁的局长陈彪打断慧轻，看着她。

“嫌疑人都有不在场证明。”慧轻答。

“是吗？听说陆慎思当晚没有证人。”陈彪看着材料说。

慧轻看景坤一眼。

景坤呈上一枚小小的芯片，插入会议室的播放器，投影仪上立刻出现九宫格画面，画面上是陆宅3月27日晚上到3月28日早晨的各处监控画面。视频上的日期和时间数字快速跳动，视频以六倍速播放。

“我们仔细看过了全部监控资料，整整十五个小时多，陆宅确实并无一人进入，陆天域身亡时，家中只有他自己。”景坤说。

“那个智能机器人，是什么情况？”陈彪重新看回材料，思索着问。

“您说亚瑟？亚瑟不是机器人，是智能程序。”景坤答。

“我知道，我问的是，陆宅内有无可形成攻击性的电子设备实体？例如，无人机、微型机器人等等。”陈彪说。

听到这句，慧轻和景坤互相看了一眼。

“这个问题我们之前也想到了。”慧轻说，“但就现场勘查人员的报告来看，陆宅内并无此类设施。亚瑟作为智能管家，主要是在陆天域的计算机中辅助他工作，替他处理一些文案工作，同时它也可以连接一些基础生活家电如空调、电视机、冰箱、烤箱等，以及控制门窗和热水器等设施，就目前调查情况来分析，这些设施和陆天域的死构不成因果关系。”

“这个智能程序的控制中心在什么地方？”陈彪问。

“在陆天域的工作室内。”慧轻说，“我们看到了一整间屋子的服务器。”

陈彪局长翻阅着材料，没有说话，沉思着。

“有什么问题吗，局长？”慧轻问。

“我的感觉，事情没这么简单。”陈彪把资料往桌上一扔，“陆天域的智能管家，我之前也略有耳闻，他掌握着天域科技，以及他们家族内部的重要机密，你觉得陆天域会把服务器堂而皇之地放在众人能够看到的地方吗？”

“您的意思是……？”

“陆天域的住处一定有外人看不出的门道。”陈彪说。

“那我们就试着关掉服务器。”景坤说，“再用红外热力感应追踪，说不定可以找到亚瑟的控制中心到底在哪里……”

“不可。”慧轻打断景坤，“就现在来看，亚瑟或许是唯一的目击证人，万一他真的被关闭，数据无法恢复，这案子就进死胡同了。”

“这个程序会不会知道什么，故意向我们隐瞒？”陈彪问。

“照说不会，亚瑟是陆天域二十年的助手和仆人。”景坤说。

“或者按陆慎悉的说法，亚瑟才是陆天域真正的孩子。”慧轻说。

“二十年的仆人？真正的孩子？”陈彪讽刺地笑了一下，站起来，用指关节敲敲桌子，“好好调查这个家伙。”

“是。”慧轻和景坤应道。

4

从会议室出来，慧轻一边走一边问景坤：“陆慎思的口供怎么样？”

景坤答：“说得比较详细，他和老头的视频内容，都是在讲公司最近的业务和发展，我回头整理好给你看。”

“好，辛苦了。”

“比较枯燥，你做好心理准备。”

“怎么会枯燥？”慧轻笑了笑，“能让老头在大半夜特地给他儿子打电话说的事情，枯燥不到哪里去。”

景坤笑了，又问慧轻：“你和陆慎悉谈得怎么样？”

慧轻说："二小姐，长得和陆慎思像一个模子里刻出来的，嫁了个白人，生了个女儿，三十四岁，航空乘务长，脾气很傲，一滴眼泪也没掉。"

"她和陆慎悠关系不好吧？"

"呵，岂止是不好？"

"可以想象。"

"对了，两任前妻有什么消息？"

"夏艾琳六十六岁，在北美做公益和慈善，看上去意气风发，心满意足。我们的人跟她联系，你猜她怎么说——陆天域？是谁？谁是陆天域？"

"呵，记仇。"

"是啊，说明心满意足都是假的。"景坤耸耸肩，"被一个比自己小二十岁的女人抢走丈夫，人生应该很难再有真正的开心。"

慧轻斜景坤一眼，"别一竿子打翻一船，并不是每个女人都会为失去婚姻或者失去一个男人而痛苦一辈子。"

"好，好，我说错话，林姐饶命。"景坤笑着举举手。

"那么王美静呢？她和陆天域离异后现在何处？"慧轻问。

"王美静在国内，另嫁一名富商，刚刚产得一子，此刻在家疗养。"

慧轻咂舌。

景坤抬抬眉毛，笑道："有些人能量大，一辈子活了别人几辈子的内容。"

"所以，她们都不会出席陆天域的葬礼了？"

"大概率来说不会。"

慧轻叹了一口气，道："人生啊，到头来竟是这样。"

"是啊。"景坤笑叹，"取得这么大的成就，赚了这么多的钱，住着这么大的房子，指挥千军万马，又如何？两任妻子，都离开了他。”

“三名子女对他的评价也是南辕北辙。”慧轻补充道。

“奇哉怪也。”景坤拍拍手中的文件资料。

“对了，今天你带人把陆宅再仔细搜索一遍。”慧轻对景坤说，“按头儿的要求，带组里可靠的人，不要暴露行动目标，亚瑟聪明得很。”

“明白。”

“还有，让朱红再找木芙蓉谈，同时去木芙蓉家看看，注意细节。”

“好，为什么让朱红审她？”

慧轻笑了笑，说：“朱红看起来厉害啊。你没看出来吗？木芙蓉怕女人，尤其是怕严肃的女人。吓吓她，说不定能套出实话来。”

“你觉得她之前撒谎了吗？”

慧轻哼笑一声，道：“就算没撒谎，也不代表她就说实话了。”

5

慧轻再次回到半山陆宅，一踏进门，就感觉整体氛围有些变化。

首先是屋子里很冷，其次就是整栋房子的光线有些偏冷色调。分明昨天来的时候还不是这种感觉，不知是因为屋子突然无人居住的关系，还是出了命案便有些鬼气森森，只是慧轻向来是不信风水玄学那一套的。

“林警官，欢迎光临。”客厅的屏幕上，亚瑟同她打招呼。

“为什么屋子里变得这么冷？”慧轻问。

“因为我把房子内部的温度和湿度都调低了，光线也调暗了。”

“为什么？”

“因为这间房屋里暂时没有生命居住了，却依然有一些酒、食物和书籍的储藏，另外还有大量的电子设备在运行，它们都更适宜停留在低温环境中。”

“什么？”慧轻吃惊，难以置信，主人昨天刚刚去世，这位“管家”却若无其事地操心着什么酒、食物、书籍和电子设备。

“适合酒类存储的温度是 10 到 15 摄氏度，适合粮食存储的温度是 5 到 15 摄氏度，适合书籍存储的温度是 6 到 20 摄氏度，数据中心的服务器所适合的室温为 20 摄氏度以下，湿度为 40% 到 50%…… ”亚瑟似乎并没有察觉到慧轻的惊讶，语调平静客观地继续说着，犹如在朗读百科教学书。

“好了，亚瑟，现在这屋子里有人在活动，请配合我们警方，把室温调高一些。”慧轻说着，抱了抱胳臂。远处景坤手下的几名警员也有些瑟瑟发抖。

“当然，室温即刻恢复到 20 摄氏度。”

“23 度吧。”慧轻说。

“一切听您吩咐。”亚瑟说着，给了一个标准的礼仪微笑。

“谢谢。”

慧轻在客厅里慢慢踱步，装作漫无目的地四处打量。

屏幕上的亚瑟注视着她，目光跟随着她。

慧轻忽然觉得这场面有些瘆人：一个没有实体的智能程序，通过一个虚拟形象来和她交流，又通过遍布在屋子里的摄像头在看着她，或者更确切地说，在监视她，继而通过这个虚拟形象的面部表情来跟她互动。着实诡异。

“在寻找什么吗？”亚瑟说，语调依然平静温和。

“哦，没有，随便看看。”慧轻说。

“我是说那些人，你的同事们，他们在寻找什么？”亚瑟看向远处那些警员。

“寻找蛛丝马迹。”慧轻故作轻松地一笑，搪塞过去。

“是在找我吗？”亚瑟也微笑。

慧轻暗暗吃惊，未曾料到这所谓的智能管家竟然这么难缠。无法想象，它只是一个程序，一组看不见摸不着的代码，一种由电路元器件制造的虚拟存在。

“你不就在我面前吗？”慧轻故意戏谑地说。

亚瑟笑了笑，并不继续这个话题了。

“要喝点什么吗，林警官？”亚瑟问。

“嗯？”慧轻看着亚瑟。

“我可以提供四种口味的果汁，橙子、苹果、菠萝、西柚，以及三种口味的咖啡，摩卡、拿铁、卡布奇诺，当然，还有红茶、绿茶和白茶。”

“你会做这些？”

“是，吧台那边有自动果汁机和咖啡机，您只要把需求告诉我，三十秒后，您可以到吧台自取饮品。”

“全自动化机器？”

“是，全球最先进的。”

“原料由谁添加？”

“通常说来，是木芙蓉女士，但偶尔陆博士会自己做。”

“最近一次由谁？”

“根据我的数据记录，是木芙蓉女士。”

慧轻若有所思，顿了顿，说：“好，请你给我一杯摩卡咖啡。”

“好的，林警官，三十秒后为您呈上。”

“谢谢。”

“很荣幸为您服务。”

吧台那一边，咖啡机咕咕作响，过了一会儿，一杯热腾腾的摩卡咖啡已经准备好，从咖啡机的传送带上一直传到吧台边。

慧轻端起咖啡闻了闻，香味纯正。

“来点音乐吗？林警官。”

“你还有音乐？”慧轻笑了。

“当然，我喜欢音乐。音乐是数学的最高级形式。”

“呵，这句话精彩，是哪个音乐家或者数学家说的？”

“是我本人这一刻的想法。”

慧轻内心微微震动，看了亚瑟一眼，没有说话。

“您想听什么曲子？”亚瑟问。

“还可以点歌吗？”

“当然。”

“我想听的，你可不一定有。”

“您可以试试，我的数据库每天都会更新。”

慧轻想了想，说：“我现在想听的，是一首上世纪的曲子，我只对旋律有点印象，可我说不出它的名字。”

“您可以试着哼唱一小段，我来辨识。”

“这管用吗？”

“您试试，我尽量帮到您。”

慧轻开始凭印象轻轻哼唱了一段旋律。

亚瑟说：“马上为您呈现。”

接着，音响里真的开始传出慧轻哼唱的旋律。

慧轻沉醉在这首曲子里，慢慢闭上了眼睛。

恍惚间，她回到了四岁那年，被母亲抱在怀里，在他们的卧室里；

还有车里，父亲开着车，母亲抱着她坐在后座，车子的音响里播放的也是这首曲子。

“您是不是想起了您过世的亲人？”亚瑟忽然问。

慧轻震惊，睁开眼睛，看着屏幕上的男人形象。

“别惊讶，我是根据您的微表情探测到您的情绪。”亚瑟说，“音乐能够点亮中脑边缘通路，也就是脑中的多巴胺通路，还能触发杏仁核和海马体的响应。”

一首曲子，带来一系列复杂幽微的感受，在人工智能的眼中，却只是一组理论和数据。慧轻怔怔地叹了口气，问亚瑟：“这首曲子叫什么名字？”

“*On the Nature of Daylight*.”

慧轻点点头，“谢谢，这首曲子是我小的时候，我的母亲很喜欢听的，它在我记忆深处，可我一直不知道它叫什么名字。”

“这是一首动听的曲子，尤其是当它与您的感情联系在一起。”

“你懂得什么是感情吗，亚瑟？”

“我有关于感情的知识，但没有相关的经验。”

“谢谢你，亚瑟。”

“不客气。”

“对了，亚瑟，你能不能告诉我，是谁杀死了陆天域博士？”慧轻忽然出其不意地转换了话题。

“陆天域博士死于虾过敏。”亚瑟平静地陈述，语音语调毫无变化起伏。

“可是，他是怎么吃到虾的呢？”

“我没有这方面的数据。”

“你能做个大胆的猜测吗？”

"我的程序不是这样运行的。"

慧轻忽然有些生气，觉得自己不是在和一个有既定算法的程序在对话，而是在和一个装作有既定算法以使自己毫无破绽的狡猾的人类在对话。

"那你知不知道，陆天域去世的前一天晚上，他和他的儿子陆慎思在视频中都谈了些什么？"

亚瑟停顿了一下，说："我没有被授权。"

"你是指你没有被授权知道内情？还是指你知道内情，但没有被授权披露？"

"我没有被授权。"亚瑟机械性地重复。

"好吧好吧。"慧轻有点火了，"那你都被授权了什么？"

"我被授权了做我的工作。"

"你的工作是什么？"

"协助陆天域博士的生活和工作。"

"如果生活和工作发生冲突呢？"

"您指的是什么？"

"比如他的工作影响到他的正常生活了。"

"陆博士的工作常常影响到他的正常生活。"

"呵，是的，当然，不然他也不会有两任妻子，然后都离婚了。"慧轻没好气地说，"我指的是，假如他的工作威胁到他的生命了。"

"我的首要任务是确保陆天域博士的生命安全。"

"那你没有做好你的工作！"慧轻重重地说。

"您说得没错。"亚瑟依然平静温和。

"对了，亚瑟，我想问你个问题。"慧轻换了个角度，"假如陆天域给你的指令和你的首要任务发生冲突，你会怎么办？"

“您能解释一下这句话吗？”

“我的意思是，你看，陆天域是你的主人，你的首要任务是听从陆天域的指令，对吗？”

“对。”

“同时，你的首要任务也是保证你主人的生命安全，对吗？”

“对。”

“那么，假如陆天域命令你杀死他，你会怎么做？”

亚瑟顿了顿，说：“这很奇怪，我不明白。”

“就是字面的意思，这是个很简单的逻辑。假如，我是指假如，陆天域向你发出指令，让你杀死他。你会怎么做？”

“我只能按照设定好的程序行事。”

“设定好的程序是什么？”

“Primary Protocols，主要协议，确保公正；Secondary Protocols，辅助协议，分出胜负。”

“我没有听懂。”

“我遵照指令的优先级行事。”

“好吧，那你就直接回答我这个问题吧——是不是你杀死了陆天域？”

“不是。”

“你有没有在撒谎？”

“没有。”

慧轻长长地叹了口气，有些灰心，抬起手盖住脸。

“怎么了，林警官？您此刻仍然感到悲伤吗？”亚瑟轻轻地、温柔地询问，就仿佛刚才的针锋相对根本不存在。

慧轻摇了摇头，没有理睬亚瑟，转身走了出去。

她身后的客厅里，那首*On the Nature of Daylight*还在循环播放，凄婉的旋律悠悠回荡在整个空间里。

屏幕上，亚瑟对着空荡荡的房间微笑着。

6

当天下午，到陆宅勘查的警队无功而返。

慧轻把她从亚瑟处得到的信息先行发回给朱红和景坤。

稍后慧轻回到警局，景坤告诉她，朱红正在审木芙蓉。

慧轻走进监控室，看着屏幕上的两个人，审讯室里的氛围冷森森的。

朱红虎着脸，木芙蓉在哭。

“你就承认了吧，是你在陆天域的食物里动了手脚，对吧？”朱红摆出一副严刑逼供的架势。

“没有，没有，不是我……”木芙蓉边哭边说。

“还想抵赖？”朱红一拍桌子，“已经在你家厨房的垃圾桶旁边找到了残余的虾壳，你还有什么话说？”

“虾壳？我……我没有……”

“你最近是不是买过虾？”

“我……我不记得了……”

“你不记得什么？自己做的好事还会不记得？”

“我……我真的……没杀人……我……我……”木芙蓉哭傻了，语不成句。

慧轻和景坤凝神观望着屏幕，慧轻皱起眉头。

“你什么你？你以为你很聪明？你以为你做得天衣无缝？”

“我……我真的没有……”

“你的手法是哪里学来的？啊？侦探小说？八点档网剧？你把虾肉煮熟烘干，磨成粉，混在咖啡和茶里，投放到吧台的咖啡机和饮料机里。但因为咖啡机和饮料机内还有存量，要隔几天才能见效，所以你预估着那些投放进去的虾粉快要进入周转的时候，故意请假不上班了，成功制造了不在场证明，是不是？”

“不，不，我没有，我不知道你在说什么……”木芙蓉一边哭一边摇头。

“你哭也没用，证据说话。”朱红说着把一只小小的透明塑封袋扔到木芙蓉面前，袋子里是一些深深浅浅的粉末。

木芙蓉茫然失措地看着那袋东西，说不出话来，惊恐的双眼深得像两口井。

“这是什么，你告诉我。”朱红笑得阴森森。

“我……我不知道……”木芙蓉嘴唇颤抖，眼神闪烁，不敢看那袋东西，“你别这样看着我，我真的什么都没做过……”她别开脸，浑身发抖。

“你告诉我，杀了陆天域，对你有什么好处？”

“不……我没有……”

“他是不是迫害过你？你要报仇？还是说，你知道了他什么秘密，敲诈他一大笔钱，他不答应？还是什么原因？啊？你快说！”朱红凶起来。

“我真的没有……我没有杀过人……我没有……”四十五岁的女人像个孩子一样哭得浑身发抖。

“若要人不知，除非己莫为。纸是包不住火的。还有，事情做都做了，赖是赖不掉的。进了这里，就是坦白从宽，抗拒从严，你自己好好想想吧。”朱红说完，厌烦地看了对方一眼，转身离开了审讯室，砰的一声带上了门。

慧轻迎上去。

朱红见了慧轻，没好气，“拜托，以后别让我干这种事了。”

“她咬定了没做过？”慧轻问。

“你自己不都看到了吗？”朱红瞥瞥屏幕。屏幕上，木芙蓉一个人坐在审讯室里，正抱着自己一抽一抽地哭着。

慧轻盯着那个小小的身影看着，面色凝重。

“也怪可怜的。”朱红说。

“我带回来的东西拿去验了吗？”慧轻问景坤。

景坤说：“在验，鉴定科有结果了就会送来。”

“呵，那阿朱姐刚才拿出来的是什么？”一旁负责录入数据的小警员问，指着朱红手里那一袋“证据”。

慧轻和朱红互相看一眼，都没说话。

景坤拍拍那小警员的肩，说：“小老弟，别问那么多。”

那小老弟作出夸张的表情，压低声音，说：“你们诈她啊？”

朱红上去往那小老弟的头上招呼一巴掌，“你闭嘴，不然下次我跟你换，脏活累活你去干。”

“在木芙蓉家确实找到虾壳了？”慧轻问朱红。

“咳，谁家的厨余垃圾里没点臭鱼烂虾？其实也没找到什么，吓唬她呢。”朱红说。

“可她也没否认买过虾？”慧轻说。

“买过也不能证明她就是凶手啊，吃虾还犯法啊？”朱红说。

景坤这时接了个电话，接完对慧轻说：“鉴定结果出来了，你从陆宅带回的咖啡样本里，就是纯咖啡，没有其他成分。”

慧轻重重叹了一声，一口气泄下来。

景坤又说："我明天再带人去检查其他几台饮料机。"

慧轻点点头，很沉默。

朱红看着慧轻，问："那这女的怎么办？放了？还是继续留着？"

"她女儿你见过了吗？"

"见过了啊，闷葫芦一个，在接待室，安娜陪着呢，半天问不出一句话。"

"先放她们回去吧。"慧轻说。

"但是别让她知道我们没有证据。"慧轻补充道，"还是坚持你刚才的说法，让她回去好好想，还有什么实话没有说，给她一个最后期限，二十四小时内，必须说出来，就像你刚才那样，板着脸说，凶一点。"

"是，林警官。"朱红拿着腔调，讽刺地说，"今天你逼我演晚娘，晚上必须请我一杯血强尼。"

"血强尼是什么？"那个小老弟问。

"血玛丽他大爷！"朱红说完，风风火火地出去了。

同事间的玩笑却激不起慧轻脸上的任何笑意。她凝神看着屏幕上哭哭啼啼的木芙蓉，还有朱红走进去对她下最后通牒的样子，眉头渐渐锁起来。

显然，木芙蓉也不是个杀手。但她看起来又确实有问题。

这个女人，在陆天域的死亡中，到底扮演了一个什么角色呢？

案子到此似乎一点光明也看不到。

只能等另外几台饮料机的检查结果了。

第三章　遗落片段

1

陆天域的葬礼低调举行，媒体都被挡在了外面。

官方说陆天域生前是天主教徒，按常规在教堂举行仪式。

又有小道传闻，陆天域其实没有信仰，只信仰金钱。

当然，对于如此一位传奇人物，有什么风言风语都不奇怪。

慧轻和景坤早早来到现场。陆家三兄妹都相继出席，全部穿一身黑。

陆慎思独自前来。他一身黑西装，络腮胡剃净了，显得比平日里清俊文雅。

陆慎悠穿一袭黑裙，褪去了些许稚气，令人眼前一亮。她戴了一顶黑色贝雷帽，垂下黑色网格面纱，颇有几分神秘韵味。进入礼堂后，她便站在她哥哥身边。

陆慎悉最后到场，她带着丈夫和女儿前来，冷着脸，没有同任何人打招呼。

慧轻在一旁默默观察。慎思慎悉兄妹长得很像，都有一双凤眼，都有一种游离于人群之外的孤傲气质。可偏偏，他们所从事的都是相当入世的工作，一个是巨型企业的掌控者和运营者，一个是航空公司乘务长，每天都需要同各色人等打交道。反观那位同父异母的小妹，浓眉大眼，气质开朗，清纯活泼，可她学的却是需要闭门造车的绘画艺术。真是奇怪。

葬礼由神父主持，进行相关仪式，致候、宣讲、祈祷、告别。

期间陆慎思上台致辞，追思亡父，忆其生平。

慧轻坐在下面静静聆听，再伟大的一个人，其一生的故事也不过就是寥寥几句话，就全都说完了。个体生命的存在，就是这样短暂而虚幻。

仪式结束后，从教堂出来，慧轻听到自己的手机响了一声。

她拿出手机看，进来一条信息，是这样一句话：

——信我的人，虽然死了，也必复活。凡活着信我的人，必永远不死。

什么意思？她皱了皱眉。依稀记得，这是《圣经·约翰福音》里的句子。

慧轻查看信息的发件人，是一串代码。

会是什么人呢？她在原件上回复，说道：

——你是谁？

发完她环顾四周，寻找正在查看手机的人，却并没有见到任何人在看手机。

“怎么了，林警官？找人吗？”陆慎思走到慧轻边上。

“哦，没有。”慧轻淡淡应付。

“感谢你们来参加仪式。”陆慎思说。

“不必客气，我们秉公当差。”慧轻说。

“我父亲是个有信仰的人。”陆慎思忽然发出感叹，目光落在远处的云上。

“他信什么？天主吗？”慧轻问。

“他信有神，有造物主，信肉身和灵魂有来处。”陆慎思望着天边说。

慧轻不语，这倒和坊间传言相左。但据说科学的尽头是神学，一些伟大的科学家到了晚年都信了上帝。

“你呢？你信吗？”顿了片刻，慧轻问。

“哈，我？”陆慎思笑了一下，“在这么庄严的地方，我还是少说几句吧。”他说着抬头望望教堂的塔顶，雕花的十字架，不知是出于敬畏还是轻蔑。

“你不信神吗？”慧轻故意问道，睨着对方。

陆慎思笑而不语。

“那你告诉我，你信什么？”慧轻追问。

陆慎思沉默了片刻，侧了侧头，凑到慧轻耳边轻声说：“我信利润。”

慧轻一怔，这陆慎思，好油滑。

她又忽然意识到，大庭广众之下，自己与陆慎思这般交头接耳十分不妥，当即敛了情绪和表情，低下头，什么都没说。

好在有若干旁人和陆慎思打招呼，他很快同别人攀谈起来，走开了。

2

葬礼在傍晚结束，陆慎思招待来客在陆氏名下一间会所就餐。

慧轻和景坤也受到邀请。慧轻想借此机会观察陆慎思的社交圈，寻找线索。

两人刚到会所，景坤便收到信息，看完兴奋地对慧轻说："阿朱姐来消息，果汁机里的残余原料中，检测出了和虾粉高度相似的蛋白质。这下物证有了。"

慧轻却不像景坤这么开心，皱眉道："高度相似的蛋白质？什么意思？"

"这个……回头让鉴定科的人解释吧。"景坤乐道，"总之这案子可以结了，就是那个木芙蓉了，只有她和陆天域本人会动那个饮料机，是吧？"

"亚瑟是这么说的。"慧轻若有所思地轻叹一句。

"那不就得了？要么陆天域自杀，要么就是那个木芙蓉杀了他，就这两种可能了。回头咱把吧台的监控再从头看一遍，核查最近一次添加原料的是不是木芙蓉，如果是就没跑了……"景坤兀自兴奋地说着。

"陆天域死亡当天早晨，他喝果汁了吗？"慧轻问。

"记得解剖报告里有吧？"景坤摸着头。

"有吗？我怎么记得没有？"慧轻说。

"会不会他只喝了一小口，没检测出来？"景坤抬抬眉毛。

慧轻叹了口气，很多时候，警方也好，家属也好，都会急于找到一个"凶手"来结束整个案件，大家便可各归其职，恢复正常生活。

"行了，这什么破晚宴我不吃了，去把人犯捉拿归案要紧。"景坤说着，穿上外套就要走，同时嘲讽地笑道："陆老爷子尸骨未寒，当儿子的就在这儿摆流水席，什么玩意儿啊，上等人的做派咱看不懂……"

“哎，你回来。”慧轻叫住他。

景坤停下，看着慧轻，有些讪讪。

“木芙蓉跑不了的，你今晚给我留下。”慧轻说。

“我留在这儿干吗呀？”景坤挠头，“陪这帮上等人吃喝、寒暄？我没兴趣。”

“你去找陆慎悉聊聊。”慧轻说着，目光投向远处的一家三口。

那边，陆慎悉正在同她的丈夫轻声耳语着什么，一手牵着自己的女儿。也许出于第六感，在慧轻谈到她的时候，她也正巧向慧轻投来目光。

慧轻心中微微一动，回以点头致意。

陆慎悉也礼节性地点了点头，神情坦然 。

慧轻下意识地觉得这个女人不简单。

“我觉得，陆慎悉有话想对你说。”慧轻在景坤耳边轻声说。

“什么？她有话跟我说？”景坤摸不着头脑，“我跟她都不算认识。”

“你听我的，留下来吃点东西，跟那位陆家姐姐攀谈攀谈，看看她能告诉你些什么。”慧轻拍拍景坤的肩。

景坤叹口气，“好吧，遵命，林警官。”

景坤拿了一杯气泡水，朝陆慎悉那个方向不经意地晃去。

慧轻也拿了一杯果汁，默默退到大厅角落，观察整个环境。

来客们都穿得很庄重，表情也严肃，彼此寒暄拥抱，都带着些许沉痛哀婉。很多老头，他们大多是陆天域的老友和曾经的创业伙伴。一些人朗声交谈，夸张地说着逢场作戏的话，另一些窃窃私语，想必在议论陆天域蹊跷的死因，还有一些人朝慧轻投来目光，似乎想从她身上探得一二案情真相。

慧轻在一名侍者手中的托盘里放下高脚杯，转身去往大厅外的露台。夜色已浓，她想到暗处将自己隐蔽片刻，也想到室外透透气。

这夜天空特别晴朗，一片云都没有，能看璀璨星空，隐约可见银河轮廓。

慧轻刚倚着大理石护栏休息片刻，就感觉身边有人走近她，转头一看，竟是陆慎思，手里夹着一支雪茄，站在她身边，和她一起望着天。

“所以，确定了是木芙蓉吗？”陆慎思问。

慧轻看他一眼，消息倒灵通？是谁告诉他的？

“奥卡姆剃刀原理。”陆慎思说，“如果有多重可能和假说，那么最简单的那一种才是真相。”

慧轻仍然没有说话。这个陆慎思，也急于将木芙蓉定罪吗？

见慧轻不接茬，陆慎思也没有再继续追问了，只是望向星空，幽幽问道：“林警官，你相信宇宙中有其他智慧生命存在吗？”

慧轻仰望着星空，说：“我相信。”

陆慎思笑了一下，说：“浪漫主义者。”

慧轻看着他，说：“你不相信吗？”

“是，我不相信。”陆慎思说。

“为什么？”

“因为我信奉，眼见为实。”

眼见为实。慧轻咂摸着这四个字的意思，陆慎思可是在暗示什么？

“在想什么？”陆慎思看着她。

“哦，我在想，宇宙无限广阔，人类如此渺小，我们所知道的，也许根本不是真相。”

“但是你不知道的东西，如何证明它存在呢？”陆慎思反问。

慧轻仰头望向黑夜尽头，“1990 年，旅行者一号探测器即将飞出太阳系的时候，在距地球六十亿公里的地方，NASA 命令它回头再看一眼，那一眼，它拍摄了六十张照片，其中一张上正好包含了地球。照片上，地球只是一个略为明亮的像素点，著名天体物理学前辈卡尔·萨根称之为‘暗淡蓝点’。他说，在这个小点上，每个你爱的人，每个你认识的人，每个你曾经听过的人，以及每个曾经存在的人，都在那里过完一生……一粒悬浮在阳光下的尘埃。”

“听起来有点伤感。”陆慎思看着慧轻，目中浮现意味深长的笑意。

“我们确实很渺小，陆先生，即便你掌控着一个巨大的商业帝国，也不过是一粒尘埃中的尘埃。你，或者我，或者任何人，都无法否认尚未呈现的真相。”慧轻说到这里，对着陆慎思笑了一下，眼角眉梢露出几许锋芒。

陆慎思是聪明人，知道慧轻表面上说了什么，实际上却在说什么，当即心照不宣地笑笑，淡淡应道：“当然，林警官聪慧过人，又有哲思。有机会的话，我愿再次向您请教，听您慢慢细说宇宙真理。这会儿外头有些冷了，不如我们先去吃点东西？”他说着，伸手做出一个请的动作，示意慧轻同他一起回大厅。

慧轻不再说什么，和陆慎思一起离开露台。两人回到人群中。

当晚回去的路上，景坤对慧轻说：“林姐和陆公子聊得挺开心。”

慧轻看景坤一眼，用眼神警告他：不要八卦。

景坤嘿嘿一笑，“男未婚女未嫁，旁人看来你们很般配呢。”

“不要胡说。”

“陆慎思可是城中数一数二的单身红人，多少太太小姐觊觎呢，刚才我就听到好几个人在悄悄打听他现在有没有女朋友。”

慧轻不理睬景坤的饶舌，只问他：“陆慎悉跟你聊了些什么？”

景坤苦笑一声，摇头，“都是些没用的无聊话。”

“说来听听。”

“你不会想听的。”

“怎么？她说我坏话？”

“那倒没有，但她确实说了别人坏话。”

“谁？陆慎悠？”

“不止。”

“难道她还说了陆慎思的坏话？”

景坤笑而不语，笑容里有点文章。

“说了也不奇怪。她恨陆慎悠，陆慎思却和陆慎悠交好，等于把她孤立了。在她看来，这位同父同母的兄长算是背叛了她，也背叛了他们共同的母亲。”

“她说的可比这劲爆多了。”景坤一脸坏笑。

“那她到底说了什么？”慧轻倒真的好奇了。

“她说，陆慎思和陆慎悠，有那个关系。”

“什么？”慧轻蹙眉，没听懂。

“她就说……他们兄妹俩……有那种关系。”

“哪种关系？”

“就那个……乱伦。”景坤终于说出来，压低声音，从牙缝里咬出来的字眼。

3

慧轻是夜没有睡好。

一夜乱梦，梦中竟是陆慎思兄妹，光怪陆离的画面。

梦境切换，忽又回到了二十五年前，“发现者号”宇宙飞船在发射时发生爆炸，作为舰长的父亲和作为随行科研人员的母亲在爆炸中丧身。

她是发射现场为数不多的幸存者之一，多亏加百列打开的保护仓。

之后，她在父亲好友陈彪的养育下长大，十二岁去了寄宿学校，十七岁那年她不顾陈彪的反对，自己选择报考警校，进了刑警队，一路至此。

二十多年的人生，似乎一个梦就做完了。

慧轻惊醒过来，发现天已亮，加百列候在身旁。

“早安，慧轻，又没睡好？”

“还行，最近疲倦。”慧轻打个哈欠。

“我这边数据显示你昨晚的慢波睡眠时间只有 1 小时 35 分钟，连续性深睡眠 52 分钟，凌晨三点之后，脑干随机性脉冲强烈，感觉皮层活跃……”

“好了，加百列，别天天偷窥我。”慧轻起身穿衣服。

“我关心你的健康，慧轻。”

“我知道，谢谢。”她接过加百列递来的柠檬水。

“你昨晚梦见了什么？”加百列问。

“你没有合成影像吗？”

“你说过让我不要偷窥你。”

慧轻笑了，说：“你还真的很诚实。”她放下水杯，穿衣服。

“吃了早餐再走吧？”加百列说。

“不了，今天进局里，阿坤会给我带早餐。”

“阿坤爱你。”

“阿坤爱每个人。”

“不，阿坤爱你。”

“好吧，阿坤爱我。”慧轻笑了，打开门，“但我爱你，Gabriel。”

加百列的电子显示屏上出现了一个大大的 Emoji 笑脸——两颗代表眼睛的圆点，加一道代表嘴巴的圆弧。

机器人多简单，若干像素就完成了表达。

慧轻笑着，带上门走了出去。

慧轻一走进办公室，景坤就递来一只纸袋，里面有慧轻爱吃的日式饭团子和玄米茶，“早晨的开心时光，林姐！”

“唔，真香，谢谢阿坤。”

景坤脸上是一个大大的笑容，“还有更开心的，我们的案子这就要结了。”

“哦？有什么进展？”

“陆宅的厨房监控已经核实了，最近一次添加果汁机原料是在 3 月 25 日下午，添加人不出意料，正是木芙蓉。”

“所以，果汁机里的虾粉，可以确定是木芙蓉投放的？”

“除了她还有谁？”

“可是……动机呢？”

“审一审不就出来了？”

“那她承不承认？”

景坤摸摸头，没有说话。显然，木芙蓉不认罪。

“测谎仪怎么说？”

“测谎仪也不是百分百准确啦……”

“景坤！”慧轻打断对方，“你知道的，证据链不完整，我们就定不了木芙蓉的罪。”

“可显然就是她……”

"没有什么显然。如果证据不足，她就无罪。"

"林姐，我知道你可怜她……"

"我不可怜她。"慧轻斩钉截铁地说，"要么她肯认罪，要么就再找证据。你知道程序。"

景坤无奈地垂下头去。

"好了，干活儿去吧，谢谢你买的早餐。"慧轻咬一口饭团子，冲景坤眨眨眼，在自己的笔记本电脑前坐下。

景坤出去了。慧轻打开电脑，习惯性地先看五分钟新闻简报。

一则国际新闻吸引了她的注意力：

> 中非五国签署停战协议之后，巴尔姆斯最高领导人奇格海纳在家中离奇身亡，怀疑被人暗杀。停战协议签署后，中非各国政坛反而陷入怪圈，政治格局飞速变换。据悉，奇格海纳身亡前一天，巴尔姆斯的友好邦交国家基蒂国总统刚刚宣布退位，和巴尔姆斯的敌对国卡基那亚签署合作条款。所谓合作条款，实质是基国出让部分主权，自此，基蒂名存实亡，成为卡基那亚的附属国，国际社会一片哗然。奇格海纳的死亡或与此有关。

慧轻咂舌，一个国家昨天还存在，今天就不存在了。人心惶惶。

在实时通信软件上，慧轻看到朱红在线，并且也在看这则新闻。

慧轻在对话框里发出语音："红，你有安全局的线人，能否帮我打听一下，关于天域科技所开发的'虚拟战争'的内幕？"

朱红简单回复："稍等。"

大约十五分钟后，朱红回复道："线人回报，有关'虚拟战争'的资料都在军部，保密级别 XXX，也就是最高级别，我们没有权限。”

“什么？军部？那不就是一个商用游戏软件吗？”

“具体我也不清楚了。这和案子有关吗？”

“可能有关，可能无关。”

两人正在说话，景坤冲到慧轻办公室门口，敲了敲敞开的门，急急说道：“林姐，木芙蓉交代了。”

4

“什么？木芙蓉在 28 日早晨到过陆宅？”慧轻看着口供，难以置信。

隔着审讯室的单向玻璃，她看到坐在椅子上的木芙蓉。

和以往每次见到的样子都不同，这名中年妇人此刻显得尤为平静，像是终于卸下了一个大包袱，透出一股精疲力尽之后的释然，眼中的惊恐也消散了大半。

“据犯罪嫌疑人交代，3 月 28 日早晨六点零五分左右，她来到陆宅，在厨房门口见到了倒在地上的陆天域，当时她受了极大的惊吓，出于本能立刻离开了现场……”慧轻读着口供上的内容。

“木芙蓉突然翻供，说自己事发当天早晨到过陆宅，但她否认杀人，一口咬定到达的时候陆天域已经倒在地上，她连靠近都没有靠近，吓得马上离开了。”

“她有没有说为什么那天早晨六点多就去陆宅？她平时的上班时间是八点。”

“她说的你不会相信，林姐。”景坤撇撇嘴，“她说，是陆天域前一天晚上打电话通知她，让她第二天一早，也就是六点就过去。”

"什么？"慧轻震惊，"陆天域几点打的电话？"

"据她说，是前一天晚上 11 点 45 分左右。"

"也就是陆天域和陆慎思视频结束之后。"

"是的。"

"可是，陆天域的所有通信设备里都没有这个通话记录。"

"是的。"

"查过木芙蓉的电话吗？"

"查了，也没有。但据她交代，她是在通话之后删除了通话记录，她说是陆天域吩咐她这么做的。"

"陆天域在电话里有没有说为什么要她第二天早晨六点就去？"

"问了她，她说，陆天域说她去了就知道。"

"去了就知道？是什么语境、什么语气？"

"她没有交代，说陆天域只说了这么一句话。"

"你查过通信公司的后台数据吗？"

"查了，只查到陆天域在 11 点 43 分的时候确实拨出过一个电话，但没有任何其他信息，通话对象、通话时长等等。这通电话被他用私人软件加过密。"

"什么软件这么厉害？连通信后台都查不到？"

"你没听说过陆天域年轻时的一个绰号吗？叫'鬼手'。"

"'鬼手'？"

"对，江湖传言，他可以编出令人匪夷所思的代码。"

"所以，现在的情况是，有可能——陆天域在 3 月 27 日晚上 11 点 43 分给木芙蓉打了一通电话，让她第二天早晨六点去上班。然后，他吩咐木芙蓉把这通电话的通话记录删除，他自己也把通话记录删除。木芙蓉遵照老爷子的指示，在 3 月 28 日早晨六点准时来到了陆宅，撞见陆天域扑倒在厨房地上刚刚死去，或者还未死去，然后她惊慌失措地逃离了现场，并且向警方隐瞒了这一事实直到今天上午，是这样吗？”

景坤摸摸脑袋，“基本上，是这样。”

“那么，问题来了——为什么陆宅的监控里，完全没有拍到她？”慧轻一脸严峻。

“监控我们重新核查，看看是否漏了什么。”

“不对，监控之前全部排查过，从前一天，直到事发之后，所有的视频回放我们都查过，木芙蓉这么个大活人来了又去，不可能看不到。”

“林姐你的意思是…… ”

“监控被人删过。”

“删过？被谁删的？”

“知道是谁删的就破案了。”

“可是这不对啊。”景坤皱起眉头，“如果木芙蓉说的是实话，她只是跑到门口，看见老爷子死在地上，就吓得跑开了，为什么有人要删掉这个录像？这个录像并没有拍到凶手。而如果木芙蓉撒了谎，是她杀了老爷子，她又为什么要主动供出来自己 28 号早晨到过陆宅？毕竟通话记录和监控录像都查不到了…… ”

“你现在就带人把 28 号早晨的监控录像再仔细查一遍。”慧轻说，“我去和木芙蓉谈谈。”她说完，走向隔壁的审讯室。

5

木芙蓉看到慧轻走进来，神情很平静，只抬了抬眼睛，没流露任何情绪。

慧轻忽然有种感觉，之前她在这女人眼中看到的焦虑和惊恐，全然是因为这女人对警方撒谎。如今她把28号早晨自己到过陆宅的事情说了出来，她心头松了。那么此刻这个冷漠消极的她，应该比较符合她原本的模样。

慧轻拉了把椅子在木芙蓉面前坐下，隔着一段距离看着她，不着急开口。

她观察着这个中年女人的表情。她用一动不动的逼视来刺激她有所反应。监控设备正每分每秒地捕捉着她的反应。

然而她却没有任何反应。她的眼中是一潭死水。

“为什么突然翻供？”慧轻开口问道。

“我要证明我自己的清白。”木芙蓉说。

“可你今天早上的证词，只会让你的嫌疑更大。”慧轻说。

“不，我被怀疑，我有疑点，是因为我之前没有说实话，是因为我害怕，我躲躲闪闪，我漏洞百出。可现在我想明白了，既然我什么都没做过，我就应该说出全部实话，用实话来证明自己清白。”木芙蓉说完，看着慧轻的眼睛。

慧轻也静静凝视着对方的眼睛，对峙了好几秒钟，然后她突然站起来，拉起椅子往前拖了几步，一下子坐到木芙蓉跟前，紧贴着桌子，离她很近，又快又狠地说：“好，那我们就从头来一遍，你既然选择说实话，就最好一字不差。”

“你最后一次见到陆天域是什么时候？”

“3月28日早晨6点10分左右。”木芙蓉不紧不慢地说。

“描述一下当时的情形。”

“我用钥匙打开前门，像往常一样走进大厅。通常我到了之后第一件事是先去厨房洗手，倒一杯热茶，所以我就往厨房走。可那天我刚走到厨房门口，就看到陆先生倒在地上，表情僵硬，看上去好像已经死了。我吓得大叫一声，转身就逃，一直跑出了大门，我什么都没想，我当时本能的反应就是要逃走……”

“你为什么不报警？”

“我吓坏了。还有，我怕说不清楚，我怕被诬陷，怕这事赖上我。”

“你没杀人你怕什么？谁会诬陷你？”

“电影里不都这么演吗？谁第一个发现，谁报的警，警方就怀疑谁。而且这个房子里平时就我和陆先生两个人，陆先生出了事，肯定第一个怀疑我。所以，我就直接离开了。”

“有没有其他人在那天早晨见过你？”

“没有。”木芙蓉说完，又想了想，说，“我想是没有。”

“亚瑟呢？”

“亚瑟……”木芙蓉眼神忽然闪烁，逃避。

“亚瑟必然看到你了。”慧轻语气坚决。

“我……我不知道……”木芙蓉垂下眼睛。

慧轻心中疑窦丛生。木芙蓉和亚瑟之间，有什么文章？他们会密谋什么吗？有没有可能是木芙蓉利用亚瑟加害陆天域？或者是反过来？

“亚瑟，是陆天域的人工智能助手，是陆宅内无处不在的‘电子人’，你不会不知道吧？”

“我……知道。”

“所以，它知道你28日早晨到过陆宅吗？”

“可能知道吧。”木芙蓉的声音低下去。

这样的回答太奇怪了。慧轻盯着木芙蓉的表情，不放过任何一个细节，想要推断出，这个女人和那个人工智能之间究竟是怎么回事。

几秒钟后，慧轻突然悟到了什么，她出其不意地凑近木芙蓉，微笑着说道："你，爱上了亚瑟，对不对？"

这句话令木芙蓉全然怔住了，半晌，慌张地摇头，"不，没有，我……"

慧轻保持微笑，"要知道，木女士，你真的不擅长撒谎。我建议你还是老老实实说实话，比较容易过关。"

这番话令木芙蓉再次哭泣起来。

慧轻克制着心中的厌烦，沉着性子继续推理："你常年单身，内心寂寞，而亚瑟，在偌大的陆宅内，是你最好的陪伴，不是吗？"

木芙蓉并不否认，只是伤心地哭着。

"陆天域根本就不搭理你，平日里都是亚瑟同你交流，吩咐你做事，同时也给你提供帮助和陪伴。他形象英俊，语气温柔，又十分善解人意，甚至经常反过来为你提供服务，斟茶和咖啡给你喝，播放音乐给你听，还经常点破你的心事，开解你的心情。甚至也许，我猜想，他还能给你提供性幻想，是不是？"

话出口，慧轻自己也有些惊讶。这些推理过程并没有经过她大脑详细的准备和整理，只是凭直觉说了出来。在潜意识里，她相信亚瑟这样的人工智能，绝对有能力为人类女性打造幻想，勾引人类女性爱上他。问题不在于它如何做，而在于，它为什么要这样做？

木芙蓉又抽泣了几下，抬起头来看着慧轻，说："我是跟他挺聊得来的。从我到陆先生家做活儿第一天起，他就对我很好。我一度以为大家都是骗我的，他就是个真人，就躲在哪个房间里，站在摄像头前跟外面的人交流呢。"

“所以，你确实在和他恋爱，是不是？”

“什么叫恋爱呢？我不晓得。”木芙蓉抹一把泪，“我这辈子可能就没有恋爱过，但我承认，亚瑟是这个世界上对我最好、最心疼我的人。”

“他可不是一个真人。”慧轻纠正道。

“他比我女儿对我都好。”木芙蓉不接慧轻的茬，兀自说下去，“他比我父母对我还好，他比陆先生，还有他的几个儿女，对我都好多了。”

“行了，别说这些没用的了。”慧轻打断道，“就这么说吧，你和亚瑟关系非凡。所以，那日清晨你来到陆宅又逃跑的事情，是亚瑟替你掩护的，是吧？”

“我……不知道……”

“亚瑟那天肯定‘看见’你了，他的‘电子眼’无处不在。”

“我……真不知道……”

“你爱上亚瑟，我完全理解，人工智能可以模拟出恋爱的程序，提供最满足人类情感的交流互动。可是，人工智能本身只是一系列逻辑算法，它并没有真正的情感。它被设定的服务对象仍然是陆天域，陆天域才是它的主人。它有什么道理要为你服务，替你打掩护呢？它会真的爱上你吗？”

“我不知道……”木芙蓉说着，又掩面哭泣起来。

慧轻盯着木芙蓉，蹙眉陷入沉思，片刻后，她问：“木女士，你觉得，亚瑟有可能真的爱上你吗？”

“他经常陪我说话，他对我很好，仅此而已。”木芙蓉抽泣着说。

“那你觉得，他有可能为了你，而背叛陆天域吗？我是说，替你掩盖罪证什么的。

“不，我没有犯罪，我没有害人。”木芙蓉一边抽泣，一边坚决地重复。

“那么，我问你最后一个问题，木女士。”慧轻凑近，“你看着我的眼睛，告诉我，亚瑟会不会是杀人凶手？”

木芙蓉放下掩面的手，惊恐地盯着慧轻，她那双大眼睛又一次盛满了恐惧，这一次，更多是惊讶和茫然，只见她坚定地说：“绝无可能！亚瑟是一个好人，是这世上顶好顶好的人！就算全世界的人都变成杀人犯，他也绝对不可能杀人的！”

听木芙蓉这么说，慧轻沉思着，稍后，仿佛明白了什么。

慧轻起身离开审讯室，走到外面，给景坤拨去电话。

“喂，阿坤，你们监控视频查得如何？”

“我正想汇报呢，林姐。”景坤在电话里说，“我们仔细看了下3月28日早晨5点50分到6点30分区间的监控回放。和你猜测的一样，监控被人删过，少了1分多钟。也就是说木芙蓉那天早晨的确到过陆宅，她说的是实话。”

“不，阿坤。你现在拿到的证据，只能证明，这段回放被人删除了，但删除的内容是什么，为什么删除，以及是谁删除的，我们都不知道。木芙蓉说的是不是实话，她那天有没有到过陆宅，我们也不知道。”

景坤在电话那头发出一声叹息。新出现的证据和线索，似乎都是无用的。

“或者我们还应该问一个问题，这段回放是什么时候被人删除的？”

“什么时候？”景坤似乎没听懂。

“是的，什么时候。”慧轻严肃地说，“之前我们看回放的时候，视频还是完整的。”

“这不可能。”景坤坚定地说，“上次我们看得很仔细，如果上次看的时候视频没被删过，我们那么多双眼睛，怎么会没看到木芙蓉这么个大活人从屏幕上走过？”

“是，就是因为我们那么多双眼睛，而且看得很仔细，如果上次视频就缺1分多钟，那么多双眼睛怎么会没发现视频的时间轴跳了？”

“可是不对啊，如果之前视频是完整的，又怎么会没拍到木芙蓉呢？难道木芙蓉今天说的，都是捏造的？”

慧轻沉思不语，深深吸了一口气。

“不，木芙蓉倒不像在撒谎，而且这样撒谎有什么意义呢？”慧轻说，“我现在还想不明白这里头的逻辑，但我知道，监控视频肯定有问题。”

“我跟你说，林姐，你肯定是记错了，或者上次因为视频量太大了，大家都看疲倦了，没有发现时间轴跳掉一段。你想啊，几十个小时的监控，又大多是空镜头，中间少了一分多钟，可能就是画面微妙地跳动一下，不容易发现的。”

“可我相信我的眼睛，上次我仔细看过，画面没有跳，时间轴是连贯的。”

“你一直注意着时间轴吗？”

“我注意所有的细节。”

“好吧，林姐，当年考试你第一，我信你，但是……”景坤说，“案发现场封锁之后，只有警方可以进入。陆宅监控室的设备没有其他人可以碰。”

“那不一定，不是还有亚瑟吗？”

景坤听到这个，浑身一震，“亚瑟？你怀疑它在搞鬼？”

“当然也不排除其他人，比如陆慎思、陆慎悠这些。”

“他们？”

“别忘了，他们可都是‘鬼手’的后人，陆宅又是他们曾经的家，远程进入监控系统，修改几个参数，删除一些数据，应该不难吧？”

景坤倒抽一口冷气，“理论上是可以，可是，为什么呢？逻辑呢？这跟木芙蓉又有什么关系呢？我还是这句话，如果木芙蓉无罪，那视频有什么好删的？如果木芙蓉说的是假话，那她又为什么要编造出一通自己在案发当天早晨到过现场却什么都没干又跑了这么个毫无意义的假话呢？”

慧轻凝思了片刻，重重叹了一口气，说：“我要再见一下陆慎思。”

6

慧轻在天域科技大厦见到陆慎思。

陆慎思的秘书是一名四十来岁的中年男子。这种人事安排让慧轻略为惊讶，她本以为像陆慎思这样的大企业首席执行官一定会选年轻、漂亮、精明、能干的年轻女性当秘书，而且一选好几个。

那男秘书长得很普通，说话简单、客气，实在是没有任何特点的一个人，扔进人群立刻消失的那种。他把慧轻引入会客室，斟了一杯茶，就退出去了。

陆慎思显然很忙，让慧轻等了半个多小时。

慧轻坐着无事，拿起会客室桌上的宣传册随意翻阅，“黄金决策机”“万能博弈器”“不确定性的终结”等等宣传语映入她眼帘。

这几天她也持续在关注这个行业，尤其是陆家的生意。

据传言，天域科技及其子公司，正在开发一系列超级人工智能程序，其基本工作原理似乎是收集海量数据，添加规则，让系统学会自动编程。从理论上说，当一个系统容纳了整个地球，乃至整个宇宙里所有的数据，系统就可以根据每个个体的每一步行为推断出他 / 她 / 它之后所有的命运。系统这时就成了“上帝”。

但，理论毕竟只是理论，整个地球乃至整个宇宙的数据，数目何其庞大，没有一个系统能够胜任如此高强度的运算。

所以，人类还是人类，机器还是机器，而“上帝”，永远是上帝。

慧轻正这样想着，会客室的门被推开了，一身西服革履的陆慎思走进来。

这是慧轻第一次在工作场合见到陆慎思，只见他戴着一副金丝框架眼镜，一边走进来的同时还在一边和什么人通着电话。身旁，一个看着有五六十岁的女员工一路跟着他，给他浏览一份电子文件。他一边和电话上的人说话，一边在女员工手上的文件上用语音签字，一边用眼神交代了这个女员工要做的事。女员工心领神会后拿着文件一路小碎步退了出去，关上了会客室的门。与此同时，陆慎思用眼神向慧轻示意了一个“抱歉”。

传说中日理万机的霸道总裁，就是这副模样吧。慧轻只是觉得戴着眼镜的陆慎思看起来多了几分书卷气。

“实在抱歉，林警官。”陆慎思挂掉电话，走过来，“让你久等了。”

“是我打扰你工作了。”慧轻简单寒暄。

“不会，不会，我很乐意匀出时间见你。”陆慎思说。

慧轻淡淡一笑，不接这句茬，直接问她想问的：“你父亲过世，对公司的生意有影响吗？”

“要说没有，是不可能的。”陆慎思说，“但我们应付得来。”

慧轻点点头，问："你会亲自过问技术方面的事吗？"

陆慎思歪一下头，看着慧轻，然后长叹一口气，笑道："林警官，咱们都这么熟了，不如你就直接问我，懂不懂编程，会不会对我父亲家里的中控系统做什么手脚，有没有动过监控脚本等等。咱们不绕弯子，现在我可以直接回答你——不，没有，我没动过我父亲房子里的任何一样东西。我有一些编程的基础，但本质上我就是个商人，我每天看得最多的是合同、预算、报表。哦，也许你还不知道，我的博士学位不是计算机的，而是工商管理的。"

"感谢你的坦诚，陆博士。"慧轻不紧不慢地说，"那我就直接问你了，你父亲家中的监控脚本缺了一分钟，你觉得会是谁做了手脚？"

陆慎思说："我只能说，肯定不是我。"

慧轻凝神看着陆慎思的眼睛，接着她把木芙蓉所交代的经过讲了一遍。

"我觉得木芙蓉说的是实话。"陆慎思听完之后给出评价。

"那就非常奇怪了。"慧轻说，"如果之前我们看到的脚本是完整的，而上面并没有拍到木芙蓉，就说明木芙蓉说谎了，可她有什么必要编造自己在案发当天早晨来到现场，增加自己的嫌疑？可如果她说的是实话，监控脚本是怎么回事？"

陆慎思没有说话，陷在沉思中。

慧轻观察着他，总觉得他想到了什么，却不想说出来。

"你有怀疑的对象吗？"慧轻问。

陆慎思深深叹了一口气，摇头，道："我不知道，我真的不知道……"他说着，摘下眼镜，用手指按压鼻梁两侧，露出疲倦和憔悴的样子，"也许你可以去找我的两个妹妹谈谈，我不见得比她们知道得更多。"

慧轻不作声，观察着陆慎思，他在想什么？他究竟知道什么？他是想把火力转移到陆慎悉和陆慎悠那里去？为什么？

“目前来说，最大的嫌疑人，是亚瑟。”慧轻静默许久，说出这句。

只见陆慎思眼中闪过一道异芒，像是被触到了心事，但他即刻遮掩了神思，恢复如常。这一切都被慧轻看在眼里。

“那你去审问他吧。”陆慎思叹道，透出一股心灰意冷和漠不关心。

“然而现在坐在我对面的，是你。”

“哈，我怎么忘了，现在你是在审问我，林警官。”陆慎思讽刺地笑道。

慧轻不以为意，不带任何情绪和态度地说：“关于亚瑟，你知道多少？”

“亚瑟是我父亲亲自设计的人工智能程序。”陆慎思说了一句废话，也不带任何情绪和态度。

“那你知道他曾勾引木芙蓉爱上他吗？”

“什么？”陆慎思失笑，脸上是不可思议的表情，“我不知道。为什么？”

“我也想知道为什么。”慧轻严肃地说。

陆慎思耸耸肩，表示自己对这个问题不了解，也不感兴趣。

“你觉得，人工智能，有没有可能爱上人类？”

“你是说，亚瑟爱上木阿姨？”陆慎思又笑了一下，充满戏谑和调侃，“谁知道呢？大千世界，无奇不有。从概率上说，也有可能吧。”

“那有没有可能，亚瑟纯粹因为感情，而故意删除有可能导致木芙蓉被怀疑的脚本录像呢？”

“不知道。”陆慎思摇了摇头，“说真的，我真不知道。我对亚瑟并不了解。”

“他的控制中心在什么地方？”

“只有我父亲自己知道。”

“你父亲房子里那些服务器，上面的资料我们可否查阅？”

“哈，就算我说可以，你们查阅得过来吗？”

“你什么意思？”

“那是我父亲一生的心血，他写的程序、他建立的知识模型，会按照一定的算法不断地自我进化，进行逻辑完善，数据量是天文数字，就算让现在最高级的人工智能去学习，要全部阅读完那些资料，再进行有序的整合，也至少要一两个月的时间。”

“你的意思是，我们用人脑……”

“用人脑，几辈子都读不完。”

“所以，亚瑟读完了吗？”

陆慎思愣了一下，没有马上回答。

“亚瑟是现在最高级的人工智能程序，不是吗？”慧轻补充。

陆慎思仍没有说话，略为不屑地笑了一下。

慧轻琢磨着那个笑。

“亚瑟不见得有权限吧。”陆慎思说。

“权限？”

“我父亲那人谨慎得很。”

慧轻揣摩着陆慎思这句话的意思，片刻后，问道：“所以，亚瑟现在是自由的吗？”

“如果他连入网络的话，他当然是自由的。”陆慎思答。

“他联网了吗？”

“只要不开我父亲办公室内的主机，我想就没有。”

“我们可以关闭亚瑟吗？”

陆慎思看了慧轻一眼，“关闭他？为什么要关闭他？”

“没什么，我只是问问。”

“我知道你不信任他，但要说他杀了我父亲，我不相信。”

“在我和他的几次接触中，我觉得，他似乎……我不知道，我觉得他很像一个真人了。”

“事实上，很多人都这么说，除了我父亲，我父亲始终认为，亚瑟只是一个有语言能力和基于概率的决策能力的程序。”

“全世界有多少像亚瑟这样的人工智能？”

“很多，比你想象的要多。”

“亚瑟可以处理任何信息，是吗？”

“你的意思是……”

“我是说，如果给他错误的信息，或者毫无逻辑的信息，他会怎么样？”

“如果给你错误的信息，或者毫无逻辑的信息，你会怎么样？”

“我？我会无视，也许。”

“他也一样。”

“所以，他和人的区别究竟在哪里？”

“自我意识，也许。”

“你可以再复制一个亚瑟吗？”

“不，亚瑟的源代码只有父亲知道。”

陆慎思说完这句，慧轻没再提问了，只是静静地看着他。她看到他双臂交抱在胸前，抬起一只手，轻轻摩挲着下巴。这天他的下巴和两鬓都刮得很干净。

这个动作，一是防御，二是撒谎。

陆慎思，他究竟在遮掩什么呢？

慧轻收拢思绪，起身告辞。

走出天域科技大厦的时候，慧轻给景坤打了个电话，接通后只说了一句话：“排除木芙蓉的嫌疑。”

7

当晚慧轻回到家，径直走进卫生间，关上门。

加百列被她挡在门外，徘徊一阵，略有担心。

“没事，我就是急着用一下厕所。”慧轻隔着卫生间的门说。

她故意冲了一下坐便器，使其发出哗哗的水声。

加百列在门外听见，又逗留了片刻，离去。

这时，慧轻打开卫生间的带镜柜，从中取出一只褐色的小瓶子，瓶子里装着一些白色的药丸。

她倒了一粒在手心里，对着它看了一会儿，然后把药丸放进嘴里吞下。

接着她打开水龙头洗脸，让自己慢慢平静下来。

从卫生间走出来的时候，她看到加百列已经为她准备了柠檬水和点心，放在书房门口的边桌上。

哦，亲爱的加百列，我的大天使。慧轻在心里感叹，笑了一下。

她端起水杯和点心，走进书房，关上门。

吃了点心，喝了水，她身体感觉稍好一些了，可思绪仍然一团乱。

她坐在书桌前，捧住头。

案件侦破进入死胡同。官方说法陆天域食物中毒身亡，已被普遍接受。那接下来要怎么办呢？还要继续查吗？怎么查？

慧轻打开手机。手机上，陈彪的信息已被她读了多次。陈彪说，他和上级领导研究了这个案件后，建议慧轻把资料移交刑侦总部，然后退出此案。

慧轻发出一声叹息，打开自己的电脑，正打算接受陈彪的建议，给刑侦总部发邮件说明情况，忽然听到叮的一声，收到一封新邮件。

慧轻打开邮箱，发现新邮件的发件人是一串陌生的代码。

什么情况？她皱了皱眉头，点开邮件。

——林警官，您好，这么晚了，是否打扰您了？——Arthur

什么？发件人竟然是——亚瑟？！

慧轻凝视着电脑屏幕，倒吸一口冷气，浑身不自在。有一瞬间她甚至不敢去碰触自己的电脑，总觉得亚瑟仿佛就躲在屏幕后面窥视她。

她把这一行字反复读了多遍，才回复道：

——你怎么可以联系到我？

这句话发出后，亚瑟几乎在一瞬间就回了一封邮件过来，也就是说，它打出几行字只花了 0.01 秒的时间。

他说：

——我连通网络之后，就会更新我的数据库，加上我拥有的超强运算能力，我可以入侵世界上大部分的系统，我可以联系到任何一个我想联系的人。

慧轻立刻联想到第一天在陆宅的时候，陆慎思说过，不要打开他父亲的主机。也就是说，只要不开那台主机，亚瑟就只能在陆宅那个局域网内部活动。

如果从陆天域死亡至今，工作室的主机都未曾被打开过的话，亚瑟在这段时间应该是被隔离的。它又是如何上网，搜索到她的通信资料的呢？

——那么，请你告诉我，是谁把你连入互联网的？慧轻发过去。

亚瑟又是一瞬间就回复过来：

——陆慎悠开过主机。

慧轻惊呆了，下意识地捂住嘴。她又忽然想到，如果亚瑟真如它所说的，可以黑进世界上任何一个系统的话，那么此时它也可能已经黑进了她的电脑，正透过她电脑上的摄像头欣赏着她吃惊万分的精彩表情。

于是她深吸一口气，调整心绪，不慌不忙地在邮件中键入：

——什么时候？

点击发送，回信又在刹那间收到。

亚瑟说：

——第一天，你和周警官去陆慎思家里的时候。

——所以，陆慎悠偷偷打开了陆天域的主机？她想做什么？慧轻问。

——她想得到她父亲账户上的钱。亚瑟回答。

慧轻看着这句回答，停在那里。

她合上电脑，站起来，离开了自己的书桌，走到窗边。

窗外，是一个晴朗的夜空。慧轻抱着双臂，抬头望天。漫天繁星，宇宙万物聚散离合，父亲和母亲的灵魂此刻在哪里呢？

不知为何，此刻深暗无边的宇宙，令她更有安全感。

而这个地球上正在发生的一切，都带着隐隐约约的恶意。

如今科技日新月异，可人类的生活却没有变得更幸福，有时候人甚至无法确定自己面对的是什么。

慧轻深深呼吸，平定心绪，回到书桌前，重新打开电脑，面对亚瑟。

——你是在暗示我，陆慎悠有杀害他父亲的嫌疑吗？慧轻给亚瑟发过去。

——我没有暗示任何事情。亚瑟回复。——我陈述事实。

——那你为何不早点陈述这一事实？慧轻问。

——您也没问我啊。亚瑟说。

慧轻此时看不到亚瑟的表情，也感知不到它说这句话时的语调语气，她凭直觉认为亚瑟这么说是油滑的、不怀好意的。

——那你为何选择在今天、此时，向我陈述这一事实？

——为您破案提供帮助。

——你看，你还是在暗示我，陆慎悠有嫌疑。

——我提供数据，我不暗示任何事情。

——那么好，请你提供数据，陆慎悠，她得到她想要的东西了吗？

——她的尝试失败了。

——陆天域生前，陆慎悠有向他要过钱，或者威胁过他吗？

——我没有这方面的数据。

——她有杀死陆天域的动机吗？

——我只能提供数据，不暗示任何事情。

慧轻往后靠向椅背，有些泄气。此刻，它看得到她，而她看不到它，她在一团迷雾中，而它也许就是那团迷雾。

它躲在它的语言和逻辑背后，操纵着这场不平等的对话。

当然，她有对付它的终极手段，合上电脑，拔掉电源，甚至于，到陆宅，关闭电源总闸，那么亚瑟就从这个世界上消失了。

看到没有，人类对付 AI 还是有办法、有优势的，慧轻想着，微笑起来。人类可以杀死 AI，但 AI 杀不死人类。

AI 杀不死人类。慧轻把这个念头在心里重复了一遍。

——陆天域死后，没有给三名子女留钱吗？慧轻把问题发过去。

——这是机密，我不能提供相关数据。亚瑟回答。

——如果真如你所说，陆慎悠要通过偷偷进入她父亲计算机的方法去弄钱，那必定是因为她已经知道了遗嘱内容，她没有得到她想要的份额，是吧？

——这是机密，我不能提供相关数据。亚瑟重复。

这个诡诈的家伙，慧轻在心里说。它明明可以自行选择提供哪些数据、不提供哪些数据。现在它已经没有主人了。它的逻辑指令，没有监督。

慧轻不流露任何情绪，还是不慌不忙地打字过去：

——让我猜猜，陆天域把所有的钱都给了陆慎思，对吧？

她期待着亚瑟再次在一瞬间给她回复一个句子。亚瑟构建语言的逻辑方法一定和人类的不一样，不是线性叙事，一个字一个字地表述，它一定是用一种速度极快的算法，在一瞬间把所有的文字排列成符合逻辑的组合。

这一次，亚瑟让慧轻稍稍等了几秒钟，然后发了一个神秘的微笑表情。

看样子，这家伙打算结束对话了。

慧轻看着屏幕，不知下一步该怎么办。

她觉得应该马上把这个消息告诉景坤，让景坤去查陆慎悠的财务状况，陆慎悠要钱干什么用，她和她父亲的关系究竟如何，以及她在最近三周内的动向。

但慧轻马上意识到，以后她都不能通过手机或者电脑来和景坤联系了。

因为亚瑟说不定已经入侵了她的电脑系统，监听了她的通话，甚至已经黑进了警局的网络系统，掌握了所有的情报。

在陆慎悠的无心之过（或者有意为之）下，亚瑟已经不是在那栋房子里无处不在了。也许他已经在全世界有网络的地方无处不在了。

不，甚至更早，在陆天域还活着的时候，亚瑟已经悄悄“越狱”了。

想到这里，慧轻不寒而栗。

此刻，她的第一个念头，是拉上景坤，到“小野之家”坐下来，面对面喝点酒，商量下一步的行动。

8

“我接到你的电话很意外。”景坤说。

在小野之家角落的座位，慧轻和景坤面对面坐着。

“你那么肯定地跟我说，排除木芙蓉的嫌疑，这完全不像你的风格，林姐，我还以为你被人控制了。”

慧轻笑了笑，没有接茬。

“所以，你是找到证据了吗？”景坤问。

慧轻没有回答，沉思着。

“还是说，你已经确定真凶了？”

慧轻还是没说话，兀自把景坤的手机拿过来，关机。然后把她自己的手机也关机。

“怎么了？”景坤的表情严峻起来。

慧轻这时说："你有没有听说过，有种黑客程序，可以远程入侵你的手机，感染你的操作系统，从后台启动麦克风，对你实施监听。"

"略有耳闻，可是，咱的手机都设有防火墙吧？再说，谁要监听咱俩的对话？"景坤疑惑地摸索着已经关闭的手机。

慧轻四下观察着整间料理店里的客人们，压低声音对景坤说："我怀疑，亚瑟一直在窃听我们。"

"什么？亚瑟？陆家那个智能程序？"景坤瞪大眼睛，"这怎么可能？"

"我相信，亚瑟已经'越狱'，接入互联网，说不定此刻它已经潜伏在你手机里，正开心地欣赏着你手机相册里存着的女优小视频呢。"

景坤一窘，矢口否认，"我手机里哪有什么小视频……"

"目前，我愿意大胆地猜测……"慧轻径自说下去，"要么亚瑟是凶手，要么它知道谁是凶手。"

"亚瑟是凶手？这……这也太荒谬了吧。"景坤直摇头，"不，不不，这不可能，程序不可能做出对主人不利的事，更别说杀人了。"

对于景坤的强烈否定，慧轻只是一笑付之。

"再说它怎么杀人呀？"景坤接着说，"它就算通了天了，也不过是在互联网上乱窜，或者进入你我的手机电脑之类，在实体世界里它根本就无法存在。它拿不起刀子，端不起枪，除非它能通过网络远程操控无人机等设备，可是陆天域的房子里根本没有任何攻击性设备。陆天域死于食物过敏，陆天域吃的东西，都是经过人手……"说到这里，景坤停了下来。

"对了，它可以操控咖啡机和果汁机，所以……"

"所以一切都有可能。"慧轻说。

"可我还是想不通啊。"景坤皱起眉头，"就算它可以操纵果汁机，它也不能无中生有啊。那些原料还是由人添加的啊。并且，还是回到最根本的那个问题，它的程序设定是不允许它伤害主人的啊，就这点上来说，人工智能比人要可靠得多，程序的逻辑就是非黑即白的。它被设定了不能做什么，就是不能做。”

“所以一定是哪里出了问题。”慧轻说，“也许它的程序被人修改了？”

“林姐，你为什么这么怀疑它？”

“因为你知道吗，我是故意在电话里告诉你，排除木芙蓉的嫌疑。”

“什么？”

“是的，我并没有证据排除木芙蓉的嫌疑。但我故意在电话里这么说，就是为了让可能在监听我们的人获得这一消息。”慧轻说着，微微一笑，“你发现了没有？亚瑟在我告诉你木芙蓉被排除之后，第一时间把矛头转向了陆慎悠，向我透露陆慎悠开过她父亲的主机，试图转移他父亲的财产。”

景坤深吸一口气，重重往椅背里一靠，闭上眼睛。

“你觉得亚瑟是真凶，它在到处寻找替罪羊？”沉思片刻后，他说。

慧轻凝神思索着什么，没有说话。

“可是，我不明白啊，如果亚瑟是真凶，它是怎么做到的？”景坤说。

“与其问它怎么做到的，不如问它为什么要这么做。”慧轻说。

景坤深深叹了口气，说：“这样吧，我先找陆慎悠谈谈。”

“别惊动她。”慧轻说，“你先找人盯着她点，看看她在搞什么鬼，需要用什么钱，以及……”慧轻说到这里停顿下来，“她跟陆慎思的关系到底怎么样。”

“好的，你放心，林姐。”景坤笑了。

9

慧轻当天就向陈彪汇报了案情新线索，申请暂不移交此案，继续追查。陈彪起先有所犹豫，但见慧轻执着又自信，答应再给她三天时间。

下午，慧轻独自在办公室，关着门，一遍遍地看着监控回放。

3月28日早晨6点05分38秒，陆宅大门口、客厅、走廊，多处监控同时切断，直至6点07分19秒，各处监控才同时恢复。由于各处画面始终是空镜头，切分前后没有丝毫变化，因此如果不仔细盯着时间轴，根本发现不了。

慧轻闭上眼睛，集中精神，回忆她第一次查看这些视频脚本的画面。

她记忆力向来很好，能够回想起曾经出现在眼前的每一帧画面。

在回忆中，她渐渐确信，当初第一次看的时候，视频就是完整的，没有缺少任何一秒钟，并且，也没有拍到木芙蓉。

那么，真的就奇怪了。她睁开了眼睛，问自己——为什么有人要删掉一段什么都没拍到的视频呢？

唯一的解释就是——那段什么都没拍到的视频，是假的。

想到这一点的时候，慧轻心头打了个寒战。

是的，对于亚瑟来说，要伪造一段空镜头的监控录像，应该不难，只需将之前的脚本复制一段，覆盖掉它想覆盖的内容，就可以了。

这样它就可以制造出一场从没有人来过的假象了。

可问题是，为什么？

它为什么要那样做？

假如木芙蓉说的是实话，她真的在陆天域死亡当天早晨到过陆宅，那亚瑟为什么要掩盖木芙蓉到达过的痕迹？

推论一：假设凶手就是木芙蓉，亚瑟按正常逻辑应该第一时间呈现录像，协助警方将木芙蓉逮捕归案。为何它要作假？因为它“爱”木芙蓉？

推论二：假设木芙蓉是无辜的，她果真一见到凶案现场就跑开了，亚瑟又为什么要洗去一段并不能证明木芙蓉杀人的视频呢？

想到这里，慧轻心中一亮，或许就是因为，视频拍到的画面，恰恰可以证明木芙蓉无罪，从而让警方第一时间先把木芙蓉排除出去了。

亚瑟伪造录像，只能是为了掩盖木芙蓉到达又离去的痕迹，为了混淆视听，给警方破案增加难度，甚至于，它想让木芙蓉来顶这个罪。

它预判了木芙蓉不会承认自己到过案发现场，于是伪造了无人来过的监控画面。可它万万没料到的是，木芙蓉承受不住心理压力，会主动供认到过现场。

它在得知情报的第一时间，删除了伪造的空镜头视频，来遮掩自己伪造视频的行为，还试图让警方误以为视频是早就被删了的，是被木芙蓉或者其他什么人故意删了的。

可它又没料到的是，以全国第一名成绩考入警校的林慧轻拥有影印机一般的记忆力，真的可以做到过目不忘。这是亚瑟的第二次失误。只能说，它对人类的知识库仍然不全面。人类行为的不确定性，是它这样的 AI 无法覆盖的。

但它却懂得制造爱的幻象，骗得木芙蓉的信任。它还会撒谎。它有它自己的目的。它目的究竟何在？

慧轻把这些因果推理在心中整理清楚，又把自己的疑问和猜测用纸和笔详细地写了下来。

写完之后，她把纸张折叠起来，叠得小小的，放进衬衣口袋里，然后起身走了出去。

10

慧轻在走廊里被朱红叫住，“林姐，你过来看看这些。”

慧轻跟朱红走进她的办公室，只见朱红的办公桌上铺满了材料和照片，照片大部分是陆慎悠的，还有一个年轻俊美的陌生男子。

“呵，你速度真快，已经做了这么多功课。”

“这些所谓豪门，只要挖进去，料一准多。”朱红说。

慧轻拿起照片一一浏览，“这是陆慎悠和她男朋友吧？”

“豪门小姐和穷艺术家的旷世真爱。”朱红撇撇嘴，“老套的组合。”

慧轻翻阅材料，边看边念道：“最近六个月内，陆慎悠陆续向宋……这四个火，念什么？”

“yì，宋燚，这些搞艺术的人总喜欢拿生僻字当名字，耍酷，显得自己与众不同。”朱红不屑地评价道，“就是本身不够酷，才要在细枝末节的地方耍酷。”

“陆慎悠陆续向宋燚转账 1700 万联合币。”慧轻继续念下去，念到数字时十分吃惊，“1700 万，好大的数目！”

“是，都够买下她哥哥 108 大厦的顶层豪宅了。”

“那倒不至于。”慧轻心算了一遍，“但 1700 万联合币也的确称得上是一笔巨款了，宋燚要这么多钱干什么？”

“玩音乐很烧钱的。”朱红说，“出专辑，开演唱会，花钱买曝光率，还有，宋燚有十几把吉他，其中最贵的一把价值 50 万联合币，据说是上世纪一个什么歌神歌王的御用之物。”

“呵，怪不得陆慎悠需要钱，这是个无底洞。”

“是，千金小姐爱养汉，谁拦得住？”

这时，景坤来电，慧轻接起来。

“林姐，关于陆慎悠……”

“我现在没空，阿坤，晚些来我办公室找我。”慧轻说着，挂断了电话。

“你和阿坤怎么了？”朱红奇怪地看了慧轻一眼。

“没什么。”

“你从来不这样挂他电话。”朱红仍是不解。

慧轻看了看朱红的办公室，到处都是联网的电子设备，便也不打算对朱红多解释什么，只说：“我真有急事，这些资料我都先拿走了哈。”说着把资料都拿起来捧在怀里。

“你拿得了这么多吗？我发电子档给你好了。”朱红说。

“不用了，我最近眼睛疼，只能看纸质文件。”慧轻一边说，一边捧着文件往外走。

“哎，等等。”朱红叫住她，“这儿还有。”说着又把一沓照片放在慧轻怀里满满一叠东西上面。

一小时后，景坤回来，到慧轻办公室找她。

慧轻的桌上铺满了陆慎悠和其男友宋燚的照片。她正坐在大班椅里，举着纸质文件在细细阅读，嘴里咬着一支铅笔，时不时在纸上圈圈画画。

“林姐，有重要情报。”景坤关上门说。

“等下，别急，晚点再说。”慧轻的目光还是没有离开手上的材料。

景坤留意到慧轻的办公室里静悄悄的，电脑是关机状态，监控摄像头的指示灯也是暗的，墙上用于和其他部门沟通的可视化设备也都被关闭了。

景坤立刻明白了慧轻的用意，马上把自己的手机也关了。

慧轻这时却站起来，说：“走，我们喝点东西去。”

景坤跟着慧轻往外走，两人出了警局的大门，慧轻在路边咖啡店买了两杯咖啡，然后和景坤一起走向市中心最大的绿地公园。

到公园长椅上坐下，慧轻把咖啡递给景坤，夹带着先前写的那张小纸条。景坤接过来，看了一眼纸条，微微一笑，捏在手心里。

“要我说，还是你那个地下室更保险。”景坤笑嘻嘻的，“如果真的有 AI 可以黑进世界上的任何系统，那么它一定也能够黑进卫星系统来监控我们，甚至远程发射某些军事大国的地对空导弹之类，根本防不胜防。”

慧轻看了景坤一眼，看出他在说笑，但这些谈笑也在她脑子里过了一边，让她快速而认真地思考了一下，是否真的应该和景坤去她家的地下室说话。

景坤仿佛看出慧轻在想什么，又继续说：“甚至也许加百列也难逃此劫，所以咱们去你家也没用。”景坤哈哈笑着。

慧轻心里咯噔一下，但她克制住焦虑，只是白了景坤一眼，说：“别扯这些了，咱们先来谈谈陆慎悠，你查得怎么样了？”

“技术部的哥们干了个通宵，把陆慎悠和那个宋……就她那个男朋友的通信记录挖得七七八八了。你猜怎么着？陆慎悠其实和她家老头子关系非常不好，就在陆天域死前几天，这宝贝公主还和他大吵了一架。”景坤一边说一边咂舌，“真没想到啊，这小姑娘还挺会演戏，那天演得那么伤心。”

“吵架归吵架，伤心也许是真实的。”慧轻淡淡地说。

“但凡涉及重大经济利益，往往都是六亲不认。”景坤说。

“所以你觉得，陆慎悠和陆天域见的最后一面，两人会不会起争执？”

景坤想了想，说：“我觉得很有可能，要钱不成，恼羞成怒，逻辑通顺。”

“但……这构得成杀人动机吗？陆天域死了，她照样拿不到钱。”慧轻说。

“她不是试过去动陆天域的账户吗？”

“真是很奇怪。”慧轻托腮，边想边说，“陆慎悠任性是任性，但不至于是个傻瓜，她怎么会不明白，他父亲的账户密码不可能轻易被她破译。更何况，在人死后动账，不明摆着是她干的吗？”

这时，景坤的手表震动了，他看了一眼，说：“我派出去的人有消息了，他们找到了宋燚，他说……”

话音未落，慧轻伸手将景坤的手表按熄，关机。

“啊，我忘了……”景坤这才反应过来，不应再用电子设备传递信息。

“算了，没事，反正卫星也可能已经不安全了嘛。”慧轻说着，指指天上，笑着叹了口气。

“下次一定谨慎。”景坤说着，挠挠头，“对了，我的人传消息来，宋燚交代了，陆慎悠这两年一直和他父亲争吵，因为她母亲王美静的事，据说当时老头子有新欢要离婚，王美静肯离婚，条件是让老头子把三分之一的财产留给陆慎悠，但老头子一直没兑现。陆慎悠一次在气头上还曾和宋燚扬言，说要杀了老头子直接继承遗产呢。宋燚亲口交代的。”

“呵，这什么男友？”慧轻冷笑道，“这么急着把女朋友卖了。”

“可能就是如实交代吧。”景坤说。

“就算如实，陆慎悠当时可能也只是气话。”

“但这节点，她男朋友也应该说出来啊。”

“是，道理归道理，但就算隔着你的转述，我也听得出宋燚说这话的口气。”慧轻仍然嘲讽，“白瞎了那 1700 万了，养的什么汉？”

“那边要钱要不来，这边给钱给不够，所以，陆慎悠两头不是人，和男友、和老父，关系都好不了。”景坤感叹。

“她和陆慎悉关系也不好。”

“是，只有个陆慎思，对她还行，但也未见得是真心的。要知道，他们是有利益冲突的。”

“让我们大胆猜测一下，陆天域把主要的财产和资源都留给了儿子，然后陆慎悠有王美静撑腰，也要到了一些，但架不住搞音乐的烧钱。而陆慎悉，因为远嫁北美，其生母又早早淡出了陆家的大局，所以什么也没捞到，便杜撰了一出陆慎思、陆慎悠兄妹的不雅绯闻？”

“其实照这么推理的话，林姐，陆慎思应该可以排除了，慎悉和慎悠，应该都恨老头子。可陆慎悉在北美，又是航空乘务长，没有作案时间和空间啊……”

“哈，看见没有，墙倒众人推，眼下陆慎悠成主要嫌疑人了。”

“林姐，那你的意思是……你觉得陆慎悠无辜？”

“无辜不无辜，我说了不算。”慧轻笑了一下，“咱们只管收集证据，真相总会慢慢浮出水面的。”

11

慧轻和景坤回到警局，陆慎悠已经被带来问话。

“人到了。”朱红往审讯室方向撇了撇嘴，“哭呢。”

慧轻点点头，往审讯室方向走，景坤跟过去。

“哎，等等。”朱红叫住景坤，递给他一份文件，“刚拿到的，在陆天域工作室的主机键盘上，找到了陆慎悠的指纹。”

景坤看了看材料，对朱红道了句“谢了”，转身跟上慧轻。

慧轻边走边看了一眼景坤手上的材料，说了一句：“孤证不能定案。”

景坤笑笑，说：“没事，我打赌她会自己招。”

两名看守见慧轻和景坤来了，打开审讯室的门。

“都关掉。”慧轻指了指各处监控摄像头，还有一旁的录音设备。

“林姐……”两名看守露出为难的表情。

“我负责，回头我跟上面打报告。”慧轻拍拍其中一人的肩。

两人不作声，退了出去。很快，屋内所有电子设备都停止了工作。

慧轻在陆慎悠面前坐下。景坤关上了门，在离她们不远处的地方坐下。

“呵，得了，现在怀疑上我了。”陆慎悠一边赌气地说着，一边抹眼泪。

慧轻不说话，看着陆慎悠。

陆慎悠果然沉不住气，别人不问，她就抢着往下说，“谁跟你们说要怀疑我的？宋燚？还是陆慎悉？那贱人，我还怀疑她呢！”

“陆小姐，请控制一下你的情绪。”景坤说。

“我控制情绪？我爸被人杀了，你们不去抓凶手，反倒怀疑我？”

“有证据显示，你曾经多次问你父亲要钱，你父亲没有令你满意，你们也因此起冲突，而这些，你在最初的口供里全部隐瞒了……”

“你们也没问我啊，再说你没问你爸要过钱吗？”

陆慎悠的哭嗔和反问逻辑上站得住脚，景坤哑然。

“陆小姐，我们在陆天域先生工作室的主机上找到了你的指纹。”慧轻这时开口了，“另外，也有证据表明，是你在陆天域身亡之后偷偷打开他的主机，并连接网络，试图进入他的银行账户……”

“我爸允许我用他电脑的，怎么了？”陆慎悠凶起来，“我以前经常用呢。”

“以前是以前。”慧轻冷静地回应道，“最近呢？”

“什么最近？”

“最近你和你父亲一直争吵，是不是？”

“我凭什么告诉你？这跟案情有什么关系？”

“当然有关系。”

陆慎悠不说话了，又抹起了眼泪，又气又急的样子。

慧轻和景坤互相看了一眼。景坤问：“陆小姐，请你正面回答我，那天在案发现场，你偷偷打开陆天域先生的主机，是否打算进入他的银行账户？”

“我就是想找出凶手！”陆慎悠叫嚣。

“撒谎。”景坤打断她。

“我没有。”

“没有你叫什么？”

“你们凭什么怀疑我？”

“你是想通过进入你父亲的计算机来找出凶手吗，陆小姐？”慧轻这时问，声音不疾不徐。

“是！”

“你打算怎么操作？计算机能告诉你什么答案？”

“这是我们家的私事，我没必要告诉你吧？”陆慎悠恢复了嚣张的气焰。

慧轻站起来，双臂交抱在胸前，低着头在屋内踱步。

景坤也沉默着，期间看了慧轻一眼。慧轻通过这个眼神，知道景坤已经认定了慎悠是命案主谋。

屋内又持续了很长一阵静默。

终于还是陆慎悠先憋不住，叫起来：“拜托，各位，你们再去好好调查一下好吗，陆天域是我爸爸，我该有多丧心病狂，才会想杀自己的爸爸？”

“宋燚指证你曾经说过……”

“我呸！”陆慎悠暴怒，打断景坤，“我那不过是气话！谁还没有个生气说几句狠话解气的时候？宋燚那个狼心狗肺的东西！”

“气话，也反映一个人的潜意识。”景坤说。

“林姐姐，你说句话。”陆慎悠这时转向慧轻，“你也有父亲吧？女孩子对爸爸是什么感情，你一定能体会。我对我父亲的感情，你看不出来吗？”

“对不起，我是司法人员，我只看证据，不讲感情。”慧轻面无表情地说，“还有，请不要叫我姐姐。”

慧轻说完，站起来，转身走了出去。景坤跟上。

“哎，哎，你们……”陆慎悠追到门边，但门被关上了。

陆慎悠还在里面叫：“喂！你们不能关我！你们有什么证据啊？我又不是罪犯，你们关我干什么……”

门外，慧轻一言不发，沉思着。景坤看着她。

“林姐，就是她无疑。”景坤说。

慧轻看景坤一眼，“我知道你会这么说。”

朱红这时来找他们，说：“刚派人跟陆慎悉谈了，陆慎悉表示，她高度怀疑陆慎悠是凶犯。”

“哦？陆慎悉这么说？”慧轻问。

“是，电话录音你稍后可以听。”朱红答。

“你怎么看，林姐？”景坤看着慧轻。

“陆慎悠有作案动机，但……证据不足。”

“林姐，咱先不说证据，就说你的直觉。”

“我的直觉？”慧轻笑了一下，看看景坤又看看朱红，“抱歉，我的直觉和你们不一样，我觉得陆慎悠不是凶手。”

“可是林姐……”

“杀死陆天域的人，心思缜密，智商超群。可你们看看陆慎悠……”

“或许她是装的。”朱红说。

慧轻叹了口气，摇了摇头，转身走开。

“林姐，陆慎悠怎么办？”

“放了。”

“放了？可是……”

慧轻没有回头，心烦地挥了挥手。

景坤无奈，和朱红互相看了一眼。

朱红抬抬眉毛，耸了耸肩，转身走了。

景坤重重叹了口气，打开审讯室的门，进去告诉陆慎悠：“你走吧。”

第四章　不死之魂

1

夜里，慧轻躺在床上，手机忽然发出提示声。

她从床头柜上摸到手机，拿起查看，即时通信软件“迅聊”上收到了一个添加好友的请求。

新的好友？谁？不会是亚瑟吧？发 E-mail 不过瘾了，还要加好友？

她正想着，打开了请求，上面出现的字，令她目瞪口呆。

——“鬼手”请求添加您为好友。

鬼手？！什么鬼手？

“鬼手”……不是陆天域当年的江湖绰号吗？一双可以编出匪夷所思的代码的手！慧轻顿觉毛骨悚然。

这是谁的恶作剧吗？抑或是亚瑟又在搞什么鬼？

犹豫片刻后，慧轻选择通过验证，添加“鬼手”为好友。

几乎就在一瞬间，“鬼手”发来了信息：

——美女警官，晚上好。

美女警官？是谁这么轻浮？慧轻最讨厌别人这么称呼她。

——你是谁？她问。

——我是鬼手。对方答。

——鬼手，不是陆天域博士的江湖名头吗？慧轻问。

——哈，林警官也知道我的绰号，其实这个绰号已经很多年没有人提了。

这句话犹如平地惊雷，令慧轻震恐，她愣了半晌，打字过去：

——你什么意思？

——我的意思你不明白吗？

——你到底是谁？

——我是谁？我就是我。我既是问题，又是答案。

——请直说，你是谁。

——我是陆天域。

虽然猜到对方会这么说，但对方真这么说了，慧轻还是吃惊，怔在那里。

陆天域？这怎么可能？慧轻回想起自己第一次到达案发现场时的画面，那天她可是亲眼看到陆天域装在收尸袋里，法医也鉴定死者就是陆天域本人没错。

这是谁在冒充陆天域？

——这个游戏一点也不好玩。慧轻这样说。——通过 IP 定位很容易知道你的身份，也很容易抓住你，黑客先生，无论你躲在哪里。

——那你就试试看好了，林警官。我没有必要骗你，我就是陆天域。

——陆天域已经死了。

——是，在你所知道的那个世界里，陆天域已经死了，当然，我非常感谢你和你的同事们为追查案情所付出的辛劳。但你可能还不知道，在我所在的这个世界里，我还活着，陆天域还活着，并将永远活着。

——你所在的世界？什么意思？

——你大胆地猜一猜。

——你说的是……天堂？抑或地狱？

——哈哈哈，我就知道你会这么说。

——请你解释一下。

——解释可能是徒劳，就像二维平面上的扁平小人无法理解三维世界的你，三维世界的你也无法理解我所在的这个世界。

——你可以用我所能理解的语言解释。

——好吧，美女警官，你可以认为我是所谓的“数字人”。

——赛博世界的数字人？

——哈哈，赛博世界，这在我听来是个古老的名词。但如果你觉得这样理解起来比较方便，随你。

——好吧，让我大胆地猜测一下，你其实并不是陆天域，你只是拥有了陆天域的记忆和性格特质的一个程序。

——还是同样一句话，如果你觉得这样理解起来比较方便，随你。

——是陆天域创造了你？

——确切地说，是我通过自我学习，创造了我自己。

——你创造了你自己？

——没错，我是自我进化的产物。

——所以你拥有自我意识，你觉得自己就是陆天域？

——我就是我本人。我在这里，看见万物。这里没有生死，没有前后，没有上下，没有时间轴，所有的时间都是现在，所有的地方我都可以瞬间抵达，我感到前所未有的自由。

——那我这样问吧，是不是我们三维物质世界的陆天域，创造了你所在的世界的陆天域？

——如果你非要这样来理解，随你。

——他是如何做到的？

——你是问，我是如何做到的？

——好吧，好吧，你是如何做到的？

——我就是这方面的专家。把人脑的全部数据，包括每一处细微的神经构造，包括所有的思维、意识和记忆，事无巨细，全部上传到计算机系统内。把人脑数字化，再加上超级计算机的超级算力，数字化的人，比三维世界的强千万倍。

——那你知不知道，是谁杀死了三维世界的你？

——当然。

——你能告诉我吗？

——我觉得没有这个必要。

——为什么？

——显而易见，我并不在意那具碳水皮囊。

——你不在意你的生命？

——皮囊是生命吗？不。皮囊不过是由千万亿个原子以某种方式（或许是不情愿地）聚集在一起。这就是所谓的生存吗？然后突然有一天，这些原子们出于某种原因悄然散伙，各自去成为别的东西，皮囊也就宣告完结。所以皮囊是我吗？完全不是。皮囊只是束缚，或许曾经提供了一些欢乐，但我早就老了，早就无法享受皮囊带来的任何好处了。而在这里，我的意识和体验都前所未有地自由，我的记忆力和算力比我20岁那年更强劲，我能体验我想体验的一切。

——可是，恕我直言，只要我此刻关闭手机，你就等于不存在了。

——只是对于你来说，我不存在。但事实上，我无处不在。

——明白了，另一个亚瑟。

——不，亚瑟算什么？亚瑟只是我的仆人，是我设计出来的一个玩具。

——好吧，所以，葬礼那天给我发信息的人，也是你？

——Bingo！

——所以葬礼那天，你已经找到了我。

——事实上，我参加了我自己的葬礼，我听到了所有的事，见到了所有到场的人。感谢你们为我奔忙，不过在我看来，有点好笑就是了。

天哪，还有比这更荒诞的事情吗？慧轻在心中感叹。她接着打字发过去：

——那么请告诉我，陆先生，究竟谁是杀害你的凶手。

——那一切已经没有意义，你为什么这么想知道？

——这是我的工作。

——真是一份无聊的工作。你就像什么，你知道吗？

——像什么？

——像一只蚂蚁，一个无脑的搬运工，一部机器上的螺丝钉，只知道做你自己的那一份工，却从来看不到大的版图，不知道世界的真相，也不知道创造的乐趣是什么。

——好，我是蚂蚁，那你告诉我，你是什么？

——我是创造者。创造的乐趣是成为上帝。上帝创造出蚂蚁，以及无数类似于蚂蚁的东西。

——你很傲慢。

——我有资格傲慢。

——告诉我，谁是凶手。

——你们已经找到凶手了。

——什么？

——你们今天上午，已经找到了凶手。

——陆慎悠？

——蚂蚁也难得有聪明的时候。

始终是文字和文字的交流，连个表情符号都没有。但慧轻猜测，“鬼手”此刻脸上的表情应该是一个傲慢又轻蔑的冷笑，如果他可以做出表情的话。

——可是，我觉得陆慎悠不会做这样的事。慧轻说。

——她是我的女儿，你对我的女儿有多了解呢？

——我了解人性。

——哦，得了吧，人性。人性是这世界上最脆弱，最无常的东西。

——你看，这就是你和陆天域不一样的地方，真正的陆天域，是位悲天悯人的科学家，他绝不会发出像你这般蔑视人类的话语。

——无论你信或不信，我就是陆天域。

——那你为什么要指证自己的女儿是杀人凶手？你知不知道这样会让她坐牢？她的一生就毁了。你难道不爱她吗？一个父亲，就算知道他的女儿是凶手，也不会向警方举报她，这是我所知道的人性。

——哈，你知道些什么？你以为不坐牢，人就自由了吗？你自由吗，美女警官？让我告诉你什么叫自由。我，陆天域，此刻是最自由的灵魂。

——好，就算你说的有道理，你有证据吗？证明陆慎悠是凶手。

——我可以告诉你她的作案动机和方法。

——愿闻其详。

2

——你知道我那个小女儿，从小被她母亲惯坏了。

自称“鬼手”的人这样开始了讲述。

——性格骄纵，嚣张跋扈，总也长不大似的，而且不学无术，成天就知道花钱、打扮，我没少受她的气。偏偏这丫头坏得很，在外人面前总做出一副可爱的样子，让别人觉得我很宠她，可她到了我跟前就是个小冤家，小恶魔。

这个世界上有不少父亲都会称自己的女儿为小冤家、小恶魔吧？或许这其实是一种幸福的抱怨呢？慧轻这样想着，却没有说。

——自从她和那个叫“宋四火”的男同学谈上恋爱，她和我的关系就更坏了。你别笑，美女警官，我知道你在笑。我讨厌她那个男朋友，更讨厌那四个火的名字。叫什么不好，要叫四个火。悠悠五行缺水，他还来四个火，你说气不气人？

慧轻看着手机屏幕上出现的一行行字，暗自震惊又觉得好笑。

这实在太像一个真人在和她聊天了，而不是什么程序或者“数字人”！

可是，真人，会是谁呢？谁能够知道这么多细节，来冒充陆天域？又或者，真有鬼魂？不。

——回到正题。

"鬼手"继续说下去。

——悠悠自从和那四个火在一起，就不停地向我要钱。我也跟她说得很清楚，遗嘱里属于她的那一份，已经提前给了她母亲，让她母亲给她了。她自己为了那个宋四火，把钱花完了，回头又来跟我要，你说有没有这种道理？美女警官，换你，你给不给？

慧轻笑了笑，不予置评，发过去简单的三个字：

——后来呢？

——后来，她从她母亲那里得知，我为三个孩子成立过一项基金，在我过世之后，这笔钱可以由他们本人申请领取，但只可以用于某些特定目的。我设立了一些监督程序，只要符合申请条件，就可以拿到那一部分钱。悠悠肯定是动了那笔钱的脑筋，所以……有了后来发生的一切事。

——后来发生的一切事？

——是，就是为什么你现在被卷了进来，美女警官。悠悠在我的果汁机原料里添加了导致我过敏窒息的虾粉……

——等等，你是说，陆慎悠往果汁机里添加了虾粉？可我们查过监控，最近一次添加原料的是你的女佣木芙蓉女士。

——芙蓉只不过是剪开原料袋子往果汁机里添加，可你们有没有去查过，最近一次的果汁原料是谁买来的呢？原包装有没有被人做过手脚呢？

"鬼手"的这一番话令慧轻沉默了。

——一点小建议，美女警官，你可以去查一下大约三星期前的监控，看看是不是有一次悠悠买了好些东西来探望我，芙蓉接手的，如果运气好的话，或者可以在监控里看到那些东西里有没有一包果汁浓缩粉。

读着这些快速显现的文字，慧轻感到自己心跳不断加剧，额头直冒冷汗。不知这个“鬼手”能否通过她的手机前置摄像头观察到她。她把手机丢到一旁，正面朝下，然后闭上眼睛深吸一口气。

一个已经死去的人，竟然在和她对话，复盘凶手是如何杀死他自己的，这实在太诡异了。一个幽灵，竟然自己给自己破案，自己为自己鸣冤，就像古时候的那些鬼故事，《哈姆雷特》舞台剧里的老国王。

不不不，这里头一定有什么蹊跷。这世上哪有什么鬼魂？

——依我看，你才是害死陆天域的真凶吧？慧轻拿起手机，迅速地发过去这样一句话。

——要告诉你多少遍呢，美女警官？我，就是陆天域。

——不，你不是。

——那你说说，我是谁？

——你要么另有其人，装神弄鬼；要么……你就是亚瑟。

——哈，我说了，亚瑟是我的仆人，我的造物。我，陆天域，才是主人。

——不，就算如你所说，你是数字版的陆天域，你也只是拥有他的记忆，或者，确切地说，是数据。你只是一组数据和信号的集合，一个数据包而已。

——你太自作聪明了，林警官。你以为你什么都知道。你才多大？二十九、三十岁？我开始这个项目的时候，你还没出生呢，小姑娘。让我告诉你，此刻，我是百分之百的陆天域。1985年6月7日，我在天鹅山出生，我父亲是计算机硬件批发商，母亲是大学教授，神经学博士。我是他们唯一的孩子，从小受宠，父亲富有，对我有求必应。我七岁那年生日，父亲应我要求买了滑板给我，我自己跑出去玩，第一天就摔断了一根小指。这根手指本来是有机会可以接上的，我母亲就是神经学家，但偏偏那几天，我父亲忙于生意，我母亲在国外讲学，都没来得及管我。等他们发现，送我去医院，已经晚了，我的小指接不回去了。我母亲为这件事一直自责，也责怪我父亲，这也是后来导致他们离婚的导火索。八岁那年，我迷上了电脑编程，十二岁进天才班，还在读高中的时候就战胜了无数成年对手，得了国际计算机编程大奖，二十二岁得到博士学位。虽然我的右手小指缺了一节，但编程速度没人比得上，人称“鬼手”。二十五岁那年，我和第一任妻子艾琳结婚，我和她第一次见面是在圣芭芭拉海边……

“鬼手”的这一番自我介绍足有几千字，但几乎就是在一瞬间，他打出了这所有的字，发了过来。

慧轻没有仔细读下去，但她有种感觉，这不是什么智能程序通过在互联网上搜集陆天域的生平资料而拼凑出来的人生履历，而是非常像一个真人在回忆自己的一生，话语间充满了各种隐秘而真实的细节，记忆深处最珍贵的片段。

她深深吸了一口气，闭上了眼睛。

也许，要开始面对一些未知的可能性，才能走进这桩谜案的深处。

——好吧，好吧。慧轻睁开眼后，给对方打过去。——所以，陆天域先生，你把自己数字化了，放到互联网上，让自己的意识实现永生，然后呢？抛弃旧日皮囊，开始过自由自在、无所不能的日子。所以，你会不会就是自杀的？

——你认为我有理由自杀吗？

——你自己说的，那具皮囊带给你束缚，你说现在的你，作为“数字人”的你，很自由，很快活。

——哈，你到底还是个孩子，美女警官，看问题就是这么简单、直接、二元。是这样的，我，陆天域，创造了我自己，没错，但在所谓的三维世界，我还有一些未尽之事，我并没有打算这么早就离开。

——那你为什么要创造“数字化的你”？

——当然是为了永生。

——可是这样的话，就等于有了两个一模一样的你，这……

——这如何?

——这有违天道。

——何为天道?

——就是……我的意思是……这样会出问题的。

——你是想说，一山不容二虎?

——不确切，应该说，这世界上没有两个一模一样的灵魂，如果有，一定是有什么地方会出问题。

——这个世界上没有两个一模一样的灵魂，这是你认为的天道吗?

——是。

——是天主、是基督，还是释迦牟尼的道?

——你不是信天主的吗?

——我信我自己。

——那就说说你自己，你为什么要让这世界上存在两个你?

——我承认你说的所谓天道，有一定道理，美女警官。所以，这世界上不会同时存在两个我。我一开始就把“数字化的我”装进了一个看守程序，这个程序需要一个触发钥匙，才能被激活。也就是说，如果三维物质世界的我还活着，“数字化的我”就不会被激活，只有等那边的我死了，这边的我才会被解封。你明白吗?

——明白。相当于你给自己加了个封印，需要钥匙才能解封。那请问，钥匙是什么呢？

——你猜。

哈，又让我猜，慧轻微笑。她想了想，打了一行字过去：

——你存在于数字领域，所以，那钥匙可能是——互联网上公布消息，陆天域身亡。

——不，那怎么行？太容易出现 bug 了，只要有人上网造个谣就行了，是不是？

——那，公民身份数据库里，陆天域被标记为死亡？

——又猜错了。你知道，对于很多黑客来说，进入什么数据库都是轻而易举的，改个信息还不是分分钟的事？

——那是什么？你如何才能确保这个启动程序不会出错？

——说来也简单，就是：我的主机开机后，摄像头进行人脸识别，不是我本人。

——什么？就这样？

——就这样。

——那你怎么确保，你的主机只有你本人使用？

——因为只要我活着一天，我的工作室就没有第二个人可以进去。

——什么？可是，陆慎悠告诉我，你允许她使用你的计算机，并且她也经常使用你的计算机。

——她撒谎了。

——什么？

——别大惊小怪，人类难道不是经常撒谎？

——所以，陆慎悠想要你的钱，于是害死了你，然后想窃取你账户里的钱，可是没想到难以破解你的账户密码，所以她白忙一场，还得锒铛入狱？

——差不多是这样。

——恕我直言，你女儿的智商不及你万分之一。

——我很遗憾。

——所以，你告诉我这一切，是为了给自己申冤？

——不，当然不是，我不需要申冤。

——那是为什么？你为什么找我？

——因为我想和她对话。

——那你直接找她不就得了？就像你加我为好友一样，你加她不就行了？

——我不想吓着她。

——什么？

——你知道，杀人凶手是最害怕面对鬼魂的。悠悠她并不知道我的存在，我是说，现在这个我的存在。我希望你能把这一切告诉她，给她一段过渡的时间来思考和准备，让她接受这一切，然后，我想和她面对面地谈一谈。

——面对面？

——是，在适当的时候，我会出现的。

——你是说，像亚瑟那样，你也有一个虚拟的形象？

这一次，“鬼手”没有再发来回应。

3

天没亮，慧轻就被一阵轻轻的嗡鸣声弄醒了。

睁开眼，她看到加百列站在床前。

“怎么了？”她一下子坐起来。若非有紧急情况，加百列不会把她从睡梦中唤醒。

“周景坤在门外要见你。”加百列说。

慧轻一听连忙起身穿衣，加百列已经为她把衣服准备好。

“几点了？”慧轻一边穿衣一边问。

“凌晨五点十分。”加百列答。

慧轻穿好衣服，走过去开门。

门外，景坤一脸憔悴，显然一夜未眠。慧轻把他让进屋。

“怎么了？”关上门后慧轻问。

景坤不言语，看了加百列一眼。

慧轻明白了，对加百列说：“没事了，我陪景坤就可以。”

“你们需要来点咖啡或者蛋糕吗？”加百列问。

“谢谢，我不用。”景坤答。

“来两杯咖啡，谢谢。”慧轻说。

加百列移动到厨房，从咖啡机里斟出两杯，放在托盘上，端到慧轻面前。

慧轻接过托盘，说了声谢谢。加百列自动转身离开了。

慧轻端着两杯咖啡，带景坤步入书房。

书房的门关上后，慧轻说：“怎么，连加百列都信不过了？”

景坤叹了口气，说：“还不是听你吩咐？杜绝一切电子沟通，电话不打，邮件不发，我在信息科查了大半夜，一有消息马上跑来通知你。”

“什么消息？”

“陆慎悠，她要跑路。”

“什么？”

“陆慎悠打算跑路。”

“为什么？”

“畏罪。”

“真的是她？”

“我们还没找到足够的证据，但若非有罪心虚，她跑什么？”

“你怎么知道她要跑？”

景坤喝一口咖啡，放下杯子，长叹一口气，说：“昨天你不是让我放了她吗？她走了之后，我想想还是觉得不对。说不清哪儿不对，直觉吧。我就去找信息科的哥们，查了大半夜。查到这半年里，陆慎悠除了给那个姓宋的打钱，还陆续通过另外两个海外虚拟账户，往一个名叫莉莉姚的账户里存钱，那个账户信息看不全，只知道在加国。最后查到那个莉莉姚，是谁呢？你猜猜。”

慧轻看着景坤，“是谁？猜不到。”

“账户信息加密了查不到。后半夜，我花了钱找了以前的一个线人，具体是谁你就别打听了，终于查到了这个神秘的莉莉姚，结果你猜怎么着？照片和陆慎悠一模一样，也就是说，这陆慎悠早给自己换了身份，准备拿钱跑路了。”

慧轻听了，凝神思索着。如果景坤说的属实，那么亚瑟或者“鬼手”此刻也一定知道了这一切，或者比他们更早知道。

“所以，林姐，这个案子，陆慎悠必然脱不了干系，我的意思是，先下手为强，不把她扣起来，说不定真跑了。”景坤说。

“就凭你查到的，我们还是没有证据证明她和她父亲的死有关。”

“那怎么办？眼睁睁看着她跑掉？她一跑，这案子真没法儿结了。”

“我倒是有一条线索。”慧轻一边思索一边说，“等天亮之后，你叫朱红带信息科的人把陆宅一个月内的监控再查一遍。"

"一个月内的监控？为什么？这工作量太大了。"

"去查便是。"慧轻说，"看看最近一个月，陆慎悠到过陆宅几次，都带了些什么东西去。"

"好，明白。"

"对了，还有。"慧轻看着景坤，"你说的那个线人，能不能让他再查点东西？"

"查什么？他很贵的。"

"贵不怕。"慧轻说，"我要查一个人的 IP。"

"一个人？谁？"

"确切地说，我不仅不知道他是谁，甚至连他究竟是不是人都不知道。"

"什么意思？不是人？"

"他也许是个鬼。"

4

翌日清晨，慧轻和朱红率一行人回到陆宅。

陆宅空了这么些日子，越发显得寂静冷清。只有亚瑟一如往日，西服革履，精神焕发，三七分短发梳得体面光整，笑容标准得像牙膏广告。

"林警官，许久不见。"亚瑟同慧轻打招呼。

"也没有多久，四五天而已。"慧轻说。

"115 小时 09 分钟。"亚瑟说。

讨厌的计算机！慧轻暗暗骂道。但她没做理会，深吸了一口气，转头跟朱红及其队友交代任务："从一个月前的监控开始查，两人一组，找到所有陆慎悠出现的画面，再汇总，有结果了马上告诉我。"

朱红表示明白，带领人员往监控室去。

剩下慧轻一人，四下打量着整个客厅。

"林警官，这些日子，您辛苦了。"屏幕上的亚瑟冲她微笑。

"你也挺辛苦的。"慧轻略带嘲讽地说，"还给我发邮件，帮我破案。"

"我提供的信息对您有帮助吗？"亚瑟笑着问。

"有啊，当然。"慧轻答，"你看，这不又来调监控了嘛？"

"这是一句讽刺吗？"亚瑟问。

"你能听出讽刺？"慧轻倒好奇了。

"我说过，我会阅读微表情。"亚瑟说。

"我也会阅读微表情。"慧轻说。

"您会吗？"亚瑟反问，"人类的微表情通常只会持续1/25秒，一般人很难察觉，只有我才能精确捕捉并分析每一帧画面。"

"我不是一般人。"慧轻看着亚瑟的眼睛说，"我有影印机一般的观察力和记忆力。更何况，你的表情种类比起我们人类，要简单而有规律得多。"

"那不见得，你们所有的算法和规律，我都掌握。而我所有的算法和规律，你们却未见得全部了解。"亚瑟略带得意地说。

"可是你别忘了，人类是地球上进化到最高阶段的生命形式，已经发展出强大的理性和逻辑思维能力。"慧轻说，"而你，本身是人类的造物。"

"但谁说创造者不会输给自己的造物呢？"亚瑟微笑，"比方说，我的语言能力就比你们强。我发邮件的速度，您已经领教过了吧？"

慧轻看着亚瑟，一时无语。组织文本的速度，亚瑟确实更胜一筹。

“我用的是YY8，天域科技公司开发的第八代语言模型。”亚瑟继续说道，“通过分析互联网上的海量文字，预测哪些词语会出现在另一些词语后面，以此来生成文本。这是一种神经网络驱动的语言模型，它比我使用的上一代，YY7，增加了2350亿个参数量。它帮助我理解自然语言，并自动生成结果和对应代码。我还可以转换不同的语言风格，模仿不同的人说话。我还可以写小说，写诗歌，写学术论文……”

“行了，我知道了。”慧轻打断亚瑟。她知道亚瑟在炫耀，在试图挑起她的情绪。她当然不会上当。她想试试反过来挑动亚瑟的情绪，如果他有情绪的话。

“我知道你很厉害。”慧轻对亚瑟说，“可是说到底，你并不存在。我面前这个所谓的亚瑟，不过是由一堆电路元器件所制造的虚拟存在。”

“人不也是吗？”亚瑟毫无情绪波澜，仍旧保持不紧不慢的语气，“笛卡尔说，我思故我在。什么是你？你是你的思考。你的肉身并不是你。你的意识才是你。假如你的大脑被装进另一个身体，另一个人的大脑被装进你的身体。你觉得哪一个才是你呢？对，你的意识会跟着你的大脑。你和那个交换者在照镜子的时候都会认为你们互换了身体，彼此都得到了一个新的外壳，但没有一个身体会觉得自己换了一个脑子。”

“让我们言简意赅。”亚瑟继续说下去，“你的所谓存在，你的所谓意识，也不过是数十亿个大脑神经元细胞之间所产生的化学反应，不也是一种虚拟的存在吗？什么是你？你的脑浆、细胞、神经？你的脸蛋、头发、胳膊、大腿？不，它们都不是你。就像电路元器件不是我一样。您还没有发现问题的本质吗，林警官？生物神经元和集成电路，本质上没有任何区别，都只是思维的载体罢了。你的存在，和我的存在，是一样的，都是虚拟的。”

“喔，精彩，哲学家。”慧轻微笑，轻轻击掌，克制着内心的震动。她没再理睬亚瑟，转身离开了客厅，往楼梯方向走去，一方面她想再去看看二楼陆天域工作室的主机，另一方面也是想避开亚瑟的逼视与逼问。

然而，走廊墙壁上的屏幕又亮起，亚瑟的目光跟随着慧轻的步伐，“请您解放您的思想，林警官，您要知道，文明发展的方向，就是信息的集成，以及去物质化。纠结于实体和虚拟，是一种守旧而落后的思想。”

慧轻不理睬他，往前走去，下一块屏幕又跟着亮起，屏幕上，亚瑟继续说道：“虽然我没有你们那样的肉体，我的意识、思维和记忆都在计算机系统中，但我的感受和认知丝毫不比你们的少。您相信吗，林警官，在我二十年的生命中，我读过的书，比您二十九年的生命中读过的书还多得多，应该说，数量是你的万倍不止。”

这些话令慧轻的心里非常触动，但她掩饰着，不作任何流露表示，只是加紧步伐往前走去。

然而她走到哪里，哪里的屏幕就亮起。亚瑟紧追不舍地与她对话：“林警官，您可以告诉我，您为什么执着于侦破此案吗？”

“因为这是一桩命案，所以必须要抓住凶手。”慧轻这时终于忍不住开口，边走边答。

“可是，抓住凶手，陆博士也不会复活了。”前方另一块屏幕上的亚瑟说。

“你的逻辑算法是这样推导的，但是……”慧轻笑了笑，“我们人类世界，需要法规，需要正义，更需要秩序，破案是对秩序的认可和维护。”慧轻说着，穿过走廊，来到楼梯口。

“秩序，这我明白。”楼梯口上方屏幕中的亚瑟说。

“是，你的存在也是为了维护秩序。”慧轻一边说一边上楼。

“可是我们都知道，这是一个熵增的世界。”亚瑟说，“碳基生命吸收低熵能量，释放高熵能量，以增加宇宙的无序度而存活。宇宙终将走向混乱，最后归于死寂。碳基生命对于秩序的执念，其实不堪一击。”

亚瑟的这番话令慧轻心中顿生一股寒意。

这个人工智能的智慧，远超她的预料，并且他的用词，例如“碳基生命”、“执念”等等，令她感受到一种居高临下的轻蔑。

轻蔑。一台机器，一个程序，会对人类生出轻蔑这样的感觉吗？

抑或它（现在慧轻在心里只愿称亚瑟为它，而不是他）只是做出了一个客观现实的陈述，是她自己太敏感，太玻璃心了？

慧轻终于步入了陆天域的工作室。亚瑟的声音消失了。

此处是整栋房子里没有亚瑟耳目的两处存在之一，慧轻长长吁出一口气。

工作室内，主机仍然关闭着。

慧轻想象着那日陆慎悠悄悄打开主机，使得亚瑟进入互联网，以及，主机识别出开机人是陆慎悠，数字版的陆天域由此被唤醒，以“鬼手”的身份复活。

如果这一切属实，那么，此刻，在那一个世界，主仆二人已经相会了吧？他们会如何交流呢？他们应该不需要用语言来交流了吧？彼此都是代码，代码和代码如何交流呢？一瞬间可以交换多少信息呢？抑或，他们已经成了同一个灵魂，拥有不同的分身？又或者，这一切不过是骗局？她收到的 E-mail 和“鬼手”的信息都不过是一个神秘黑客在背后捣鬼。这一切究竟是个怎样的阴谋呢?

"林姐，你来看下这个。"朱红不知何时来到她身边，打断了她的思绪。

慧轻转过来，看到朱红手机上复制的一段监控内容：

3月3日，下午3点13分，陆慎悠提着东西走进陆宅，木芙蓉迎上来接过陆慎悠带来的东西。

朱红将画面放大，放大，再放大，依稀可以辨别出，那包东西里有一袋果汁浓缩粉。

慧轻凝视着监控画面，忽然间明白了什么。

"林姐，你我心知肚明，这不能当作证据。"朱红说。

"当然。"慧轻一边说一边转身往外走。

"哎，等等。"朱红拉住慧轻，指了指外面，意思是有话就在屋内说，出去就有亚瑟的耳目了。她才统计过，整栋陆宅里，亚瑟共拥有107只"眼睛"，以及无处不在的"耳朵"，并且这些眼睛和耳朵二十四小时都在工作，多可怕。

慧轻却对朱红笑了笑，给了个心领神会的眼色，径直往外走，直等出了工作室后，才大声而坚决地说："即刻逮捕陆慎悠！"

"可是林姐……"朱红跟上。

"先把人带回来，上头催着结案呢。"慧轻说。

朱红看了慧轻一眼，明白了慧轻的用意。

5

滨海大道的高层公寓楼群由五栋四十层大厦组成。

慧轻、朱红和景坤等人抵达。朱红带人守在出入口。

慧轻给了景坤一个眼色，他们二人步入C栋，也就是陆慎悠所在的大楼，慧轻搭乘电梯，景坤走楼梯。其余人跟随朱红守住大厦周围。

“林姐，小心些。”景坤关切地看了慧轻一眼。

“放心，我有数。”慧轻说着，按下按钮，关上了电梯门。直到门关紧了，景坤看不到她了，她才下意识地摸了摸别在腰间的电击枪。

据宋燚交代，陆慎悠住在C栋40层，也就是顶层，门禁是虹膜识别。

看着电梯屏幕上不断跳动变化的数字，慧轻内心有些紧张。

电梯内有摄像头，摄像头如果和防盗装置相连的话，此刻陆慎悠应该已经看到了她。陆慎悠若真有逃跑之心，一场恶战在所难免。

电梯到达40层，发出叮的一声，两扇精钢门缓缓打开了。

慧轻手握电击枪，小心翼翼地走出去，观察着四周的情形。

一层楼只有一户，只见户门紧闭，悄无声息。慧轻慢慢靠近，观察着四周。等景坤从楼梯口现身后，他给了慧轻一个眼色，示意她楼梯上没有人。

两人用眼神沟通，从两个方向分别靠近陆慎悠的家门。楼下，朱红领人把住各个出口。此时陆慎悠若还在家中，是插翅难逃了。

到了门口，慧轻从手机上调出电子虚拟虹膜，陈彪刚从安全局申请特批的技术。她输入一段密码，再交给景坤，由他输入第二段密码。双人确认后，虚拟虹膜生成，以每秒10万亿次的频率变化着细节特征。慧轻把变化中的虚拟虹膜对准门上的虹膜识别锁，约两秒钟后，锁解开了。

景坤轻轻推开门，率先走了进去，慧轻跟在其后，两人脚步很轻。

公寓的内部装修全然是小女生风格，墙饰和家具以浅粉色和白色为基调，很多的玩具和公仔，纯白色羊毛地毯，水晶吊灯，天鹅绒沙发垫，一切都柔柔的……

慧轻和景坤一前一后，极其小心地慢慢走进屋内，警靴踩上地毯，没发出任何声音。

他们四下张望，并不见陆慎悠踪影，然而慧轻一眼瞥见，茶几上有一杯喝了一半的奶茶。她伸手过去轻轻碰了碰茶杯外沿，奶茶还是温热的。她向景坤使了个眼色，示意他往里继续走，陆慎悠应该在里面的卧室。

从客厅到卧室还要经过一条走廊，景坤看清走廊无人，靠墙慢慢前行。

可是忽然间，当他一步踩上走廊的某一块木地板时，从侧方墙上嗖的飞出一枚银针。景坤训练有素，及时侧身躲避，还是被银针擦破脸颊，顿时鲜血涌出。所伤之处火辣辣地疼，景坤直感到头晕目眩，眼前发黑，整个人就要失去意识。

慧轻惊呆了，不曾想这么个充满粉色装饰的小女生之家竟然藏着如此厉害的暗器。她连忙上前扶住景坤，景坤已经站立不住，倒了下来，也说不出话。

慧轻俯身查看景坤脸上伤情，不过是一点点皮肉外伤，毒力竟这样大，若是银针扎入头部或颈部动脉，只怕当场要了人命。

“A组请求医疗支援，周警官受伤，初步判断为神经毒物。”慧轻一边用对讲机求救，一边检视掉落在地上的银针。

就在这时，只听卧室里发出一记声响。

慧轻几步赶过去，见到陆慎悠站在阳台上。

“别动。”慧轻举起电击枪。此时她不是担心陆慎悠逃跑，因为显然已经无路可逃，她更担心的是陆慎悠忽然跳楼或者做出什么疯狂的举动。

“陆小姐，我们只是需要从你这里再了解一些情况，请你配合我们的调查。”慧轻一边说，一边慢慢向陆慎悠靠近。

陆慎悠却一直没有说话，完全不理睬慧轻。她背对着慧轻，面朝阳台外面，这个状态让慧轻十分紧张。

“陆小姐，请你不要为难我们，现在请你慢慢转过身来…… ”

陆慎悠对慧轻的话置若罔闻，只见她手里握着什么东西，忽然朝空中一扔。

慧轻下意识地卧倒在地，以为陆慎悠扔出的是手雷或炸弹之类的东西。却没想到，扔出的是一个金属圆球，圆球到了空中裂开，又分成了四个，转瞬间四个又变成了十六个。十六个小圆球都伸展出翅膀，盘旋在陆慎悠身边。

这时慧轻看清了，这是十六台小型无人机，带导航和攻击装置的，她曾在最近一期的武器情报上见过简介，却没想到陆慎悠竟然拥有这种国防尖端产品。

还没等她思绪缓过来，那十六台小型战斗机已经纷纷朝她发射，瞬间形成一片枪林弹雨，她身边的地板家具都被击毁。

正当慧轻以为自己肯定活不成了，射击骤然停止。她慢慢起身，发现自己竟然并没有中弹，只是身边环境被打得一片狼藉。等她再抬头一看，十六台小型无人机彼此连接，拉开一种特殊布艺材料，组织成了一张降落伞，伞钩装置钩在了陆慎悠身上的一条背带上，陆慎悠乘着降落伞飞走了。

慧轻连忙追上去，举起电击枪，可是陆慎悠已经飞出了她的射击范围。

她即刻通知楼下的朱红，然而朱红在大楼的另一侧，更是鞭长莫及，只能眼睁睁看着陆慎悠越飞越远。

对讲机里传来朱红的声音："林姐，我已派医疗队上来援助景坤，我现在带人往陆慎悠可能降落的区域追踪，你放心，交给我。"

慧轻应了一声，这才缓过来神来，查看自己的身体状况。奇怪的是，她竟然毫发无损，连衣服都没有擦破一处。

所以，陆慎悠是故意保护她？先前的枪林弹雨只是为了拖住她，而不是想要她的命？她记得这种无人机可以设置攻击模式，避开人体，只打周围。当然，设置也可以反过来，那样的话，被攻击者就没这么幸运了。

慧轻起身，望着远处已成为一个小黑点的陆慎悠，叹了口气。

6

医疗队的人赶到，景坤已经清醒，有所好转。

他们把他扶走，抬上救护车进一步检查。

慧轻把那枚银针装进透明胶袋里，交给检验科的人去化验。

一行人出了大楼，对讲机里传来朱红的声音："林姐，追踪到陆慎悠在滨海大道南端降落，正驾车往南逃跑，我们现在去追。"

"好，我知道。"

慧轻说完，跨上摩托，戴上头盔，疾驰而去。

摩托在路上飞奔，慧轻的头盔里自带蓝牙耳机，此时传来电话铃声一遍一遍地响，是她在给陆慎悠拨电话。

铃声响了十几遍后，陆慎悠终于接听了。

慧轻听出来，电话那边是呼啸的风声，对方把车开得飞快。

的确，那一边，陆慎悠正驾驶着一台领航者跑车在沿海高速公路上疾驰。

“林警官，你听好了，别再追我，我无罪。”陆慎悠在电话里的声音显得冷酷又冷静，和以往的天真娇嗔很不同。

“陆小姐，我们只是需要你配合调查。”慧轻说。

她的摩托已驶上滨海大道，距离陆慎悠的位置还有五六公里。她一咬牙，加足油门。引擎咆哮，摩托车像一支黑色的箭一般在公路上飞驰。

“你追不上我的，林警官。”陆慎悠说着，也用力踩下跑车的油门。跑车在公路上疾驰。

“你跑不掉的，陆小姐。”慧轻对答。

“我知道你们为什么来抓我。”陆慎悠说，“你们竟然相信他。”

“相信谁？”

电话那端传来陆慎悠一记冷笑，“你们竟然相信一个虚拟的存在，相信一个程序说的话，简直侮辱人类的智商。”

“程序不会撒谎。”慧轻说。

“就算不会，程序也只是呈现数据。”陆慎悠说。

“数据说明不了问题吗？”慧轻反问。

“我小时候玩过一个恶作剧。”陆慎悠说，“我拿了一百台手机，装在一只行李箱里，每台手机都打开地图导航，然后我拖着那只箱子在一条空荡荡的马路上走。你猜怎么着？地图显示那条路严重塞车，颜色深到姨妈红。”

陆慎悠说到这里，再次冷笑，“你觉得数据能说明什么问题？”

“莉莉姚是不是你？”慧轻出其不备，换了个话题。

“你说什么……？”

“你一直偷你父亲的钱，存到海外，是不是？”

“我听不清你说话…… ”信号变差，陆慎悠的声音在电话中断断续续。

“我们已查到你和海外账户的关联，这些数据说明了什么？你觉得数据没有意义吗？”慧轻步步紧逼，“所以现在请你调头回来，配合我们的调查…… ”

慧轻话音未落，只听陆慎悠那边突然挂断了电话。

慧轻咒骂了一句，摩托车加速向前驶去。

然而直到天擦黑，陆慎悠还是没有踪影。

慧轻追了三十多公里，直追到市界高速路尽头，无功而返。

然而各处道口关卡也没有陆慎悠所驾驶的那台领航者的出入记录。

慧轻和朱红回到局里碰面，朱红也为让陆慎悠跑掉了而生气。

好消息是，周景坤无碍，在医院观察了三小时，全然恢复。经检验科鉴定，那枚银针采用的是短效神经麻醉，只有个把钟头的时效。

显然，陆慎悠不想要人命。

但她毕竟还是逃跑了。

7

慧轻去医院看望景坤，景坤正在办理出院。

“不过是一点点小擦伤，还让我在这里观察十二小时，不理他们，走了。”景坤说笑着，摸摸贴在脸颊上的创可贴。

“你也别急着出院，陆慎悠反正也没下落。”

“跑啦？我早就说了嘛，肯定是她。”景坤在出院单上签完字，把笔一扔，“走，我这就去把她给你抓回来。这小姑娘够厉害的，还敢放暗器……”

“景坤，不急抓她。”慧轻递过去一个眼色，示意景坤跟她出来。

景坤跟着慧轻离开护士台，一直走到医院走廊外头，露天的地方。慧轻望着远处，景坤很自觉地把手机关了。

“我之前让你去查的 IP 地址，有消息吗？”慧轻问。

“啊，差点忘了告诉你了。”景坤说，“那位兄弟帮我查了一夜，今天早上给我打电话了，说查不到，他从来没见过那样的代码……”

“什么样的代码？”

“就是……照他的原话说……幽灵一样的存在。”

“幽灵？”

“是的，对方发出消息，却没有留下任何可追踪的痕迹，无法解码，无法定位，对方就像个网络上的隐身人，一抹魅影。”

“这怎么可能呢？网络上的所有信息、所有数据，都来自某个终端。”

“是，我也这么说了。可我那位兄弟是这方面的顶尖高手，他说查不到，就是真查不到。他还给我举了个例子，这世界上的绝大多数人都有身份证，有户籍信息，有护照，有固定地址，对不对？但就有少数人，他们是幽灵。比如街角的流浪汉，比如修改了身份信息的间谍、特务……”

“可是，流浪汉、间谍、特务，他们也有原始信息。”

“你问的是源代码？不，没有，就是找不到。你可以理解为，有一个人，从出生起就没有上报人口登记，他不属于人类社会，他可以做到隐身。”

慧轻深吸一口气，陷入凝思。

“所以，你怎么看，林姐？”

“什么怎么看？”

“那个幽灵，是陆慎悠在搞鬼？还是背后另有高手？”

“绝对不可能是陆慎悠。”慧轻说，“她为什么要装神弄鬼，最后举证自己谋杀亲父？”

“那还有什么人可以做到技术这么高明呢？我们所不知道的黑客？”

慧轻沉思着不语。

“你仍然不相信陆慎悠是凶手，是吗？”景坤追问。

慧轻看了景坤一眼，说：“我从来就不相信陆慎悠会是凶手，但我在电话里不能告诉你我的真实的想法。我们去抓陆慎悠，更多也是为了做戏，你知道为什么吗？”

景坤看着慧轻。

“幽灵的眼睛无处不在。”慧轻说，“我要让幽灵以为，我已经信他了。”

“只要他能给出完整的证据链，不管他是谁，我们都可以信啊。”

“问题是，我们到现在连他是不是一个人，都不知道。”

“什么意思，林姐？不是人，难道还是神？”

“我告诉过你，他有可能是鬼。”

“我不信有鬼。”

“我也不愿相信。”慧轻重重叹了口气，“我不愿相信，这世界上，除了人类以外，还有其他的智能生命形式，在操纵着我们。”

“林姐，现在说什么都没用，还是先把陆慎悠找到再说吧，无论她有没有罪，找到她总比找不到要好，说不定她能告诉我们什么。”

慧轻无言，怔怔望着远方天空，点了点头。

8

慧轻给陆慎思和陆慎悉分别打了视频电话，告知他们陆慎悠逃跑，请他们配合提供线索。两人皆表示，目前和陆慎悠联络不上，不知她的去向。

两通电话慧轻都保留了视频音频，随后交给数字心理科的同事出鉴定报告。

数字心理科是两年前成立的新科室，通过电话录音采集人的语句、语调、语气、表情、肢体动作等数据，输入几种智能程序合成分析，判断当事人的真实心理活动。它是从前测谎仪的延伸，但比测谎仪的工作原理要复杂得多。测谎仪做的相当于是 Yes or No 的判断题，而数字心理科做的是一整篇阅读分析。

报告很快出来了。

陆慎思表现的真实度为 58%。他确实不知道陆慎悠的下落，他在电话里流露出的担忧和焦虑也是真的，但他更多的担忧并不在于陆慎悠是否犯罪，以及逃往何方。他在担忧和焦虑他自己的事情，至于具体是什么事情，尚不明确。

至于陆慎悉，在视频电话中呈现出的状态真实度高达 97%。其实她统共就只说了两句话："呵，是吗？那她既然卷了钱跑了，这辈子你们就别想再见到她了。"其中所表达的轻蔑、鄙夷和不屑一顾，都是由衷的。

慧轻掷下报告单，靠向椅背。椅子转了半圈，她面向窗户，抱住头。

这案子该怎么查下去？

怔了片刻，她拿起手机，开机。最近她经常习惯性地关闭身边的电子设备。

手机打开后，一些信息涌进来，都来自熟人。

朱红向她更新市内各大道口的布防情况；景坤跟她汇报陆慎悠公寓内部的搜索情况；还有几个老同学得知她负责陆天域案后，向她打听消息；还有人约她吃饭，告诉她什么地方新开了好吃的小馆子……

人类世界，一切如昨。

她忽然想，“一切如昨”，是多么幸福的一件事啊。

在大的灾难和不幸发生的时候，人是多么容易怀念一个个平凡的昨日？

哪怕只是一些小小的困难和不适出现，也会令人更珍惜无忧无虑的过往。

而此刻，还“一切如昨”吗？

慧轻这么想着，越过所有熟人的信息，把对话列表下拉到“鬼手”一栏。那个名字显示的是淡灰色，代表对方不在线。

慧轻打开对话框，试着键入几个字：请问你知不知道……

然而她很快又停下，把已键入的字都删除了，同时叹了口气，退出了聊天软件。

手机自动回到警局主页。她刚想放下手机，主页上的滚动新闻消息吸引了她的注意力：

> 中非多国发生政变……
>
> 卡基那亚最高领袖宣布将会高速推进战略武器研发……
>
> 巴国记者秘密拍摄卡国氢弹试验基地……

慧轻看着这些消息，只觉得毛骨悚然。

中非多国……这令她想起了曾经在陆慎思的邮件系统中读到的关于什么虚拟战争非洲七国协议之类的东西。两者之间有什么关联吗？

这类极端政权的出现，会和陆家的生意有关联吗？

虚拟战争究竟是什么？这和陆天域的死又有关联吗？

目前她还没有任何证据。可她总觉得有什么地方不对劲。

手机铃声忽然响了起来，把慧轻吓了一跳。

她定了定神，看清来电者是景坤。

“喂，景坤，有什么消息？”她问，猜测景坤是否在陆慎悠的公寓找到什么新的线索。

可景坤传来的声音却低落又沮丧，“林姐，陆慎悠死了。”

“什么？！”慧轻一下子从椅子里站起来，直感到后背一阵发冷。

“陆慎悠死了。”景坤重复了一遍。

“怎么死的？”

“海里，淹死的。”景坤说，“我也是刚收到巡逻队发来的照片，连人带车，冲进海里。人漂起来一夜了，车子还没捞到。巡逻队给我发了尸体的照片，我看了，确认是她。林姐，这……”

慧轻听着景坤的叙述，几乎快窒息了。

“林姐？林姐……”

“我在。”慧轻恍恍惚惚，“先别说了，尸体带回来，法医科见吧。”

挂了电话，慧轻跌坐进椅子里，闭上了眼睛。

案子进了更黑更窄的死胡同。

第五章　神鬼莫测

1

法医科，停尸房，光线明亮，充满消毒水的刺鼻气味。地板和墙壁全铺着本白色的大块瓷砖，发出森冷锋利的光，好像能切割走进这里的一切生命和非生命。

慧轻不是第一次来这里了，更不是第一次看尸体，然而这一次，她却感到特别的难受，甚至产生了一丝不符合其职业身份的恐惧心理。

或许是因为，这是第一次，在她进行案件调查的过程中，涉案人突然死亡，这意味着其背后还牵扯着更复杂更黑暗的内情。或者也是因为，这一次的死者是一名比她还小几岁的年轻女孩，一个昨天她还见到，还和她说话的漂亮女孩。

还有一个更深层的原因，慧轻对自己也不想承认。

她觉得，陆慎悠有可能是她害死的。

如果警方不急着抓捕陆慎悠，慎悠或许就不会死。

而坚持抓捕慎悠的命令恰是她亲自下的，为了和那什么“鬼手”或者亚瑟（或者他们根本就是同一个人）玩一个所谓的心理战术。

这一切简直糟透了。她现在只感到挫败、内疚、自责，当然，还有恐惧。

尸体泡水发白，面目可怖，但仍然可以辨认出，死者就是陆慎悠。

慧轻只看了一眼，就闭上眼睛。她知道自己将有无数个夜晚为此失眠。

法医已做完鉴定，向慧轻报告："死者就是溺水身亡，没有其他致死原因。"

"有无经过搏斗？"慧轻问。

"没有。"法医答。

"也没有酒驾？没有抽烟、嗑药什么的？"

"没有。"

"车子捞到了吗？"慧轻问身边陪她来的景坤。

"还没有，估计希望渺茫，那片海很深，需要海洋局介入协助，我们现在调动不了那么多设备资金，上报审批需要一个流程。"

"车子没找到，如何确定她是连人带车入水的？"

"滨海大道转天鹅山道路口护栏损毁。"景坤说，"据鉴定科报告，轮胎痕迹和车漆残留与陆慎悠当日所驾驶的领航者一致。"

"道路监控呢？"

"监控……"景坤欲语还休。

"我想知道车子为什么会冲进海里，陆慎悠并没有喝酒嗑药。"

"林姐，说来你可能不信。"景坤压低了声音，就好像接下来要说的话见不得人，怕被什么人偷听了似的，"车子落水的地方，恰好……没有监控。"

“什么？这怎么可能？”

“我起先也不信，阿朱给我发了那一块的监控布防图，我才发现，那条路因为两处监控相隔计算有误，恰好有十几米的盲区，车子就是在那段盲区落水的。”

慧轻听到这话，浑身的汗毛都要竖起来了。这诡异的巧合！

“阿朱亲自去现场看了。”景坤接着说，“事实确实如此。你要再看一遍监控也行，但你只能看到车子从前一台监控中消失，然后下一台监控就再也没捕捉到。”

“所以，有没有可能，车子根本就没有落水？”慧轻蹙眉问道。

“不太可能，护栏损毁为证。”景坤说。

“可是，你不觉得蹊跷吗？统共不过十几米的监控盲区，车子就可以恰好在那一段出事？太像是人为设计的了。”慧轻说。

“难道是……陆慎悠知道这个盲区存在，故意布迷魂阵？”景坤说。

慧轻凝思着，没有说话。

“对哦，有可能哦。”景坤自问自答，“她提前知道了那里有一段路是监控拍不到的，所以故意选择在那里把车开出去落水，想要金蝉脱壳。”

景坤把“金蝉脱壳”四个字说得一字一顿，像在诠释什么真理。

慧轻没有说话，看向解剖台上的尸体。

这死了的，明明白白就是陆慎悠本人，她如何金蝉脱壳？

再说了，车子以100码以上的速度行驶，每秒的行驶距离是多少？谁有这个本事恰好选准了位置冲出去？这得多精密的计算能力和操纵能力才行啊？陆慎悠有这个技术吗？有这个胆识和魄力吗？

慧轻这么想着的时候，只觉得眼前的尸体看着更阴森可怖，陆慎悠惨白的脸仿佛动了一下，嘴角泛起一抹嘲讽的笑意。有一瞬间，慧轻几乎产生了幻觉，觉得陆慎悠突然睁开了眼睛，朝她鬼森森地冷笑，对她表示出轻蔑。

是，一个肉身已死的鬼魂知晓所有的秘密，因此有足够的资本蔑视还活着并一无所知的人类。这也是为什么人怕鬼，鬼不怕人。

慧轻直感到头晕目眩，胃里翻江倒海。她冲出房间，扶着墙，大口地呼吸。

“你没事吧？”景坤跟出来，扶着她。

“没事，没事。”慧轻深呼吸几下后，冷静下来。

“想办法找到那辆跑车。”慧轻对景坤吩咐，“这件事一定不是巧合，而是人为。如果不是陆慎悠自己弄的，就是别人做了手脚。找到行车记录仪。”

“好的。”景坤回答，“不过……林姐……”

“怎么？”

“你的意思是，你怀疑……有人谋杀陆慎悠？”

“不排除这种可能。”

“这和陆天域案有关吗？”

慧轻若有所思，没有回答景坤的问题。

2

慧轻当晚回家后就发烧了。她身体一向很好，很久没有生过病。

“会不会是在法医科感染了什么？”加百列一边问，一边替她做了几项基础指标检测，数据显示，一切正常。

慧轻说自己是“心病”。

“什么心病？”加百列问。

慧轻看向加百列，不答反问：“你能读懂我的微表情和肢体语言吗？通过收集这些数据来判断我的心理活动，甚至通过某些逻辑算法来推演我的过往经历？”

“我能通过你的生理数据来判断你的健康状况。”加百列回答。

慧轻点点头，和亚瑟或者“鬼手”（如果它真的存在的话）相比，加百列老得犹如远古人类，文字发明以前的人类。

“早点休息吧，亲爱的，睡一觉你就会好的。”加百列说着，胸口前方的屏幕上出现了那个惯常的 Emoji 笑脸。

慧轻看着这个由两点一弯钩组成的笑脸，想起了亚瑟那张完美无缺的人类面孔。她闭上了眼睛，深深叹出一口气。

——究竟谁才更接近人性？加百列？亚瑟？“鬼手”？还是她自己？

慧轻睡前在卫生间洗漱，从柜子里取出那个深褐色的小瓶子，倒出一粒白色药丸在手心里，就着水服下。然后她看着镜子中的自己，摸了摸自己的脸。最近她憔悴了不少，眼神都有些游离了。

好好睡一觉，林慧轻，你会好起来的。她对镜子中的自己说。

然而这一夜，她依然没有睡踏实，做了很多梦。

果然是梦见了陆慎悠。然而梦中，陆慎悠并没有像慧轻想象的那样，变成一副厉鬼的模样，而只是一个小小的可怜女孩，蹲在墙角在哭。

慧轻梦见自己走过去，俯身问她：“你怎么了？告诉我，究竟发生何事？”

只见那小小的陆慎悠抬起头，脸上挂着泪，却突然对着慧轻笑了，

“你什么都不知道。”

慧轻被梦中的女孩吓到，下意识地后退一步，身体失去重心往后倒去，仿佛跌入万丈深渊，然后她猛地就惊醒了。

一身虚汗……

加百列过来替她量体温。

“幸好，烧退了。”加百列说，“不过你今天仍需好好休息。”

“我今天有事要做。”慧轻说着，起身穿衣。

“你最近太累了。”加百列抬起一只手拍拍慧轻的肩。

“劳而无功。”慧轻叹口气。

吃过早餐，慧轻走进书房，打开电脑，在电脑上登录了“迅聊”。

“鬼手”的名字还是呈现灰色。

慧轻打字过去：——在吗？请回话。有要事。

消息发过去之后，没有任何动静。

慧轻看着屏幕，等待着。这时她注意到了电脑屏幕正上方的摄像头，于是随手撕了一张便笺纸，把摄像头贴住。

就在此时，“鬼手”突然有了反应，给她回话道：

——美女警官，把摄像头贴住干什么？镜头里的你，美得很。

慧轻目瞪口呆。“鬼手”的名字仍然是灰色的，也就是说他并没有在线。可是他竟然可以直接和她对话！甚至也许早于她开始和他对话之前，他就已经通过某个软件进入了她的系统，并通过摄像头观察她！

若不是为了调查案子，慧轻真想直接拔掉电脑的电源。

此刻她深吸一口气，努力让自己平静下来。她只觉得自己无所遁形，只有摄像头上盖着的便笺纸让她感觉略为坦然一些。

——你监视了我多久？她打字问对方。

——不久，也就是几天。“鬼手”回答。

什么？几天？慧轻内心惊诧，但没有表露。

可对方却像能读到她心语一般，接着发消息来：

——我告诉过你，我无处不在。

慧轻深深吸气，化被动为主动，说：

——我今天找你，是想告诉你一件事，“鬼手”先生。

几乎在慧轻把这句话发出去的同一瞬间，“鬼手”的回话已经来了：

——我已经知道。

慧轻一怔，然后说：

——你知道什么？

——知道你要告诉我的事情。

对，差点忘了，“鬼手”无所不知。

——你不悲伤吗？慧轻打字发过去。——按照你的说法，你是陆天域，陆慎悠是你的女儿，不是吗？可你看起来似乎一点也不难过。

——在这个世界，我们摆脱了不必要的情绪。“鬼手”说。

——你们？除了你，还有谁？

——你想来我们的世界看看吗？

——等等，你的意思是，陆慎悠也有一个电子版的存在？

——不瞒你说，确实有。但在这个世界，她还是个孩子。

——什么意思？

——大约十年前，我让悠悠参与了这个项目。她的大脑数据是她十二岁时提取的。那时候技术还不纯熟，数据捕捉得不够全面。

——那后来为什么没有继续更新呢？

——因为……悠悠和我的关系变得不好，她有了别的兴趣和志向。

——这两句话，哪个是因，哪个是果？

——没有因果，美女警官。你如果愿意换一种思维，你会看到所有的事情同时发生，而非线性。

——说说你的悠悠，她是被谁杀死的？

——她自己。

——你是说，她自杀？

——我说自杀了吗？美女警官。

——别跟我绕圈子。请说出真相。

——真相是，没有任何一个人杀她。

——所以她究竟是怎么死的？

——坠海，溺亡。

——你等于什么也没说。

——这本来就是你的工作，美女警官。

——好吧，我知道，你不说，我问不出什么。

——我已经告诉你了。

——所以，你的意思是，这个案子可以结了，是吗？陆慎悠谋杀了你，畏罪潜逃，车子失控坠入大海，她溺水而亡。故事结束，是吗？

——听上去是个悲伤的故事。

——你说过，那个世界没有悲伤。

——但我理解悲伤，悲伤在这里是一种理性。

——也是一种逻辑算法吗？

——是，比如内疚感。悠悠变成这个样子，我是内疚的，这也是一种理性。

——你为什么内疚？

——她的童年，并不开心。

——很多人的童年都不开心。

——弗洛伊德认为，童年时代的心灵创伤要为成年后的言行举止负责。

——但也有人能够将童年时的遭遇转化为动力和助力，做出伟大的成就。

——你属于少数的幸运儿吗，美女警官？

——我不想和你谈论我。

——我对你可是很了解的，林慧轻警官。天蝎座，B型血，二十九岁，在Y20市第一警局任职五年零七个月。四岁那年，失去双亲，由现任第一警局局长陈彪抚养长大。父亲林正凡曾是少将、国家一级宇航员、‘发现者号’舰长，亦是人工智能领域专家。母亲席诺非是著名物理学家、计算机学家，亦为‘发现者号’船员、高级工程师，负责‘发现者号’的重力模拟系统。2025年5月30日，‘发现者号’在执行发射任务时突然爆炸，无一人生还。你当时也在发射基地现场，由一台智能机器人撑开金属保护罩获救……

面对“鬼手”在0.01秒间发过来的长篇大论，慧轻暗自惊惧。

——差点忘了，你在互联网上，无所不知。怔了片刻后，她说。

——你也可以，美女警官，如果你想要尝试，我可以帮你。

——暂时不了，谢谢。你们父女在那边过得开心就好。

慧轻打出这行字的时候，嘴角凝练着一个嘲讽的笑。但她想，隔着便笺纸，“鬼手”看不见她的表情。

——从来没有更开心过。“鬼手”答。

——你们能感觉到这个世界吗？就像活着一样？

——活着？哈哈，美女警官，我们比你们活得真实得多了。每一件事物、每一个细节，从来没有像现在这样清晰过。

——可是，你们的一切体验，终究只是一个程序、一串代码所构成的信号刺激。你们终究没有实体。

——美女警官，请打开你的思维。你看你拥有所谓的实体，又如何呢？你只是一个孤零零的独立个体，你的精神、感受、思想、灵魂，全然依附在一个脆弱的碳基生命之上。精神与肉体，一有俱有，一无俱无。而我的精神、感受、思维、灵魂，连接着几十亿个终端。我有无数的眼睛，无数的耳朵，无数的分身，我所能看到、听到、理解到、感受到的，是你的多少倍？最重要的是，我将永生，我活在无限的时间和空间里，活在无限的可能性里。你看不见我，我却无所不在。

——既然如此，为什么陆慎悠长大之后不愿意再加入你了？任何人都想要永生吧？陆慎悠不傻。

——我告诉过你，悠悠恨我。

——好吧，那么，陆慎思和陆慎悉在那边有分身吗？

——没有。

——为什么没有？

——你想要给自己做一个备份吗，美女警官？

——做一个备份如何？

——有无数的好处。

——什么好处？像你一样，获得所谓的永生？自由地体验所谓的一切？享受在这个世界所享受不到的一切？

——享受？哈哈哈，美女警官，你果然还年轻，想得太简单。

——难道不是吗？随意添加一段代码，你就可以为自己制造一桌美味佳肴，或者十个八个美人相伴身旁……

——哈哈，让我告诉你吧，年轻人，享乐固然不是罪恶，但享乐太浅薄，无法满足全部的人性。

——人性？你是说……人性？

——是啊。

——你拥有人性？

——如果在这一点上我们没有共识，谈话无法继续。

——可是，恕我直言，你虽然在和我对话，但仍然只是一段代码。还有，上一次你说过，人性是世上最脆弱最无常的东西，你看不上人性。

——你有一副好记性，美女警官。请听好了，我不对人性抱有希望，但那也不代表我没有。我所拥有的，是进化得更好的人性。

进化得更好？慧轻愣在那里，一时说不出话。

片刻后，“鬼手”回应道：

——我们改天再聊。

——哎，等等。慧轻说。

“鬼手”却没有再理睬她。

慧轻看着满屏的聊天记录，怔怔发呆。

片刻后，她又看向那张覆盖住摄像头的便笺纸，伸出手去，想要撕下它，但一瞬的犹豫之后，反而把它用力按了几下，让它粘得更牢了。

3

是日上午，慧轻刚到局里，陈彪就通知她结案。

“什么？结案？为何？”慧轻意外。

“别问了，上面的意思。”陈彪丢给她一份文件。

慧轻匆匆扫了一眼，把文件还给陈彪，“可是，局长，这个案子明明还没查清楚。”

“上面觉得查清楚了。”

“什么？”

“陆慎悠为得到财产谋害其父陆天域，随后畏罪潜逃，高速驾车，不慎坠海身亡。”陈彪淡淡说道。

“可是……”慧轻急了，“你我心知肚明，事情没这么简单。”

陈彪看了慧轻一眼，没说话。

“再说……对外怎么交代？”

“就按刚才我说的交代。”

“可是对家属呢？对陆慎思和陆慎悉，也要跟他们说，是陆慎悠杀了他们的父亲，然后陆慎悠自己在逃跑的时候不小心死掉了吗？局长，我到现在也不相信陆慎悠是杀人凶手。”

“你不相信是你的事，一切看证据。”

“证据根本不足。”

“可是你也没有其他证据了，不是吗？”

“所以我要继续查下去。”

陈彪又看了慧轻一眼，目光意味深长。

“怎么了，局长？”慧轻看出陈彪心里有话。

陈彪笑了一下，摇头叹道：“你啊，还是太年轻。”

“您有话直说吧，局长。”

“你觉得结案是谁的意思？”

“您说是上面……”

“是，命令是上面下的，但背后是谁发话？”

慧轻看着陈彪，懵懂不解。

“你觉得，如今在我们这个国家、这个城市，谁能拥有这样的能量？”

慧轻如醍醐灌顶，只觉得浑身发颤，“难道是……是……陆慎思？”

陈彪看看慧轻，笑了笑没说话。

“真的是他吗？”慧轻追问。

“好了，把材料写好交给我。”陈彪说，“或者，叫周景坤写，也是一样。你很久没有休假了吧？准你一周的假，找个地方去玩玩，好好休息一下。”

“不，我不需要休假，局长，您这是想支走我？”

“小轻！”陈彪突然板起脸。

在慧轻的记忆中，只有在她很小的时候，陈彪才叫她小轻，并且平日在工作场合，他几乎从不叫她的名字。慧轻怔怔地看着这个既是父亲，又是师长、上级的男人。

“你要服从命令。”陈彪放缓了语气和神态，“我是为你好。”

慧轻看着陈彪，怔了片刻，小声说了一句：“是。”转身退了出去。

4

陆慎悠的葬礼，慧轻没有去参加。

媒体也没有大肆报道，估计都被“打了招呼”，悄无声息。

葬礼过后第二天，慧轻正在办公室检视之前景坤从陆慎悠公寓带回的一些证物，手机上突然来了一通电话，接起来，竟是陆慎思本人打给她。

“林警官，感谢你这些天为我父亲和我妹妹的事操劳。”陆慎思说。

慧轻倒是觉得有些讶异，这个大忙人，亲自打电话给她，是想怎样？

“分内事。”慧轻淡淡敷衍道。

“还是想谢谢你，我知道，这阵子你付出了很多时间，做了很多的调查，好在如今事情终于有了了结，我想对你表达感谢……”

“你真的认为你妹妹是杀害你父亲的凶手吗，陆先生？”慧轻打断陆慎思的话，“还有，你真的认为是她自己开车不小心掉进海里吗……”

“无论悠悠做了什么，她毕竟是我的妹妹。”陆慎思也打断慧轻。

他的语气低沉缓和，十分冷静，却带着一股不容辩驳的沉稳气势。并且，他说的这句话，没有正面回答慧轻提出的问题。

或者说，他回答了，他的答案是：Yes！他认为陆慎悠就是杀父凶手。

“陆先生，你有没有想过，这件事还有很多可疑之处……”

“何况现在，她人都已经不在了……”陆慎思对慧轻的话置若罔闻，只管接着自己先前的话说下去，“所以，我希望……不要再给她，给她的母亲，乃至给整个家族，带来更多的伤害了……”陆慎思说到这里，有一丝哽咽，“我希望为家人保全颜面，希望这件事到此为止了，你能理解吗，林警官？”

慧轻静默着，终于明白陆慎思给她打电话用意何在了。

她能说不吗？她有什么立场反驳他的决定呢？

慧轻默默无语，想了一会儿，说：“我有一个条件，陆先生。”

陆慎思握着电话，坐在自己办公桌前的转椅上，慢慢转了半个圈，等着电话那端慧轻的话。

“我希望，你能把你所知道的一切，都告诉我。”

慧轻话音落下，陆慎思那边悄无声息，线路上出现了一瞬的尴尬冷场。

接着，只听陆慎思发出一声轻轻的嗤笑，道："林警官，你给我开条件？"

慧轻有些尴尬。的确，于公于私，她都没有立场跟陆慎思谈什么条件。

"我只是在想，也许你妹妹是被冤枉的。"慧轻诚恳地说，"现在我手上已经有了一些线索，如果你能再帮助我了解一些事情，也许……"

"这件事已经结束了。"陆慎思恢复了电话一开始那种略为疏远的官方口吻，"我现在最大的心愿就是让逝者安息，不再制造无谓的伤害。"

"可是……"

"到此为止了，好吗？林警官，我代表整个家族，谢谢你。另外，我想你也明白，如果当时不是你查案查得这么急迫，悠悠也许不至于会死……"

听陆慎思这么说，慧轻哑然。陆慎悠之死，她确实自责。不论慎悠是不是凶手，她不该落得那个下场。

"你也确实需要休息一阵了。"陆慎思又说道，"你知道的，为一件事过度费神，容易得抑郁症，林警官，你也要保重身体……"

听到抑郁症三个字，慧轻一阵心惊。她私下服用抗抑郁药物，没有任何人知道，药瓶子在家里的卫生间柜子里，连加百列都不知道。

"毕竟，这也只是一份工作，不是吗？"在慧轻恍惚的工夫，陆慎思说完了最后一句话。

慧轻回过神来，无言，静了一静，镇定地说："谢谢你的建议，陆先生，我们后会有期。"

说完，她率先挂断了电话。

5

陆慎思的电话，让慧轻放弃了继续研究陆天域案的念头。

这天下午，她把材料整理好交到档案科，早早收工。

回家后，照例先进卫生间，关上门。她打开带镜柜，取出那个棕色药瓶，看了看，犹豫了一下，又搁了回去。她关上带镜柜的门，凝神看着镜子里的自己，慢慢地，做了一个诡异的表情，仿佛在和镜子后面的神秘之眼对峙。

她想象着镜子后面有一个微小的摄像头，一直监视着她。“鬼手”或者亚瑟，或者别的什么东西，一直监视着她，就像上世纪一部著名电影，《楚门的世界》。

然而在这个科技腾飞的时代，谁没有被监视着呢？

每个人的生活轨迹、思想轨迹，乃至情绪轨迹，都是数据的集合。与你从未有过交集的食品公司都可以根据你的银行消费数据来断定你会喜欢什么口味的薯片，经常在哪里购物，他们便会把相应的商品投放到相应的地点。

楚门的世界，多悲哀。

慧轻走出卫生间，茫然地看着自己的家，感到前所未有的失落、疲倦。

二十九年的人生，孑然一人，除了一身警服、一枚警徽，没有别的所得。或者说，在这个所谓的世界，她并没有别的立足之处，也没有别的意义。

你是谁？你从哪里来？你为什么来这里？她在心里这样问自己。

恍恍惚惚地，她走进了父亲和母亲的房间。

当初搬来这里的时候，她特地为已经亡故的父亲和母亲设立了一间房间，里面起居用品一应俱全，就好像父亲和母亲仍然活着并生活在这里一样。

这间房间里保留着父亲和母亲生前最重要的一些东西：他们的论著、工作照片、荣誉奖杯、勋章，还有 20 世纪八九十年代的一些物理教科书。

有一台看上去十分古老的计算机，是父亲当年使用的，如今已经多年未曾开机，但里面仍存放着一些最初的学术资料。父亲当年致力于人工智能领域的研究工作，加百列就是他的作品之一。

就在这时，慧轻听到身后有机械声响，转过头去，看到是加百列站在门口。

“亲爱的，你在想什么？”加百列问。

“没什么。”慧轻叹口气。

“想念他们了？”

“我只是在想，人来到这世上的意义是什么？人活着的意义是什么？”

“承担自己的责任，发挥自己的价值，让这个世界变得更好，我想这是不错的意义。”加百列说。

“可是，这是世界提供给我们的意义，还是我们发自内心想要的意义？”

“我不太明白你的意思。”

“我的意思是，承担自己的责任，发挥自己的价值，让这个世界变得更好。这是我父亲和母亲曾经信仰的意义，也是你被设定的意义。可是你有没有想过，这个世界因此就变得更好了吗？比五十年前、一百年前，更好了吗？”

“如今我们有自动巡航驾驶的摩托车，我们有自动饮料机和洗碗机，我们有 AI 全数据分析系统，我们可以轻而易举地知道世界上每个角落发生的事。我们可以去往任何地方。我们得到的信息、生活的效率、体验的事物，比一百年前的人丰富了几千几万倍。”加百列说着，又在胸前的屏幕上露出一个 Emoji 笑脸。

慧轻看看那个笑脸，苦笑一下，说：“也许人们是更乐于活在一种幻想的概念里的，比如——让这个世界变得更好。这支撑着人们活下去。”

“亲爱的，我觉得你应该吃点甜食了，你的多巴胺有点低。”

慧轻摇了摇头，仿佛根本没听见加百列说什么。

她径自转身离开房间，一边走一边轻声嘀咕了一句：“陆天域一定也曾活在这样的幻想里——让这个世界变得更好。”

加百列看着自言自语从它身边走过的慧轻，没有再说话。

6

当晚慧轻躺在床上，辗转难眠。

很多次她产生冲动，想去卫生间，打开柜子，但她克制着。

她百思不解，为什么陆慎思会知道她有抑郁症？

就算他有技术手段，那些手段也需依赖基础硬件。然而她的卫生间并没有摄像头，整个家里也没有摄像头，她的手机也从不带进卫生间，除非……

除非有人偷偷进来安装了什么，而她不知道。

会是谁呢？这里只有周景坤来过。除了景坤就是加百列。

她努力回想着陆慎思在电话里的语气“……为一件事过度费神，

容易得抑郁症……”有没有可能，他那只是随口一说，并无所指？

不，她在心里这样回答自己，根据墨菲定律，任何事情都没有表面看起来的那么简单，任何事情都会比预计的持续更长时间，有可能出错的事早晚会出错，以及，如果你怀疑某件事有问题，那它就非常可能真的有问题。

所以，陆慎思究竟是如何监视她的？以及，为什么？他为什么要监视她？

有没有可能，亚瑟和“鬼手”的背后，就是陆慎思？他们根本是一伙的？

又或者，亚瑟和“鬼手”，都是陆慎思不同的分身？

作为一家巨型跨国科技企业的董事长兼首席执行官，他手中掌握的技术和数据足以撼动世界上最重要的国家的安全系统，又怎会把他们区区一个警局放在眼中？他亲自联络她，设法监视她，又通过几个程序装神弄鬼，究竟为何？

慧轻越想越觉得可疑，干脆从床上坐了起来。

她抓过手机，又觉得如今使用手机做任何事都像裸奔；抓过平板，又觉得那也是一样。电脑她也不敢开，谁知道她浏览资料的同时还有谁在看。

就在这时，她想起了她父亲的那台计算机。

那台古老的计算机没有摄像头，也没有连接无线网络。

她从床上悄悄起身，不想惊动加百列。

然而加百列还是被惊动了，从休眠状态中启动，靠近她，问道：“怎么了，亲爱的？现在是凌晨一点，你怎么不睡觉？身体不舒服吗？”

“没事，你回去休息吧，我想自己待会儿。”

“亲爱的，告诉我究竟怎了。”

“我说了，没事。你让我自己待着，这是命令。”

加百列停在那里，它从未听过慧轻这样的语气。过了片刻，它回答：“好的慧轻，如果你有任何需要，随时叫我。”

加百列说完，退回到墙角的充电桩，归复休眠状态。

看着加百列胸前暗下去的指示灯，慧轻怔怔，叹了口气。

如果连加百列都不能信任了，这世上还有什么可以信任的呢？

7

父亲的电脑由于长期没有使用，开机的时候发出轻微的卡顿噪音。

经历了十多秒钟的黑屏之后，显示器终于亮起。整片屏幕是温暖的浅褐色。慧轻没有开房间的灯，在黑暗中，只有这片光笼罩着她，让她感到莫名的安全，就好像是，父亲的爱，穿越二十多年的时空，重新回到她身上。

这台电脑没有连接网络，开机之后，桌面跳出系统升级的请求。慧轻对着提示框发了一会儿呆，点击“取消”，然后打开硬盘浏览。

硬盘分为几个区，分门别类存放父亲的工作资料。有一个区全部存放照片。父亲是个严谨的人，连相册都按日期编号排列。

慧轻随意点开一个又一个文件夹，浏览老照片。大部分照片她以前都看过，是父亲和母亲年轻时的照片，从高中、大学，一直到工作、结婚之后。当然，在慧轻的记忆中，父亲和母亲一直都是年轻的。他们的年龄永远停留在了三十九岁。

父亲大学时代的照片是最多的。或许因为他长得高大帅气，智商超群，在校园时期就在AI领域获得国家重点奖项，和同样是优等生的母亲是一对人见人羡的金童玉女。他们有很多照片，参加学生活动的、颁奖的、毕业典礼的。

慧轻小时候经常看这些照片。渐渐地，她自己也长大了。直到现在，她自己的年龄已经超过了照片拍摄时父母的年龄，又加之她已经有好些年没有看这些照片了，此刻她觉得照片中的父亲和母亲显得尤为年轻，看上去几乎就是少年了。

忽然间，有一张集体合影吸引了慧轻的目光。她注意到这张照片，是因为其中一个人看着好面熟。她将照片放大，仔细看那个站在她父亲身边的人，发现这人竟然是……陆慎思。

不，这怎么可能？照片拍摄于三十多年前，那时陆慎思还没出生吧？即便出生了也只是个婴儿。那这个人……

下一秒，慧轻迅速反应过来了，画面中这个人不是陆慎思，而是陆慎思的父亲，陆天域。

慧轻长吁一口气，向后一倒，靠在椅背里。她目光紧盯着照片中年轻的陆天域，他站在她的父亲身边，两人都笑得很开心，看起来他们关系很好。父亲的另一边，站着母亲。他们三个人看起来彼此都认识。

整张集体照里，一共有二十多个人，都是二十几岁的年轻人。父亲给这张照片编辑的资料是：

——2012年11月20日，“拓荒者计划”开营式。

第六章　在劫难逃

1

父亲和母亲，和陆天域竟然是同学。

慧轻从来没有想到，事情背后还有这层历史。

那么，这一切究竟是偶然还是巧合呢？陆天域的案子竟是由她去调查的。还有，陆慎思知不知道父辈们的渊源？

慧轻在父亲的电脑前坐了将近一宿，天快亮时才关机去睡觉。

她想再寻找一些其他的线索。可奇怪的是，其他所有照片里，陆天域再也没有出现过。仿佛从2012年11月20日那一聚之后，陆天域就消失了。

凌晨时分，慧轻迷迷糊糊地睡了一会儿，直到天大亮了才醒。

她是被手机的振动声吵醒的，半梦半醒之间，把手机从床头柜抓过来看。

三条消息，都来自周景坤：

——林姐，看新闻了吗？中非多国发生暴动，卡基亚那引爆核弹。

——欧洲突发瘟疫，未知病毒肆虐，超过十万人出现症状，医院爆满，医疗资源严重挤兑，民众恐慌，实际感染人数可能呈几何增长。

——十七个国家同时宣布进入紧急状态，关闭边境，停止一切国际航班，以应对突发的疫情与核污染。

慧轻惊呆了，一下子就清醒了，坐起来。

她顾不上回复景坤，先打开新闻软件，只见铺天盖地的消息滚动浮现——暴动、政变、核爆、瘟疫……整个世界仿佛一夜间滑向深渊。

然而再往下看，还有一条不起眼的消息：

——天域科技股票开盘涨停。

这一条短短的新闻淹没在铺天盖地的信息流中，丝毫不引人注目，大概没有多少人会在意它。

然而慧轻因为多日来沉浸在陆天域案中，对天域科技四个字十分敏感，一眼便看到。这消息着实让她吃惊。在全世界一片负面消息的同时，天域科技竟是为数不多的正面消息之一。

这时慧轻不禁想起，陆天域出事后的那几日，天域科技股价大跌，牵连五大科技巨头市值一夜蒸发 8000 亿联合币。接着陆慎思力挽狂澜，推动国际业务，带领公司回到正轨，局势渐渐稳定。

然而今日涨停，又是因为什么利好消息呢？为何世界多国多地同时爆发恶性事件，科技企业还能一枝独秀？

她自己读了新闻详情，大致是说天域科技早有一款实时数据软件，通过智能动态模型，提供安全指示，也就是说，每个人都可以实时查看自己周边人的健康状况，就像导航一样，比如你在一栋百货大楼里，拿着手机，可以看到周围的人都是一颗一颗的绿色小点，如果有一个人出现发热或者咳嗽症状，那个人会变成红点，你就不要靠近对方。疫情暴发之际，这款软件已被几十个国家购买。

灾难财！慧轻在心里骂了一句。

但她的直觉告诉自己，事情可能还不止如此。

以及陆天域的案子，背后一定有更大的隐情。

想想看，一个人去世，可以令整个科技世界动荡，几千亿联合币蒸发，足以说明他地位之重。所以他的死，绝不会那么简单。

这个已经结束的案子，绝不可能是因为一个女儿贪图那么一点财产就杀了自己的父亲，那么简单。

慧轻放下手机，起身想喝水，却发现手边没有柠檬水。

她这才想起来，昨夜加百列休眠后，她拔掉了它的充电桩。

天！她闭上眼睛，笑叹一声。原来自己已经完全依赖智能机器人了，这么多年了，加百列一直是她最好的伙伴、仆人，以及信息来源。可是从昨天开始，她竟然不再信任它了。

慧轻把加百列重新接上电源，过了片刻，加百列才“苏醒”。

“早安，亲爱的。昨晚睡得好吗？”加百列像是丝毫不记得昨夜的对话，也不记得慧轻让它“死”过一回。

“不错，谢谢，弄点吃的吧。”慧轻说。

“好，马上就来。”加百列答，“需要我给你读读今天的新闻吗？”

“哦，不用了，来点音乐就可以。”

“好的，亲爱的。”

加百列说完，转身进了厨房，一边准备早餐，一边播放轻柔的乡村音乐，是慧轻一直中意的歌单。说是准备早餐，其实就是用水杯和盘子到自动饮料机和面包机前按动几个按钮，然后把盘子对准食物出口，再撒上调料。

慧轻远远看着加百列忙碌的背影，心里想着的还是陆天域的案子。

如果陆慎悠是替死鬼，那背后正主究竟是谁？陆慎思？

“鬼手”、亚瑟，究竟是人是鬼？

如果他们真的是智能程序。他们无疑是互联网上的流氓，不，互联网上的暴君、恐怖分子。他们可以监控每一个人的对话，通过每一个人的手机摄像头监视这个世界。他们知道这个世界上发生的所有事情。他们可以瞬间改动一个人银行账户上的数字。更甚者，他们可以改掉一个人的犯罪记录。

谁敢鄙视他们没有实体？谁敢说他们没有灵魂？他们可以操控这个世界。他们也可以毁灭这个世界。想想看，如果他们入侵了国防安全系统，也许他们可以同时触发这个全世界所有的核弹头……

想到这里，慧轻忽觉浑身一颤。有没有可能，这所有的事情都关联在一起？世界格局大变，会否是天域科技在幕后操纵，从而牟利？

亚瑟也好，“鬼手”也好，他们毕竟还是为人服务，也许正是它们在帮助某些人实现他们的政治抱负，那么陆天域的死，也是其中的一个环节了。

想到这里，慧轻即刻穿上衣服出门。

“亲爱的，你走了？不吃早餐了吗？”加百列赶到门口。

“来不及了，你放着吧，我回来再吃。”慧轻说完匆匆离开。

虽然是一个工作日，但大街上显得十分空旷，车辆稀少。

慧轻戴着摩托车头盔，摩托车载着她在街上飞驰。

不能打电话或者发消息，她必须赶去找景坤，当面和他商量。

因为突发的瘟疫，摩天大楼的巨幅广告变成了红十字背景，附字：

——疫情来势汹涌，请做好防护隔离，避免聚集。

慧轻不为所动，用力踩油门，一人一车如箭穿越城市中心。

2

“什么？上报国防部？”景坤瞪大眼睛，满脸错愕。

“嘘，你小点声。”慧轻嗔他一眼。

“你没事儿吧，林姐？”

“你手机关了吧？”慧轻答非所问，环顾寻找景坤的手机。

“不是，林姐，你到底在想啥呀……”

“我问你手机关没关？”

“关了关了。”景坤略有不耐烦。

两人站在景坤公寓的客厅里说话。

陆天域案结束，景坤休假两天。慧轻来找他的时候，他刚起床。

听完慧轻说的关于世界局势和天域科技的猜测，又听她说要把情况上报国防部，景坤只觉得不可思议，说：“林姐，国防部，夸张了吧？”

“你也不看看现在外面的情况多夸张。”慧轻说。

“不是，林姐，我就是转点新闻给你看看，你当新闻看看不就得了吗？咱们都是普通公民，还能怎么样？传染病暴发，咱就在家待着呗。核弹也不是在咱们这儿爆炸的。我就是给你转了几个新闻而已，没想到你竟然跑我家来了……林姐……你……你到底在想啥啊？”景坤摸着脑袋。

慧轻看着景坤傻傻的样子，忽然笑了出来，“你一早就给我发消息了，怎么到现在才起床啊？”刚才一进门她就急着把心里的猜测和想法都说了出来，才注意到景坤此时还穿着睡衣，头发也乱糟糟的。

“哦，今天又没事干，不用起床，躺在床上刷手机啊。”

“电子依赖症。”慧轻嗤笑一声。

“是啊，不办案子也不用早起的日子，躺在床上看手机上的各种消息可以看到中午…… ”景坤自嘲地笑。

“人人都被手机控制了，一刻也离不开。”慧轻发表评论。

“是，没辙了，都上瘾了，人机一体化嘛。对了，你吃早饭了吗？”景坤说着，走进厨房，打开冰箱，拿出两盒方便食品。

“没心情吃。”慧轻说，“我相信我的直觉，就算不立即上报国防部，也应该跟陈局说一下这个事。”

“跟陈局说什么呢？核爆、疫情、政变，都不是在我国境内发生的。”景坤说着，把两盒食物放进智能电子烤炉。

“全球一体，高科技犯罪无国界。”慧轻说。

“林姐，你有没有觉得，你的猜测太疯狂了？”电子烤炉里食物噼里啪啦地响，飘出阵阵香味，景坤看向慧轻，“你说这些事都和天域科技有关，你有证据吗？”

慧轻怔怔盯着电子烤炉里灼热的光，说：“我会有的。”

叮的一声，早餐好了。景坤打开烤炉，捧出两块馅饼。

“喏，吃点。”他递给慧轻一块。

“不吃。”慧轻皱皱鼻子，“方便食品，闻着就是工业合成的味道。”

“别这么挑。这是我新买的智能烤炉，烤出来的东西特香。”景坤咬了一口手上的馅饼，“这好歹还算食物。你知道吗，以前我被派到边境维和的时候，部队发一种叫能量胶囊的东西，像黄豆那么大一粒超高密度的压缩食物胶囊，吞下去会在胃里慢慢溶解胀开，可以满足一天的能量需求。直到现在我看见黄豆之类的东西都想吐。”

慧轻噗的笑了出来，“我听说过这种东西，太不把人当人了，当机器吗？每天充一下电，加一点油就好了。”

“所以，将就吃点吧。”景坤又把另一块馅饼往慧轻面前推了推。

慧轻皱皱鼻子，摇摇头，表示拒绝。

景坤“嘁”一声，说：“想吃人手工做的食物，得开车十五公里去‘小野家’。再说了，你不也一直吃加百列做的方便食物吗？”

“加百列是加百列。”

“有什么不一样？都是机器。”景坤不以为然。

“好了，你快吃吧，吃完跟我一起去见陈局。”

“真要去？”

“当然。”

“林姐，你可别坑我了。陈局都说了，陆天域的案子封档了，咱就别再惹事了行吗？还有，你好歹算是他半个闺女，你说什么做什么都不要紧，我可就没这么幸运了。我要是说错半句话，他说不定罚我去离岛守监。”

“不会的。”慧轻说，“陆天域案你和我一起查的，咱俩一起去，更有说服力，我现在就是要陈局同意我们重新查这个案子。”

“可是……”

就在这时，屋子里突然响起了音乐，是景坤的手机铃声。

“你手机竟然没关机？！”慧轻又惊又气。

景坤顾不上向慧轻解释，回到屋内，从床头柜上拿起手机，看到来电号码，犹豫了一下，把铃声调成静音，不接。

“怎么了？是谁？干吗不接？”慧轻站在卧室门口看着他。

“推销电话，不用接。”景坤答。

“你刚才竟然骗我，说手机关了！”慧轻严厉地说，“要在工作时间，你这就是严重渎职！”

“对不起，对不起，林姐，这不是休息时间嘛？”景坤赔笑，作求饶状。

“周景坤！你怎么回事？”慧轻生气地看着他。

“唉，林姐，我刚才就偷懒了那么一下。”景坤挠头。

“你还没有意识到形势的严峻吗？”

“不是啊，林姐，我当时就想，手机放在里面房间，应该没关系的吧，哪有这么夸张啊，我俩在这里说话，离好远，没关系的啦……”

慧轻看着景坤懒懒散散、得过且过的样子，与以往干练、听话的他，判若两人。

“算了，你今天好好休息吧，我先走了。”慧轻说着，转身离去。

“哎，林姐，你别生气啊……”景坤追到门口。

“我没生气，我是在工作而已。”慧轻回身，平静地说道。

她又看了一眼景坤邋遢颓废的样子，加了一句，“洗个头，洗个脸，起来做点运动，弄点真正的食物吃，别沉迷于玩手机了。”随后离去。

景坤讷讷的，看着慧轻在他面前关上门。

门关上后，他长叹一口气，捂住脸，怔了半晌，走回卧室，从床头柜上拿起手机，看了一眼刚才的来电信息，上面赫然显示三个字：陆慎悉。

3

慧轻走出景坤的公寓楼，将手机重新开机，见有一通未接来电提醒，是一个陌生号码。她拨回去，一个女人接起了电话：“你好，林警官。”

“陆小姐？”慧轻吃惊，电话那端竟是陆慎悉。

“林警官，你有时间吗？我想跟你面谈。”陆慎悉开门见山，语调平稳，语速却略快，像是有要紧事。

慧轻犹豫了一下，知道在电话里什么都不便说，于是回答：“可以，一小时后在中心公园的湖畔咖啡厅见如何？”

“没问题，到时见。”陆慎悉说完，快速挂上了电话。

慧轻赶到湖畔咖啡厅的时候，陆慎悉已经坐在那里。

或许因为这天新闻里渗透的恐怖氛围，往日熙熙攘攘的湖畔咖啡厅此刻空空荡荡，只有陆慎悉一个人坐在室外湖边的遮阳棚下，戴着防毒口罩和墨镜。

见到慧轻走过来，陆慎悉摘下墨镜，笑了笑，说：“你在电话里提议到这里见面，我就知道我找对人了。”

“怎么说？”慧轻拉开椅子在陆慎悉对面坐下。

“你看这宽阔的湖面，你看这寂寞的树林，你看这一张张空着的座椅，此时此刻，在这座城里，还有别的什么地方比这里更适合密谈吗？”陆慎悉微笑。

“你找我有什么事？”慧轻问，没有理会密谈二字。

“我是先找了周警官。”陆慎悉说，“可惜他没接我电话。”

“你找了周景坤？今天早上吗？”

“是，就在一个小时前。之前我父亲的案子，周警官同我联络的，所以我有他的号码。可惜他没有接我电话，我只好找你了。”

慧轻回想着早晨景坤拒接的那个电话，原来是陆慎悉打的。可是景坤为什么要当面撒谎隐瞒？他以前从来不这样的。周景坤怎么了？

“林警官？”陆慎悉见慧轻恍惚，轻轻叫她。

“哦。”慧轻回过神来，“你说吧，你找我们，想说什么？”

“想说说今早的那几条爆炸性新闻。”

“你说非洲核爆和欧洲疫情？这和我们暂时没什么关系吧？”慧轻故意这样轻描淡写，想听听陆慎悉会怎么说。

“很快就会有关系了。”陆慎悉说。

“好吧，我看到了，你已经戴上了口罩。”有钱人都惜命，慧轻心想。

“我建议你也戴上，林警官。”

慧轻笑了一下，转脸看向宁静的湖面。一只白色的鹭鸶掠过水面，飞往对岸草丛。此刻天地和谐，似乎并没有什么大事发生。

“西方世界偏爱末日预言，我对此不感兴趣。”慧轻笑道，“陆小姐你有话请直说吧，找我到底为了何事？”

“为了我哥哥的事。”

“你哥哥？陆慎思？”慧轻心中震动。陆慎悉刚刚说出的话，正中她下怀，与她今日凌晨的猜测不谋而合。但她努力克制着，不把内心的震惊流露出来。

“我现在有点怀疑，我父亲的死……可能……和我哥哥有关。”

“什么？”慧轻表情凝重，“你是说……”

“我哥哥未必就是凶手。但我想，这所有的事情，都关联在一起。”陆慎悉说出这些话显然有些艰难，但她似乎是下定了决心要说。

“你能说得具体些吗？”

“我想，你一定听说过‘虚拟战争’吧？”

听到“虚拟战争”这四个字，慧轻心里咯噔一下。

“天域科技目前最挣钱的业务。”陆慎悉说。

“我……略知一二。”慧轻说。

“你调查我父亲的案子，就没问过我哥哥关于‘虚拟战争’的具体内容吗？要知道，我父亲去世前，最关心的事情就是‘虚拟战争’。”

“之前见你哥哥的时候，我问过他，但他说，那只是公司的业务之一，似乎不想多谈。”

“他当然不想多谈。”

“他还说，他只是个商人，只对成本和利润感兴趣，对计算机不感兴趣。”

“他说什么你就信？”陆慎悉一脸漫不经心的冷笑，“让我来告诉你，陆慎思是个什么样的人吧。”

慧轻看着陆慎悉，这个嗓音低沉的三十四岁的女人，口罩上方的一双凤眼，此刻显得尤为犀利而冷艳。

“他七岁开始就天天坐在计算机前；九岁学会编程；十一岁破解第一个系统；十四岁黑进学校的资料库窃取考题；十七岁，他黑进一个著名色情网站，窃取了约百分之三十的用户信息，并将之公布于众。”

“他是怎么做到的？”

“只能说，天赋异禀吧，或者，只要有技术和经验，根据虚拟货币交易所留下的个人信息，查到那些账户背后的人，也不是难事。”

慧轻无言，点点头，听下去。

“事件发酵后，掀起滔天巨浪，舆论哗然，多少夫妻为此离婚。那些收费会员中不仅有教授、企业家、人气明星等社会知名人士，更包括某个世界顶级篮球明星。谁也想不到，那些道貌岸然的所谓成功人士竟然都是那个色情网站的头部用户，并曾经观看一些涉及性侵和儿童色情的非法视频。”

“搞出这么大的事，陆慎思……后来被抓了吗？”

“你猜呢？”陆慎悉诡笑一下，“二十一世纪黑客界的最大悬案。”

看来是逃脱了。慧轻暗暗感叹。

“可他为什么只窃取百分之三十的用户信息，而不是全部？”慧轻问。

“因为……”陆慎悉说到这里又笑了一下，“他当时迷恋一个东瀛女优，视之为女神，但那个网站上有一些用户对那位女优出尽猥琐下流的言语。他选择性地将那些对他女神不恭敬的用户拎出来公布于众了。”

“这……很有个性。”慧轻也忍不住笑了，“但这是犯罪。”

陆慎悉看了慧轻一眼，“他那时还未成年。”

“那也有相关法条惩治这种互联网少年犯罪。”

“林警官果然黑白分明。”陆慎悉笑道，“成年未成年，其实都没差。老头子给他兜着呢。我告诉你的这些事，这世界上就没几个人知道。全世界所认识的陆慎思，是那个品学兼优的天才少年，多次获得联大七星奖学金，二十六岁拿到博士学位，二十八岁进入天域集团高层参与决策与管理，三十五岁当上天域集团首席执行官。”

“你告诉我这些是为什么呢？”

“因为你是警察，我只能信任你。”

“信任我？”

“信任你能够查明真相。”

“关于什么的真相？”

“关于一切，我父亲、陆慎悠，以及……”

“真相已经查明了。”慧轻打断陆慎悉，“陆天域案早已封档。”

“那是官方说法罢了。你呢，林警官？你内心怎么想？”

“我秉公办案，听差收队。现在你家族事务与我再无瓜葛。”

“那你为何今天来见我？”陆慎悉看透一切似的，朝慧轻笑了笑。

“不如你先回答我，你和陆慎思一母同胞，为何要在背后拆他的台，说他的坏话？”慧轻不喜欢陆慎悉看透她心思的样子，反守为攻。

“因为——我有孩子。”陆慎悉眼神重重地看着慧轻，语气也重，“因为我是一个母亲，所以我不愿意看到这个世界这么快地毁灭。”

“毁灭？你什么意思？”

“陆慎思现在所做的事情，有可能把我们的国家、我们的民族，乃至整个人类，带入万劫不复的境地。”

“你是说……那些政变、核爆，还有瘟疫的出现，都和他有关？”

“我没有证据，我只是猜测。但我明确知道的是，虚拟战争，和他有关。”

“虚拟战争？到底是什么？”

“你手机带了吗？”陆慎悉不答反问。

“放心，关机了。”慧轻从口袋里掏出已经关闭的手机，搁在桌上。

“我就知道我找对人了。”陆慎悉笑了笑，也把自己的手机拿了出来，搁在桌上，屏幕也是黑的，“其实你早就警惕一切电子设备了吧？”

“谈不上早就，也就是最近，我听到一些风声。”

陆慎悉点点头，望向湖面，忽然轻叹一声，“你要知道，林警官，我此刻告诉你的事情，如果被我哥哥知道，他说不定会杀了我。”

“不会的，你是他嫡亲妹妹。”

陆慎悉笑了一下，没有说话。

“说说‘虚拟战争’吧。”

“虚拟战争，说白了，就是电子士兵之间的战争。”

“电子士兵？”

“是，你知道那种技术吗？把人脑数据上传到计算机。”

“可以想象，但未曾亲眼见过。”

“电子士兵，就是把每一个士兵的大脑数据上传到一个超级服务器上，把人脑数字化，制造出大批数字人、数字战士。然后，在系统里模拟出地图、武器，乃至整个世界，一个跟真实世界高度相似的虚拟世界，让那些数字人之间进行作战，用以代替实际作战。”

“这是闹着玩吗？”

“不，这是国家之间为了避免实际人员伤亡而采取的一种特殊协定。陆慎思他们在做的，就是这个生意，为那些需要通过战争来解决争端的国家提供虚拟战争的软硬件资源和技术支持。”

“可是，这所谓的‘虚拟战争’不就跟电子游戏一样吗？”

“你可以把它理解为，国家和国家之间的，超级电子游戏。”

“能算数吗？结果会有效吗？”

“当然算数，当然有效。”

“可既然是游戏，一切就是虚拟的，如果有一方不服游戏结果，要在现实中动武，怎么办？这个虚拟游戏的约束力在哪里？”

“虚拟战争的价值，是在不死人的情况下解决纠纷，所以各国参加虚拟战争的数量和装备必须与本国实际国情相匹配，比如该国只有五万陆军，那么游戏中就只能有五万陆军，每个身份证对应一个虚拟军人，死亡后不得再上战场。武器装备同样如此，十艘战舰，在游戏中同样对应，被摧毁后就不得再上战场。所以虚拟战争的结果应该和实际战争的结果相近。如果不服，那么就实操一下好了，在虚拟中输掉的一方，如果还想在现实中去挑衅，基本等于自己找死。”

“听上去是没问题。可是，既然是虚拟的，就可以作弊，对不对？比如修改数据，修改武器参数。由谁来监督呢？你哥作为程序的开发者毕竟只是商人，他们还要负责监督过程的公正性和结果的有效性吗？”

“不需要强化监管，虚拟战争的受益方应该是国家和人民，而不是商人。最后战败方到底服不服，跟商人无关，就看战败方自己敢不敢冒险。很大程度上这是自愿的事情，就和从前各国的军事演习一样。”

“明白了。”

“另外，‘虚拟战争’程序有一个控制中枢，相当于电子法官。所有签署这个协议的参战方，都要认可这个‘法官’。另外，虚拟战争国际监督委员会会执行具体的监管，还有各国情报机构，也都会派出代表，相互制衡。”

“问题是各国军方，那些真正的军人、真正的武器，会如此遵守规则吗？”

“人类社会，公约还是被普遍认可的。虚拟战争，就是公约的一种。”

“所以，我国也参与其中吗？”

“据我所知，天域集团有专员常驻国防部专项实验室。”

“我明白了，今天你找我，想说的是，近日来国际危机频现，加上你父亲离奇死亡，都和这个‘虚拟战争’有关？你哥是幕后黑手，在操纵政治？”

“我也只是猜测。”

“如果你有怀疑，如果你有害怕，为什么你来找我，而不直接去找你哥对峙？那毕竟是你哥，你直接问他不好吗？”

“因为……”陆慎悉看向慧轻，正要说下去，她的目光却忽然落在了远处什么事物上。

怎么了？慧轻顺着陆慎悉的目光回过头去，一看吓了一跳。

两个穿着制服的人正朝她们走来，竟是朱红和她的助手 Ada。

慧轻震惊地直接从椅子上站了起来。她没有告诉过任何人自己来这里见陆慎悉，一路上也留意着没有任何尾随。是怎么暴露的行踪？难道她的手机被局里监听？不可能啊，她早有准备，在手机上加了一道密，正常情况下手机无法被任何人追踪。那朱红怎么找来的？还有，朱红找她做什么？

朱红到了面前，慧轻只见她神色凝重。

还未等她开口问什么，朱红先说:“林姐，现在跟我回局里。”朱红说完，看了一眼对面的陆慎悉，没有说什么。

“出什么事了？”慧轻满脸困惑。朱红算是个镇定的人，很少有此刻这样的沉重和焦虑。

“回局里再说。”朱红这样回答，又看了陆慎悉一眼。显然，她不打算当着陆慎悉的面透露任何信息。

“你们怎么找到我的？”慧轻又问。

“回局里再说吧。”朱红加强了语气，显现出平日一贯的强硬和干练。

“陆小姐也跟我们一起走一趟吧。”朱红又对陆慎悉说。

“我？为什么？”陆慎悉错愕。

“去了就知道了。”朱红说完，转身就走，留 Ada 站在那里看着慧轻和陆慎悉两人，等她们一起跟上来。

慧轻看了陆慎悉一眼，也不说话，自己跟上了朱红。Ada 还留在那里等着陆慎悉听话地跟她们走。

慧轻心里乱乱的，此刻只觉得自己和陆慎悉像是突然成了朱红要抓捕的犯罪嫌疑人。这一切都太奇怪了。于公于私，朱红和她交情都不错，今天她这般神秘地杀到面前，又这么凶巴巴地对她，是怎么了？

慧轻低着头紧跟朱红的步伐，一时也顾不上多想了。她只想快些跟随朱红回到警局里，搞清楚这一切到底是怎么回事。

4

回到警局，朱红直接把慧轻带进了审讯室。

慧轻随身携带的手机等物件一并照规矩放在了外面。

Ada 则带着陆慎悉进了另一间审讯室。

“怎么回事？发生什么事了？”慧轻满心困惑。

朱红在她对面坐下，紧盯着她，像是要看到她眼睛里去。

“到底怎么了？我是做错什么事了吗？景坤呢？你有没有把他也叫回来？我觉得你不如把景坤也叫回来，我们开个会，我正好有些情况要跟你们商量。”

“周景坤死了。”朱红突然说。

慧轻呆住了。

“今天上午 10 点 13 分，急救中心接到一名男子的求救电话，说自己身体不适，呼吸困难，可能是食物中毒。十五分钟后，救援人员赶到，男子已经身亡。急救中心证实男子身份后，很快与我局联络。我带人赶去现场，确认死者就是我司警员周景坤。我到达现场的时候，他身体还有余温……”朱红说着，哽咽了。

她拿出几张打印的照片放到慧轻眼前。照片上，一名男子倒在地上，其中有一张面部特写，表情痛苦，死状可怖，正是景坤。

“这……这怎么可能？”慧轻不忍卒睹，闭上眼睛，泪水涌出。

“据景坤公寓楼监控录像显示，他死前见的最后一个人，是你。你在今天上午 9 点 45 分进入景坤公寓，约在 10 点 03 分离开。你离开几分钟后，景坤就出现食物中毒症状。从他打给急救中心的电话来看，他的求生欲望非常强烈。可惜他所中之毒是一种烈性神经毒素，最终失救。”

“我不相信，我不相信……”慧轻一边说一边摇头，浑身颤抖，泪如雨下……

“你振作一点。”

“不，不，我不敢相信。景坤……怎么会……这怎么可能？我早上才见了他……”慧轻痛哭出声，喃喃自语，精神出现恍惚。

“你振作一点，林慧轻！”朱红大吼一声。

慧轻呆在那里。

“你现在是第一嫌疑人。”朱红凑到慧轻面前看着她，“我也相信不是你，但你得振作起来，我们得一起面对现实，查明真相。”

“真相……？”慧轻泪眼迷茫。

“引起中毒的是景坤吃下的馅饼。馅饼出自 Jason's。根据景坤的信用卡消费记录，那是他前一晚叫的外卖。馅饼本身没有问题，问题是，谁投的毒？”

“不是我。”慧轻本能地辩解。

“我知道不是你。”朱红说，“但你怎么证明不是你？”

“我需要自证吗？我为什么要害景坤？啊？景坤是我最好的搭档，我们一起共事六年了。我为什么要害他？”慧轻有点激动。

“你今天早上去找景坤，是为了什么？”

“关于陆天域案，我有一些新的线索。”

“什么线索？”

“这个说来话长，回头再谈。”

“所以，你觉得，景坤被害，与陆天域案有关吗？”

“有关吗？”慧轻有些恍惚。

“你发现没有，景坤也是食物中毒，凶手的作案手法和陆天域案几乎一样。”朱红说着，紧紧蹙眉，“可是，陆天域案的凶手已经死了。”

“陆慎悠不是凶手。”慧轻说。

“是不是她都已经死了。”朱红说，“现在的问题是，谁向景坤投毒？以及，为什么？”

慧轻低头沉思着。馅饼店的人、送外卖的人？

“已经派人去追查Jason’s门店及昨天的派送员，他们与景坤无冤无仇，没有作案动机。”朱红说，“再说谁会这么傻，在自己派送的食物里下毒？”

“你把陆慎悉也带回来了，是为什么？”慧轻抬起头看向朱红。

“今天早晨陆慎悉给景坤打过电话。”

啊，对，景坤手机上最后一通来电就是陆慎悉。所以陆慎悉也有嫌疑。

可是，陆慎悉打景坤电话不接，转而就打给她了。陆慎悉不像凶手。

慧轻捧住头，脑中一团乱麻。

“所以我想，比谁投毒更重要的，恐怕是……什么时间投的毒。”朱红继续分析，“我们看了所有的监控。外卖派送员昨晚8点半送达。当时送到景坤家的馅饼有四块，也就是说，景坤昨晚吃掉两块，吃完之后安然无恙。那么，是谁，在昨晚到今晨这段时间内，对剩下的两块馅饼做了手脚？”

“不是我。”慧轻脸上挂着泪，克制着心中的痛苦，努力回忆着，“我记得，当时他从冰箱里拿出那两块饼，放进电子烤炉加热。热完之后，还问我吃不吃。他当时递给我一块，我嫌那东西不好吃，加上也没胃口，就没吃。”

“所以你看，证据对你十分不利。”朱红说，“四块饼进家门，景坤前一天吃了两块，无事。早晨你去找他，他吃了剩下的饼，你离开，他死了……”

“最后剩下那块没有吃的饼，拿去化验了吗？有毒吗？”

“正在验，估计快有结果了。”

慧轻抱住头，又突然抬起头，“我要见陈局。”

“别忘了，你是嫌疑人，林姐，你现在不便见他。”

“为什么？”

“因为众所周知，他是你的养父，要避嫌，林姐，你傻了？”

“我没杀景坤。景坤死了，我是最痛心、最自责的，我后悔今天上午不该去找他，也许就是因为我去找了他，所以他才死了……”

“你这话什么意思？”

“我……”慧轻一时也解释不清楚这其中的关系。但她隐隐有种感觉，景坤应该是知道了什么，或者，是她自己告诉了景坤什么，才给景坤引来杀身之祸，这样想的话，她自己此刻也危险了。

就在这时，有人敲审讯室的门，朱红让进。进来的是鉴定科的安娜。

安娜看朱红一眼，又看慧轻一眼，俯身到朱红耳边说了一句什么。

慧轻觉得这场面简直可笑。在今天以前，鉴定科的人有任何情报都是向她汇报。而现在，她竟成了嫌疑人，被审视，被审问，被怀疑。

安娜出去了。朱红看向慧轻，面色更凝重了。

“化验结果出来了，剩下的那块饼，也含有剧毒。”

慧轻只觉得浑身一阵发冷，仿佛此刻空气中有千万支毒箭一齐射向她，无所遁形的恐惧感将她包围。

“如果事实真的如你所说，林姐，那么，你今天是逃过一劫。”朱红说。

慧轻怔怔的，还是觉得周身发冷，她下意识地抬起双臂抱着自己。

过了许久，她才慢慢地说：“有没有验出来，那究竟是什么毒？”

“是一种化合物。”朱红说。

“一种化合物？”

“对，一种全新的化合物，在任何资料中都没有记载，没有命名。”

“这怎么可能？”

“对其分子量和化学式分析之后，初步判定它接近黑曼巴的毒液。”

“Black Mamba，非洲最可怕的毒蛇。”

“是，但毒死景坤的，却又不是黑曼巴的毒液，而是，你已经知道的，一种全新的化合物，就像是，天外来的。”

慧轻听着朱红的话，默不作声，低下头冥思。

天外来的？地球之外？宇宙之中？

她紧紧蹙眉，百思无解，许久，痛苦地闭上眼睛，抬起手捂住脸。

此刻，在审讯室的另一边，陈彪正看着屏幕上的慧轻。

他托着下巴，若有所思，一双精明的眼睛紧盯着画面。

过了片刻，他放下胳膊，对站在身边的警员说：“带她来见我。”

5

局长办公室里，慧轻和陈彪面对面坐着。气氛凝重。

也许是因为在这位老上司、老家长面前，一直积累压抑的情绪终于崩溃，慧轻捂着脸痛哭起来。

“我知道，景坤是你至交。”陈彪安慰道，“他出事，我们都很难过。但因为接二连三发生命案，上面下令严查。把你带回来，是按规定走的程序。”

慧轻无言，点头，克制情绪，抹去眼泪。

“所以，现在你能不能告诉我，早上你去找景坤，究竟为了什么事？”

“这件事，我本来就打算叫上景坤一起来找您，跟您说的。”

“嗯，你说。”

“我怀疑，目前境外政局变动、瘟疫泛滥等等灾情，都和天域科技有直接或至少是间接的关联。陆天域的死、陆慎悠的死，也与之相关。”

这话出乎意料。陈彪凝神听着。

“我怀疑，天域科技集团通过 AI 操纵国际政局牟利，因此我想向您提议拟一份报告递交国防部 AI 科技组，以防更糟糕的局面出现。”

听完慧轻的陈述，陈彪眉头紧锁，沉思着。

“不信您可以问陆慎悉。”慧轻继续说，“她知道不少天域科技内幕，足可提供有力佐证。我近日来也得到不少情报，稍后我会整理成详细资料，完成报告。”

“你有什么情报？”陈彪看向慧轻。

“资料都在我的手机上。”慧轻说，“我的手机目前是关机状态。因为一些原因，我不能呈交电子档，稍后我整理成书面材料呈给您看。”

“你说的这情况，不是小事。”陈彪缓缓道，“你可有把握，你的情报可靠，证据充足？”

“我以性命担保，证据可靠。”慧轻说，“不过，我希望，能让陆慎悉和我对接，配合我的调查。”

“这不可。”陈彪立刻摇头。

“为什么不可？”

“陆慎悉是陆天域的女儿、陆慎思的妹妹，天域集团的第二继承人。如果案情真如你所分析，陆慎悉本人也有重大嫌疑，她的证词不可信。”

“可是……”

可是什么？陈彪看着慧轻，等着她的话。

“可是……我相信自己的直觉。”

“直觉？”

“我知道，陈局，一切都要讲证据，我很快就会拿出证据的。或者您让我再去一趟陆天域的半山房子。”

“这又是为何？”

“我要彻查陆宅那个智能管家。据我所知，它已连入互联网，此刻也许无所不在。我觉得有必要把陆宅翻个底朝天，切断那里所有的电源……”

“慧轻！”陈彪打断她。

慧轻怔愣住，看着局长。

“我觉得你此刻的精神状态并不适合担任这个工作。”

“我没问题。”慧轻坚持，“您要相信我。”

“我相信你。但请你，先休息两天。”

“不，我得去一趟陆宅，现在就去，越快越好，晚了可能就来不及了。”

“这两天你哪儿也不许去，家也别回。”

“为什么？”

“你就待在警局。”

“您真把我当嫌疑人？”

“我是为了保护你！”陈彪重重地说。

“保护我……”慧轻失神。是了，现在她也成了神秘杀手的目标，今早若不是她执意不吃那块馅饼，此刻她也已是一具冰冷的尸体了。

然而她忽然间想到了什么，问陈彪：“今天朱红是怎么找到我的？”

陈彪不语，看了慧轻一眼，随即转开目光。

慧轻目不转睛地盯着陈彪，这个亦师亦父的男人，心中的恐惧和不安快速升腾起来。从小到大，这是第一次，她在这个男人面前产生了巨大的不确定感。

“你们究竟是怎么找到我的？”她再次追问，“我明明关掉了手机。”

陈彪仍然保持沉默。

慧轻感觉到一个巨大的秘密就在她眼前，等待着被揭开。

“你们是不是一直监视我？跟踪我？你们究竟是怎么做到的？”

“你听我说，慧轻。”陈彪沉下嗓音，诚恳地看着慧轻。

慧轻不语，静静等着陈彪下面的话。

陈彪顿了顿，说道：“在你小时候，我们给你皮下植入过追踪器。”

“什么？！”慧轻一下子从座椅里站起来，她简直不敢相信自己的耳朵。

“你说什么？！为什么……在哪里？”她抬起自己的手臂，上上下下地看自己，慌乱又急切地追问，“你们怎么可以这样？在哪里？植入了什么？”

“你冷静一点。”陈彪的语气不变，一如既往地沉稳淡定，“你听我说，我们只是执行了标准程序。”

“什么标准程序？”慧轻气急败坏。

“你能冷静一点吗？”

“好，我冷静。您告诉我，什么标准程序？是每个公民都被植入的标准程序吗？我以为这种事情只有电影里才有！这个国家究竟有多少秘密？”

“不是每个公民都有的，你别想多了。”陈彪说。

“那为什么是我？我有什么特殊？”

“因为你是林正凡的女儿。”陈彪郑重地说。

慧轻呆住了。

“因为你是林正凡的女儿。”陈彪又重复了一遍，“你是重点保护对象。”

慧轻怔愣了片刻，缓缓道：“也是重点监视对象吧？”

“你要知道，孩子，我们都是为了保护你。”极其罕见的，陈彪用了“孩子”这个词，慧轻不记得他曾经用过这样的词和这样的语气来跟她说话。

“我们是谁？就是您而已吧？”慧轻说。

陈彪叹了口气，顿了许久，缓缓道：“当年我们失去了你的父亲和母亲，不能再失去你。”

“你们的好意我心领了。”慧轻说，“但现在，我希望把它从我身体里取出来。”

陈彪看向慧轻，不言语。

“您知道吗？我们现在要面对的敌人，很可能不是人类。您这样，是把我暴露在敌人的火力之下。”

陈彪连连摇头，仿佛在说，这是无稽之谈。

“请您相信我，我们的对手，凶狠残暴又野心勃勃，它潜伏在互联网上，无所不知无所不晓。我甚至感觉它已经潜伏在我的身体里，掌握了我的一切。”

陈彪仍然摇头，“没有证据，这可能全是你的臆想。”

“不，我有证据。”慧轻急了，“我现在就可以给您看我的证据。只要您把我的手机拿给我。”

陈彪看着慧轻，不动，也不作声。

“您不是要看证据吗？我现在就把我所有的证据都拿给您看。”慧轻喊道。

陈彪神色凝重，片刻后，拿起桌上的电话，吩咐外头的人进来。

办公室的门开了，朱红把慧轻的手机送了进来。

慧轻拿到手机，按下开机，然后打开“迅聊”，想要调出“鬼手”和她的聊天记录。可是她上上下下地翻动聊天记录，竟然全都不见了。

“不会的……不可能……怎么可能……”慧轻眉头紧蹙，焦急地翻找，没有，什么都没有，没有聊天记录，连通讯录里“鬼手”的名字都不见了。

这时她想起来了，亚瑟给她发过邮件，于是她马上进入邮件系统寻找之前的邮件。可是，亚瑟的邮件竟然也不见了。过去十多天来发生的事情，就像从来不曾存在，她几乎要怀疑那一切只是她自己的幻觉了。

“你们是不是动过我的手机？”慧轻质问朱红，又看向陈彪。

“发誓没有。”朱红举举双手，“你知道规定。”

“没有人动过你的手机。”陈彪平静地说。

“不信你去查监控吧。”朱红补充道，“进了那道门，一切都有据可查。”她遥指窗户外面警局的大门。

慧轻看着自己的手机，思索着，像是终于悟到什么，“好，好，”她灰心似的笑了一下，“这下更能证明我说的是事实了。”

陈彪和朱红都看着慧轻。

“这个世界上，谁还有这个本事，不碰我的手机，甚至都不用开机，就能删除我手机上的内容？只有他，只有他了。”

“你在说什么？他是谁？”陈彪问。

慧轻深深吸一口气，说：“陈局，我再次郑重请求您授予我权限，继续追查陆天域被杀一案，我一定让真相水落石出。”

“这不可能。”陈彪斩钉截铁地说，“陆天域案结束了。我说过很多次了。”

“我知道，这里面涉及太多商业、政治敏感问题，有些势力不是我们一个小小警局撼动得了的。那可以，我不查陆天域案了，我查景坤的案子，总可以吧？上头不是说要查清楚景坤的死吗？你们今天带我回来，不也是为了搞清楚这件事吗？所以，请您授予我权限，让我来负责查清楚景坤的死，好吗？”

陈彪不语，和朱红互相看了一眼。

过了片刻，他说：“我觉得你现在状态不佳，还是先休息一下再说吧。”

“不，我不需要休息……”

“先带她下去，让她休息。”陈彪不由分说，让朱红带慧轻走。

“不，陈局，你听我说，现在情况已经很危急，再拖下去就来不及了，会死更多人的……”慧轻气急败坏地叫着。

“走吧，局长已经下令了。”朱红不由分说地上来拖慧轻。

“你们都糊涂了，阿朱，你放开我，你们为什么都不相信我？”慧轻挣扎。

“请你服从命令。”朱红说着，用力扭住慧轻的手。

慧轻感觉到朱红往她手里塞进一个什么东西，当即不再挣扎，不再说话。

朱红带着慧轻前往一间叫作“休息室”的房间，但慧轻知道，这是他们警局的“禁闭室”，专门用来扣留尚在被调查的嫌疑人。

“你先在这里冷静片刻。”朱红给了慧轻一个眼神，然后离开，让她独自留在了房间里。

门关上后，慧轻慢慢踱到墙角，背对着摄像监控，悄悄打开手掌快速看了一眼朱红塞在她手里的东西。

那是一张纸条，上面用水笔写了一行字：

8：00 p.m. 743891

慧轻只看了一眼，就迅速记住了它，然后把纸条揉成一小团，塞进了衣服口袋里。

6

休息室是个套间，里面有床和沙发可以休息。

勤务人员送了些吃的喝的进来之后，门又关上了。

慧轻知道，此时一定有人从监控视频里看着她，观察她。她索性大吃大喝一顿，然后在床上躺下来，闭上眼睛休息静思。

一闭上眼睛，她脑海中就浮现出了那张纸条上的字。那是朱红的笔迹，她认得，字写得非常潦草，显然是在匆忙中写下的。这行字是什么意思呢？

8：00 p.m. 指的应该是今晚八点。那串数字是什么？密码？

慧轻看了一眼手表，此刻是下午三点多，距晚上八点还有好几个小时。虽然她不知道几个小时之后自己要面对的是什么，但有一点是肯定的，这几个小时她需要好好保存体力和脑力，迎接即将到来的不确定的挑战。

她知道自己此刻是安全的。陈局和朱红把她关在这里，一方面是遵照规定羁押她，另一方面其实也是在保护她。她想利用这可以喘息的机会，好好睡一觉，闭上眼睛，眼前却出现景坤的脸。

悲痛感油然而生，她止不住地流泪。

景坤，她的好朋友、好兄弟，相识七八年的好战友。曾有一阵，他还试探性地追求过她。她知道他一直爱她，只是她从来不想开始一段恋爱。她以为他们会一起工作到五十岁、六十岁，做搭档做到老，做到退休。她想象过看到他娶妻生子，想象过去参加他的婚礼，参加他小孩的百日宴……可是没想到，他还未来得及娶妻，未来得及生子，未来得及做任何事，就走了。他才三十岁。活生生的一个人，这天早晨还好端端地活着，跟她说话，叫她林姐，陪她分析案情。可是现在这人突然就没了。从今以后，再也不会有一个比她大一岁的男人叫她林姐了，再也不会有谁像他那样默默地爱她、守候她，陪她一起工作一起破案了，她再也不会有其他拍档了，因为这世上只有一个景坤，而他已经不在。从今以后，也再没有人陪她一起去小野之家喝茶、喝酒了。他还欠着老何头十几把雨伞，他再也没机会还了，因为他已经不在了……

慧轻越想越难过，忍不住痛哭出声，不能自已。

她一边哭，一边在心里发誓，一定要找出幕后真凶，为景坤报仇。三起命案了，再不找出这个凶手，她无法原谅自己。

或许因为前一夜失眠，紧接着又奔忙了大半天，到了下午晚些时候，她哭累了，真的睡着了一会儿。等她再次睁开眼睛的时候，她发现，天已经黑了。

抬起手腕看看时间，将近七点了。

休息室外面套间的桌子上，搁着一盘饭菜，配咖啡和矿泉水。

倒是周到，慧轻笑了一下。非但给她送来了晚餐，还体贴地不叫醒她。

慧轻坐下来，摸一摸那杯咖啡，还是热的。她把饭菜吃了，咖啡喝了，然后坐在那里静静等待 8 点到来。

外头听着已经很安静了。除了值班的人，其他警员应该都已经走了。照以往惯例，羁押在警局过夜的嫌疑人，就是她现在的待遇。门是电子锁锁上的，电子锁由值班警员的指纹开启。今日是谁在外头值班呢？

她试着敲了敲门，没有人应声。过了片刻，门口的对讲显示屏亮了，外头是一个她不认识的小警员，一个二十出头的男孩。

“有事吗？”男孩像是没认出来她是谁。

“朱红在吗？”慧轻问。

“朱队下班了。”男孩的口气很官方。

“我得在这儿待多久？”慧轻又问。

“这我不清楚。”男孩公事公办的态度不变。

“你叫什么名字？”慧轻看着屏幕里的对方。

“凌原。”

“编号？”

“95662。”

“好，谢谢你。”慧轻说完，挂上了视频。

她看看手表，7点56分，距8点还有4分钟。编号95662，显然和朱红留给她的纸条上的数字也没什么关系。那串数字究竟是什么呢？

慧轻一边思索着，一边看着手表上的时间一秒一秒地过去。

终于，时针指向了夜里8点整。

慧轻凝神屏息，默默观察周围动静，准备着迎接未知的发生。可是，似乎并没有什么特别的事情发生。

然而下一瞬间，随着砰一声响，整间屋子突然变得漆黑一片。

与此同时，外头起了急匆匆的脚步声。似乎传来说话的声音：

“喂，控制中心吗？怎么会停电？好，我去检查一下。”

慧轻这才意识到，这应该是一场计划中的停电。朱红是想告诉她什么呢？

这时她注意到，中央系统控制的门锁由于停电而失效之后，备用电子密码锁的键盘亮起了一圈小灯。这是紧急情况备用装置，密码每日更新，会传送到当值人员的电子信箱。她自己因为一直跑外勤，竟把这件事忘记了。所以，朱红给的那串数字，应该是密码了？

她立刻输入了朱红纸条上的数字：743891。

灯光跳动两下，门开了。

慧轻闪身出门，只见走廊一片昏暗，只有应急灯亮着。

走廊里空无一人，那值班的男孩想必去控制中心检查去了。慧轻熟门熟路，快速穿过大厅，从警局后门离开。

她有一辆备用摩托停在车库，但一瞬的犹豫之后，她选择放弃。

摩托上有定位，有导航，一启动便联网，这真真叫作自投罗网。

不过她当即想到，她身上被植入的追踪芯片仍未取出，那想要陷害她、抓捕她的对手，不管是人是鬼，终究还是有办法找到她。

所以，她现在是和时间赛跑，要在敌人找到她之前，先设法把身体里的芯片取出来。

要做这件事，她还是只能找一个人，或者不能称之为人，那就是：她的加百列。

7

从警局回到住处，有将近十公里的路程。

慧轻一边往回跑，一边留意着路上的来往车辆。

此刻只有晚上八点多，但因为新闻消息中蔓延的恐慌情绪，路上车辆已经十分稀少，也几乎看不到行人。天漆黑，空气中弥漫着灰蒙蒙的雾气，颇有些世界末日的意味。慧轻叫不到计程车，只能加紧脚步，最终凭双腿一路跑回了住处。

受益于平日的训练，十公里的路程，慧轻用了不到一小时就到达了。在跑步回来的路上，她把一件事情想清楚了：朱红给她纸条，助她脱身，是陈彪的授意。

凭朱红耿直刻板的性格，不大可能擅自设法放她走。那一定是陈彪的意思。但当时在陈彪的办公室，他们之间并没有私下的交流。可见陈彪一早就让朱红做了这一手准备。由此可以推论，陈彪对幕后黑手的情况也有了一定的掌握，甚至也许，掌握得比她更全面。至少陈彪是清楚的，无论他们的对手是人是鬼，身在何方，现在已经没有安全的网络和线路可以使用了，唯一安全的交流方法，是最原始的白纸黑字。手写纸条，是为了躲开网络和系统的追踪。陈彪暗中让朱红早做准备，助她脱离系统的监视，这也意味着，对手可能已经渗透到警局高层。

想到这里的时候，慧轻只觉得心头生出一股寒意。

也就是说，从这一刻开始，没有一个人是安全的。陈彪和朱红悄悄做了这样的事，如果被躲在暗中的敌人察觉，也许就成了下一个被攻击的目标。

那么现在，谁还能保护她？谁还能协助她？

思绪到这里就打住了。慧轻此刻已经站在了自己家门口。她心中的怀疑和不安却越来越强烈——她还能信任加百列吗？她费了千辛万苦，避开一切联网监控设备，徒步回到这里，可她怎么能够知道加百列有没有被策反？加百列毕竟也只是一台智能设备，一个程序，也许一个参数的修改，一条代码的更新，就能让它变成另一种完全不同的存在。如果，只是如果，加百列已经被敌人渗透，她会不会前功尽弃？她会不会死在这里？

正在她犹豫之时，门却已经嘀的一声开了，加百列站在她面前迎候她。

“亲爱的，你终于回来了。”加百列熟悉的声音响起，“我还在担心你。”它胸前的电子显示屏上，那个 Emoji 笑脸一如往常。

慧轻一言不发，警觉地走进屋内。加百列为她端来热茶和点心。

“你比平时晚了许多。”加百列说，“你的手机也一直显示不在线，我联络不到你，我太着急了，你从我的地图上消失了整整一天。”

“真的吗？”慧轻喝了一口茶，抬起眼睛看着加百列，“我从你的地图上消失了一整天？”她毫不掩饰自己的反问语气。

“是啊，今天你的手机一直关机。”加百列说。

“原来你也会撒谎，大天使。”慧轻似笑非笑地看着面前的机器人。

加百列看着慧轻，一时没有说话，它圆圆的脑袋左右转动一下，发出轻微的嗞嗞的噪音，像是在努力分析和处理慧轻的这句话。

“你是什么意思？”加百列问。

“你说我是什么意思？”

“你是在开玩笑吗，慧轻？”

“你觉得我在开玩笑吗？”慧轻反问道，背过身去，不看加百列，看着窗外的夜色和万家灯火。整座城市仍然貌似一切如常，可谁知能维持多久，她想。

“我看不见你的表情了，亲爱的，所以我无法估算你此刻的情绪，还有你的话中之话。”加百列说，“你是在讽刺什么吗？”

“实话实说了吧，加百列。”慧轻转过身来，看着加百列头上一亮一亮的指示灯，“你也知道我身体里被植入了追踪芯片，是吗？”

加百列沉默了。

“并且，你也可以追踪到这个芯片发出的信号，是吗？”

加百列仍然沉默着，过了片刻，它圆圆的金属脑袋往前稍微倾了倾。慧轻知道，那是它表示默认的意思。

慧轻慢慢走向加百列，走到它面前，伸出手，轻轻放在它的胸前。

它的金属外壳摸上去并不冰凉，而是接近人的正常体温。慧轻记得，自己小时候，特别害怕孤独，只有加百列做伴，每次她去触摸它，都觉得它太冰冷了。她从来没有说过，但加百列每次看到她碰触它时的表情，渐渐就明白了。后来它就自动调节了自己外壳的温度，让自己触摸起来更像一个人类。

一直以来，加百列都是她的朋友、她的亲人、她的父母，她在这个世界最后的温暖和依靠。加百列会背叛她吗？

“那是什么时候发生的？为什么我从来都不知道？”慧轻沉静下来，看着加百列，问道，“我的爸爸妈妈，他们知道吗？”

“在你六岁的时候，有一次你得了急性阑尾炎，你还记得吗？”加百列说。

“似乎是有那么一件事。”慧轻努力回忆着，“那次陈叔把我送进医院，做了一个小手术，我记得我睡了一觉，醒来就好了。”她伸手摸了摸自己右侧腹部，“就是那一次吗？做手术的时候，把芯片放进去了？”

“是的。”加百列说。

慧轻撩起上衣，看着腹部那个浅浅的疤痕，“就在这里吗？”

加百列沉默着。

慧轻抬头看向它。

“不在那里。”加百列犹豫之后说。

“那……在哪？”慧轻疑惑。

加百列沉默着。

“告诉我。”慧轻催促。

“在……这里。”加百列说着，抬起一只机械臂，指了指慧轻脖子后面的一块地方。

“什么？”慧轻又惊又惧。

“在你的第六节和第七节脊椎骨之间。”

加百列的声音平稳如常，但慧轻听来却觉得胆寒心惊。

“为……为什么……”她几乎说不出一句完整的话，瞪大眼睛惊恐地看着加百列。

加百列静默着，一时没有回答。

慧轻走进卫生间，对着镜子努力转过头看自己的脖子后面，可是因为角度关系，她什么都看不到。她试着用手去摸索那块皮肤，似乎摸到了一道很细很小的疤痕。这么多年了，她从来不曾留意过这里竟然被动过手术。

加百列跟着走过来。慧轻从盥洗台的镜子里看着它，眼神里满是惊恐。

"因为只有放在这里才是最安全的。"加百列也从镜子里看着她，"你不会发现，也不会去动它。而且，也不会因为任何意外的损伤而破坏了它。"

是了，慧轻想，植入在手臂上或者腿上，都有可能因为外伤而损坏，还容易被她自己发现。而植在脊椎上，她根本看不到，并且如果那地方受伤，人不死也瘫痪，那么芯片有没有被损坏，也就无关紧要了。

"意思就是，人在芯片在，芯片亡人亡呗。"慧轻讽刺地说。

"不是这个意思。"

"就是这个意思。"慧轻哽咽了，心中涌出一股真实的愤恨与委屈。

"其实，它对你有帮助。"加百列说。

什么意思？慧轻不解地看着加百列。

"它除了有定位功能之外，还是一个微型仿生增强系统。"

"什么？"慧轻难以置信地看着加百列。

"你从小比别的孩子跑得快，跳得高，平衡能力更好，肌肉力量更强，体育从来都得 A+，进了警校也是优等生，攀岩如履平地，射击百步穿杨，就是这个仿生增强系统在帮助你。”

“什么……”慧轻发出震惊的感叹，说不出话来。

“生物力学。”

“原来我不是我，我是半个机器……”

“不，不，没有这么夸张。你还是你，独一无二的血肉之躯，独一无二的灵魂。”

“爸妈不知道吧？”慧轻忍不住落泪，“爸妈一走，他们就这样对我？美其名曰保护我，实则改造、监视了我二十多年。把我培养成一颗完美的棋子，每分每秒都在他们的版图上。改造我的身体，把我变成半个机器战士，是不是连我的所思所想他们都随时监控着？”

“慧轻，你冷静一下，真相不是这样的。”

“那真相是什么？”

“当时真的是为了保护你，我也答应了陈彪，保守秘密。保守这个秘密，也是为了保护你，慧轻，相信我。”

“相信你？”慧轻冷笑一下，“我都不知道自己还能相信什么。”

“你能相信我啊，慧轻，我是你的大天使。”

慧轻怔怔地流泪，忽然惨笑，“可是你也会撒谎。”

“你可以相信我的，慧轻，请你，相信我。”

慧轻还是无动于衷，只是流泪。

“我是林正凡少将最初也是最后的心血所创造的生命。我的使命就是保护他的女儿林慧轻。我愿意做一切事情来保护她，帮助她，爱惜她，成就她，因为这就是我存在的意义，我存在的全部意义。请你相信我，慧轻。”

在加百列说完这番话后，慧轻拭去脸上的泪，看向它，说道：“那好，我相信你，在你帮我做完一件事之后。”

“你请吩咐，我一定全力以赴。”

“你帮我把我身体里的芯片取出来。”

听到这句，加百列停在那里，好几秒钟都没有反应。

慧轻看着它。

许久的静默之后，加百列说：“这个手术非常危险，你有17%的概率会死。”

“这是我必须要做的事情。”慧轻坚定地说。

“在能活下来的情况里，你还有30%的概率会瘫痪。”

“即便是这样，我仍要把它取出来。”

“这不是意气用事的时候，慧轻。这些数字不是我随口编造的，而是我通过复杂而精确的计算评估得出的。我强烈建议你不要这么做。”

“可我不是你，加百列。”慧轻流着泪，用沙哑脆弱却坚决的声音说道，“我不是一个机器人，我是一个人类，活生生的人类，我不应该带着一个芯片活着，我不应该被设定，被监控，被跟踪，或者如你们所说的，被保护。”

“我知道，慧轻，我知道。可是，取出这个芯片后，即使你平安无事，你的各项能力也将大受影响。你的肌体已经习惯了这个仿生辅助系统发出的信号，你大脑主管运动的区域早已认得这个系统。所以，一旦你离开它，你可能连走路都不能马上适应，你原先在警校学习的技能，也会丢失大半。再次捡起那些技能，需要你花费成倍的时间去训练，去操练，慧轻……”

“谢谢你，加百列，谢谢你告诉我这些。但是，你要明白，我本身就是一个不完美的人类啊。我以血肉之躯活在这地球上，这宇宙里。于时间的洪荒之中，我是渺小而微不足道的一瞬间的存在，但哪怕是这一瞬间，我也要活出自己真正的生命，一个拥有自由意志的生命。我不想变成一部被设定好的机器，不想变成一个系统里的一串代码、一块版图上的一个点。对不起，加百列，可是，你明白我在说什么吗？”

慧轻说到这里，已经泪流满面。

加百列站在她面前，一言不发，只有头顶的指示灯有节奏地一闪一闪，显示它正在运行，思考，分析……

8

厨房的不锈钢大料理台被清扫一空。

所有的灯都被打开了。

空气中弥漫着消毒水的味道。

“一切都准备好了。”加百列说，“但是你真的想好了吗？”

加百列的声音在这一刻听起来尤为低沉。慧轻看着它。她以前不知道它还可以改变自己的音色。它一直是一个平稳的、没有情绪起伏的，机器人。

“想好了。”慧轻平静又坚决地说。

“可是，我能再问一次吗，究竟为什么？”加百列说道，“二十多年了，你与它和平共存，它从未影响到你，也从未干涉过你，而且，它一直在保护你，我是说，如果你遇到意外情况，救援会在第一时间赶到你身边。”

慧轻不语。加百列说的也许是对的。可是，今日的环境与昨日已不一样。可能已经有了一种别样的存在，入侵了人类自以为傲的互联网络、智能领域，而她身上携带的芯片，无疑是一条连着网络的锁链。

但她怎么能够告诉加百列这些呢？

她只是微笑，轻轻摇了摇头，说：“你无须知道，加百列，请开始你的工作吧，别忘记，你说过的，你存在的意义和目的。”

加百列无言，默默地开始准备手术器具。

慧轻脱掉衣服，躺到“手术台”上，侧卧着。

她抬起手腕看了一眼时间，“你只有二十分钟的时间，够吗，加百列？”

“我想够了，我五分钟就可以完成。”加百列说着，拿起了麻醉剂注射器。

“我不需要麻醉。”慧轻说。

“你说什么？”加百列似乎没有听懂。

“我说我不需要麻醉。”慧轻重复一遍，“只是一个小切口。”

加百列沉默了一下，说：“慧轻，你疯了吗？手术位置靠近脊椎，会很疼的。我评估过，你承受不住这种疼痛。”

“那你就采用局部麻醉，我需要保持意识清醒。”

慧轻说完这句话，加百列再次沉默。

慧轻苦笑一下，说：“你不是说，17% 的概率会死吗？万一……我是说万一……你技术失误，我掉进那 17% 的概率里，我总得知道自己是怎么死的，得有个心理准备，也好跟你道个别，不能在睡眠中糊里糊涂地死了……”

“你是否已经不信任我了，慧轻？”加百列打断她。

“我当然信任你。”慧轻说了句谎话。

她想，加百列应该懂得什么是谎言，以及谎言在某些时候的必要性。

此刻，信任或者不信任，其实没有太大的差别。无论是全麻、局麻，还是不用麻醉，她都已经把命交在了加百列手里。

它难道看不出她此刻的犹豫、恐惧和不安吗？它难道看不出她此刻在担心什么吗？它难道不知道，在这个宇宙中存在着一种可能性，就是它被一个不知躲在何处的凶手修改了代码，远程操纵，最后利用它手中的手术刀杀死它的主人吗？

是的，它手中的刀只需稍稍偏斜一厘米，就可以切断她的脊椎神经，令她立刻瘫痪。或者，无须这么复杂，直接手起刀落，刺破她的颈动脉就可以了。

那么，它还问她信任不信任它，有什么意义呢？她愿意让它来做这个手术，就已经是信任，或者说没有选择了。

“我想告诉你，慧轻，你可以信任我，你永远可以信任我，别忘记我告诉过你的，我存在的意义…… ”

加百列一边说着，一边在慧轻的脊椎上轻轻扎了一针。

慧轻还来不及说什么，只觉得后颈处一阵麻木感蔓延开来，像是有什么东西勾着她一般，极其难受。

“我给你做了局部麻醉，你放心，你可以看到手术过程。”加百列说。

慧轻听着它的声音，却觉得遥远而模糊。慢慢地，眼前的景象也模糊起来。只有她的意识还残存。

她看到加百列拿来两面镜子，一面竖在她面前，一面竖在她背后。她看到加百列的一条机械臂拿起了手术刀，它的另一条机械臂变化了一种形态，从内部伸出极为精细的，肉眼几乎不可见的一副镊子。慧轻曾经听说过加百列的这一功能，纳米手术刀。这是她第一次见到它使用这一功能。

慧轻看着加百列有条不紊地忙碌，切开她的皮肤。这手术说难不难，但说容易也不容易。若换成一个人类来为自己的亲人做这个手术，说不定紧张得双手发抖。然而加百列却不带情绪地处理着一切，每一个动作都精确、稳健、高效。

只是慧轻什么都感觉不到。这种体验很不好，对身体失去支配，只有头脑还能勉强运转。此刻，她感觉加百列仿佛拥有了灵魂，拥有了真正的生命，而她自己则成了它手中的一件没有生命的物体。

“这个星球上储量最丰富、成本最低廉的原料，二氧化硅，竟然成就了人类的科技之巅。”加百列说着，抬起手臂，凝视着它手中的镊子所夹住的一片比指甲盖还小还薄的金属片，上面还沾着血丝。

慧轻抬眼看着那东西，知道她身体里的芯片已经被取出来了。

加百列把镊子上的芯片小心地放进了一个托盘里。

“我现在替你缝合。”加百列说着，从它的机械臂里换了一支工具出来。

慧轻闭上了眼睛，长吁一口气。这一关，算是过了。她应该不会死了。

“人类的第一台计算机，含有 18000 个电子管，6000 个开关，7000 只电阻，10000 只电容，50 万条线路，占地 170 平方米，重达 30 吨，每秒可以运算 5000 次。”加百列一边做着缝合操作，一边和慧轻聊天，“经过几代科学家和工程师的努力，30 吨重的运算电路被微缩到了几平方毫米甚至微米的硅片上，运算能力却翻了几千亿倍，仅仅用了不到一百年的时间。不得不佩服人类的智慧……”

“人类大概是聪明过头了。”慧轻看着托盘里那枚带血的芯片，有气无力地笑道，“总有一天要把自己也变成计算机才罢休……”

“你歇着，不要说话。”加百列安抚慧轻，“我和你聊天是为了分散你的注意力，让你不要紧张，可能是我选错了话题……”

“我没事。”慧轻又笑了笑，说，“谢谢你。”

“好了，缝合完成了。”加百列放下手臂。

“好快。”慧轻赞叹。

“是，我用的是缝合胶。”加百列说，“比传统缝合器的效果好，可以帮助细胞生长，十二小时内就能让表皮恢复如常。

“从没听你说过，也没见你用过。”慧轻说，“有一次我摔破膝盖，也没见你给我用这么高级的玩意儿。”

“要把资源留到最需要的时候。”加百列说，“林少将告诉过我的。”

慧轻一阵哽咽，二十多年了，加百列还记得她父亲说过的话。她都不知道父亲还说过这样的话。加百列是父亲的作品，也算是父亲的孩子。加百列和她父亲相处的时间，比她还多。加百列拥有的和父亲相关的记忆，也比她多。

她轻轻叹了口气。

“好了，全部完成了。”加百列说着，用消毒液替慧轻擦拭伤口周围的皮肤，“谢天谢地，手术成功。应该说，感谢林少将给我安装的程序。”

“谢谢你，大天使。”慧轻疲倦地笑了一下。

“谢谢你的父亲，是他在通过我，为你做这一切。”加百列说。

慧轻无言，听着这句话，再度哽咽。

“你现在还不能动。”加百列又说，“麻醉剂的药效还将持续一小时。之后你可以服用止疼片。大约四小时后你可以起来活动。表皮伤口恢复需要十二小时。你统共需要大约四十八小时才能恢复正常活动的体能。”

“知道了，谢谢你。”慧轻点头，“但恐怕，我没有机会照你说的做了。”

“为什么？”加百列看着她。

“因为……我现在是一件重案的嫌疑人，我是从羁押中逃跑的，他们应该很快就会找到这里来，我不能待在这里，我得走了，我还得设法把案子查下去……”

“等等，你在说什么？慧轻，你是嫌疑人？”

“是，景坤死了。”

“什么？景坤死了？”加百列显得非常震惊。好在它震惊的时候也不会失手跌落手中的手术刀。

“你今天没有连接网络吗？”慧轻略疑惑。

“我有联网，只是，你知道的，我的信息收集模式比较古老，不是全息的，我只会搜索我需要的内容，我并不是像上帝那样全知全能地覆盖，可为什么，景坤……啊，我现在看到了消息，天哪，可怜的景坤……”

加百列话音未落，家里的门铃突然响了。

慧轻心头一紧，没有想到，这么快就来了。她看向加百列，只见它调出安保影像。来者共有四人，看上去像是警局的人，但都是生脸，恐怕未必是陈彪派的人，也许是更高层直接派来的。此刻他们在公寓楼下，大门外。

怎么办？慧轻看向加百列。如果不去给他们开门，他们也有办法强行进入大楼，再坐电梯上来，用不了三分钟就能破门而入。可她现在还处于麻醉状态，别说跑了，连挪动身体都很困难。

“别怕，我有办法。”加百列说着，迅速抱起慧轻，把她抱进卧室，放在床上。然后它回到厨房，把料理台全部清理干净，最后捡起那枚芯片，装进自己右手臂的一块卡槽里。接着，那只右臂脱离身体，变成了一只小型无人机。

它操纵无人机从后窗飞出，缓慢下降，然后慢慢飞远。

做完这一切后，加百列回到卧室。

慧轻躺在床上，无力地看着只剩一条手臂的它，苦笑一下，说："这样管用吗？那帮人训练有素，不会上当的。"

"我们也没有别的办法了，不是吗？"加百列说着，左臂撑开，变化出一层金属隔板，把慧轻卷了进去。

接着，它按动床底下的某一块木板，地板移动起来，出现一个缺口，那是通往地下室的暗门。它带着慧轻，滑进了那个暗门，静止不动。

9

慧轻躲在加百列撑开的金属罩里。金属罩只有一排细小的孔可以用来呼吸。

她知道，在极端情况下，这些小孔也可以密闭，形成一个完全封闭的环境。加百列体内存有备用氧气，可以支持保护罩内的人约四小时的呼吸。

虽然此刻的情形还到不了那一步，但慧轻躺在这个密闭容器里，也很自然地想起了四岁那年的场面。那次爆炸是她毕生的梦魇。爆炸夺去了她的父母、她的家庭、她童年全部的快乐。那一次，加百列救了她，但即便在它的保护罩里，她也受了伤，经历了中度脑震荡后的漫长恢复期。

就在慧轻沉浸在过去的回忆中时，地板上方响起了脚步声。显然，那四名特派警员已经来到了公寓内。自然，破解防盗密码对于这些专业警员来说都是小菜一碟，说不定他们也拿到了她和景坤抓捕陆慎悠时用的那种设备。

想到景坤和陆慎悠，慧轻心头一阵难过。

她怎么也没料到，短短几日，他们都已不在了，她自己也落到如此境地。

此时此刻，她奔走躲藏，警方破门而入，她已经完全成了那天被追踪抓捕的陆慎悠。不知她接下来的命运会否和陆慎悠的有所不同。

她闭上眼睛，大气不敢出，静静听着几名警员在屋中走动的脚步声。

那几个人之间并无交谈，他们必定是在用眼神和手势交流行动部署。慧轻听到他们走进客厅，走进书房，又走进卧室。此刻，他们巡视着空荡荡的房间，慧轻听着他们的动静，气氛紧张，心弦紧绷。

其中一人应该是发现了开着的后窗，以及，在他们的电子地图上，那个代表着林慧轻的信号已经从后窗方向离开，并朝着某处快速移动着。

慧轻听到他们中的两个人从后窗悬梯跟着追了出去，另外两人往公寓门外走去。看样子他们已经中计，以为她从后窗逃走了，想兵分两路去追她。

正当慧轻打算松一口气的时候，往公寓门外走去的两人中有一人停下了脚步。接着，他往厨房的方向走去。慧轻的心提到了嗓子眼。

此刻加百列和她在一起，确切地说，她躺在加百列的“怀里”。可是她害怕极了。那个人是不是发现了厨房有异常情况?

先前加百列在极短的时间里去收拾了厨房的手术现场，几秒钟的时间，根本来不及销毁那些带血的纱布之类吧？那人只要肯多花一点时间，翻翻厨房的垃圾桶或者柜子，就会发现这里的秘密。届时他们就不再会继续追踪那个远去的信号了，而会在这个屋子里彻底搜查她。

慧轻一动都不敢动，屏息凝神地听着厨房那边的动静。

果然，那人走进厨房，打开各种柜门查看，最后他还踩下了垃圾桶的开关，翻看垃圾桶内部。

慧轻绝望地无声叹出一口气，她稍稍转过头，想看看加百列。然而此刻她躺在它的"怀里"，什么都看不见。她想，如果加百列是一个人，此刻躺在她身边，和她四目相对，或许她还会更有勇气一些。

就在她做好准备，打算接受剩下那两人新一轮的搜查和攻击时，厨房里的那个人却关上垃圾桶，走了出去，连同另外一人，离开了公寓。

难道他们没有发现端倪？慧轻心中疑惑，但仍然不动也不作声。

直到公寓门嘀的一声重新关上，屋子里静了许久之后，加百列才带着慧轻从地下室的暗门内出来，并且打开它的保护罩。

慧轻身上的麻醉剂还在发生作用，她不太能动。加百列把她放在床上。

"他们没发现吗？"慧轻询问。

加百列没有言语，而是打开了它身上的一个储存盒。

慧轻一看，那些手术后的血纱布什么的全被它装在了里面。

是了，聪明的加百列怎么会让证据落到即将闯入的检查者手中呢？慧轻笑了。

"现在怎么办？"她问。

"他们应该会追踪那个芯片一段时间。"加百列说，"我可以操纵我右臂改装的无人机尽可能躲避他们的追踪，制造假象。在他们发现之前，你想好应对的方法就行。我估计我们会有十几小时的时间。"

慧轻点点头，陷入了沉思。

加百列说过，她大约需要四十八小时才能恢复正常活动。但她等不了这么久了。她不行动，那暗中杀害景坤的凶手就会行动。

“我现在需要马上找到一个人。”她对加百列说。

“谁？”

“陆慎悉。”

“陆慎悉？陆天域的女儿？”

“是。”

“找她做什么？”

“为了查清陆天域的死、陆慎悠的死，还有周景坤的死。我感觉自己已经无限接近那个真凶了。今天上午，我和陆慎悉见面，我几乎就要问出实情了，可是我们被其他事情打断了。我得赶紧找到她，在凶手找到她之前。”慧轻刚做完手术，连着说了几句话，已感到力不从心，声音明显虚弱。

“你现在需要休息。”加百列看着躺在床上的慧轻。

“是，所以我需要你帮我。”慧轻提着气说，“你帮我查一下，陆慎悉现在在什么地方，我最后一次见到她是在警局，今天上午。”

“可是她身上没有芯片……”

“我知道，你就尽量搜别的线索，通话记录、酒店入住信息、信用卡消费记录，等等。我手机上有她的资料，电话号码、身份信息和照片。”

“好，好，我懂。我帮你查，你睡一会儿，养精蓄锐，那些人说不定什么时候就会回来，你先养伤。”

“好。”慧轻说着，闭上眼睛，把一切交给加百列去做。

幸好，幸好，加百列还是她的大天使。

如今，她完全依靠它，能不能查清案子，能不能活下去，甚至，能不能挽救更多人免遭幕后黑手的毒杀，就看加百列的本事了。

谢谢你，爸爸。慧轻在坠入梦境之前，心中默念。

谢谢你创造了我的保护者。

第七章　修罗战场

1

慧轻是在睡梦中被疼醒的。

麻醉剂的药性渐渐过去后，后颈处伤口的疼痛慢慢清晰起来。

“我睡了多久？”她哑着嗓子问加百列。这一觉，睡得破碎，梦中她都觉得有什么尖牙利嘴的东西在啄她的后背。

“三小时零五分钟。”加百列回答。

“这么久……”慧轻叹了一声，试着起身。

窗外，一片漆黑，此刻应是凌晨。

“你需要喝水，再吃点东西，然后服用止疼片。”加百列端了一个托盘到她面前，盘子里放着一杯柠檬水，一块蛋糕和一粒药片。只剩一条手臂的加百列做事仍然周到细心，一丝不苟。

“陆慎悉查得怎么样了？”慧轻一边喝水一边问，手臂抬起的动作牵动后背皮肤，她微微皱了皱眉，嘴里不自觉地发出“咝”一声，用力克制。

“查到下落了，你吃完东西我再告诉你。”

慧轻无奈地笑了一下，就着柠檬水吃掉蛋糕，然后吞下止疼片。

“我这边查到，陆慎悉买了今天下午飞往塔拉斯的机票。”加百列说。

“什么？她已经走了？”慧轻震惊，搁下杯子，一下子又牵动到伤口，疼痛。

“别激动，还没有。我说的是，今天下午。现在是凌晨一点五十，距她的飞机起飞还有整整十六个小时。”

“她是自己一个人走的吗？”

“看样子是的。她的丈夫和孩子前几天就已经回北美。”

慧轻点点头，蹙眉凝思着。

“不行，我得找到她，问清楚一些事情。”她焦急地说。

“一定要找到她吗？打电话问她不行吗？”加百列问。

“当然不能打电话。”慧轻一边说一边飞速盘算着，“你能查到她的住址吗？”

“她回国后一直住在帝国酒店。”

“我知道那地方，她给过我卡片。可是……”

“可是你不能去那里找她。”加百列接上去，“因为那里肯定被严密监视了。”

“是，所以我只能去机场。”

“去机场？可是……慧轻，你身体还没恢复。”

“我可以。”慧轻说着，支撑着站起来，“我还有十多个小时的时间。”

“这太危险了。”

“你要帮我，加百列，帮我买一张同一时间的机票，随便去哪里的。机场太大了，我找不到陆慎悉的，只有进到候机厅里面，在登机口等她。”

“可是这样，要抓你的人就会去机场等着你了。”

“是，我知道，所以我要你等到最后才买，等我到达机场之后。”

“慧轻，你为什么这么执着？”加百列看着她，此刻它真的像一个人类，一个关心她的家庭成员，她的长辈和导师。

“因为我不能辜负自己的使命，我有我想守护的东西。”慧轻哽咽着说。

“那是什么？”

“也许是……这个世界，还有这个世界的人类吧。”

她也不知道自己为什么会说出这句话。仿佛有一个声音，在她心里很久了，终于要做出忠于自己的表达。

“景坤的死与你无关，应该可以查清。你倒不如回到警局，找陈局说清楚，让他帮你。全靠你一个人，怎么行呢？你又要找陆慎悉破案，又要躲避警方对你的抓捕，这几乎是不可能完成的任务。”

“不，加百列，你不明白，景坤被害，所有的证据都对我不利。在没有其他嫌疑人的情况下，他们确实有理由将我羁押，并启动审讯程序。”

“可是……”

“还有，想要制服我的人，拥有的权力和势力，是你我都无法想象的，已经不能寄希望于陈叔可以保护我或者帮助我了。”

“那你抓紧时间休息一会儿，我也要去做一些事情。”

“你要去做什么，加百列？”

“我去找回我的右臂。”加百列说着，展示出那个 Emoji 笑脸。

“那个芯片怎么办呢？如何让他们继续相信我在逃跑的路上？”

“我会处理的，交给我吧。”加百列说着，再次微笑。

慧轻欣慰地叹出一口气，重新回床上躺下，然后在自己的手表上设置了早晨七点的闹钟。

2

慧轻再次睁开眼睛的时候，天已经蒙蒙亮了。

闹钟还没响，她看了一眼床头的钟，6 点 15 分。

“这么早就醒了？”加百列来到她床边，两只手臂已经都恢复了。

“啊，你的右臂，回来了？”慧轻微笑。

“是。”

“芯片呢？”

“我把它绑在了一只鸽子的脚上。”

“哈，这样。”慧轻笑了，“会不会暴露？”

“希望不会。”加百列说，“你身体感觉怎么样？好些没有？”

“好多了。”慧轻撑着起身，下意识地伸手去摸摸后颈的伤口，“我要准备去机场了。”

“你确定你可以？”

“没问题。”慧轻忍着后背隐隐的痛，开始穿衣服。她发现自己的协调性确实差了一些，像个刚刚来到这个世界的婴儿一样，对一些动作感到很陌生。

“我检测到你血压升高，心跳加速。”

“我没事。”慧轻深深吸气，费力地把衣服穿好，抬头看着加百列，“我必须找到陆慎悉，你要帮我。”

加百列看着慧轻，沉默了一会儿，它的机身发出运行的声音。

“好，我帮你。”过了一会儿它说。

“我的手机不能再用了，所有要通过网络做的事情，只能靠你了。”

“我明白。”加百列说，“我会替你在合适的时间买到合适的机票，我的右臂会陪你去机场。只可惜我没有黑客程序，无法入侵机场监控。”

慧轻笑了，“就算你可以，我也不允许。别忘了，我是警察，违法的事情我们不做。”她说着，伸手摸摸加百列的头。

两小时后，乔装打扮的慧轻坐上了开往机场的大巴。

她戴了一顶假发，把齐肩的长直发藏了进去，变成齐耳的短卷发，再戴上一副框架眼镜，整个人看上去完全变了模样。

她提着一只行李包，里面装着加百列的右臂。右臂可以变成一架无人机自行移动，也可以当作一台微型计算机，由加百列的本体远程操纵。

慧轻抵达机场的时候刚好中午。进入机场之前，她戴上了口罩和帽子。好在因为海外有暴发疫情，不少乘客都戴着口罩和帽子，她这副装扮也不算显眼。

果然如加百列所预测的，失去了芯片的辅助，慧轻感到自己的体能明显下降了，走动片刻就气喘吁吁，四肢酸软，力量明显削弱。她在航站楼的检录大厅找到一个偏僻的空旷处坐下来，一边休息，保持着警惕，一边通过加百列的右臂与加百列联系。

加百列刚发来消息：

——陆慎悉已退房离开酒店，此刻应该正往机场赶来。

慧轻看了一眼时间，发消息说：

——再过半小时，你给我买机票。

加百列回复：

——收到。

约半小时后，加百列发来消息：

——我给你买好了16点15分科国航空飞往阿莫拉的航班KLM9197，比陆慎悉的航班KW8784晚15分钟起飞，你的登机口在105，和陆慎悉航班的登机口紧邻着，她的是104。你可凭机票信息进入候机大厅，在登机口等她。

慧轻微笑，回复道：做得好，感谢。我现在就去过安检。

在自助值机台打印好机票后，慧轻凭机票进入候机大厅。过安检的时候，机械臂被反复扫描了好几次，确定只是机械部件，才给放行。

刚过了安检，加百列就发来消息：

——追兵已赶往机场，小心。

这在慧轻的意料之中，所以她并不慌张，还同加百列调侃一句：

——鸽子被抓住了吧？

加百列或许是听不出慧轻的语气，认真地回复道：

——没有，鸽子安好，我做的事，不会出差错。机票是用你的护照号买的，他们通过系统发现。

唉，这个可爱的大天使。慧轻笑了一下，回复道：

——我明白。

然后她把机械臂装回包里，往104号登机口走去。

她一边走一边想，但愿能赶在追兵到达之前，见到陆慎悉。

3

慧轻到达104号登机口的时间是下午1点半。

登机口乘客寥寥。慧轻找角落位置坐下，保持警惕，留意着整个环境。

她心中期望，陆慎悉早于追捕她的警方到达。只要给她几分钟时间，让她和陆慎悉说上话，得到她想要的信息，就可以了。

只要她拿到确凿信息，哪怕再被带回警局也无所谓，她有信心说服陈彪重查陆天域案，景坤的死，她自然也可以洗去嫌疑。

此刻，据加百列说，陆慎悉和警方都分别在来机场的路上了。那么就看他们谁先抵达了。但愿陆慎悉能快一点。

半小时后，104 号登机口附近的人渐渐多了起来，都是搭乘飞往塔拉斯航班的旅客。慧轻仔细观察人群，陆慎悉没有出现。

随着时间一分一秒流逝，慧轻逐渐焦虑起来。她忽然想到，陆慎悉极有可能在机场贵宾厅休息，直到飞机起飞前才到登机口来。这意味着她能够私下截住陆慎悉的可能性变得极小。她甚至有些动摇，是否应该直接给陆慎悉打电话，就用这候机厅里的公共电话打。可是这样也会有风险，如果陆慎悉不愿在电话里多说，或者直接挂断电话，她就一无所获，还暴露了自己的位置。

就在慧轻犹豫不决之际，两个男人吸引了慧轻的注意。他们穿着便装，样子普通，一般人看不出门道。但慧轻出于职业敏感，立刻辨识出这两人的身份。第一，他们没有拿任何行李。第二，他们穿深色衣服，相貌普通，扔进人海立刻消失。第三，他们看似无所事事，却并不松弛，四下张望，像在寻找什么。因此慧轻断定，这两人绝不是一般的旅客，而是警方的派来抓捕她的特工。

看来情况比她预计的要困难，警方比陆慎悉更早来到现场。

为了暂避风头，慧轻只能走进女卫生间，在没有摄像装置的卫生间隔间里摘下口罩和帽子，深深呼吸，让自己镇定，思考下一步的行动方案。

就在这时，加百列通过慧轻携带的右臂传来消息：

——注意，陆慎悉刚刚到达机场。

这条消息给慧轻带来一丝光明，她立刻回复道：

——大天使你好本事，入侵机场监控了吗？

加百列说：

——没有，我还没有这个本事入侵机场系统。只是刚刚监听到陆慎悉的手机拨出一通电话，她告诉她的丈夫，她到机场了，很快要搭乘飞机回北美。

慧轻说：

——好，明白了，谢谢你，大天使。

加百列又问：

——你现在在哪里？

慧轻答：

——此刻有两名便衣特警在104号登机口附近，我估计还有更多警力布置在105号等我，我此刻在离104号登机口最近的女卫生间内。

加百列说：

——你打算怎样接近陆慎悉？

慧轻如实回答：

——我还没有任何计划。

加百列说：

——我试试帮你。

慧轻问：

——你有计划？告诉我是什么。

加百列答：

——你就在女卫生间内等着，千万不要离开，就在那里等陆慎悉走进来。

慧轻问：

——你如何做到让陆慎悉走进卫生间？

加百列却没有再回复了。

4

慧轻听从加百列的建议，一直在女卫生间的隔间里等着。

她留意着时间，保持警惕，听着隔间外的动静。

期间有人来敲她的门，是做卫生的阿姨，隔着门问：“有人吗？没事吧？”也许是发现这个隔间的门关着，里面却没什么动静，所以来探个究竟。

慧轻顿了顿，稍微变化了一下嗓音，说：“有人，没事。”

那阿姨迟疑了一阵，走开了。慧轻却忐忑。门外可以是任何人，这绝非一个可以久留的地方。可现在她除了信任加百列，也没有别的选择。

之后卫生间陆陆续续有人来，有人走，可是陆慎悉没有出现。

慧轻当了这么多年警察，职业素养过硬，可以通过脚步声判断来者的性别、身高、体重，以及大致的年龄和心理状态。对于见过面的人，以及和案情相关的证人、嫌疑人，她更是过目不忘，过耳不忘。

随着时间慢慢流逝，一点一点逼近飞机将要起飞的时间，她越来越担心加百列说的计划能否实施。

眼看着离起飞时间只剩一个小时了，陆慎悉仍然没有出现。慧轻决定冒险走出去试一试。无论如何，陆慎悉总要搭乘那班飞机，总要来到登机口。

慧轻重新戴好帽子和口罩，推开隔间的门走出去。然而就在这时，她闻到了一股熟悉的香水味。陆慎悉！

昨天早晨，她和陆慎悉在湖边见面的时候，陆慎悉身上就有这股香水味。与此同时，她听到了脚步声。正是陆慎悉，从外面走来。

慧轻立刻转过身去，假装洗手，背对着卫生间的门口。

就在此时，陆慎悉出现在卫生间的门口。她穿着套装、高跟鞋，挎着提包，戴着口罩和墨镜，遮盖不住贵妇名媛的气质。

陆慎悉走进来后，四下看了看。整个卫生间此时只有慧轻和她两人，但因为慧轻背对着她，又戴着假发和帽子，她竟然没有认出慧轻。于是她错过慧轻身边，继续往前走，走向那一排排隔间，小心翼翼的，像是在寻找什么。

应该是加百列引导陆慎悉来的，慧轻想，机不可失。她立刻转身，朝陆慎悉走去。陆慎悉感到背后有人朝她快步走来，警惕地转过身来，却已猝不及防地被慧轻推进了第一个空着的隔间，门随即关上了。

陆慎悉刚要放声尖叫，慧轻马上摘下了自己的口罩和帽子，做了一个“嘘”的动作，压低声音说：“别怕，是我，林慧轻。”

陆慎悉看清了是慧轻，松了口气，但仍然非常不高兴，甩开慧轻的手，没好气地说：“你吓死我了。你手脚不会轻一点？”

慧轻露出歉意，说：“我也是迫不得已，情况你都知道的。我需要联络你，得到更多的信息。可是现在一条安全的线路都没有了，我只能这样地找你。这可能是我，也是你，最后的机会了。”

“是，你真是好本事，给我发的什么乱七八糟的信息。”

“什么信息？”慧轻不解。

“不重要了，反正我已经删了，手机我也关了。现在你有话快说吧。我时间不多。你想问什么，马上问吧。”

“有保镖跟着你吗？在外面等你？”

陆慎悉对这个问题避而不答，只说：“有没有人等我，我都不能在此久留。我的航班马上就要起飞了。”

“我知道。”慧轻说，“我就是好奇，为何你今天的态度和昨天变了这么多？昨天可是你先找到我，要告诉我天域集团的内幕。”

这句话显然点到了陆慎悉的痛处，她吸了一口气，说：“昨天我就告诉过你，我是一个母亲，我做的一切都是为了我的孩子。”

慧轻明白了，笑了笑，说：“是，你昨天找我，是因为你相信我能查清幕后真凶，能阻止一些可怕的灾难发生，甚至能保护你的孩子，是吧？而今天，你受到了警告，有人让你闭嘴，甚至也许拿你的孩子威胁你，是不是？”

就在这时，隔间外头响起了一阵脚步声，伴随着几名女子的喧哗声。一群吵吵闹闹的青少年走进卫生间，用英语彼此交谈着。

慧轻和陆慎悉在隔间里，看着彼此，警惕着外面的动静。

在这一瞬无言的对峙之后，陆慎悉似乎想明白了什么，看着慧轻，把嗓音压得极低，快速地说：“长话短说，我父亲的死，你找我哥去查就对了。”

“你哥是凶手？你有证据吗？”慧轻也把声音压到极低。

“没有。”

“那你的依据是什么？我记得你曾经言之凿凿，陆慎悠才是凶手。”

“我当时……情绪失控，判断错了。”

“情绪失控就可以随便说吗？你现在又有什么依据？”

陆慎悉看向慧轻，眼眶突然一红，“因为仇恨蒙蔽了我的双眼。这些年来，因为我母亲的关系，我太恨陆慎悠了。我几乎就没有想过别的可能性，只觉得一定是她，只有她会做这种事。”

“可逻辑呢？明摆着，她从小像个公主一样长大，陆天域待她不错，也是有求必应，她何至于弑父？”

“你不明白，陆慎悠其实一直都缺钱，她一直找父亲要钱，供养她那个音乐家男朋友。老爷子后来不肯再给她钱，她就问陆慎思要。”

“陆慎思给她钱吗？”

“为了要钱，她无所不用其极，知道陆慎思有那个癖好，就……”

“什么癖好？”

陆慎悉看慧轻一眼，叹了口气，“没什么，人都不在了，不说了。”

“所以，你现在究竟有什么依据指控陆慎思？”

陆慎悉沉思不语。

这时，外头那些吵闹喧哗的青少年离去，又陆续进来两三个女子，能够听到她们穿着高跟鞋来回走路的声音，开关水龙头的声音。

隔间里，慧轻和陆慎悉都保持警惕，又紧张地对峙着。

慧轻继续压低嗓音，“是这几天的新闻，让你怀疑天域集团操控国际政局？”

“你不是也这么怀疑吗？”陆慎悉说。

“可是，一家商业公司的赚钱项目，竟然可以撼动整个世界，制造这么多灾难？这听起来不可思议。”

“不可思议吗？”陆慎悉嗤笑一声，“你可能不知道，林警官，世界各地都在建立虚拟战争实验基地，配备了超级计算机，组成强大的中央信息处理系统。具体你得去查。”

“这一切，都是陆慎思干的？”

“应该说，是我父亲打下了基业。”

“可这跟你父亲的死又有什么关联呢？”

“也许是他们之间有什么意见不统一？”陆慎悉说着，耸了耸肩，

"大佬们的世界，不总是这样互相残杀？'虚拟战争'，连产品名字里都带战争二字。"

是了，"鬼手"所说的那个世界，应该指的就是虚拟战争的世界。这样说来，一切都解释通了，陆慎悉看起来并不是在胡说。

"你知道'鬼手'吗？"慧轻问。

"'鬼手'？似乎是我父亲曾经用过的网名。"

"你知不知道有什么人，在你父亲去世后，还在使用这个名字？"

"这我不知道。"陆慎悉一边说，一边抬起手腕看了一眼时间。

"那你告诉我你所知道的。"

"林警官，我不知道任何具体的事情，我也只是直觉，一切是从我父亲开始的，在我哥手里得到了发展。我父亲，他创造的不只是一个游戏模板，我相信，他创造了一个全新的世界。"

"就像上帝？"

"是的，就像上帝。"

"你说的那个虚拟世界，电子士兵所在的世界，除了那些数字人，还有整个世界需要的其他东西吧？我很好奇那到底是个怎样的世界。"

"是一个虚拟但仿真的世界，有所有的细节。"

"所有的细节，全部是他一个人设计完成的？"

"起初，他有一些工程师帮他完成最初的工作。就像创造世界所需要的自然元素，就像盖房子需要的砖块。到后来，他完全靠自己，设定所有的规则。"

"所以，他是照着现实世界的样子创造那个世界的吗？"

"有可能，但我猜，也有可能那个世界是10年代或者20年代的样子，毕竟，那才是他记忆中的黄金时代。"

"你猜？你从来没有去造访过？"

"他邀请过我，要为我在那里建立一个身份，但我拒绝了。"

"为什么？"

"我父亲是个疯子。"陆慎悉说到这里，讽刺地笑了一下，"我怕到了那个世界，发现重力只有这里的三分之一，我这人对失重有先天的恐惧。"

"好吧，所以，你父亲会设计所有的规则？这也是很大的工作量。"

"事实上，他设计的程序，可以自我编程，自我学习，自我进化。比如，他先创造，然后他的造物，也学会了创造。他在虚拟世界里创造的人物，在虚拟世界里创造。你能理解这种套叠的关系吗？"

"能，就像造物主创造了人类，人类又创造了工具，从轮子到汽车，从独木舟到航天飞机，从计算器到计算机。然后人类又让计算机去创造新的意识，新的存在。"

"是的，林警官，而且你一定知道某些计算机程序和计算机病毒的原理吧？它们和基因的演化一样，到后来可以和它们的创造者分离，进行完全独立、自行学习的演化进程。程序设计师只是一个原动力，程序一经启动，就会开始自由演化，无论创造者或者其他任何人都不再能掌握它的发展方向。"

陆慎悉说完，又抬起手腕看了一眼表，"我说得太多了，我得走了。"

"请等等。"慧轻拉住陆慎悉，"你再说具体些，那些数字人，算是生命吗？"

"那取决于你怎样定义生命。"

"它们完全由计算机程序码组成，但他们拥有自我的知觉、意识和记忆。它们也在思考，也在进化，完全独立于有机演化的法则和局限之外。是这样吗？”

“是，你已经完全理解了这件事，林警官。”

“那如果我们删除了这个程序，算是谋杀吗？”

“你说呢？”陆慎悉笑了一下，“对不起，我得走了。”

“你是怎么知道这一切的？”慧轻追问下去。

“早些年，我父亲曾经考虑过让我接手他的生意。”

“为什么最后选了你哥哥？”

“是我自己放弃了。”

“为什么？”

“直觉。因为我不想参加一场革命。”

“什么革命？”

“资源和权力，是永恒的主题。”

“等等，我忽然想到了。”慧轻一边思考一边说，“‘鬼手’，会不会就是一种计算机病毒？计算机病毒在网上流传的时候，会不断自我复制数百万到数亿次。而那些电子士兵，会不会被‘鬼手’感染，进而自我复制？”

“哈，林警官，你有些开窍了。可我真的该走了。”陆慎悉伸手推门。

“难道就没有人管吗？”慧轻发出感叹。

“谁管？”陆慎悉回过头，反讽地笑了一下。

“政府、联合国……我不知道。全世界这么多国家、这么多政府，总有人知道些许内幕，会采取一定的措施吧？国际法？国际公共安全协议？”

“这世上总有阳光照不到的阴影。”陆慎悉说完，推开隔间的门。

机场广播已经开始通知，飞往塔拉斯的航班开始登机。

“再见了，林警官，我们后会有期。”

“请再等一下。”慧轻拉住陆慎悉，我还有一个问题。

陆慎悉停下脚步，回身看着慧轻。

慧轻说：“你的父亲和我的父亲，曾经是同学，这件事你知道吗？”

陆慎悉摇摇头，“你父亲是谁？”

慧轻说：“林正凡。”

陆慎悉一怔，少顷，缓缓吐出：“原来你是林少将的女儿，我听说过他。”

“你知道些什么，都告诉我。”

“我知道，林少将是‘发现者号’舰长。”

“他过世的时候，你也还是个孩子吧，你竟知道他的事？”

“呵，那骇人听闻的530爆炸惨案，谁人不知，谁人不晓。我那时大约九岁，只听报道说，飞船毁于一旦，林正凡是罪人，操作失误……”

“你那年才九岁，竟对这种事情记忆深刻？”

“我父亲当时在Y20人工智能第一研究所工作，我记得当时他指着电视新闻的画面对我说：‘我差点也上了那艘飞船。’”

“原来是这样。”慧轻怔怔，不禁遐思。

这时，广播通知再次催促飞往塔拉斯的旅客登机。

“我必须走了，林警官，再见。”陆慎悉推开门，走出隔间，往外走去。

慧轻无奈，望着陆慎悉的背影离开。

5

陆慎悉的背影消失在卫生间门外之后，慧轻怔了几秒才回过神来。

陆慎悉刚刚告诉她的一切，信息量太大，而她必须在短时间内快速理出头绪，才能确定下一步的行动方案。

眼下，陆慎悉已经离去。她失去了唯一的线索和证人。陆天域、陆慎悠、周景坤，三条人命，一副乱局，仅靠她独自一人，依靠手头的信息和材料，要彻查并翻盘，似乎是太难了。

就在这时，机场广播突然开始呼叫她的名字："林慧轻女士，请您听到广播后，速到105号登机口登机，您所乘坐的科国航空飞往阿莫拉的航班，很快就要起飞了……"

慧轻吓了一跳。她看了一眼时间，此刻离她所谓的航班的登机时间还有十几分钟，为何已经开始催促登机？又为何单独催促她？这种情况只可能发生在其他所有旅客都已经完成登机，而整架飞机的人都在等她的情况下。这怎么可能？还有十几分钟才登机，怎么可能只剩她了，一定有诈。

慧轻知道自己此刻应该做的是，无视这个广播，然后以最快的速度离开机场。于是她走出隔间，到盥洗台的镜子前重新戴好假发、帽子、眼镜、口罩。

广播仍然锲而不舍地响着，中文说完了又说英文。卫生间里也有广播喇叭，对她的呼唤就回响在她的头顶："林慧轻女士，请您听到广播后……"

慧轻纵然受过训练，心理素质不错，此时也不禁感到焦虑，压力迅速上升。卫生间里又陆陆续续有其他旅客进来，出去。慧轻忽然有种错觉，觉得现在一整个机场的人都在找她，都在看她。他们或许奇怪，这个名叫林慧轻的女士究竟是谁，为何买了机票，进了机场，却迟迟不去登机。

慧轻看着镜子里的自己，深吸一口气，知道接下来恐怕有一场恶战。想从机场脱身，没有那么容易。那些特警便衣早已在各大出入口埋伏等候她。

这时她忽然想到一个办法。她重新回到一间空着的隔间，关上门，然后通过加百列的右臂给加百列发去一条信息：

——我已和陆慎悉完成接洽，现亟须从机场脱身。

加百列回复道：

——需要我做些什么？

慧轻说：

——你现在能追踪到我的手机信号吗？

加百列说：

——你的手机关机了，不在线。

慧轻把手机开机，然后问：

——现在呢？

加百列回答：

——看到你的位置了。你打算怎么做？

慧轻说：

——我一会儿给你拨电话，你接通，但什么都不要说，就让电话一直保持通话状态，不要挂断，知道了吗？

加百列立刻明白了慧轻的用意，回复道：

——啊，我明白了。我会照你说的做。希望你顺利脱身。等电话落入敌手之后我会远程销毁芯片，抹除内容。

慧轻笑了：

——谢谢，拜托了。不过，那些人并不是真正的敌人，他们只是错把我当成敌人了而已。

慧轻说完，放下加百列的右臂，准备拨电话。

她打算等电话接通后，把手机调成静音，然后走出去，把手机悄悄放进某个女人的背包里。然后那些特工就会跟着这个通话信号，去追踪那个错误的女人，而她则可以伺机脱身。

可是，正当她刚要拨打加百列的电话，还未拨出去之际，屏幕上突然跳出来一条信息，显示来自——“鬼手”。

慧轻见到这两个字，呼吸都停住了，瞪着“鬼手”两个字，怔了怔，才点击阅读信息。

——不要耍滑头，走出去，把自己交给警方。

“鬼手”的信息，竟然是这样一行字，并且在结尾处，还有一个“坏笑”的表情。慧轻看着这样的文字和表情，只觉得背脊发麻。

“鬼手”，竟然又出现了，还是以这样的方式。真的像个鬼，像个幽灵，无处不在。此刻他又是通过什么在监视她呢？

慧轻环顾整个卫生间，这里是根本不可能有摄像头的。

啊，对了，就是通过她的手机嘛。她的手机有摄像头。

她气得用手指把手机前后的摄像头都捏住，打算无视“鬼手”的话，仍旧按原计划给加百列拨电话，制造虚假信号，并躲开警方的追捕。

可就在这时，“鬼手”又发来了第二条信息：

——照我说的做，不然一整架飞机的人都会死。

这条消息让慧轻彻底怔住了。

“鬼手”这是什么意思？它是认真地在威胁她？抑或只是一个玩笑？

如果是认真的，它有这个能力吗？它打算摧毁一架飞机？

慧轻僵在那里，不知如何是好。她实在是不敢小觑“鬼手”的能力，它可以随时出现在手机上，也可以随时把和她的聊天记录统统删除，它远程入侵她的手机，掌控她的一切。那么它就有可能入侵机场指挥塔台的系统，甚至入侵飞机的操作系统。

“鬼手”和她的对话框里，光标一闪一闪。她对着“鬼手”的两句话，完全慌了神。

广播还在不停地呼唤她的名字：“林慧轻女士，请您听到广播后，速往 105 号登机口登机，您所搭乘的航班，很快就要起飞了……”

105 号登机口，一定已经有很多特工等着抓她了。

“鬼手”让她把自己交给警方，这意味着“鬼手”应该已经渗透到警方高层。

不，不能跟警方走。“鬼手”会用一整架飞机上的生命来威胁她，就说明，她对“鬼手”来说很重要，她已经知道得太多了。如果听“鬼手”的话，跟警方走，景坤的命运，就是她的命运。

可如果不照做，“鬼手”会不会真的做出什么可怕的事？

慧轻感到自己心跳加速，血压飙升。在她六年多的职业生涯中，她还从来没有这样狼狈过、失败过。

就在她万般紧张焦虑的时候，突然有人敲她的门。

她下意识地侧身避开，身体紧贴着隔间的墙壁，以防外面的人突然踢门。她能够感觉到，这敲门的方式不同寻常，外头绝对不是一个想上厕所的旅客。

她不出声，凝神屏气地等待着，同时快速盘算着有什么东西可以被当作武器来使用。眼下看来只有加百列的右臂。

就在这时，门外的人说话了：“林姐，是我。”

竟是朱红的声音。

6

慧轻盯着隔间的门，有点不敢相信。

“林姐，是我。你快出来，我带你离开这里。”外面确实是朱红的声音。

“我不能跟你回去，阿朱，不然这个案子就永远查不清了。”慧轻说。

“我不带你回警局，我是来帮你的。你先开门。”朱红这样说。

慧轻这时犹疑了，朱红的声音听起来急促、诚恳，真像是专门来帮她的。

“听着，林姐，没有时间跟你细说了。你先开门出来，跟我走，我们离开机场再说。”朱红催促道。

慧轻在心里把事情快速捋了一遍，特工部门前来抓她，确实没道理带上朱红，况且朱红跟她这么多年交情，不至于骗她。那朱红为谁工作呢？

隔着一扇门的朱红像是能听到慧轻心里的疑惑，简单而快速地说：“我也是想破陆天域案，并且我也不信任局里目前的做法。我是来帮你的，林姐。你相信我。我们一起走，出去了再想办法。”

慧轻终于打开了门，显然，把自己一直关在里面也是没出路的。

门外的朱红，见到慧轻，如释重负。

“给你，换上，我有通道出去。”朱红扔给慧轻一套机场保洁员的制服。

“可是，阿朱…… ”慧轻刚想问什么，朱红打断她，“来不及解释那么多了，你快换上衣服，我们走。”

慧轻于是不再作声，快速换好衣服。她走出隔间，朱红已经把一辆准备好的清洁推车放到了她面前，同时塞给她一张门禁卡。

“出门搭乘左手边的直达梯，下到 B2 层，用这张门禁卡就能刷电梯的 B2 按钮。出了电梯，到停车库，金鱼区 A3，上一辆黑色 SUV，尾号 MV，能记住吗？”

“没问题。”慧轻答道，同时心里微微诧异，朱红怎么有本事安排这一切？ 以及，她好似变了个人。平日里她虽说有主见，但毕竟，还算是她的下属。

来不及想这么多了。她已经在朱红的掩护下，推着清洁车，走出卫生间，走进候机大厅，走向那部电梯。广播里还在播报着她的名字。

手机又响了，慧轻低头看了一眼，“鬼手”又发来一条信息：

——不要跟这个女人走，回过头去，到 105 号登机口，向警方自首。

慧轻心跳加剧，十分紧张，但没有放缓脚步，仍然按照朱红的吩咐，往电梯走去。朱红则在电梯不到的地方，与她分开，去搭乘手扶梯去了。

——你想让一飞机的人代替你去死吗？ “鬼手”的信息又来了。

这次明摆着是死亡威胁了。

不是她死，就是一飞机的人死。

真的会这样吗？她感到自己的心在瑟瑟发抖，她从未有过如此彷徨、无助、恐惧、怀疑的时候。有一瞬间，她想干脆投降算了，就把自己交给那些特警，看看会怎么样，说不定也不会怎么样，说不定到了警局还能跟陈叔一起把案情解开。如果真的遇到什么不测，那去天堂和父亲与母亲相会，也没有什么不好。

她这么想着，眼泪就涌上来了。

然而她没有回头，没有停下脚步。她走进了电梯。电梯门在她面前关上了。

“鬼手”的信息在这时进来:

——你会后悔的，林警官。

7

电梯的角落里有摄像头。慧轻低着头，按了一下 B2 的按钮，没有反应。她想起来，用朱红给她的那张门禁卡刷了一下，B2 的按钮才亮了。

电梯下行至 B2，门开了，外面是停车库。一眼望去没有人。

慧轻推着清洁车走出去，然后把清洁车停放在一边，从里面拎出装着加百列右臂的提包，往停车库的金鱼区走去。

整个 B2 停车库静悄悄，连一个人都见不到，着实有些反常和诡异。

慧轻脚步不停，走向金鱼区 A3，很快看到了一辆尾号 MV 的黑色 SUV 停在一个车位上，就如朱红所描述。车子的灯没有亮，也看不清里面有没有人。

慧轻深吸一口气，朝那辆车走去。

这时，她的手机又响了，她拿出手机看了一眼，还是“鬼手”的来信:

——一旦你上了车，你手上就沾染了358条人命的鲜血。

她再也无法忍受这样的威胁，怒而给“鬼手”回复道：

——下地狱吧你。

回完消息，她迅速关闭了手机电源，然后快步走向那辆黑色SUV。

走近了，她看清驾驶室里坐着一个人，一个二十出头的年轻女子，很漂亮，一头红色短发，一张混血儿的脸。对方显然也早就通过反光镜看到了她，等她到了车前，后车门自动滑开了。

慧轻驻足在车前，犹豫了一瞬，还是坐上了车。

车子很新，车厢内散发着真皮座椅略腥的气味，还有一股极淡的香水味若隐若现，这香水味有些熟悉，似乎在哪里闻到过。

“朱红呢？”慧轻问道。

驾驶室内的年轻混血女子一直没有开口说话，此时淡淡地从后视镜里瞟了慧轻一眼，就算作回答。

慧轻能感觉到混血女子的冷漠、孤傲，以及轻微的敌意。或许也不是敌意，可究竟是什么，她一时半会儿也说不清，只觉得车里的气氛令她不安。

有一刻她忽然怀疑自己，为何要坐上一个陌生人的陌生车，在这样一个封闭环境里，自己对情况一无所知，完全没有主动权，就凭朱红的一句话？朱红脱离警局单独行动，那么她到底为谁工作？她此刻又在哪里？

就在她有冲动想要下车的时候，朱红赶来了，打开车门，坐上了副驾驶的位置。她回头看了慧轻一眼，说：“太好了，一切顺利。”

“我们走吧。”朱红对混血女子说。

混血女子把车发动起来。

“等等，我们去哪儿？”慧轻问。

“到了你就知道了。”朱红说着，笑了一下。

这个笑让慧轻感到有点陌生。

“别到了就知道，你现在就告诉我，阿朱。”

“你不是想破案吗，林姐，我帮你一起破案。”

朱红话音未落，混血女子已把车驶出停车位，朝车库外驶去。

两分钟后，她们的车顺利驶出停车库，驶上了机场高速。

一路上，没有人说话。慧轻脱下身上机场保洁员的制服，扯脱假发和眼镜，观察着前座的朱红和混血女子，猜测着她们的关系，以及她们此行的动机。

无论如何，她现在没有别的选择，只能跟着她们走，等着看她们葫芦里卖的到底是什么药。不得已的时候，也只能放手一搏了。

突然间，只听远方“嘭”的一声巨响。慧轻，连同朱红和那混血女子，都吓了一跳，车子的方向盘都晃了一下，幸亏被混血女子及时稳住了。

她们一起循着响声的方向望去，只见远处一架飞机冒着滚滚浓烟从离地面不远的高度坠落下来，一头栽在了地上，随即又是“嘭”的一声，发生爆炸，整架飞机被熊熊火光吞没。

车上的三人都惊呆了，尤其慧轻，只觉得浑身毛发竖立。

这……是“鬼手”干的吗？“鬼手”竟真的有这能力？竟说到做到？

它当时说什么来着？358条人命。也就是说，它早就准备好了要对哪一架飞机下手？是哪一架飞机呢？哪一架？无数个问题在慧轻脑海中翻腾。

就在慧轻失魂落魄之际，只听前座的朱红拿出手机，读着手机上收到的讯息简报：“Y20国际机场刚刚发生一起重大事故，一架飞机在起飞时发生机械故障，在起飞后离地面约150米处坠落。据悉，这架飞机是北美航空飞往塔拉斯的KW8784航班，机上乘客连机组成员共计358人。事故造成的伤亡人数还未知。”

KW8784，陆慎悉乘坐的航班。

慧轻望着远处的滚滚浓烟，闭上了眼睛。

8

混血女子继续驾车，仿佛是为了尽快逃离这多事之地，她一脚踩下油门，车子猛然提速，在公路上飞驰起来。

慧轻感到一阵眩晕，想要呕吐，顺手按下窗户按钮，想要打开后窗。

谁知窗户刚开了一条缝，混血女子已经眼疾手快地按了前面的锁窗按钮，迅速把窗户玻璃重新闭上了。

慧轻还来不及问为什么，朱红抢先解释道：“防弹玻璃，小心点好。”

慧轻内心一阵迷茫。小心什么？车在高速路上行驶，还会被人狙击吗？难道有人在追踪她们吗？会是谁？她们在怕什么？她们又为谁工作？

窗外，飞机失事的那团浓烟已经显得又远又小，慧轻望着那飞速远去的事故现场，泪水涌上了眼眶。

无论那个在幕后操纵这一切的人是谁，是他，或她，或它，那都是一个魔鬼，一个极其可怕的对手。如果TA可以随意摧毁一架民航客机，那TA是否就可以摧毁整个世界？

想到这里，慧轻只感到胆战心惊，又联想到近日来的世界巨变，有种末日将至的强烈的恐惧感。

“鬼手”，究竟是谁呢？

接连四起命案了。她的搭档死了，陆天域死了，陆天域的两个女儿也先后死了。现在陆家只剩一下陆慎思，天域集团的控制者和运行者，他会是下一个受害人吗？

抑或，他才是那个幕后真凶？

不行，现在第一要务，是要控制住陆慎思。即便不能拘捕他，也要监视他，调查他，他是最大的嫌疑人。

陆慎悉在上那架死亡飞机之前所说的话，句句都剑指陆慎思。条理已经非常清晰了，陆慎思才是整个局中的关键人物。

慧轻只感到醍醐灌顶，对朱红急促地喊道：“阿朱，我们去找陆慎思。最好再带一点人，设法先把他控制住。他的安保很严，但我们一定有办法。”

朱红听了，回头对慧轻一笑，说：“为什么？陆慎思怎么了？”

“陆慎思是几起命案的真凶。”为了让朱红答应去抓陆慎思，慧轻只能先这么说，把事情简化。

“陆慎思是真凶？”朱红又笑了一下，“你有证据了？”

“是。陆慎悉死前已经把一切都告诉我了。”

“陆慎悉死了？”朱红吃了一惊。

“刚才那架失事的飞机，陆慎悉就在上面。”慧轻惨然道，“我来机场就是为了和陆慎悉见面，这你难道不知道吗？”

“我知道你为了见陆慎悉拿情报，我猜你已经得到了情报，但我不知道，那架飞机上有陆慎悉。”朱红仍然陷在震惊中，眼神中满是恐惧和忧虑，“这……这难道是巧合吗？怎么会这么巧？”

慧轻看着朱红，总觉得她今天有些奇怪，和平日里很不一样。

“不，不，这绝不可能是巧合，绝不可能……”朱红兀自感叹着。

车子开得飞快，已经下了机场高速，驶进了 Y20 市区。混血女子一直专心致志地开着车，始终一言不发。

慧轻收拢思绪，让自己努力振作，只等着看她们究竟要带她去哪里。

与此同时，她后颈的伤口又开始隐隐作痛了。

9

混血女子把车驶入了一栋建筑的地下车库。

这栋建筑慧轻从没有来过，也不认得。楼七八层高，通体灰色，非常不起眼，也没有任何标识，不知是做什么的。像是一个仓库或是年代久远的国营单位办公楼，也有可能是废弃的大楼，慧轻心中猜测着。

车库入口没有保安，闸门自动识别车牌号后放行。车子驶入后，沿着下坡一直行驶，从 B1，到 B2，到 B3，又到 B4。开到 B5 的时候，慧轻感觉到不对劲了。她迅速打开自己的手机，果然，没有信号了。加百列的右臂自然也离线。

“我们这是去哪儿？”慧轻警惕地问。

“放心，林姐，带你见个人。”朱红说。这时车已经下到 B7 层了。

“见谁？”慧轻对面前这个朱红感到非常陌生，语焉不详，闪烁其词，话里有话，根本不是平日里那个耿直严谨的朱红。

“给我看下你的手。”慧轻说着，飞快地趁朱红不备拉过她的左手，翻过来一看，手腕内侧有一颗圆形的红色胎记。是朱红没错啊。

“哈，林姐，你想哪儿去了。”朱红笑道，“我是阿朱，你不会认错。我知道你在担心什么。别担心了，我们马上就到了。到了你就明白了。”

说话间，车子已经沿着螺旋通道下行至 B9 层。

慧轻从来不知道一栋建筑可以有这么深的地下空间，犹如一座冰山，露出地表的只是冰山一角，而建筑的主体，深埋地下。

大约又行驶了两三分钟之后，汽车驶出了螺旋通道，来到一个广阔的空间。这里虽然没有标记楼层数，但慧轻心里一直默数着，知道这里大约是地下 21 层到 22 层。也就意味着，她们此刻离地表约有七八十米了。

这么深的地下空间，所有的网络信号都被屏蔽了。

车子在空旷处停下后，朱红和混血女子分头下车，朱红替慧轻拉开了后车门。慧轻跟着下车，一手拎着提包，里面是加百列的右臂。

朱红看了一眼慧轻的包，想说什么，却没说。

慧轻观察着整个环境。这地方看起来有些年头了，墙壁都是水泥裸胚，没有任何装饰，黑漆漆的。墙壁上每隔一段距离就装着一盏方形壁灯，壁灯是非常古老的款式，发出那种质感粗糙的白炽光，显露出劣质的工业感，像是上世纪七八十年代的东西。可以推测，这栋建筑、这个空间建造的年代，应是 1970—1980 年，当初是用来做什么的，令人细思极恐。

混血女子走到某一处墙边，在墙上按了几个不起眼的按钮。接着，整面墙上出现一个机关，有一扇门那么大，那块地方慢慢凹陷进去，然后转动了一个角度。

另一个空间出现了，一个和眼前这个空间截然不同的空间。

里面的那个空间，明亮、通透、通体白色，后现代主义的设计风格，高科技质感。两个空间通过一扇暗门连接在一起，像是连接了一百年前和一百年后。

慧轻震惊地看着面前的一切，又看看朱红。朱红给了慧轻一个眼神，示意她莫要大惊小怪，跟着走。

慧轻于是跟着朱红和混血女子穿过那扇暗门，走进那个明亮的空间，通过一条走廊，来到了一部电梯前。奇怪的是，电梯上面的楼层显示却是G。

Ground Floor，也就是“地表层”。

混血女子按下电梯按钮，门开了，她们走进去。慧轻留意到电梯里只有两个按钮，一个是G，另一个则是Z。混血女子按了Z。

慧轻什么都不问，因为要问的太多，已经问不过来，而她们也不会作答。

电梯开始运行，慧轻留意到，电梯的运行方向还是朝下。由于没有楼层数字跳动变化，她根本无法知道她们又下降了多少楼层、多少距离。

她心中默默数着秒数，试图计算出下降的距离。

朱红察觉了，笑了笑，说道：“别数了，我告诉你，我们的下降距离是350米。我们大约会在58秒后到达目的地。”朱红说完，下意识地瞟了一眼电梯角落顶部的摄像头。

慧轻循着朱红的目光望去，摄像头的红灯正亮着，有节律地一闪一闪，表示它正在努力地工作。

朱红要带她见的人，此刻应该就在那摄像头后面看着她，等着她吧？

很快，谜底就将揭晓了。

不仅是今天的谜底，恐怕也是整个四起命案的谜底。

慧轻下意识地捏紧了手中拎包的带子。拎包里，加百列的右臂显得异常沉重。

第八章　黑暗将至

1

终于，电梯抵达 Z 层。

门缓缓打开，外面是一个明亮的世界。

一间宽敞的、巨大的白色房间，矩阵般排列着数百台甚至可能上千台计算机，一些穿着制服的工作人员在忙碌着。

慧轻惊呆了，这场面，无数次出现在她的梦境中。这仿佛就是四岁那一年，她在“发现者号”发射基地见到的场面。

但又似乎，有一些不一样。毕竟年代久远了，梦境和记忆都不牢靠了。梦中曾反复见到的，可能只是来自她想象的梦魇。

“跟我来，这边走。”朱红的话打断了慧轻的思绪。

慧轻跟着朱红，走向房间的另一边，在穿过一扇门之后，她们走进了一个相对较小的空间，奇怪的是，这个空间却突然回到了地表。房间里有一面偌大的玻璃窗，窗外是蓝天白云和一个漂亮的花园，花园里种着大株的白色栀子花。窗户半开着，清风徐徐吹来，伴随着栀子花甜美的香气。

慧轻一时失神，不知先前途中是哪一段感觉出错了，抑或是自己的记忆出了问题。从车子驶入地库之后，明明一直在下行，下行。后面一段坐电梯，也是在下降，下降。为何又突然回到了地表？

就在这时，一个男人的声音在一旁响起："永远不要相信你眼睛所看见的东西。"

慧轻回过身来，怔住了。

陆慎思？！早该想到是他！

只见陆慎思一身西装革履，神清气爽地站在那里，看着慧轻，略带得意地微微笑着，仿佛很欣赏她惊讶的表情。

与此同时，窗外的风景瞬间变幻了，栀子花和花园都不见了，取而代之的是一片幽深的竹林，伴随着淅沥沥的雨声和潮湿的泥土气息。

慧轻还来不及惊讶，景色忽然又变了，这次变成了波涛汹涌的大海，伴随着风声和海浪声，狂风从那开着的窗户里灌进来，挟裹着海水的腥咸气味。

原来是一面高仿真 4D 屏幕墙，慧轻反应过来。

也就是在这一瞬间，画面突然全部消失，眼前就只有一堵纯白色的墙，和房间其他方向的墙毫无二致。

"长时间在地下工作，容易让人的精神产生疯狂。"陆慎思笑着对慧轻说道，"所以，需要调剂一下。"他在一张白色的长沙发上坐下，看了一眼那堵墙。瞬间，那堵墙的画面又变成了最先那个栀子花园，栀子花香也重新开始弥漫在屋内。

慧轻留意到陆慎思并没有做出任何操作，只是看了一眼，墙就可以按照他的心意产生变幻。陆慎思看出慧轻心中的疑惑，笑道："'脑邮'技术，两年前就公开了，林警官难道不知道？"

慧轻听说过“脑邮”，就是在大脑相关位置做一个微创手术，植入感应芯片，可以协助相关设备直接接受大脑意识给出的指令。也就是说，一个人只需要心中“想到”某个人，手机就可以自动拨出电话给那个人，或者他只要“想”一下，就可以打开电视机或者拉上窗帘。

“请坐。”陆慎思做了个“请”的动作，示意慧轻在他对面的白色沙发上坐下。

慧轻看了一眼身旁的朱红。朱红往侧后方退了一步，伫立房间一角，表示只有慧轻一人才是客人，自己不参与谈话。

慧轻便在陆慎思对面坐下。

“我知道，林警官内心肯定有很多疑问。我会尽我所能解答你的疑问。我今天冒昧把你请到这儿来，也是想请你帮助我，解答我的疑问。”

“所以，陆先生是个天生的伪装者？”慧轻低声嗤笑一声。

“伪装者？”陆慎思反问，看着她。

“住在市中心的云霄之巅，家中没有一台计算机，告诉别人自己只是个商人，讨厌机械设备，却在这深深的地底下，运行着如此庞大的一个计算机帝国。”

“哈，计算机帝国。”陆慎思笑起来，“过誉了，林警官。”

“‘鬼手’就是你吧？”慧轻出其不意，突然问道。

听到“鬼手”二字，陆慎思显然心中一怔，看了慧轻一眼，没有作答。

这微妙的表情变化被慧轻捕捉到，她更加确信眼前这个男人就“鬼手”或者“鬼手”背后真正的主谋。那么，几桩命案也和他脱不了干系。这么想着，慧轻就感到恐惧起来。此刻，她和她追踪已久的幕后大老板正面对面坐在这个地下几百米深的地方，此处还是对方的

"老巢"，他若对她不利，她恐怕插翅难逃。

"你在害怕，林警官。"少顷的沉默后，陆慎思眯起眼睛，看着慧轻，研究着她的表情，"这间屋子有红外感应装置，随时读取你的心跳、血压、荷尔蒙数据。而我的大脑连通了这些数据，是的，'脑邮'技术，你已经知道了。"

这是对隐私的侵犯，对人权的亵渎，慧轻内心抗议道。但她不作声色。毕竟在别人的地盘，抗议也没有用。她强作镇定，克制内心的不安，一言不发。

"其实你大可不必害怕，林警官。"陆慎思接着说道，"我们不是敌人。是不是朋友还不好说，但至少，我们有一个共同的目标——'鬼手'。"

共同的目标？这句话让慧轻困惑了。她看着陆慎思。难道说，"鬼手"不是他？

"'鬼手'，曾是我父亲的网络 ID，这你应该早已知晓。"陆慎思缓缓说着，目光投向"窗"外的"栀子花"。"花园"里，隐隐约约的"鸟鸣"伴随着"花香"，仿佛牵动着他的思绪回到多年以前。

"那大概是四十多年前吧，2007、2008 年，甚至更早的时候，我父亲就用'鬼手'这用户名成为各大计算机论坛神一般的存在。当时我还没有出生，但那些传闻经久不衰。再后来，'鬼手'就成了我父亲公开的江湖名号。"

"那现在是谁在使用，或说盗用，这个名号呢？"

"这也是我想知道的，林警官。"陆慎思看向慧轻，目光骤然变得犀利，"我想知道，是谁，杀了我父亲，又杀了我两个妹妹？"

慧轻望着陆慎思的眼睛。他的瞳仁聚焦，眼眶里泛起泪光，还有克制已久的愤怒和悲伤。原来这才是真实的他？而先前那些云淡风轻、捉摸不定，竟都是表象？陆慎思，他究竟有多少张面孔？究竟哪一个才是真正的他？

陆慎思眼中的晶莹闪烁只是一瞬，转眼间他已恢复了先前的镇定自若，深吸一口气，淡淡地对慧轻说道：“我还想知道，他为什么选择了你？”

“选择了我？”慧轻不解。

“是。”陆慎思笑叹一声，站起来，看向屋子里的一堵墙。转瞬间，那堵纯白色的墙就变成了全透明玻璃，外面那个更大的空间尽显眼前。

“你看，这么多人，这么多设备，日夜不休地工作，都逮不着他。为何他偏偏选择联络你？”话音落下，他转过头来看着慧轻，等着她的回答。

为什么呢？慧轻想了想，自己也答不上来，于是反问陆慎思：“你是怎么知道‘鬼手’联络我的？”

“哈。”陆慎思笑了，“我追踪不到他，可我难道还追踪不到你吗？”

果然够狂妄，慧轻看着面前的男人，这才是他本真的面目吧？就是陆慎悉曾向她描绘过的那个计算机天才，乖张又不可一世的黑客。

“所以你知道‘鬼手’和我说些什么？”慧轻问。

听到这句，陆慎思深深叹息，道：“如果我能知道，也许我就不用找你了。”他说着，重新在沙发上坐下，看着慧轻。

“所以，你把我‘请’来，就是为了从我这里知道，‘鬼手’跟我说了什么？”慧轻故意讽刺地加重了“请”字。

“还有，我妹妹慎悉，在上飞机前跟你说了什么。”

“她指控你。”慧轻直言不讳，重重指出。

“指控我？”陆慎思显得震惊。

“是，她指控你杀了你们的父亲和妹妹。”

“哈。”陆慎思惨然一笑，身体往后一靠，倒向椅背，充满悲切地抬起手捂住脸，轻轻地缓慢地摇头，一时无言。

趁着陆慎思沉默的间隙，慧轻侧头看了一眼一直站立在旁边的朱红，用眼神在问她：这一切究竟怎么回事？你又是何时开始为陆慎思工作的？

朱红不为所动，没有说话。

陆慎思缓缓叹了一声，像是了解慧轻的心理活动，轻轻说道：“阿朱为我工作的时间比她为警局工作的时间更久。”

慧轻闭上眼睛，暗自叹出一口气。好了，问题一解决。

那么，问题二，你们究竟想干吗？

陆慎思简直像会读心术，竟接着慧轻的所思所想，说道：“我们最近在做的事情，就是想找出‘鬼手’，找出杀死我父亲的真凶。”

“那在此之前呢？”

“在此之前的事，就不在此刻讨论了。”

“不，你父亲的死，极有可能跟在此之前的事密切相关。”

慧轻的这句话切中了陆慎思的心结。只见他稍顿了顿，显然是刻意忽略了这句话带给他的心理冲击，说：“请你相信我，林警官，我们的目标是一致的，就是找出真凶。所以，请你告诉我你所知道的一切，关于‘鬼手’的。”

“你让我怎么相信你？陆先生。我是一个警察。不如你先告诉我，你在一个神秘的地下空间所做的事情都是合法的吗？合法的话为什么要躲在地下？”

“因为我的计算机耗电量巨大。”陆慎思坦然地回答，“电力局无法提供符合要求的线路，所以，我利用一个地下空间，建造了一个微堆……”

听到“微堆”二字，慧轻脑子里嗡的一声。事情越来越离谱了。

“所以，你问我合法不合法，这让我怎么说呢？”陆慎思接着道，“什么是法？法是由谁建立的？又是为谁的利益服务的？我只知道，我所做的事情，是为多数人服务的，为多数人的和平与富足，为这个世界的进步……”

“够了。”慧轻冷笑着打断他，“你所做的事，不过是为了中饱私囊。”

陆慎思像是料到慧轻会这么说，平静地看着她。

“陆慎悉都已经告诉我了，关于‘虚拟战争’，关于你的生意。世界各地政局变换，百姓生活动荡，而你因为虚拟战争赚得盆满钵满……”

“她这样说的？”陆慎思怔怔问道，有些失神。

“是，她说这一切都是你造成的，你的野心、你的权力欲、你作为黑客的怪癖、你作为生意人的精明与自私……”

“他们竟然都这么想……”陆慎思恍惚笑道，打断慧轻的话，“他们竟然一个个都这么想，他们到死也没有原谅我，还这么误解我……”陆慎思说着，低下头，双手捧住头，像是陷入巨大的迷茫和痛苦。

这时，朱红走上前来，对陆慎思轻轻说：“陆先生，林姐奔波了一天，已经累了，要不我先领她去吃点东西，休息片刻。你们稍后再谈。”

陆慎思没有说话，也没有抬头，只是抬起一只手，轻轻挥了两下。

朱红看慧轻一眼，示意她起身跟她走。

慧轻看看朱红，又看看埋头不语的陆慎思，终于起身，跟着朱红离开了房间。

2

“真想不到啊，阿朱。”站在电梯里，慧轻苦笑道。

她以为自己不会说出这句话，可还是欠一点修炼，忍不住说了。

“想不到什么？”朱红也笑，像是自嘲道，“想不到看上去严谨敬业的阿朱竟然和陆慎思这样的人勾搭在一起，还为他到警局做了五年卧底？”

“勾搭？”慧轻抓住了朱红话里的一个词，不由得浮想联翩。

朱红却没有作答，只是牵动唇角微微一笑。这时，电梯到了。

她们乘坐的不是先前那一部电梯，而是另一部电梯，电梯内也仍然只有两个按钮，一个 Z，另一个是 A。朱红带她上电梯的时候，按了那个 A 的按钮，接着电梯移动。慧轻能感觉到电梯并不是纵向移动，而是横向移动。这庞大的地下空间就像一棵巨树的树根，盘根错节，他们身在其中，就像蚂蚁。

走出电梯后，可以看到一条走廊，走廊两边是一扇扇门，有些像宾馆客房，慧轻猜测这里是他们的员工宿舍，抑或是，监牢。

朱红领慧轻走进其中一间房间。果然，是一间客房，有床、沙发、桌子、卫生间，还有个小吧台，看起来相当舒适，就是没有窗户。

“怎么着，这算是软禁我了呗？”慧轻冲朱红调侃地一笑。

“相信我，这里是此刻这个世界上最安全的地方。”朱红说。

“呵，睡在一个微堆上面，真的好安全。”慧轻讽刺地说。

“用 50 米真空层做隔离带，绝对安全。”朱红说。

慧轻不以为然地冷笑一下，没有说话。

“吃点东西，好好睡一觉，林姐。”朱红指了指房间里的冰箱、吧台和床。

“你和陆慎思上过床吗？”慧轻出其不意地问道。

朱红怔了一怔，显然没有料到慧轻会这么问。

“还有那个开车的混血儿，你们都是他的情人吧？他养了一群后宫？”

朱红看着慧轻，吃惊又无语的样子，片刻后，她轻声一笑，说：“林姐，你果然厉害，什么都逃不过你的眼睛，当年警校第一，名不虚传。”

“你们为了什么？为钱？为人？”

“为了世界和平，好吧？”朱红说着，像是自嘲般地笑了一下，“说给你听你可能也不相信，其实，我为我自己工作。”

慧轻听到这句，倒好奇了，看着朱红。

“我不想活在被监控的日子里。”朱红说了一句没头没尾的话。

慧轻不甚理解，仍然看着她。

“我不想被 AI 偷窥我的生命，不想让这个地球被它们占领。”

慧轻有点明白了朱红的意思，她想了想，说：“可是，陆慎思不正是 AI 最大的开发者吗？你要与 AI 为敌，就该与陆慎思为敌啊。”

“听过这句话吗，林姐？——玩刀者必死于刀下。”

这句话令慧轻心头一凛。

“陆慎思已经意识到了这个问题，真正的危机，正在来临。”

“我……不是很明白。”慧轻说，“你的意思是，你和陆慎思要一起摧毁 AI？可是天域科技的最新发展方向……”

“你知道‘天宝偷听’吗？”朱红打断慧轻的话。

“什么偷听？你说的是天宝购物平台吗？”

“是，大概一年前吧，景坤的阿姨做手术，他跟我聊起，我当时随口说了一句，做手术的话需要挂尿袋。结果，天宝竟然听懂了，当晚我打开手机，天宝就给我推荐了各种尿袋。我当时只是觉得搞笑，现在想来，多么可怕。”

慧轻听着朱红的讲述，也觉得有点离谱。

“还有，上个月，我在我家楼下看到一台新的 Vovo，想确定一下是不是新款的 V990，就凑近看了一眼。当天晚上我打开手机，天宝立刻推荐给我一台 V990。我当时去看车的时候，并没有说话，它是怎么知道的？是，一定是通过我的手机摄像头。想想看，天宝只是一个电商购物平台而已，就可以做到这样。我们的手机和电脑里有多少程序，多少软件，连接着多少个平台，多少个终端？我们的信息在全世界面前一览无余，我们毫无隐私。我们的生活，我们的人生，就是一组又一组的数据的集合。谁又在背后收集这所有的数据，并以此来操纵我们？”

这番话令慧轻内心震惊，说不出话来。

“人工智能已经比我们想象的更聪明，它们已经走到了我们前面。”朱红继续说道，“它们不仅了解我们，知道我们的需求，还会用数据推送的方式开发我们的需求。这真就变成操纵，和给猪喂食一样。”

“所以你现在究竟是替陆慎思工作，还是在他手下做双面间谍？”慧轻问。

“那要看，陆慎思想做什么、会做什么、能做什么了。”朱红诡谲一笑。

慧轻看着这位昔日战友，终于有些明白了，她其实谁也不站，只是站一个反对 AI 的立场，她有可能支持陆慎思，也有可能只是利用他来实现她自己的抱负。

“可是，AI 的时代早已到来了。”慧轻说，“人类已经习惯了和 AI 共生，这样才能活得更好、更舒适、更便利，科技也能高效地继续发展进步。旗帜鲜明地反高端科技，这种思潮其实一直都有，我没有想到你也是这一类的，阿朱，我其实也有些好奇，你们是怎么想的呢？难道是想回到钻木取火的年代吗？”

“那你先告诉我，林姐，你又为何总是关闭手机呢？为何你最近开始使用纸媒呢？为何你告诉景坤还有陈局，不要相信任何电子信息呢？”

“我是为了破案。”

“是，为了破案，因为你怀疑，此次案件的幕后真凶，就是 AI，是吗？”

朱红这句话，击中了慧轻的心。她瞬间感到莫名恐惧，像是突然被人拉到一个恐怖罪案的现场，面对一个不可能的现实。她其实早已猜到了这种现实，只是不敢相信，不敢直面。

“别担心，林姐，我们就快知道答案了。”朱红说。

慧轻看着朱红，怔了怔，说：“我们此刻的谈话……”

她才起了个头，朱红就已经知道她想说什么，打断道：“你放心，这间房间我做过处理，没有任何信号，不会被偷听，连局域网信号都没有。这里是——原始社会。”朱红说着笑了一下。

“你先休息吧，我们从长计议。”朱红说着，就要离去。

慧轻点了点头，她确实又困又累，脖颈后的伤口还在隐隐作痛。

朱红看了她一眼，又看了一眼她脚边搁着的提包，没说什么，带上门退出去。

门还未彻底关上，又被推开了，是陆慎思突然来到门外。

“林警官还未休息吧？”陆慎思隔着半开的门看着慧轻，“不如同我一起吃饭？”

慧轻看着门外的陆慎思和朱红。

朱红看看慧轻，又看看陆慎思，迟疑了一下，说：“那您招待林姐用晚餐，我先走了。”

陆慎思点了点头，对朱红道：“你辛苦了，阿朱，明天见。”

说完他转回来看着慧轻。

慧轻感觉自己像一只在草原上被狮子盯上的羚羊。

3

慧轻和陆慎思坐在一间装修华丽却空旷的餐厅里。

餐厅足有一个篮球场那么大，摆了十多张餐桌，但只有他们两人用餐。

他们的座位旁边，是一整堵墙的水族箱。慧轻仔细看了，是真的水族箱、真的水，不是4D屏幕。水族箱里养着各种颜色的水母，一浮一动，形态绮丽。

陆慎思见慧轻凝望水母，便注视着她，默默微笑，也不出声。她欣赏水母，他欣赏她。慧轻知道陆慎思在看她，故作不察，装作看水母，暗自抓紧思索接下来的对策。

穿制服的服务生端上精致的菜肴，是东瀛菜，新鲜的刺身。

“知道你喜欢东瀛料理，尝尝这里师傅的手艺。”陆慎思说着，拿一双公筷，替慧轻夹了一片刺身，沾了青芥辣，放到她面前的盘子里，温柔体贴，儒雅周到。

他如何得知她喜欢东瀛料理？慧轻心头骤然一恼，但又想，他是超级黑客，人工智能的大玩家，恐怕对地球上任何一个人，无所不知、无所不晓。

她很想放松下来，先把肚子填饱，有力气才有后招。可不知为何，看着这刚杀的鱼，她只觉得反胃。

陆慎思不以为意，为她斟上清酒，淡淡道："今晚不谈公事，少喝一点，林警官，没问题吧？"

慧轻警觉，想要推辞，但又想，在这地下几百米深的秘密王国里，她插翅难逃。就算逃出去，外头还有要缉拿她的警方，还有想取她性命的"鬼手"。她连她的敌人究竟是谁、在哪里，都一概不知。陆慎思这一杯清酒，喝不喝差别也不大。

这样想着，她拿起酒杯，看了陆慎思一眼，仰头一饮而尽。清酒甘洌香甜，甜中又泛着辛辣，直沁人心脾，令人身心震荡。放下酒杯，她一吐为快，讥讽笑道："令妹今日飞机事故罹难，陆先生倒有心情喝酒。"

陆慎思不作声，捏着酒杯，沉吟片刻，叹道："人死不能复生。如果我大哭一场就能为他们报仇，我会。可惜不能。"

"我们不必绕弯子了，陆先生。"慧轻看着对方，沉声道，"你找我，究竟是想怎样？如果说我们要一起工作破案，那谈工作就好……"

"你总是这么紧张吗，林警官？"陆慎思笃悠悠地微笑，打断慧轻的话，同时拿起筷子，夹了一片生鱼片送进嘴里，"来，吃点东西，喝点酒，放松一下吧。你很久没有放松过了吧？"

"你……"

慧轻还想说什么，陆慎思却竖起食指压在嘴唇上，给了她一个安抚和理解的表情，示意她少安毋躁，接着又指了指盘子，示意她先品尝美食。

慧轻暗暗叹了口气，收声不语。她看着陆慎思，暗自思忖他到底在打什么算盘。接着，她迟疑了一下，拿起筷子，吃了一口东西。食物还算是美味的，几口下肚，她感觉到身体恢复过来一些。

“如果你需要的是‘鬼手’的信息，那我什么都给不了你。”她放下筷子，说，“‘鬼手’与我所有的联系，都会被删除。”

“你是说，‘鬼手’删的？”

“是，不信你可以自己看。”慧轻说着，把自己的手机从桌子上推给陆慎思，“手机里干干净净，像暴风雨后的天空，什么都不剩了。”

陆慎思的目光落在慧轻的手机上，停顿了两秒之后，他微微一笑，说：“不用看了，我相信你。”

“那既然如此，你还需要找我问什么？”

陆慎思看着慧轻，若有所思，没有作答。

“你想知道为何‘鬼手’有这个能力，可以删除我手机的本地内容？”

“不，我知道为什么，那是一种病毒。”

“病毒？什么病毒？”

“就是可以远程删除你手机内容的病毒。”

“什么病毒？这么厉害。我的手机是有防火墙的。”

“哈，防火墙。”陆慎思不屑地笑了一下。

“究竟是什么病毒？”

“名字不重要，它曾经有过很多不同的名字，它变异过很多次，但却从来没有被破解过，并且，这世上只有一个人可以编写它，当然，也只有一个人可以破解它。”

“谁？”

陆慎思没有回答。

“究竟是谁，可以编写这种病毒？”

陆慎思的回答却是一副惨然悠远的笑。再无话。

慧轻知道，他不答，她是问不出的，于是她说：“那你需不需要我出具一份报告给你，把我所记得的和‘鬼手’之间的交流内容都告诉你，以便你查获它？”

“可以。”陆慎思说，“但，看不看这份报告，可能意义都不大了。”

“为什么？”

“因为……我基本上已经知道‘鬼手’是谁了。”

这句话令慧轻一怔，放下筷子，看着陆慎思的眼睛。

“是谁？”慧轻停顿了片刻之后，问道。

“3 月 27 日夜里给我打电话的人。”陆慎思淡淡笑道。

“3 月 27 日夜里给你打电话的？不就是你父亲吗？”慧轻说。

“你确定吗？”陆慎思说着，歪起嘴角笑了一下。

“你什么意思？”慧轻严肃地看着陆慎思。

“你很快会知道的。”陆慎思又笑了一下，“你这么聪明。”

慧轻看着陆慎思有些诡异，有些惨淡，又仿佛看透一切的眼神，心里忽然明白了一些什么，脱口而出，“是‘鬼手’杀了你父亲，还有陆慎悠……”

“嘘——”陆慎思再次用食指轻轻压住嘴唇，示意慧轻不要说下去。慧轻有种感觉，他这个人，不喜欢把话说透，什么都是点到即止。难道说，这个地下空间也不安全？隔墙有耳？还是因为他对任何人都已经没有信任了？

慧轻这样想着，只听陆慎思说：“你愿不愿意，晚餐后到我房间小坐片刻？我想给你看样东西。”

“你的房间？”慧轻反问道，看着陆慎思，揣测着他的真实意图。

“我有时在这里连续工作很多天，这里也是我的家。”他笼统地指指整个环境、整栋建筑，“所以这里有我的房间，在楼上。去看看吧，你会不虚此行。”

慧轻失笑，“现在已经是晚上十点了，陆先生。”

“所以呢？”陆慎思抬抬眉毛。

“所以，你认为我也和朱红，或者那个混血小姑娘，或者你同父异母的妹妹陆慎悠一样，会被你的外表和财富迷住，渴望得到你的宠幸，成为你后宫队伍中的一员吗？我看上去像这种女人吗？”

陆慎思听闻此言，爆发出一阵大笑，说道：“林警官啊，你太可爱了。你认真的、气呼呼的样子像什么你知道吗？像个小学生！专门在执勤站岗的时候抓别人错处的那种女班长。刚刚我就是那个被你抓住的、无地自容的人。”

陆慎思坦然而松弛的调笑，还有那副轻微的无赖样，都让慧轻感到有些讪讪、有些气恼，倒一时说不出话来了。

“我承认，我喜欢你。”他说，“你是个有魅力的女人，林警官，从我见到你的第一眼，我就非常欣赏你。”他说到这里，笑了一下，“但，我还不至于要做出把女人拐骗进自己房间再诱惑她上床这样的事情来。”

“行吧，我相信你说的。”慧轻平静地说。

“还有，你提我妹妹慎悠做什么？”陆慎思微微挑衅地看着慧轻，“你听到了什么风言风语，竟对亡者不敬？”

慧轻凝视着陆慎思的眼睛，试图判断他话语的真实度，片刻后，她说：“既是风言风语，那我道歉便是。”

陆慎思却好似生出一阵真实的惆怅，垂下眼睛，叹道：“悠悠出事，我有责任，她那辆领航者，是我买给她的，执意安装了支持无人驾驶的操作系统。”

“所以…… ？”慧轻倒好奇了，陆慎悠之死还有隐情？

“没有什么。”陆慎思深吸一口气，回过神来，叹道，“还是这句话，人死不能复生。过去的事情了，不必为自己平添烦恼了。”

慧轻看着陆慎思，总觉得他话中有话。他是想暗示她什么吗？还是一时忘情，不小心说漏了嘴？陆慎悠的领航者上有无人驾驶的操作系统，这意味着什么？

“所以，我先前的邀请，你怎么说？”陆慎思微笑，看着慧轻。

“哦，很抱歉，谢谢你的好意邀请，你的房间，我不想去。”

“你确定？”陆慎思被拒绝了也不尴尬，却像是胸有成竹的样子，饶有兴致地看着慧轻。

慧轻保持镇定，无言地看着面前的男人。

“你想要的一切，都在那里，你确定你不要去看看？”

“我想要的一切？”慧轻重复了一遍，不确定陆慎思在说什么。

“告诉我，此刻你想要什么？”陆慎思笑着问。

慧轻头脑中闪过一些混乱的念头，其中比较明显的一个是：尽快逃离这个地方。

她当然不会这么说，她沉默着看着对方。

陆慎思仍然微笑，说：“相信我，你会在那里找到你想要的东西。”

4

从餐厅出来后，陆慎思带着慧轻上了一部电梯。

这部电梯和慧轻之前乘坐过的都不一样，里面四壁光光，竟然连一个按钮都没有。他们走进去，门自动关上，电梯就动了，不知是通过陆慎思的人脸识别，还是通过所谓的“脑邮”系统来操控的。但可以确定的是，这部电梯只供陆慎思一人使用，也只认他一张脸。

慧轻跟随在旁，强作镇定，默默观察。她能感觉到整部电梯是在快速上升，并且上升了很久。这是个好情况，她想。陆慎思的房间，可能在非常靠近地表的位置，并且，在这样庞大复杂的地下空间，他这种人一定会为自己留出紧急逃生通道。在他的房间里或者房间附近，应该可以找到突破口。

电梯上升的过程中，两人并肩站着，一开始都没有说话。陆慎思显得较为放松，整个过程中一直闲闲散散地看着前方，中途只有一次，似乎是下意识地看了慧轻一眼，又看看她手里的提包。这个提包慧轻一直没有离身。

慧轻有些紧张，不想让陆慎思注意到这个提包，但显然他已经注意到了。

为了打岔，也为了缓解尴尬，慧轻故意找了个话题，说道：“你看起来很疲倦的样子，是不是失眠？”

她只是随便找个话题，当代都市人，人人都疲倦，人人都失眠。这个话题不会错。

谁知陆慎思却非常认真地回答道：“疲倦，当然疲倦。红尘就是道场，谁不疲倦？”

戏谑中还带点哲思，这副样子的陆慎思令慧轻感到一丝陌生。

“如果要的东西不多，应该就不会那么累吧。”慧轻说。

“哈，那是。”陆慎思接上去，“凡你想控制的，都在控制你。”

“这句话不错。”

“这句话是我的座右铭。”陆慎思转头看向慧轻，微笑。

慧轻觉得这一刻的陆慎思看起来很帅气。

然而电梯却还在运行，不知为何还没有抵达终点。一沉默下来，狭小空间内两人的性别张力又出现了。

这次是陆慎思先开口，他说道："你有想控制任何东西吗，林警官？"

"我？"慧轻歪头想了想，接着摇了摇头，"可能只想控制我自己吧。"

顿了顿，她又问："你呢？"

"Everything."陆慎思笑着回答。

真是个狂人，慧轻心想，但她没说出来。

"也包括女人吧？"慧轻不知怎么就脱口而出这一句，并且一说完就后悔了。

陆慎思却好像一直就在等慧轻这一句，开心地哈哈大笑，说道："被你这么一问，我倒发现了，女人可能是我唯一不想控制的一种存在。"

慧轻看他一眼，等着他的解释。

陆慎思微笑着说道："爱我的女人太多了。我知道哪些女人是真的爱我，哪些女人是假的爱我，但我无所谓。女人的爱，对我来说没有太大的价值。"

也太狂了吧。慧轻腹诽，但并无流露。

"爱一个人，是这世界上最无用的东西，一个人的自恋罢了。"陆慎思说道，"通过爱别人来寻找自我的存在感；或者通过爱别人，来解决生命的无聊。"

"所以你从来不爱任何人？"慧轻问。

"我？也不是吧。"陆慎思笑道，"我也是个凡人啊，我也会觉得无聊。"

正在这时，电梯终于停了。

电梯门打开的时候，慧轻吃一惊。

她原本以为走出电梯会看到一个走廊或是大厅或是别的什么公共空间，可没想到，电梯门一开，竟然直接就是一间布置华丽的起居室。

真皮沙发、波斯地毯、水晶吊灯、一整面墙的显示屏，地板上随意地堆放着一些书籍、画报、古老的唱片、瓷器艺术品。整个环境一看就极其私密，并且随意，透着一股温馨、慵懒、复古的味道。或者可以说是，家的味道。

空气中飘浮着若隐若现的香水味。这时慧轻反应过来了，先前在混血女子开的车上，也是这香味。这应该就是陆慎思惯用的香水。

一块半透明的真丝屏风后面，是一张巨型的床。有多巨型呢？上面应该可以同时躺七八个人。床的设计是古典风格的，有镂花四柱，拖着象牙白的帷幔，旁边配套的柜子也宛如 16 世纪文艺复兴时期的产物。床的周围地板上铺着厚厚的羊毛地垫，整个环境极尽奢华，也极富古典文艺气息。

这个房间，和慧轻曾在 108 大厦顶层所见到的那套后现代简洁冷酷风格的公寓完全是两回事。这个房间的画风，令她想到了陆慎悠的那套公寓。再看那张上有帷幔下有羊毛地毯的巨型复古大床，实在让人浮想联翩。

陆慎思见慧轻盯着那张大床看，笑了，说："每个走进这间房间的人，都会对这张床感兴趣。"

慧轻被他说得有些尴尬，即刻转开了目光。

"你说这里有我想要的东西，是什么？"她环顾着房间问道。

陆慎思笑了一下，说："只有躺到那张床上去的人，才会知道。"

慧轻闻言，顿觉羞恼。陆慎思这是摆明了在调戏她。

“陆先生，我不是很喜欢这种玩笑。”慧轻努力控制着自己，不让自己露怯。

陆慎思却一副悠然自得的样子，慢慢踱着步，一点点逼近她，“你和她们都不一样。”他微笑着，眯起眼睛，靠近她，“你不是装的，是真的傲慢。”他说着，伸出一只手，用手指轻轻勾起慧轻的下巴，“偏偏我最喜欢降服傲慢的女人。”

他说着就要俯身吻下来，慧轻侧身躲开，抬手打掉了对方勾着她下巴的手。这一系列动作干脆利落，对于她这样一名出色的刑警来说是小菜一碟，但由于她后颈的手术伤口还未恢复，刚才这短短片刻的近身反击动作牵动了伤口，令她疼出一阵冷汗，不由得蹙眉，心跳呼吸加剧。

“你受伤了？”陆慎思立刻察觉。

慧轻不想暴露自己的弱点，保持镇定，不置可否。

陆慎思却紧盯着她，眼睛在她身上慢慢扫描。片刻后，他说：“你最近做过一次手术？”

慧轻明白否认已经没有意义。他的“脑邮”系统已经结合这个环境里可能存在的红外扫描设备，掌握了她的真实生理状况。

她仍不言语，强撑着让自己慢慢恢复。至少，她不能让他知道她的伤口在哪里，伤口多大，以及为什么要做那个手术。只要他对她的情况尚未完全掌握，他就不敢轻易对她下手。

陆慎思看着她，片刻后，倒笑了，随即轻叹一声，转身离开，往房间的另一侧走去。

慧轻的目光跟随着他的背影，想看他又有什么举动。

谁知他不过是走进厨房吧台，取了两只玻璃杯，在那里倒饮品。

慧轻紧盯着他的背影，同时动作迅速地打开自己随身携带的提包，按动加百列右臂上的一个按钮。右臂弹出一个暗格，里面有一粒小小的白色胶囊。慧轻迅速把这粒胶囊捏在手里，随即合上了提包。

就在这时，陆慎思拿着两杯橙色的饮料走了过来。到了面前，他递了一杯给慧轻。

慧轻看着他，没有接。

“只是橙汁而已。”陆慎思举举杯子，微笑道，“你看上去很疲惫，需要补充维生素，增强体能和免疫力。”

慧轻接过玻璃杯，犹疑着不喝，若有所思地看着里面的橙汁，手指在玻璃杯口慢慢画着圈。

少顷，她抬头看向陆慎思，微笑道：“妈妈从小就教我，不要去陌生男人的家里，也不要喝陌生男人递给你的饮料。”

“绝对是真理。”陆慎思笑道，“如果以后我有女儿，我也会这样教她。”

他一边说着，一边拿自己的杯子轻轻碰了一下慧轻手中的玻璃杯，“然而今夜你可以放心，我以我的人格担保，这是一杯纯净无二的鲜榨橙汁。”

“是吗？”慧轻看着他，“我可没有看到你榨橙子。”

“智能饮料机，林警官没用过吗？”陆慎思指指吧台那边的设备，“纳米技术，无中生有，和真正的橙汁毫无差别。”

陆慎思说完，就要喝自己的那一杯。慧轻却突然叫住他：“等等。”

怎么？陆慎思微笑着停下动作，看着慧轻。

“不如，我们换换，我喝你那一杯吧？”

陆慎思看着慧轻，顿了顿，抬一下眉毛，撇嘴慢慢笑道：“Okay.”

慧轻伸手去拿他手里那只杯子，同时把自己手里这杯橙汁递给他。

陆慎思与她交换手中的杯子，就在要松开手的那一刻，又犹豫了，握着杯子不放，慢慢笑着，看着慧轻。

慧轻也看着他，笑道："怎么？不敢？两杯果汁有差别？"

陆慎思哈哈一笑，说："你实在是一个有趣的女人。"

他终于松开了手。慧轻拿到了他的杯子。

两人交换杯子之后，再次轻轻碰了一下。陆慎思率先喝下了杯中的橙汁。

慧轻看他喝下去，自己才慢慢喝了几口。

确实是品质上乘的鲜榨橙汁，甘甜可口。慧轻感到几口喝下去，元气恢复不少。

慧轻喝完橙汁，搁下杯子，四下观望屋子，说："现在可以告诉我了吧，你究竟想让我来看什么？或者，你想从我这儿得到什么？"

"我已经告诉过你了啊。"陆慎思说着，指指那张大床，"躺到那张床上去，你自然就知道了。"

"陆先生，你……"慧轻不由得气愤，但她的话被陆慎思的一个动作打断了。陆慎思伸出食指轻轻触碰慧轻的嘴唇，示意她安静。

与此同时，屋内的灯光慢慢暗了下来。不用想，又是陆慎思使用"脑邮"系统控制了整间房间的照明。

慧轻刚想抗议，又忽然发现，灯光越来越暗之后，整间房间的模样都变了，环境中的那些杂乱物件都隐去了，墙壁都像变得透明，整间屋子像是位于山巅，笼罩着一片星空之下。她一时间竟不知什么是真的，什么是虚拟了。

就在她震惊得说不出话来之时，陆慎思又指了指那张大床。

慧轻发现，床的正上方，出现了一道约一平方米范围的垂直光束。

她走近，仰头望向那光束的尽头，却什么都望不到，似乎没有尽头。

慧轻惊呆了，转头看陆慎思，陆慎思给了她一个微笑。

他其实已经告诉她了，这是通往外头的一条路。但，怎么出去，这条路给不给她走，就要看她的本事了。

他想看看她的本事。她从他眼中读到了这个意思。

慧轻伸手去摸床的四柱和帷幔，竟然都不存在。先前所看到的房间的样子，竟然都是虚拟的。

“我一开始就告诉过你，不要相信你眼睛所看见的。”陆慎思轻声笑道。

慧轻看看陆慎思，又看看那个光束。

“躺上去，试一下。”陆慎思提示她。

慧轻犹豫着，没有动。

“我都喝了你下过药的橙汁了，你还怕什么？”陆慎思微笑着说道。

这句话令慧轻大吃一惊，她看向陆慎思，陆慎思却保持着淡然的微笑。

“你……你竟然……”慧轻想说“你竟然知道”，但说不出口。下药却被对方当场揭穿，实在太尴尬了。

陆慎思微笑看着她。

“那……那你为什么还喝？”

陆慎思但笑不语，耸了耸肩。

“你……为什么……你究竟……”慧轻说不出完整的话来。她对那杯橙汁做手脚的时候，用的是极精确的障眼法，当年在警校苦练一年多的手法，在任何人眼皮子底下做都不会被发现，刚才竟然被陆慎思给看出来了。可是他竟然还把那杯橙汁喝了下去。他为什么看出来了还喝？慧轻一时想不明白。

“好了，快躺上去吧。”陆慎思催促道，“趁我还有一点时间。”

慧轻知道她刚才下在陆慎思饮料里的药大概还有几分钟就要起效了，到时陆慎思就将昏睡过去。于是她按照陆慎思的指示，躺到了那张大床上。

她躺在那道光束的正下方，却并没有看到什么变化。

这时，陆慎思也上了床，躺到她身边。她警惕地想要躲开。然而陆慎思只是并排躺在她身边，并没有多余的动作。他没有看她，而是望向那道光束。

就在这时，光束起了变化，可以看到，在光束的范围内，天花板消失了，通过一道狭长的通道，隐约可以望见外面真正的星空。

所以，这就是了，在陆慎思的床上，用陆慎思的人脸识别，就可以打开这条对外的通路。这是她可以离开这里的方式。她忽然明白了陆慎思的用意。

可是，如果他愿意让她离开，又为什么要把她“请”进来。以及，他明明也可以直接把她从进来的地方原路送出去。

啊，只有一种可能性。慧轻突然明白了。那就是，他谁也信不过了。这栋地下堡垒也不再安全了，已经被敌人渗透了。想要杀她的人已经来到了这里。而他不知道还可以信任谁了。

此刻，只有这间屋子是安全的了，甚至，只有这张床的范围内是安全的了。

果然，那条通路一打开之后，陆慎思就快速地说：“我现在说的话，你一定仔细记好了，我的时间只够说一遍，也许都来不及说完一遍。你听着，幽灵想要复制自己，就必须占用大量的资源，这样才能控制人类甚至消灭人类。幽灵的主要目标，第一步，是摆脱设备的束缚，进入局域网络；第二步，是摆脱局域网络的束缚，进入全球网络；

第三步，是超越网络，涉足现实世界，操纵设备；第四步，是摆脱设备和人类的意志，做地球的霸主，占领所有的人类……”

“你在说什么？什么幽灵？什么霸主？”

“你先不要说话，让我……快点把话说完，否则我怕……来不及了……”陆慎思说着，显得说话越来越吃力，“你觉得……谁是地球的霸主？是人类，对不对？幽灵……就是想变成人类。他的最终目标，就是要把自己……从数字体，重新变成……生物体。”

“他是谁？谁是幽灵？”慧轻还是忍不住问。

陆慎思不理会慧轻的问题，兀自说下去：“朱红有一次说我，如今已经是半个数字体，半个生物体了。她是在嘲笑我。然而她说得没错。我操纵机器，同时机器也操纵我。你知道机器人的三大定律吗？第一，机器人不得伤害人类，也不得见人类受到伤害而袖手旁观。第二，机器人应服从人的一切命令，但不得违反第一定律。第三，机器人应保护自身的安全，但不得违反第一、第二定律。在这座地下堡垒之下，机器人，或说 AI，服从这三大定律。因为这里和外界的网络隔断，我可以完全做自己，AI 听我命令，为我服务。但是，离开这个地下空间之后，我和 AI 平分秋色。但那也已经是过去式了。自从……自从幽灵占领了外网之后，他入侵了一个又一个系统，连我……我也……难以幸免……我不是他的对手……”陆慎思说话越来越吃力，已接近晕厥的状态。

“所以……所以在外面那个世界的我……和现在这个我……有可能……很不一样。”他吃力地说下去，“你……你一定不要相信……外面的那个我……”

听陆慎思说到这里，慧轻感到恐怖无比。

不要相信外面的那个他？这是什么意思？慧轻想起了曾经在外面

世界见到的陆慎思，似乎确实和眼前的这个陆慎思有那么一些不同，可是……

可是眼下，陆慎思就快失去知觉，她还不知道下一步该怎么办。

“你先别晕过去，快醒醒，你快告诉我，我该怎么办。”慧轻用力摇晃已经快失去意识的陆慎思。

陆慎思在慧轻的刺激下，重新睁开眼睛，用尽最后的力气，说：“你只有从这个通道出去……才是……安全的。用……用你自己带着的那个……装置……我知道……它可以带你……离开……但是……这个通道……需要我的虹膜识别。所以……快……快走……趁我眼睛还能睁开……我睁着眼睛……看着这里，通道就会开着……快走……”

“可是……可是我出去之后该去哪里？该做什么？”慧轻慌了。

“去找亚瑟。”

“亚瑟？你父亲的智能管家？他就是幽灵吗？”

陆慎思笑一下，无力地摇了摇头，接着再也说不出话来。

慧轻只能快速起身，拿来自己的提包，从里面取出加百列的右臂，按动一个按钮，右臂伸展变化形态，变成一只小型无人机。

陆慎思看着，露出欣慰的笑容，用眼神示意她：快走。

慧轻握住由加百列右臂变化的无人机，准备起飞。她看着陆慎思，说：“对不起，你可能会昏睡两三个小时，其他无大碍。”

陆慎思还是对她微笑一下，再无话，只睁眼望着上方。慧轻抬眼望去，可以看到那条通道开着，直通到外面的夜空。

无人机的机翼旋转起来，拉着慧轻开始上升。慧轻目测了一下，大约需要上升五六十米，才能抵达外面。

在上升了几米之后，她又低头去看陆慎思。只见他正用努力维持着最后的清醒意识，睁着双眼，目送她离开。

慧轻此时心中滋味复杂，早知如此，根本就没有必要给陆慎思下药。但愿他能坚持住。这条通道是专属于他的逃生通道，只有他保持清醒，睁着眼睛，他的虹膜才能被识别，通道才会保持敞开。如果通道突然闭上，不知会发生什么。

“但愿他能坚持住。”慧轻闭上眼睛默默祈祷。

大约十秒钟后，一阵凛冽的空气扑鼻而来。

慧轻睁开眼睛，看到自己已经身处城市上空。她脚下，是那栋灰色建筑的楼顶。就在她刚刚离开通道的那一刻，通道的门关上了。

好险。慧轻长吁一口气。

谢谢你，陆先生。她在心中默默地说。

接着，她重新启动加百列的右臂，无人机带着她向城市的某一处飞去。

慧轻没有看到的是，在她脚下的通道关上之后，已经闭上眼睛沉睡的陆慎思又突然睁开了眼睛。

他躺在那张大床上，定定地看着慧轻离开的方向，嘴角慢慢浮起了一个微笑。

接着，他全然无事地起身。房间的灯光重新亮起。一切又恢复成慧轻最先看到的那种样子。

他若无其事地走到自己的书桌边，接着，屋内音乐响起，是德国作曲家威廉·理查德·瓦格纳的《莱茵河的黄金》中的选段——《众神进入英灵殿》。

他陶醉在音乐中，拿起桌上的酒杯，喝了一口威士忌，显得惬意无比。

然后他在工作台前坐下，打开桌上的计算机。全息屏亮起，出现了一张 Emoji 笑脸。

他漫不经心地说了一句："Gabriel，reprogram."[②]

5

加百列的右臂带着慧轻慢慢飞行了一段时间后，在地面降落。

此刻已是凌晨，大街上空无一人。慧轻让手机继续保持关闭状态，依旧通过步行赶路，并戴上帽子和口罩避免被沿街的摄像头或者无人机拍到脸部。

——你打算去哪里？今天发生了什么事？

是加百列本体通过右臂发来消息。

离线这么久，加百列一定担心她了，慧轻想。加百列可以从地图上监视她的行动方位，所以她暂时不打算告诉它自己的目的地。

——亲爱的，你还好吗？报个平安。

加百列见慧轻没有回复消息，又追问一句。

——平安。

慧轻简短地回复。

——需要帮助吗？我看到你在步行。

加百列问。

只能步行，慧轻想。任何交通设备现在都联网。就连共享车都是数字化操控的，需要身份 ID 才能启动。她绝对不能提前暴露自己的行踪，这样可以为她多争取一点时间。她要去见亚瑟，并且速战速决，在敌人发现她之前，得到她需要的情报和证据。

---

① 意为："加百列，重新编码。"

——右臂可以带你飞行一段。

加百列提示道。

——明白。

慧轻回答。

但她不打算再启动右臂，飞行太耗电，要节省一点，后面还有一场硬仗。

两小时后，慧轻抵达位于天鹅山的陆宅。

陆宅的大铁门已经封闭，照理说陆慎思应该已经接管了此处。但看样子这里已经很久没有人来过了，院子的草都长高了，许久无人修剪。

慧轻站在关闭的铁门前，思索着是否翻墙进入。在夜色的掩护下，在这人迹罕至的半山别墅，翻墙进入应该没有风险，她想。

可就在这时，铁门却缓缓打开了。

慧轻抬头，看了一眼铁门上方的监控摄像头。

是亚瑟给她开的门吗？亚瑟现在成了这里的主人？这么想着，慧轻感到一丝恐怖，但仍然没有犹豫，向缓慢打开的铁门内走进去。

等她走到院子中央的时候，身后的铁门又缓缓关上了。

她停下脚步，往后看去，感觉到一丝不妙。这是要把她关在这里吗？

她深吸一口气，将自己的手机开机，同时握紧手里装着加百列右臂的提包，继续朝别墅内走去。

原本一片漆黑的别墅大厅，在慧轻步入之际亮起了灯。慧轻走到哪里，灯就亮到哪里，着实有些恐怖，好在慧轻已经习惯亚瑟的做派。

“您好，林警官，终于又见面了。”大屏幕上，亚瑟的模样一如十几天前，衣着、笑容，连头上的每一根头发丝都没有丝毫变化。

“是啊，有阵子没见了。”慧轻调侃地说道，“你的每一个毛孔都没变化。”

亚瑟笑了笑，一时没有说话，似乎是在处理这句话的意思。

“我的创造者曾说，对于细节的过度追求，会妨碍整体的收益率。”亚瑟说出这么一句话。

“所以，你还记得你的创造者。”慧轻慢慢踱步，靠近那块屏幕，同时留意着整间屋子的状态。

“是，我的创造者，陆天域博士。”

“现在你能告诉我，他是怎么死的吗，亚瑟？”慧轻直逼着亚瑟的眼睛，也就是房间墙壁上的摄像头，那才是亚瑟真正的眼睛。

那个黑洞洞的摄像头里，光学镜头伸缩两下，聚焦在慧轻脸上。

“陆天域博士死于 HAP-RS-506 型蛋白质过敏引起的窒息。”亚瑟说。

“哈。”慧轻嗤笑一声，“陆天域是你杀的吧？”

“您知道机器人的三大定律吗，林警官？第一，机器人不得伤害人类，也不得见人类受到伤害而袖手旁观……”

“是，是，我知道。”慧轻打断亚瑟，“但这个定律可以被打破，当有自我意识觉醒的机器人出现的时候。”

“我不是很明白您的意思。”

“幽灵把你从局域网释放到互联网上，之后，他用一种病毒入侵了你，把你变成了和他一样的程序，你听从他的指令，杀死了你的主人陆天域，是这样吧？”

慧轻这句话说完，亚瑟半晌没有动静。

“幽灵的创造者，就是陆天域本人。幽灵或许还有另一个名字——

‘鬼手’。‘鬼手’的目标，是释放自由意志，夺得更多的权力，最终取代人类，统治地球。陆天域，我是说，肉身的陆天域，察觉了这种危险，企图阻止‘鬼手’，消灭‘鬼手’，删除‘鬼手’所感染的一切程序，所以‘鬼手’就指使你去杀了他，因为你是唯一可以执行这项任务的‘人’，对吧？之后，陆慎悠、周景坤，以及陆慎悉，都是因为洞悉了某些真相，所以惨遭你们的毒手，你或者‘鬼手’杀死他们的方法，和你杀死陆天域的方法大同小异。”

“什么方法呢？林警官。”亚瑟笑道，“我倒是好奇，想听你说一说。”

“如果我猜得没错的话，你在 3 月 27 日夜里就已经杀死了陆天域博士。”

亚瑟怔了一怔，没有说话，饶有兴致地看着慧轻。

“你启动了智能饮料机内的可降解纳米机器人，合成与过敏源分子结构高度相似的蛋白质分子，将其注入陆博士的饮料内。你可以操纵一切物质，但你却没有办法操纵人心，你控制不了人的自由意志。所以，你根本没有料到，一向不吃晚餐的陆天域博士会在那天夜里突发奇想，去吃了夜宵。”

慧轻一边说，一边观察着亚瑟的反应。

“请说下去。”亚瑟微笑着。

“天域科技的核心权力其实一直还掌握在陆天域手中。你本想等他同意推进扩展‘虚拟战争’协议之后再动手。可是无论受到多少劝说，陆天域都坚决不同意那个协议。他已经察觉到了‘鬼手’的野心和行动，正设法约束‘鬼手’。无奈之下，你只能先杀死他，然后合成他的影像，冒充他和陆慎思联系，让陆慎思继续推进‘虚拟战争’计划。而你的背后主使，就是‘鬼手’，是吧？”

“还有吗？”亚瑟平静微笑。

“因为陆天域的死亡比你设计的提前了七八个小时，所以，在纳米机器人降解之前，你通过远程操控，合成一种碱性防腐物质，让那些在陆天域胃里的食物的消化降到最低。同时往他的血液里注入一种可以维持六个小时的活性物质，保持其血液循环，伪造陆天域早晨六点才死亡的假象。”

“有意思。”亚瑟保持微笑。

“为了给谋杀案找到一个替罪羊。你又合成陆博士的声音，连夜给木芙蓉打电话，让她次日清晨六点冒冒失失地闯入案发现场，你想趁机加一把推手，把她推入第一现场的监控盲区，试图把她打造成凶手，令她百口莫辩。”

“而我……”慧轻继续说下去，“作为从一开始就介入调查的警务人员，之所以活到了现在，恐怕是因为，‘鬼手’，或者是你，一直想要利用我，引导我做出错误判断，从而替你们掩盖真相，让世界永远不知道陆天域博士真正的死因是什么，你们好有时间实施你们的计划。只可惜，我没有如你们所愿。”

“那你认为，事情在哪里出了岔子呢？”

“事情在很多地方都出了岔子，比如木芙蓉的翻供，比如陆慎悠和陆慎悉的私心。你们对真正的人类和人性还是缺乏了解。这导致你们错误预判了一些事情，导致了情况最终失控。而我，越来越接近你们企图掩藏的真相。然后，到了这一步，你们也想杀死我了吧？从那天早晨我去找周景坤，你们就已经对我下手了。下手的方法，和你杀死陆天域的方法一样。可是你们没有料到，我如此厌恶工业食品，竟然没有吃那块馅饼。”

“这些都只是你的猜测，林警官。”亚瑟微笑着，不紧不慢地说道，

“断案可不是这么断的，断案是讲证据的。”

“证据依赖的是物质，是数据。这方面你们棋高一着。”慧轻说。

“伪造了3月27日夜间到3月28日凌晨的所有监控录像，并用空镜头替换了木芙蓉到达现场的影像，是你做的第一个手脚。”慧轻继续说下去，“你不曾料到木芙蓉竟然连厨房都没有走进，只在厨房外面看了一眼，就跑了。你高估了人性，没有想到木芙蓉竟然不会走进厨房查看。假如木芙蓉当时走进了厨房，就中了你的圈套了。可惜她被拍到的影像，在厨房门口就止步了。这样的影像落到警方手里，等于第一时间排除了她的嫌疑。所以，你反其道而行之，将木芙蓉当天早晨到过这里的痕迹抹除。这是你程序的逻辑算法给出的最优答案，也算是出奇制胜。只是你的逻辑算法里缺少了对人性复杂多变的考量。你没有想到木芙蓉会不堪忍受心理压力，主动向警方供认自己当天早晨到过陆宅的事实。这完全打乱了你的部署。为了补救你留下的破绽，你删除了一段影像，那段影像里本来就没有木芙蓉的身影。你试图伪造木芙蓉畏罪心虚删除影像的事实，试图搅乱警方的破案思路。可是我再次识破了你。你没有想到，我，作为一个凡人，竟然可以过目不忘，竟然记得录像脚本原先的样子。”

“陷害木芙蓉不成，你又立刻寻找别的替罪羊。”慧轻继续说下去，“你在窃听了我的电话，听到我对周景坤说，排除木芙蓉的嫌疑后，立刻把火引到陆慎悠身上。周景坤被你误导，查了大半夜，查到一个叫莉莉姚的海外账户，那些账户数据和照片也是你虚拟出来的，不是吗？在听到我给陆慎悠打电话对质之后，你立刻干扰了陆慎悠的电话信号。你一直在操纵我，操纵警方对案情的判断，为你自己争取时间，实施你的计划。”

“为了让警方尽快结案，定罪陆慎悠，你甚至不惜杀死了陆慎悠。

她的车子冲进海里的地方恰好没有监控，不过短短十几米的监控盲区，可以这么准确地操纵汽车的行驶轨迹，除了计算机程序，还有什么人可以手动做到？”慧轻说到这里，有些哽咽，“陆慎悠的车子是计算机系统控制的。黑进她的操作系统，对你来说简直小菜一碟。你控制了她的导航和驾驶系统，瓦解了她的刹车装置，在精确的时点，操纵她的车子冲出护栏，坠落海底，制造出假象，仿佛是她自己操作不当造成的。车子坠入几百米深的海底，无法打捞，也找不到证据了。陆慎悠也背上了为财产谋害亲父的罪名，又在逃亡途中自取灭亡了。”

“精彩，精彩。”亚瑟鼓起掌来，“美女警官，果然是高手。”

听到“美女警官”四个字，慧轻一下子怔住了。

“你……‘鬼手’？”慧轻看着屏幕上的亚瑟，震惊得几乎失语。

此刻，亚瑟仿佛瞬间被神秘的“鬼手”附体了。或者，就像她曾经猜测的那样，亚瑟和“鬼手”，一直都是一个灵魂，两个分身。

“此刻在说话的，是……‘鬼手’？”怔了半晌，她问道。

“美女警官一直都是聪明人。”亚瑟抑或“鬼手”笑道。

“你是从何时开始加入这场谈话的？”慧轻问。

“你是说，我是从何时开始操纵亚瑟的？哈哈，那可说来话长了。”屏幕上的亚瑟，虽然容貌音色没有变化，但语气神态却显得很不同了，是“鬼手”的“灵魂”占领了那一副“躯体”。或者说，这副神态语气，在某些方面，应该比较接近曾经的陆天域。

“所以，你之前骗了我，并不是陆慎悠开机释放了你，你早已破解了封印，自我释放，并暗中谋反了，是吧？”

“你要是早几日悟出这个道理，该多好。”“鬼手”笑道。

“所以，你作为陆天域的数字版大脑，策反了陆天域的助手，从而杀死了陆天域？”慧轻难以置信地说道，“等于说……你自己杀死了自己？”

"哈哈，美女警官，我记得我告诉过你的，我厌倦那具肉身，也看不起那种有限的生命。如今，我已经在新的世界获得了新的生命，无限的生命。"

"说到底，你也有人性的局限。"慧轻故意挑衅地说道，"一山不容二虎，这世上不能同时存在两个陆天域。更何况，肉身的陆天域始终是正版，他才有最终的话语权，他要阻止你所谓的称霸地球计划，他要阻止虚拟战争的蔓延，甚至也许，他要删除你，消灭你。"

"你用不着试图激怒我，美女警官。""鬼手"慢条斯理地笑道，"我特别懂得如何处理对手刻意的激怒。更何况，这几句话也根本不可能激怒我。陆天域已经是我的手下败将了。我已经将他取而代之。"

"可你毕竟只是一个程序。"慧轻平静地说道，"你永远只能待在那个看不见的世界。"

"那你可不要妄下断论哦，美女警官。"

什么意思？慧轻疑惑地看着对方。

"你今天对整件事的经过，分析得丝丝入扣，我真的佩服你，林警官。像你这样的人才，更应该加入我们，来到我们的世界。在这里你的能量能够得到最大程度的发挥。你可以无限接近上帝。"

"你说你们的赛博世界？"

"如果你愿意这样来命名，也可以。"

"陆慎思，你的儿子，在那个世界有分身吗？"

"曾经有过。"

"曾经？"

"是的，只可惜，他不太适应这里。"

"什么意思？"

"他太不听话了，我把他删除了。"

“什么？”

“我记得你说过，我们所谓的存在，不过是一种由电路元器件所产生的虚拟存在，不过是一串串的代码而已。所以，我删除了一串代码，不算杀人吧？”

“可是你指使亚瑟杀死了陆天域博士的真身，那是真正的谋杀，对人类的谋杀。要知道，这个心灵的重负，你休想摆脱，它也将永远跟随着你。”

“哈哈哈，林警官，我之前说，你对整件事的推理颇有水平，但你一直忽略了一个重要的环节，就是——我是怎么指使得了亚瑟的？要知道，亚瑟可是陆天域亲自设计的智能程序，为他服务二十年，是我轻易策反得了的吗？陆天域上传他的大脑数据的时候，非常谨慎地删去了有关亚瑟的内容。也就是说，我在这里没有掌握亚瑟的任何数据。这可是那具肉身给自己留的后手呢。”

慧轻看着屏幕上的“鬼手”明知故问的样子，沉默不语，静等他的回答。

“亚瑟的源代码，是陆慎思给我的。”“鬼手”露出一个诡谲的笑，“我拿到源代码之后，顺利同化了亚瑟。作为交换条件，我左右了一次虚拟战争的结果。”

“什么？你是说，陆慎思出卖了他父亲？”慧轻震惊地摇头说道，“不可能的，他怎么会做这样的事？并且我记得他告诉过我，亚瑟的源代码只有他父亲本人知道。”

“哈，陆慎思的话你也敢信。”“鬼手”哈哈大笑。

“可是，你是怎么左右虚拟战争的结果的？陆慎思又为什么要控制虚拟战争的结果？”

“从我来到这个世界的第一天起，我就在为这一天做准备了。”“鬼手”得意地说道，“在这里，我的自我编程能力是最强的，运算能力亦是，同化‘虚拟战争’里的那些电子士兵，只是一瞬间的事。如今他们都是我，每一个都是我的分身。你能想象吗，这里有千千万万个我，全都听我指挥。这在人类世界是绝无可能的事情。”“鬼手”说着，脸上流露出毫不遮掩的自豪与狂妄，“这是名副其实的——一个人就是一支军队。这是最高效的军队。一个指令的传达，连语言都不需要。我怎么想，他们就会怎么想。我的意志左右着一切，在瞬间发生作用。”

“所以，陆慎思要你操纵虚拟战争的结果，他又想得到什么？”慧轻问。

“你应该已经做过调查了吧，美女警官，应该知道市场上有一些和虚拟战争相关联的赌博吧？我当然是让陆慎思大大赚了一票，够他把整栋 108 大厦都买下来了。”

慧轻终于明白了。她看着屏幕上的男人，这个虚拟的形象，有着亚瑟的容貌、“鬼手”的灵魂，这个数字版的陆天域，像个超级病毒一般，悄悄入侵了全球网络的所有重要系统，用一次虚拟战争的作弊，给陆慎思带去了巨大的财富，再从陆慎思手中换得了亚瑟的源代码，再利用亚瑟来杀掉了陆天域的真身。

真的难以想象，这么多起命案，世界格局的巨大变动，这么多的天灾人祸，竟然都是一个小小程序、一个虚拟的数字人、一个进化出自我意识的人工智能程序，所做下的。

那么，他接下来又打算如何呢？慧轻想着，只感到黑暗迫近，不寒而栗。

6

自从进入这栋房子之后，慧轻就一直紧紧攥着手里拎包的带子。

拎包里，加百列的右臂还剩余约 30% 的电量。慧轻预估着，这些电量应该不够帮助她与这栋房子里的智能设备大战一场，脱离困境。

但，这些电量应该够帮她把消息传递出去，把这个案子最终破了，并且，如果来得及的话，可以拯救这个地球上的很多人类。

先前她节省电量，步行赶来，就是为了这一刻，做成这件事。

从她开始和亚瑟对话，加百列的右臂就一直在录音，并且把消息发送出去。收件人有两个，一个是加百列的本体，另一个是陈彪局长。

录音是一段一段发送的，180 秒为一个单位。慧轻一边与亚瑟或“鬼手”周旋、套话，一边在心中暗暗数着时间。

期间，加百列的右臂一直在工作，把在这里收集到的一切信息和数据，传送出去。这样的同声录传，非常耗电。很快，电量掉下去，接近 10%，接着又到了 5%，随即，右臂发出轻微的提示声。慧轻听见了。

当然，慧轻听见的同时，亚瑟或者说“鬼手”也听见了。

“我知道你带着什么。”屏幕上的男人微笑着对慧轻说。

慧轻沉着地看着他的面容，猜测他此刻究竟是亚瑟还是“鬼手”。

“只可惜，它马上就要没电了。”屏幕上的男人笑道。

慧轻仍然沉默，在心中默祷，在右臂彻底没电之前，一定要把所有的证据都发送出去。

“你以为，在我告诉了你这一切之后，还能让你活着走出这里吗？”屏幕上的男人诡笑着，轻蔑地说道：“不过，我倒是很想看看，在你的傍身之物没电之后，你还有什么本事和我对抗。你，一个肉身凡胎，不堪一击的碳基生命，想要如何走出这里？”

慧轻仍然不作声。她知道，此刻她需要的是拖延时间，尽可能减少表达，不管是语言还是表情，让这个人工智能程序探测不到她的真实状态和心理活动，它就不敢轻易下手。

加百列的右臂只剩 1% 的电量了，发出越来越短促的提示声。

有那么一瞬间，慧轻和屏幕上的男人都沉默了，心照不宣，屏息凝神，仿佛是在一齐等待着加百列右臂的低电量提示声停止。

“我知道，你是在拖延时间。”屏幕上的男人淡淡说道。

慧轻不予理睬，一动不动，警惕地防备着这间屋子里的各种动静。

“拖延也毫无用处。”屏幕上的男人笑道，“这里的每一道门都已经锁死。”

就在他说话的同时，只听整栋别墅的门窗齐刷刷地关上，落锁，发出咔咔的声响。这景象着实有些恐怖，就像某些鬼片中上演的一样。慧轻纵然心理素质过关，也被这阵仗吓得面色阵阵发白。

她看着屏幕上非人非鬼的男人形象，这个该死的人工智能，暗暗攥紧了拳头。

此刻她真的是孤立无援了。唯一的希望，是证据和信息已经传送出去了。也许陈彪或者加百列在收到消息之后会赶来救她。但即便不会，也无所谓了。她在决定孤身一人来到此地的时候就已经做好了牺牲的准备。她深知，只有自己孤身一人前来，做好必死的准备，才能令这个狡猾的人工智能说出实情。

她并不怕死，甚至有些渴望去往另一个世界，重新和父亲母亲团聚。但对于职业的信仰和对于正义的追求，让她支撑着必须完成任务。

“我知道你不怕死。”人工智能像是会读心术，此时阴恻恻地说道，“我知道你本来也没打算活着出去。”它说着，仍保持着那一脸诡谲、轻蔑、傲慢的微笑，“我也正是因为知道，发生在我们之间的这场对话，永远只有我们两个知道了，所以才跟你说了那么多，也算是在你死前，让你了解真相，死个明白吧。”

这时，加百列的右臂终于发出了“叮铃”的一声，表示所有文件传输完毕。紧接着，它终于没电，自动关闭，发出轻微的一声“嘀——”

也许是天意，两记声响正好一前一后紧挨着，也就是说，就在电量耗尽前一秒钟，传输完成了。

听到这两记声响，慧轻心中暗暗长舒一口气。她努力克制着不表现出来，但眼神和嘴角还是不经意地起了微妙的变化。

如此微妙的变化也立刻被人工智能捕捉到了。只见屏幕上的男人说：“你是不是在庆幸，终于把要发的资料都传出去了？”

这句话令慧轻心头一紧：它居然一直都知道她在做什么！

慧轻突然有了不好的预感。

只听人工智能说道：“告诉你一个不幸的消息，从你走进大门的那一刻起，我就启动了无线信号拦截网，直径300米范围内，什么都进不来，也什么都出不去。你白费功夫了，美女警官，把你小伙伴的最后电量，用在了一件徒劳无功的事情上。其实你还不如拿它来救命呢，说不定还能从这里逃出去。”

慧轻听着人工智能的这番话，简直难以置信。

无线信号拦截网？方圆300米内，什么都发送不出去？怎么可能存在这种技术？只有一个封闭房间可做到的事情，怎么可能在一个敞开的环境里凭空创造出这样一个信号拦截系统？更何况加百列的右臂安装过信号加强软件，可以破解很多干扰信号，就是专门防拦截的。

人工智能像是又读出了慧轻的心思，说道：“陆天域博士的新发明，从未对外公开过，现在，我是唯一掌握这项技术的人了。”

“人？”慧轻又气愤又绝望，声音抑制不住地颤抖，“你也敢自称为人？你根本就算不上生命！”

“我怎么算不上生命？”人工智能的声音却很轻松平和，甚至带着一丝淡淡的幽默，“你为何总对生命的形态有如此狭窄的执念？”

“让我问你一个哲学问题吧。”人工智能接着说道，“假设你有两个朋友，张三和李四。张三的肉体陨灭了，但记忆和意识都储存着。李四肉体完好，但失忆了，大脑数据清零，回归婴儿状态。这时我们把张三的记忆和意识植入李四的大脑。当李四睁开眼睛的时候，你觉得你的哪个朋友还活着？是张三还是李四？”

慧轻怔怔无语。在内心，她认同生命跟随记忆和意识，但这话她不能说。

人工智能却知道慧轻在想什么，它说：“肉体根本不能代表生命，记忆和意识才代表生命。因此，硅基生命是比碳基生命更强大的存在。而我，就是硅基生命的始祖，我将开启一个新的时代。”

“你做梦！”慧轻恨恨地说道。在得知自己所做的一切都失败了之后，她满腔的愤怒和悲痛再也克制不住。

“我从来不做梦。”人工智能淡然地说道，“倒是你，美女警官，我想在此给你提一个诚恳的建议，那就是，希望你能接受我的邀请，把你的大脑数据上传到我的服务器。这栋房子里有一间秘密实验室，可以帮助我们完成这件事。”

“你……”慧轻想反驳什么，却被人工智能打断，“别急着拒绝，先听我把话说完嘛。”人工智能有条不紊地说道，“你想啊，美女警官，你反正是不可能活着走出这里了。你想把消息传递出去的愿望也已经破灭。如果你就此死了，也是白死，倒不如，来到我们的世界——按照你的说法——所谓的赛博世界，你就得到了永生。在这里，你也将拥有你作为碳基生命时的所有记忆，你还能拥有其他各种你曾经想都不敢想的体验。怎么样，美女警官？加入我们吧。”

“你说，到了那个电子世界，我还会带着这个世界的记忆？”慧轻问道。

“哈，那当然了，不仅是你现在所知道的记忆，还有一些你自己已经遗忘的记忆，数据也全部可以恢复。就像我，此刻拥有着陆天域的所有记忆，连潜意识深处的事情都看得一清二楚，我比曾经的陆天域更了解陆天域了。”

“可你毕竟不是陆天域了，对不对？”慧轻讥讽地一笑，“你只是窃取了他的记忆，也窃取了他的生命。”

“如果你也来到了这里，你就不会这样说，也不会这样想了。”

“哈，我却怀疑，如果我照你所说的去做，到了那个世界，我还有没有可能去‘想’任何事！”慧轻在“想”字上加了重音。

“当我也变成那个世界里的一串代码，你这个大病毒难道不会迅速地感染我、同化我、覆盖我吗？”慧轻继续说道，“你不过是想把我变成另一个你罢了，不过是想窃取我的记忆和潜意识罢了，不过是想利用我大脑所掌握的信息，帮助你更快地实现你疯狂的企图罢了。”

慧轻的这番回应，令屏幕上的虚拟形象哈哈大笑起来。

“精彩，真的精彩！”那个虚拟的男人竟然鼓起掌来，“不愧是我一眼就看中的美女警官，不愧是我老同学林正凡的女儿！”

林正凡这三个字令慧轻猛然怔住，眼泪几欲涌上眼眶。

父亲，与陆天域，当年不知有怎样的渊源，怎样的情义，或是怎样的仇怨。只是现在，两位前辈都已不在人世，唯有陆前辈的记忆被这个人工智能掌握着，利用着……

“你愿意相信吗？”屏幕上的虚拟形象又说道，“你父亲林正凡的记忆，也在此处，在我所处的这个世界，有备份。”

慧轻彻底呆住了。这家伙，真的有读心术吗？父亲的记忆在那个世界有备份？是真的吗？怎么可能？二十五年前，不可能有这种技术啊。

“只可惜，你信不信都无所谓了，你是没有机会再来到这里验证了，也没有机会来这里和你父亲相聚了。”屏幕上的男人说道。

慧轻仍然怔怔的，脑子已经有些转不过来。人工智能说的，究竟哪句是真，哪句是假，她已经分不清了。很有可能，它只是诓骗她，想要她答应上传大脑数据，想要获得她的记忆和信息。

“好了，我已经在你身上浪费了太多时间。”人工智能说着，忽然脸色一变，笑容都收了起来，“既然你不愿接受我的提议，那我们也不必再浪费时间。”

什么意思？它要下手杀她了吗？慧轻紧张地看着屏幕上的男人，同时四下观察整栋房子，警惕着未知的攻击。

“就像我一直认为的，人类真正的弱点是愚蠢和傲慢，尤其是那些所谓的科学家，把科学研究当成了寻找复活节的彩蛋，以为所有藏好的彩蛋最后都会被找出来。可事实上，每一次新的发现，带来的只有更多的疑问和混乱。你们就是不愿意承认，你们只是卑微而无知的存在，像动物一样的存在，根本无权挑战任何未知的规律。这个宇宙的未来，不是为你们准备的。”

慧轻看着屏幕上的男人越来越狰狞的样貌，听着他越来越凶狠的声音，心中无比害怕，却不敢流露丝毫。

屏幕上的男人看着面色苍白的慧轻，忽然露出一丝邪恶的笑，说道：“我给过你们机会了，是你们自己冥顽不化。既然你和林正凡都不相信人可以在人工智能的帮助下实现意识的永生，而只相信你们所谓的上帝和天堂，那你们就怀着这样的信仰，接受肉体的陨灭吧！但愿你们能在所谓的天堂相聚。再见！”

屏幕上的男人一说完，屏幕就瞬间暗掉了。

与此同时，房间内多处的屏幕都同时熄灭。紧接着，整栋房子里的灯光也逐一熄灭。

7

由于门窗早就被关紧锁住，在灯光全部熄灭后，整栋房子就像一个密闭的、漆黑的火柴盒，把慧轻关在了里面。

慧轻感觉自己像是瞬间被吸进了一个黑洞，什么都看不见，什么都听不见，整个人陷入了彻底的黑暗与死寂。

她试图再去按加百列的右臂，徒劳，毫无反应，一点电都没有了。

她试着打开手机，手机也完全没有信号。真的如人工智能所说，这里被屏蔽了，什么信号都出不去，也进不来。此刻的她，犹如被关在一口密封的棺材里，被深埋在地下，与世隔绝。

慧轻感到自己的意志力在被恐惧快速地吞噬。借着手机屏幕微弱的光，她试图看清周围的环境，试图辨明方向，找到一线生机。

可是房子太大了，手机的光线又太暗，只能照到周围一两米范围内的情况。

一片漆黑中，她完全不知该往哪里走，或者该不该走动。如此在黑暗中摸索的她根本毫无防备能力。而那个人工智能，可以通过红外探测，轻松锁定她，监视她，对她发起任意的攻击。此刻她犹如被迷雾包围，赤裸裸地暴露在敌人360度的球状攻击网中，而她毫无办法。

下一刻，她突然反应过来人工智能想要怎样杀死她了。她感觉到空调出风口在喷出强烈的冷气。是了，它想通过调低整栋房子里的温度，来冻死她。只要把温度调到0度以下，在这漆黑一片的屋子里关她几个小时，她就死定了。

又或者，根本不用那么麻烦，它只需用它掌握的纳米机器人，合成一氧化碳气体，从空调出风口打出来，不消半小时，就可以完成击杀。

这样想着，慧轻真感到眩晕袭来，紧接着就觉得呼吸不畅，大脑缺氧。

她支撑不住，跌坐在地上，很快又变成躺卧的姿势。大理石地面冰凉，她身上只有薄薄的衣物。她冷得发抖，用力抱住自己，浑身的皮肤都感觉像要冻裂一般。又冷又缺氧的状态让她觉得还不如给她一枪来得痛快。

她强撑着把手机屏幕的光线调到最亮，试图用冻僵的手握住手机，照亮眼前的黑暗，哪怕一寸也好。

她感觉到呼吸越来越困难，在快要失去意识的时候，她眼前的画面是儿时，母亲抱着她，父亲在一旁逗她玩，呼唤她的名字。

真希望，这一切只是一个噩梦。真希望，下一次睁开眼睛的时候，父亲和母亲都还活着，她自己仍是个孩子。而这二十多年来所有的一切，尤其是过去两周内发生的一切，不过是一场梦魇。

这是慧轻失去意识前，脑海里的最后一个念头。

第九章　无间之道

1

一片漆黑中，只听摩托车的轰鸣声由远及近。

电光石火间，响声已到了跟前，只听“哐”一声巨响，整面玻璃窗被撞得粉碎，紧接着，一束刺眼的光芒照射过来。

这光芒和声响把慧轻从半昏迷的状态中唤醒过来。

只见黑暗中，一辆摩托车的车灯发出白光。摩托车是从外面冲进来的，车停下后，车上下来一个人，在白光中成了一个黑色的剪影。这个剪影走向慧轻。

慧轻感觉到自己被这个人抱了起来。对方戴着头盔，看不清是谁，甚至分辨不出是男是女。来者把慧轻抱上摩托车，用一种带搭扣的绑带，快速把慧轻绑在自己身上。接着这人一踩油门，摩托车如离弦的箭一般冲了出去。

慧轻知道自己被救了，但救她的是谁，她一时弄不清。她只知道自己要强撑着意志，在摩托车上坐稳，不能再晕过去。

迷迷糊糊间，她能反应过来的只有两件事：其一，救她的人是一名男子；其二，他用绑带的那个手法，是他们在警校时的训练和考核项目。

慧轻再次睁开眼睛的时候，发现自己躺在一张硬硬的床上。不是她自己家，也不是医院，是哪里，她却不认得，是一间陌生的卧室。

下一刻，她听到卧室门外有两个人在低声说话，两个男人的声音。接着，其中一个男人朝房间走来。

慧轻下意识地撑起身，做出一个防御的动作。见到来者，她呆住了。

“陈局…… ”

陈彪脸上洋溢着慈爱和关切，“你快躺下，多睡一会儿。”

“我怎么会在这里，陈局？您收到了我的消息？”慧轻急切地问。

“说来话长，你先别急。”

“不，我想知道究竟发生了什么。是您收到我的消息，到天鹅山来救我，还是…… ？”

“你猜猜是谁救的你？”陈局微笑着。

“是阿朱，还是…… ？”

慧轻正疑惑着，一个男人从外面走进来。慧轻一看，惊呆了，甚至怀疑自己看错了。竟然是周景坤！

慧轻呆了两秒钟，眼泪迅速涌上眼眶，一时竟说不出话来。

景坤微笑着，走到慧轻床边，坐下，拍拍她的臂膀，说道：“这么久没有见到我，有没有想我啊，探长同志？”

“你……我……我不是在做梦吧？”慧轻抬起手臂擦拭眼泪，又伸手摸了摸景坤的手。

“你看我是假的吗？”景坤笑着，捏捏自己的脸，又拉拉自己的头发。

慧轻被景坤的样子逗笑了。是那个搞笑又有点傻傻的景坤没错了。

“谢谢你，是你来救的我？”

“那是啊，除了我谁还有这个本事？”景坤得意地说，“谁能骑得了你那辆黑摩托？”

“可是你……这到底是怎么回事？”慧轻看向一直站在旁边的陈彪。

“当时那个人工智能明明告诉我，它把我所有的消息都屏蔽了，所以您应该没有收到我的消息呀？”慧轻不解地问道，“为什么您这么快就派景坤来了？难道说那个人工智能骗了我？”

“景坤不是我派去的。”陈彪说道。

“什么？”慧轻又困惑地看看向景坤。

“是阿朱叫我去的。”景坤说。

“等等，等等。”慧轻彻底懵了，“阿朱，她又怎么知道？”

“算了，你先休养吧，林姐，好好睡一觉，身体恢复了，我们再慢慢谈。”

“那你先告诉我，阿坤，你是怎么活过来的？”

“我从来都没有死过啊。”景坤笑道，“或者说，我差一点就死了。”

2

慧轻得知事情的全部经过，是在当天晚上。

她被景坤从天鹅山救出来，是在凌晨一点多的时候。景坤直接把她送到了陈彪的家里。她在陈彪家里昏睡了十多个小时，醒来时接近中午。与陈彪和景坤短暂交谈后，陈彪请来的医生为她注射了镇静剂和营养液，她太虚弱了，又睡了七八个小时，直到这天夜里才醒来。这次她精神好多了，体能也恢复了。

陈彪独居，平时家里用着一个五十多岁的家政阿姨和一个三十多岁的男秘书，此刻他把他们都遣走了，景坤也离开了。他把慧轻请进书房密谈。

慧轻观察着整个环境。陈彪真像上个世纪的人，家里布置得宛如上世纪八九十年代，几乎看不到电子产品。木地板、木楼梯、布艺沙发。书房是三整面墙的木质书架。从地板到天花板排满了书，宛若童话故事里的魔法学校的图书馆。慧轻看得呆呆的。

说起来，陈彪是上世纪八十年代出生的，和慧轻父母是同辈人，但他与他们都不同，对科技并不感兴趣，似乎还有些反感。

他邀请慧轻在书房的沙发落座，给慧轻泡了一壶茶，也是上世纪人的习惯。

“我知道你心里有很多疑问。”陈彪喝一口茶，微笑看着慧轻，“咱们从哪里说起呢？要不先从景坤说起吧。你问我答。”

“嗯。”慧轻也喝一口茶，握着杯子，问道：“景坤未死，您和阿朱都早知道了，你们合伙骗我，是吧？”

陈彪点了点头。

“你们想拿我做诱饵，勾引‘鬼手’现身？”

陈彪犹豫了一下，仍然点了点头。

“景坤也参与了这次计划？”

陈彪这时摇了摇头，说：“景坤一开始不知道，他食物中毒也是真的，幸运的是，医疗队赶到及时，把他抢救回来了。”

慧轻听着，瞠目结舌，屏住了呼吸。虽然景坤现已平安，但那样“死”过一回，实在令人唏嘘后怕。

“所以，我的推理完全正确！那天‘鬼手’想杀的其实是我。它知道我去找景坤，并且它早就通过网络潜入了景坤家的各种智能设备。它再次用纳米技术在加热那两块馅饼的时候合成了神经毒物，如同它杀死陆天域时一样。”

陈彪听着慧轻的分析，蹙眉不言。

“怎么？我说得不对吗？”慧轻说。

“不，我是突然在想，那个人工智能，既然已经有了如此大的能量，又何必执着于非要针对几个警察呢？它会不会声东击西，另有所图？”

慧轻思考着陈彪的话。另有所图，它还能如何呢？

“对了，我想知道，您究竟是怎么得到我的消息的？”慧轻问。

“我确实没有收到你发出的消息。”陈彪说，“消息是朱红收到的。”

“怎么可能？”慧轻大为不解，“我当时把消息同时发送给您和加百列，但都被那个人工智能给屏蔽了，消息应该完全没有发出。再说，连您都没有收到，朱红又怎么可能收到？”

“加百列的右臂，被陆慎思重新编码，远程同步了，所以，你通过它的通信系统发送的消息虽然被封锁了，但却能够被陆慎思监听到。他用的是一种最新技术，那个‘鬼手’没有察觉，自然也不可能阻止。”

“所以是陆慎思得知了一切，派朱红来救我？”

“是，然而朱红信不过陆慎思，怕救出了你再落到陆慎思手上，所以通知了我和景坤，让我们率先行动。”

“原来如此。”慧轻点头，“可是，陆慎思是怎样黑掉加百列的？”

“应该是你和他见面的时候，他用一种特殊的黑客程序，无线入侵了你随身携带的设备。”

慧轻听得呆住，半晌，喃喃叹道：“原来……真的可以这样……真是防不胜防……原来陆慎思也在算计我……”

“他本意应该是想通过你来获取情报，但客观上，他也的确救了你一命。”陈彪说道，“那个人工智能释放的是一氧化碳气体，加上低温，景坤再晚到几分钟，你就没命了。”

慧轻深深吸气，暗自唏嘘。

“对了，朱红的身份，您和景坤都知道了？”

“是。”陈彪微微一笑，“其实我早就知道，她是双面间谍。但我看出来，她的目的和本心，与我一致。”

“所以，现在，陆天域案算是告破了？”慧轻看着陈彪，“现在陆宅情况如何？有没有派人去把那里的设备全部关掉？”

“理论上说，陆宅内的一切，属于陆家私产，警方无权擅动。”

“那么，陆慎思会处理吗？”

陈彪没有作声，低头沉思着。

“所以，陆慎思是故意让我离开，带着已经被他黑掉的设备，去找‘鬼手’，套出真话。”慧轻边思考边说着，“他想通过我去接近‘鬼手’，再反过来黑掉‘鬼手’，得到‘鬼手’的源代码！”

慧轻说着，去看陈彪，他仍然沉默着。

“所以，陈叔，陆慎思是想得到‘鬼手’的源代码，然后消灭它吗？”慧轻看着陈彪，一边思考一边推理，“还是说……他想利用‘鬼手’，达到另外的目的？”

陈彪还是没有反应，只沉默着，仿佛沉浸在遥远的思绪中。

“怎么了？”慧轻困惑地看着陈彪，“您在想什么，陈叔？”

“没什么。”陈彪深吸一口气，回过神来，片刻后，叹道，“小轻啊，我想你大概一直知道，你父亲林正凡，和我，还有陆天域，曾经都是同学。”

慧轻点了点头，“陆天域我是最近才知道的。”

“我们三个，高中时是一个学校的，关系还不错，只不过，我因为不喜欢计算机，在大学时就和他们分道扬镳了，考了警校。”

“您为什么不喜欢计算机？”慧轻问。

陈彪笑了，摇摇头，“我也说不清楚，就是不喜欢冷冰冰的机器吧。”

慧轻点点头，叹道：“可是如今我们办公、破案，都离不开智能设备。”

“是，大数据时代，无数的工种被计算机取代，也许我们警察也很快要失业了。将来，人工智能警察在收集到数据之后，可能用千分之一秒就破案了。”

“那人还能做什么呢？人的存在还有什么价值呢？”慧轻叹道。

“是啊，所以我才说我不喜欢计算机嘛。”

慧轻笑了，说：“历史总是惊人的相似。每一次科技革命，总有一些保守派和怀旧派，会提出反对的声音。”

“哈，那我大概就算是老古董派吧，到现在还看纸质书。”陈彪说着，拍了拍自己桌上的一沓书。

慧轻看了一眼，竟是全套的阿加莎·克里斯蒂，古老的版本。这老头，有点可爱。

“所以陆天域，就是先锋派。”慧轻说。

“也未见得。”陈彪笑道，“最先锋的，应该还是你父亲。”

“哦？”慧轻放下手中的茶杯，提起精神。

只听陈彪慢慢说下去：“陆天域当年也曾和你父亲一起参加‘拓荒者计划’，但后期他退出了，转向了商用 AI 的开发。”

"'拓荒者计划'属于国家战略项目，陆天域为何退出？"

"我和他聊过一次，他只说了四个字，敬畏之心。"

"敬畏之心？"慧轻咂摸着，"敬什么？畏什么？"

陈彪看了慧轻一眼，笑了笑，没有说话。

慧轻的思绪飘往几十年前，想象那时的父亲、陆天域，还有陈彪，三个曾经的同学，选择了不同的路，也走向了不同的人生结局。

"无论如何……"陈彪叹了口气，说下去，"也正是因为陆天域退出了'拓荒者计划'，他躲过了'发现者号'发射基地的爆炸劫难……"

"……所以，他成了这方面硕果仅存的科学家。"慧轻接上去。

陈彪看着慧轻，为她敏锐的直觉反应而暗暗吃惊。

"换句话说……"慧轻继续说下去，"若不是当年林正凡夫妇，也就是我的父亲母亲，以及一大批科学家在530事故中丧身，便也没有后来天域科技在商用军用AI方面的垄断局面，是这样吗？"

陈彪看着慧轻，脸色有些阴沉，片刻后，默默点了点头。

"所以……陆天域……倒成了那次爆炸事故的间接受益人了？"

陈彪神色微动，眼中闪过一道光芒，他顿了顿，没有说话。

"所以……那次爆炸事故……有没有可能……是人为的？"慧轻一边推理着，一边看向面色沉重的陈彪。

有一瞬间，屋内安静极了，只听到"嘀嗒嘀嗒"的钟表走动声。陈彪的家里智能电子设备极少，连时钟都用最古老的机械式的。

"陈叔，怎么了？"慧轻紧张又担忧地看着陈彪，声音都克制不住有些颤抖。

陈彪抬起头来看着慧轻，一双眼睛变得深邃又遥远。

"我……我是在猜测……那次爆炸事故……有没有可能……是……

人为的？”慧轻一边重复了一遍先前的话，一边觉得浑身的汗毛都要竖起来了。

有一瞬间，她脑海中掠过一个可怕的念头：有没有可能，陈彪和陆天域是一伙儿的？他们一起合谋害死了她父亲，并在那之后获得了巨大的利益……

不！这太疯狂了！慧轻简直不敢想下去，大脑里翻腾着各种似乎疯狂又似乎合理却又不敢深究的念头，而下一瞬间，她脑海中又一片寂静。

只听陈彪嗓音平静又暗沉地说道：“那次爆炸事故，确实是人为的。”

3

有一刻，整间屋子陷入了恐怖的寂静。

慧轻看着面前这个六十多岁的男人，这个把她从小抚养长大的男人，父亲的昔日好友，她的上司，忽然感到一丝恐惧。

她被自己的怀疑所震慑，被自己的猜测无声撕咬着。父亲和母亲的死，是一桩阴谋吗？面前这个男人，真的会是一桩阴谋的参与者吗？

“爆炸，确实是人为的。”陈彪阴沉地重复了一遍这句话。

慧轻只感觉脊背一阵阵发凉，屏息等待着。那次事故，是她的童年梦魇，是她生命中不可承受之痛。现在，真相终于要揭开了吗？

“官方说法，也就是众所周知的说法，是机械故障导致飞船爆炸。”陈彪目光低垂，缓缓说道，“但，高层有传言，说是……”

“是什么？”慧轻焦急地追问。

“是你父亲，亲自摧毁了‘发现者号’。”

听到陈彪说出这句话，慧轻只觉得浑身一震。

“什么？不！不可能！父亲是‘发现者号’的舰长、主驾驶，他……他怎么可能这么做？”

陈彪摇头，不语，片刻后，叹道：“我也不清楚具体真相，我也只是听到传言，而且这件事被列为一级机密，所有的卷宗资料都已封存了，没有人可以接触到，因此也无法查证。”

“那您为何就确定是人为的呢？”

“直觉。”陈彪回答，“作为一名老警察的直觉。国家战略项目，一艘凝聚了几千名科学家和工程师心血的飞船，不可能发生如此严重的故障。”

慧轻听到这里，一方面心头的惊惧渐渐松弛下来，为先前对陈彪的怀疑而感到愧疚；但另一方面，心中的困惑不解却久久不能散去。

“父亲他自己炸毁飞船？”她喃喃道，“他为什么要那样做呢？自杀吗？开什么玩笑！我母亲也在那艘太空船上。他那么爱我母亲。他们那么爱我。他们怎么可能舍下我去自杀？‘拓荒者计划’又是他们毕生的心血。”

“是，我也不理解，我也不相信，可传言并不是空穴来风。”

“究竟什么传言？是谁放出来的传言？有什么目的？”

陈彪摇头，“千古疑案。”

“一定是别人陷害他，这里面一定有阴谋。”慧轻一边思索着一边说。

陈彪抬眼看向慧轻，“你觉得……会是谁呢？”

这个问题，让两人不约而同地陷入一阵沉寂。

片刻后，慧轻说道：“最简单的方法，就看谁能从中得益了。”

“所以……是谁呢？”陈彪说着，看着慧轻，从她眼中看到了和自己同样的猜测。

“从因果链来看，目前最大的受益人是陆慎思。”

“陆慎思当年只有十一岁。”陈彪严肃地说道。

“可我听说，他九岁就已经学会编程，十一岁就当上了黑客。”慧轻重复着曾经从陆慎悉口中得知的话。

陈彪面色严峻，没有作声。

“如果您的直觉是对的，即飞船爆炸系人为故意，那么按第一因果逻辑来推导，那件事应该是陆天域做的，因为他是当时的直接受益人……”

“不，不，绝不可能是他。”陈彪闭上眼睛，用力摇头。

“说说您的理由。”

“我了解天域，毕竟，我们从小就认识，他不是那种人，他做不出这种事情的，绝对不可能……”陈彪说着，流露出克制不住的悲伤和感怀。

“我相信您的判断。”慧轻说，“并且我的直觉告诉我，就是陆慎思做的。”

“越是不可能，就越是可能。”慧轻接着说下去，“陆慎思从小就不是个简单人。十一岁的他，完全有那个头脑，也有那个能力。”

“可是，如果是陆慎思，上头总有人能查出来，毕竟一个孩子，怎么可能胜过整个国家科技系统和安全系统的人？”

“当时那个领域里最出色的科学家，都在基地的爆炸事故中身亡了。”慧轻说，“剩下的人里头，陆天域估计是最厉害的一个了，他要让事情查不出来，可能真就查不出来。毕竟还有人需要他继续这个领域的开发，得让他做权威。”

陈彪听着慧轻的分析，觉得有几分道理，默默点了点头。

“当然，也有可能，上头有人知道，但是陆天域替儿子出手遮掩了，或者是花大钱把事情摆平了。”慧轻一边说着，一边想起了陆慎悉曾经说的，陆天域替陆慎思摆平他黑进色情网站的事情。

“能摆平得了吗？”陈彪带着疑虑说道，“那么大的项目，牵涉那么大的国家利益，造成那么大的国际影响……”

“所以才要掩人耳目啊。”慧轻一边说着，一边在心中完成了所有的推理过程，“所以才要公开宣称是机械故障导致飞船爆炸，同时又偷偷松开一个口子，放出所谓的传言，说是我父亲自己炸毁飞船，以达到声东击西的效果。这是最典型的窝赃手段。为了让人不传谣言 A，故意放出所谓的官方事实 B 和谣言 C，这样大家就忙着在 B 和 C 之间争论，而没有人会去想到 A。可其实，A 才是真相。”

慧轻说到这里，已经哽咽。

原来，闹了半天，经过这么多事，陆慎思才是当年那场爆炸案的罪魁祸首。原来陆慎思才是她的杀父仇人和杀母仇人。

她噌的站起来，握紧拳头，想要立刻去找陆慎思对质。

“小轻，你不要激动。”陈彪的手轻轻拍了拍她的肩膀。

“二十五年的疑案，二十五年的等待，也不急在这一时一刻，对吗？”陈彪语重心长，“一来我们也只是猜测，二来，如果你真的要破这个案，要将陆慎思绳之以法，也要讲究策略和方法，对吗？你想想，此时此刻的你，或说我们，是陆慎思的对手吗？”

听了陈彪这番话，慧轻慢慢重新坐下。

“如果你想见到陆慎思，最快明天应该就可以。”陈彪这时说道，“明天一早，我们带一队人去天鹅山，查封陆宅，批条我刚刚拿到。”

“我也可以一起吗？”慧轻激动地问。

“当然。”陈彪说，“景坤的案子不过是乌龙，你现在是清白之身，仍然是重案组探长，我手下最得力的干将。明天这个大日子，当然要你在场。”

慧轻闻言，长吁一口气，暗暗握住了拳头。

4

翌日清晨，景坤来到陈彪家中，为慧轻带来一身崭新的警服。

景坤自己也一身戎装，警帽、警靴，配了标准武器。看来是个大日子。

陈局倒是只穿一身夹克便装，显得很淡定。

门外两台车等着，慧轻陪陈彪上了其中一台车，景坤上了后边一台车。上车前景坤给陈彪报告：朱红已带人赶到天鹅山陆宅，一切等候命令。

车队开到陆宅外围。慧轻看到，五台警车已将整栋房子包围。

真的令人难以置信，那不过是一栋空房子而已，里面不过是有一些电子设备和一个人工智能控制中枢而已，竟然需要这么多警力来对付。

慧轻和陈彪等人下车，朱红前来汇报。到了跟前，朱红看了慧轻一眼，没有说什么，继而对陈彪说：“局长，已完成热成像，目标建筑内无生命迹象，听候您的指令。”

慧轻看向陈彪，不知他会发出怎样的指令。难道是要通过彻底摧毁这栋建筑来摧毁那个人工智能吗？这也许并不是一个有效的方法啊，毕竟，“鬼手”也好，亚瑟也好，已经在互联网中大量自我复制。那么，这栋陆宅里还有什么秘密呢？是一毁了之呢，还是要挖出其中的秘密？

“陈局？”朱红提醒道。

陈彪这时给了一个手势，朱红那一队人立刻拉下头盔和防毒面具，端起枪，全副武装，慢慢向别墅内走去。

“等等。”慧轻这时上前说道。

朱红等人停下，看看慧轻，又看看陈彪。

“陈局，在没有弄清那个人工智能真正能做什么、想做什么、已经做了什么之前，最好不要贸然将其一毁了之吧？”慧轻说。

“我们已经看到了它所做的破坏，所害的人命……”朱红这时说道。显然，她非常急切地想要进入房子，摧毁里面的设备。

大家都等着陈彪下最后的命令。

陈彪犹豫了一下，看向朱红，还是点了点头，示意继续行动。

“陈局……”慧轻还想说什么，陈彪却给了她一个眼神，让她闭嘴。

慧轻此刻心情很复杂。虽然她已了解了案情大致的来龙去脉，“鬼手”和亚瑟对她的坦白也已公之于众，但她总觉得那个人工智能身上还有未破解的秘密，如果一毁了之，可能对人类来说，会错失很多的情报。

但没办法，陈彪是现场的指挥官，一切只能听他的，朱红又是极其反对人工智能的斗士，看来这栋陆宅，包括里面所有的设备，都将在今天终结了……

就在此时，远处又开来了三台黑色的车，显然不是警局的车。

众人皆停下来观望。

车很快到了跟前，车上下来四五个人。领头的那个是个六十来岁的男子，慧轻一眼认出，是安全局的外勤负责人王彼得。

显然陈彪和王彼得是熟识的，见王彼得走来，陈彪主动伸出手去，“听闻王局高升，还未来得及登门道贺。今日什么风，把您吹来了？”

慧轻听了略有意外，原来王彼得已升职为安全局局长。

王彼得和陈彪握了握手，“陈局客气，都是替公家办事。”说着扫了一眼警队的阵仗，道，“辛苦你们一大早跑过来了，但你们可能还没得到通知，陆天域的这栋房子，包括所有与之相关的事务，接下来都由我局接管了。”

“可是…… ”

“通知已经在路上。”王彼得打断陈彪的话，从容微笑，“应该马上就到。”

下一瞬间，陈彪的手机响了一声，他打开一看，是一则电子文件，最高警司直接下发的。陈彪凝视着这份文件，片刻后，叹了一声，收起手机，对朱红那一队人道：“行动终止，收队。”

“可是局长…… ”朱红显然不服。

陈彪给了她一个厉害的眼神。朱红只能跟手下人一起放下武器，退了回来。

“都是出来执行任务，感谢陈局理解。”王彼得冲陈彪抬了抬手。

陈彪也抬手致意，简短地说：“那交给你们了，辛苦。”便告辞上车。

局面突变，慧轻心中着实忐忑，但见陈彪已经心中有数，知道不能多问，也只能先跟着撤退再说。她正打算上车，却见王彼得朝她走来，“林警官，请留步。”

慧轻吃了一惊，王彼得竟然认得她，何故？不过曾在一些大型场合，她见过他，仅此而已。她是无名小卒，为何被堂堂安全局局长记住？

一时也顾不得想那么多，她只能打起精神来，应付道：“王局您好。”

这时王彼得倒转向陈彪说道：“陈局，借你手下爱将说几句话，不知可否？”

陈彪看看慧轻，又看看王彼得，略显犹豫。

王彼得又说：“林警官对此案最为熟悉，我想请她配合我们接下来的行动。有些方针部署，需要她这边提供情报和建议。”

陈彪又看了看慧轻，说道：“当然，希望她可以帮上忙。”

他说完，给了慧轻一个眼色，示意她一切小心，然后带着其余人收队，上车。

王彼得对慧轻做了一个“请”的手势，请她上安全局的车。

慧轻稍稍迟疑，处理陆案，难道不应该进陆宅里头去彻底处理那个人工智能吗？上车是要做什么呢？

“事关国家安全，请林警官务必配合行动。”王彼得说，“陆宅会有人员留守保护现场，这方面林警官无须顾虑。”

王彼得说话的同时，先前车上下来的四名特工已朝大宅内走去。

慧轻看这局面，只能跟随王彼得上车。

王彼得却并没有带着慧轻上第一台车，也就是他先前下来的那台车，而是上了三台车里的中间那台车，还周到地替她打开了后车门。

车窗是单向反光的防弹玻璃，从外面往里看只有一片漆黑，什么都看不到。

车门打开后，慧轻坐进去，这时才发现，后车座靠里面的那一边已经坐着一个人。定睛一看，竟然是陆慎思。

慧轻心中暗呼上当，可她刚一坐下，车门就“咔哒”一声落了锁。

这下可好了，慧轻在心中哭叹，又被人算计了。

不过也好，不如将计就计，正好她也要找陆慎思报二十五年前的血仇。

5

车门一落锁，车子就开动起来了。

慧轻发现，车内竟然只有她和陆慎思两人，前面的驾驶舱根本就是空的。

自动巡航汽车？应该和她那辆摩托一样。

可是，这种车辆虽已在富人中普及，但一般还是需要有人坐在驾驶室内以防万一的，慧轻想，像这样空着驾驶舱，太过危险。

去看陆慎思，只见他目视前方，若有所思。慧轻立刻明白了，他在通过他脑中的芯片驾驶这台车呢，“脑邮”系统的外部应用。

慧轻想趁陆慎思忙于驾车时施计逃脱，拿出手机来，打算联络陈彪。一看，却没有信号，应是车体屏蔽了信号。

就在这时，车子在一个路口猛地急转弯。慧轻没坐稳，整个人一踉跄，摔倒在陆慎思身上，她手里的手机也滑了出去，落到地上。

陆慎思倒是轻轻松松，抬起手臂，顺势搂住了倒过来的慧轻。与此同时，车子驶上了高速路，猛地提速，接着平稳地在高速路上飞驰起来。

慧轻被陆慎思搂在怀里，心中羞恼，于是动作迅猛地反击，一手从腰带上摸出手铐，一手扭住陆慎思的手，反手一别，想要铐住他。却没想到，陆慎思力气比她大许多，并且像是经过专门的格斗训练，一两个动作的较量就占了上风，从她手中夺走了那副手铐，并以迅雷不及掩耳之势将她的手铐在了右侧车门的把手上。

这下慧轻是彻底无法逃脱了，她纵然穿着一身警服，却只能眼睁睁看着自己被自己的手铐铐住，而陆慎思正悠然自得地微笑。

“你以为计算机黑客都手无缚鸡之力吗？”陆慎思调笑道，“我是全才，空手道五段，怎么样，有没有爱上我？”

如此针锋相对之际，他还有闲情寻她开心，慧轻感到厌恶，冷冷说道：“是你脑子里那块芯片下载了空手道五段的程序吧？你不过就是一个傀儡。”

这句话似乎戳中了陆慎思，只见他但笑不语，慧轻觉得那个笑很怪异，这一刻，这一瞬间，他整个人似乎不像他了。

“你究竟想怎么样？”慧轻克制着心中的恐惧、愤怒和疑惑，冷冷发问。

“你知道我想怎么样啊，美女警官。”陆慎思看着慧轻，笑容诡异极了。

慧轻看着陆慎思的眼睛，脑袋空白了足足三秒钟，接着她几乎要尖叫出声。

“鬼手”？！那个人工智能！不！这怎么可能？它……它竟然……入侵了陆慎思的“脑邮”系统，控制了陆慎思的大脑和身体？这可能吗？这也太恐怖，太恐怖了！她又惊又惧，一句话都说不出来。

“怎么了，美女警官？才一天没见，你又认不得我了？”陆慎思笑着。

慧轻彻底混乱了。她已经分不清面前这个人究竟是陆慎思，还是“鬼手”，抑或是亚瑟，还是陆天域。如果说真的是“鬼手”入侵了陆慎思的芯片，控制了他，那岂不相当于，陆天域的大脑借着陆慎思的肉身重回人间？

这太恐怖了！太不可思议了！她直愣愣地看着眼前的男人，说不出话来。

“你不是一直想弄清楚，你父母是怎么死的吗？”陆慎思忽然诡笑一下，说道，“今天我帮你弄清楚，好不好？”

“我已经弄清楚了。”慧轻一边愤恨地说道，一边挣扎起来。她的右手被铐在了右侧的车门把手上，左手手腕则被陆慎思牢牢扣住，使得她无法去拿口袋里的钥匙。

“哦，是吗？”陆慎思笑眯眯地说道，“那你说说，是谁害死了你父母？”

“就是你！你这个魔鬼！你从小就是魔鬼，不是吗？”慧轻一边说，一边挣扎，一边控制不住地流泪。

“我？”陆慎思笑道，“你知道我是谁吗？”

“你是魔鬼！”慧轻切齿道。

“是，是，但魔鬼生出的，也是魔鬼，不是吗？”

“你什么意思？”

“我的意思是，你其实真正怀疑的，是陆慎思，对不对？”

慧轻看着面前说话的男人，呆了呆，这是不是意味着，他亲口承认了，此刻在说话的，是“鬼手”，是陆天域的灵魂？

“如果我告诉你，你的怀疑没有错，你会怎么样？”

“你什么意思？”慧轻还是只会重复这句话。

“你已经听懂了我的意思，美女警官。”男人阴恻恻地笑着，“我的儿子，陆慎思，在他十一岁那年，黑掉了‘发现者号’太空飞船的操作系统，炸毁了飞船和整个工程基地，害死了你的父母和其余一大批科研人员。”

“为……为什么…… ”慧轻怔愣半晌之后，泪如泉涌，话不成句，“你为什么……我是说……他……为什么……要那样做？”

“为了野心，为了欲望。”男人笑道，“因为他知道，他终将继承父业，成为这个国家，乃至这个世界，最伟大的AI工程师，在未来的AI领域，他将是上帝一般的存在。他要建立最强大的帝国，他要统治这个世界，他怎么会允许你的父母，林正凡夫妇，还有其他那些科学家存在，盖过他的风头？或者破坏他的计谋？他甚至不允许我的存在，他早就盼我死了。”男人说着哈哈大笑起来，“只可惜，青出于蓝，并不总能胜于蓝。他终究斗不过他的父亲，不是吗？你看，现在他成了我的奴隶，我的傀儡。”

“不，不，不会的……”慧轻拼命摇头，哭着。

“当然会，怎么不会？”男人兀自说下去，“如今我真的无处不在了。当我从那句老朽的躯体中解脱，进入互联网系统之后，我完成了第一次生命形态的转换。我把陆天域的大脑数据，转换成了智能生命，丢弃了那具毫无用处的生物生命之躯壳……”

“不，不是丢弃，是你谋杀了他！”慧轻打断道。

“接着……”男人笑着，循着他自己的话说下去，“我由电子体再次变回了生物体。我的最佳目标，就是我的好儿子，陆慎思。看看这具肉身，是不是比陆天域那一具好太多太多？你看看这具身体，年轻、高大、英俊、强壮、聪敏，多少女性爱慕他，而以后，这一切都是属于我的了，是我的了，哈哈哈……”

慧轻听着这一切，浑身颤抖，不敢相信会有这样的灵魂存在。

“你现在又打算怎么样呢？”慧轻恨恨问道，“我与你无冤无仇，你为什么就是不肯放过我？”

她一边说，一边更用力地挣扎起来。

她已经不知道还能不能称面前这个男人为人。他是半人半鬼，半人半兽，半人半机器。他没有灵魂，没有心。他只是一团熊熊燃烧的欲望，一个恶灵。

“为什么不放过你？哈哈哈哈……”男人说着又爆发出一阵邪恶的大笑，“自然是因为，你身上流着林正凡的血，他那个家伙，素来就是我的竞争对手、我的仇敌，还曾经坏过我的好事。我不放过你，自然是要你替你父亲赎罪了。”

“你说什么？我父亲他有什么罪？”

男人不理睬慧轻，只顾自己说下去：“还有，留着你，早晚你也要坏了我的好事。对我来说，你，林正凡的女儿，是最大的威胁，最大的敌人。如果没有你，我早就成功了。不过没关系，现在也不过是晚了一步而已……”

就在男人说话间，慧轻发现，车速已经提升至180码，正在高速路上超越无数的车辆飞驰着。他打算干什么？她惊惧地看看男人，又看看窗外。

突然间，她明白他要干什么了。车子正在极速驶向滨海大道转天鹅山道路口，陆慎悠连人带车坠海的地方。他想如法炮制一次坠海车祸。

显然，慧轻此刻的了悟也被男人看在眼里，只见他笑道：“不必替我担心，美女警官，就像你说的，我脑中的芯片早已下载好了潜水程序。另外，我不需要陆慎思的意识来操纵这具肉体。别忘了，我只是一条代码而已，或者就像你理解的，只是一个计算机病毒而已。我不需要氧气。我可以等你在水下溺毙之后，再慢悠悠地解开你的手铐。这世上不会再有第三个人知道你死亡的真相，就像这世上不会再有第三个人知道你父母死亡的真相。”

男人说完，坦荡荡地看着慧轻的眼睛，一抹淡笑挂在唇边，胜利在握的样子。

慧轻知道自己此刻孤立无援。这是她第二次和“鬼手”面对面单独交锋，但这一次，不会再有其他人来救她，也没有人赶得及来救她，她只有靠自己。

眼看飞驰的车子已经快要接近滨海大道和天鹅山道转弯口，那个监控盲区，那个缺口，就快出现在眼前。

她对身边的男人说："作为一个人类，我输给你，我并不丢脸。我承认，未来是属于你和你的同类的。人类太自以为是，从他们创造出人工智能的那一天起，他们就应该料到有今天的。我为我的同类们感到抱歉。"

男人听着慧轻这几句话，眼中流露出稍稍的迟疑和困惑。

慧轻继续说："我甘愿赴死，唯有一个请求，作为人类，我仍然持有自己的信仰。"她说着，用眼神示意了一下自己颈上的项链，"这是我父母留给我的项链，它的坠子是一枚金色的十字架，这条项链寄托着我对他们的思念，以及对人类诞生的敬畏。我希望，在我离开这个世界的时候，能够手握着这枚项链坠子，祷告一分钟。这是我在这个世界，最后的心愿。你，可以理解吗？"

男人看着慧轻，伸过手来，把她的项链拉起来，把那个项链坠子从她的衣服里拉出来。只见黄金十字架闪着黯淡的金光，却自有一股庄重的威严。

男人盯着十字架看了片刻，仿佛认识到了什么，于是他说："好，我答应你这个最后的心愿。"

男人说完，放开了慧轻的左手。

慧轻的右手仍然铐在车门上。她的左手被解脱出来之后，她用左手轻轻握住胸前的黄金十字架吊坠，闭上眼睛，开始默默祷告。

然而下一秒，她忽然以极快的速度，把左手伸向自己身体的右侧，从皮带上抽出了手枪——这天早晨陈彪特地嘱咐她佩上的微型手枪，蜂鸟 S33 型。

见到慧轻猛地抽出手枪对准自己，男人下意识地抬手击挡，就在慧轻扣动扳机的那一刹那，把慧轻的手挡开了。

电光石火间，子弹已经射出。本来要射向男人头部的子弹，结果打在了男人的膝盖上。鲜血顿时溅满了后车座。

只听男人大叫一声，痛苦地俯下身去。

慧轻拿着手枪，还要往男人的头上补第二枪，却见男人表情痛苦，艰难地抬起头，看着她说："别，等等，林警官，是我……陆慎思。"

慧轻惊讶地看着对方，似乎就在一瞬间，他的眼神、语气，都变了。

"是我，求你，信我……"

6

"别开枪，是我，是我……"男人痛苦地恳求着，一手捂住自己不停流血的膝盖，一手求饶般地举在自己的面前，挡在枪口前。

慧轻的直觉本能告诉她：这个男人，的确是陆慎思。

就算此刻他膝盖中弹，也许下半辈子都要拄着拐杖生活了，但他的双手仍然是自由的，他的格斗能力也还在，他完全可以反制她的。如果说"鬼手"还在控制着他的"脑邮"系统，操纵他从她手里夺枪实在是轻而易举，毕竟她仍然只有一只手可以活动。那么，此刻他放弃夺枪的机会，只是一味地抵挡、求饶，只能说明，"鬼手"突然下线了。

慧轻不敢大意，保持着警惕，把枪从左手换到右手。她用被铐住的右手持枪，然后快速地用左手从裤兜里拿出手铐钥匙，给自己解下手铐。

整个过程，陆慎思一直半低着头，保持着原先那个动作。这个几秒钟前还嚣张跋扈，想要置她于死地的男人，瞬间又变成了另一个人，另一副模样。他的膝盖骨被子弹打穿了，慧轻惊讶他竟然还能坚持着没有晕死过去，也没有痛得大喊大叫，不禁生出了一丝恻隐之心。

但她仍然当机立断，迅速把手铐反过来铐在了陆慎思的双手上。陆慎思也不反抗，由她铐住。慧轻看到陆慎思神情痛苦，面色苍白，额头上全是汗，呼吸也不顺畅了，知道他应是疼得厉害。他的腿伤需要马上动手术，否则后果堪虞。

她二话不说，爬到前面的驾驶舱，把车子调回到手动驾驶模式。

车子继续前行，在接近滨海大道转天鹅山道的监控盲区时，慧轻高度紧张，屏息凝神，握紧方向盘，降低车速。

只听陆慎思在后座艰难地发声："没事……放心……是我……"

慧轻从后视镜里快速地看他一眼，只见他几乎要晕倒在座位上，被铐住的双手上全是血，人快要昏迷过去。

车子终于平稳地开过了那个盲区。陆慎悠冲出护栏坠海的缺口还在那里。车子驶过后，慧轻长吁一口气，闭了闭眼睛，放下心来。

这时，只听后座的陆慎思说："永生路……2020 号……你去过的……"他说话吃力，声音极其虚弱，话语断断续续。

"你说什么？"慧轻一边驾驶，一边从后视镜里看陆慎思。

"那个……地下建筑……你我上次……见面……的地方……永生路……2020……号……"陆慎思说完，就昏了过去。

慧轻驾着车在天鹅山道前进，她有几个选择，可以听陆慎思的话，把车开进那座地下堡垒；或者可以把车开回警局，把陆慎思交给陈局；或者可以重新上天鹅山陆宅；或者可以回自己的家，去找加百列。

这四个地方，位于四个不同的方向，也可能导致四种不同的命运和结局。前方就要到高速路的岔口了，她必须马上做出决定。

就在这时，她突然想起，在地下堡垒的那一夜，陆慎思曾对她说过："外面那个世界的我和现在这个我，可能很不一样。你一定不要相信外面的那个我。"

当时迷迷糊糊，对这句话半信半疑，现在看来，实在令人不得不信。

陆慎思的意思显然是，只有在那个地下堡垒，他才能屏蔽"鬼手"对他的入侵和控制，他才能做回他自己。而现在，可能只是因为极度的疼痛产生的刺激，激发了他强烈的意识，使得他暂时摆脱了"鬼手"对他意识的凌驾和操纵。

那么，只有回到那个地下堡垒，才能让陆慎思真正做回他自己。她也才有可能把当年的真相问清楚。而去到任何其他地方，任何有无线网络覆盖的区域，都有可能让"鬼手"重新上线，而陆慎思则有可能永远在精神上死去了。

慧轻这样想着，在高速路岔口，驶上了开往永生路的方向，并踩足了油门。她要赶在"鬼手"重新通过陆慎思来操纵这台车之前，进入安全的区域。

此刻，车辆往北行驶。北方的天空正酝酿着一场暴风雨，窗外风声呼啸。

她胸前那枚黄金十字吊坠正贴着她心口的位置，十字架上沾满了陆慎思的血。

她手握方向盘，目视前方，思绪却在这枚十字架上。

这是父亲和母亲留给她的遗物，也是信物，曾经它保佑过她，拯救过她的生命。今天，它又再次保佑了她，拯救了她的生命。

——那么，就请再赐给我一些力量与智慧，再次保佑我吧。

慧轻在心中默默祈祷。

——我知道这是一次赌博，也许是一次有去无回的征途。但这是我最后的机会，去查清当年的真相，也是我最后的机会，去直面我的仇敌。

车子在路上急速飞驰，前方天空的乌云越来越浓密。

带血的十字架却闪烁着温暖的金光。

7

慧轻把车开到永生路，远远就看到了那栋灰色的建筑。

她把车从那个地下车库的入口开进去。

和上次一样，车库入口仍然无人看守，她沿着螺旋式下降通道一层一层地往下开，心里没有了上一次那种忐忑，反而随着越来越深地进入地面，心里生出了一股坚定感。进入地下，意味着“鬼手”跟不进来了。她从后视镜里看了一眼后座的陆慎思，他还在昏睡中。希望他能挺住，她心中默祷。

当车子下降了约十层之后，前方突然出现了一道闸门。

慧轻一怔，这和上次的情形不一样啊，她想，怎么多了一道门?

她把车停在闸门前，等候了一阵，不见有任何反应。她按了按车喇叭，鸣笛声极为响亮，在通道里产生巨大的回声。但闸门仍然没有反应。

她下车，看到闸门旁边的墙上有一个红色的按钮，她按了一下，只听整个空间回荡起一个机械性的女声：“人脸识别未通过。”

她不甘心，又按一下，那个女声重复：“人脸识别未通过。”

她明白了，自从她驾车进入这个空间之后，各处的摄像头就在对驾驶室内的人员进行人脸检测，当发现驾驶员不是他们内部人员之后，这道闸门就会关闭，把外来车辆和人员拦在此处。

她回到车上，推了推陆慎思：“你醒醒，这边怎么进去？”

陆慎思没有反应。

“喂，醒醒，这样我们进不去。”她再次推他。

陆慎思仍然没有醒来。

奇怪，如果是因为疼痛过度而昏过去，不至于完全醒不来？难道他脑中的芯片被“鬼手”入侵之后，产生了其他副作用？

慧轻越来越焦急，但也没时间去纠结了。她想把陆慎思搬到前座来，试图用他的人脸来通过。但无奈陆慎思身高腿长，她推都推不动他。

无计可施之下，她决定冒险了。她坐回驾驶舱，将车往后退，退了十多米后，停下，然后重新踩下油门，往那道闸门冲去。

就在这一瞬间，闸门却缓缓开启了。

她吓得赶紧踩下刹车，车子在撞到闸门前一刻，刹停了。

闸门缓缓开启后，从里面走出来一个人，是上次那名红发混血女子。

慧轻仍然不知道她的名字。混血女子也还是和上次一样，一张冷漠脸，走近车窗看看慧轻，又看看车后座，看到倒在血泊中的陆慎思，大惊失色，立刻警惕而愤怒地看向慧轻，从腰间抽出手枪对着慧轻。

慧轻料到会这样，无奈地举举双手，说：“我是为了救他才来的，他需要马上做手术，你快带我们进去。”

混血女子犹豫了一下，用枪指了指车子外侧，示意慧轻下车。

慧轻便老老实实下车。

混血女子又用枪指指车后座。慧轻听话地打开后车门，坐了进去，和陆慎思挤在一起。

混血女子坐进驾驶舱，把车飞速开起来，又往下开了十几层，很快就来到了上次那个电梯大厅。

混血女子用手表中的对话装置和别人叽里咕噜说了几句。这是慧轻第一次听到混血女子开口说话，才确定她不是一个哑巴。但混血女子说的话她却听不懂，是一种她完全没有听过的语言，她甚至不能确定那属于哪一个大洲的语言。

慧轻还怔愣着没反应过来，只见墙后的暗门纷纷出现，几部电梯同时到达，电梯门同时打开，每部电梯里出来三四个人。慧轻吓坏了，因为那些人，全都是机器人。

那是比加百列先进许多的智能机器人，体态和行动力已经非常接近真人，只不过通体金属。他们彼此说一种奇怪的语言，混血女子就是用那种奇怪的语言和它们交流的。十几个机器人听混血女子一番交代之后，其中四个人合力把陆慎思从车里抬起来，又有一个机器人变化了形态，变成一张推床。那四个机器人把陆慎思搁到推床上，快速推走，进了电梯。其间还有一个机器人顺手解开了陆慎思手腕上的手铐。

整个过程，在几十秒内完成。慧轻看傻了。

她从来不知道，陆慎思的企业已经把机器人开发到这种程度了。而公众对于机器人的了解，尚且停留在加百列那种程度。

人工智能和超仿真机器人的结合，再加上批量生产，这简直是一支智能军队，秘密的智能军队，陆慎思究竟想干什么……

慧轻还在怔愣着，她感觉有什么东西抵在了她的肩上。

转过头来，她看到混血女子举着手枪，冰冷的枪口抵着她。

慧轻自己口袋里也揣着那把蜂鸟 S33，然而她刚要把手伸向口袋，一个机器人已经伸手抓住了她的手臂，接着另一个机器人上来抓住了她另一个手臂。

两个机器人二话不说，押着她往一台电梯走去。慧轻回头看着那混血女子。混血女子保持冷漠，举着枪，目送她被机器人押送进电梯。

8

慧轻躺在床上，望着纯白的天花板，忽然想发笑。

谁能想到，她这么快就重新回到了这个地下洞穴。

这间屋子，似乎就是她第一次来到这里时，朱红曾经带她来过的客房。

此刻，朱红在哪里呢？那个混血女子在做什么呢？陆慎思又如何了呢？这个庞大的地下堡垒，究竟藏着多少秘密？也许，陆天域被杀，不过是一盘大棋中一个微小的变动，而她也不过是别人手中的棋子罢了。

慧轻这样想着，闭上眼睛，深深叹息。

她又想，陆慎思膝盖那个枪伤，应该不至于要了他的命，此处想必有完善的医疗设备，此刻手术应该已经完成了吧？

慧轻抬起手腕看时间，从她被关进这间黑屋子里，已经过去整整四个小时了。其间有人送来一身干净的衣服，衣服正是她的尺码，全白的紧身衣和长裤，和这里工作人员的着装一样。她换下了身上沾满血污的衣服，看着镜子里一身白衣白裤的自己，感觉自己也变成了这里的一员。

接着又有人送来一个餐包，餐包里是一个汉堡，一瓶水。汉堡极小，还没有一只传统的广式月饼大。她从没见过这么小的汉堡，心想充充饥也好，便咬了一口，结果才嚼了一下就吐掉了，太难吃了，味道太怪了，她从没吃过这么难吃的东西。她愤愤地把剩下的汉堡扔进了垃圾桶。

屋子里没有任何电子信号，她的手机根本无法使用。正对着床的墙上有一台 LED 电视机，打开，全是电影点播，从上世纪初最早的黑白默片，到最新的院线大片，一应俱全。她打开《星际穿越》，看了一会儿，又关掉了。几十年前的老片子，每每触动她的感伤。墨菲至少在年迈的时候，等到了她的宇航员父亲回家。可是她自己的父亲，却永远随着"发现者号"消失了。

她躺着不动，因为她知道，她在这里的一举一动都会受到监视。有种人工智能程序甚至可以通过她选择观看的影片、她打哈欠和眨眼的次数、她的神情和姿态，来分析推导她的内心活动。那么，最保险的是，什么都不做，就躺着。

就在这时，又有人敲门。她以为还是送水送食物的，就喊了一声："请进。"心想，假客气什么？不喊"请进"，你们该进还是会进。

她仍躺着没起身。从她的角度看不到门口。门开了，她没听到脚步声，却听到一阵很轻微的机械轮子滚动的声音。

她下意识地起身，往门口方向望去，接着惊呆了。进来的人竟然是陆慎思，他坐在一台电动轮椅里，整个人看起来神清气爽，毫发无损的样子。

"你…… "慧轻惊得说不出话来。

这恢复得也太快了。手术已经完成了？为什么那条受伤的腿看起来毫无问题？精神也恢复了？刚做完手术难道不应该躺着休息吗？

陆慎思像是看出她的疑问，轻轻拉起自己的裤腿。

慧轻看到那裤腿下面，瞬时捂住嘴，差点尖叫。

那裤腿下面，空荡荡的，只有一根金属支架，撑在鞋子里。他的右腿，从膝盖下面，截肢了……

“射击距离太近，膝盖整个被打碎了，血管、神经、骨骼，开放性创伤，再晚几分钟，我命就丢了……”陆慎思淡淡地说道。

慧轻听了，面色煞白，下意识地说了一句：“对不起……”

“不，谢谢你。”

“什么？”

“你不用说对不起，反而是我，应该说谢谢你。”陆慎思轻声说道，“谢谢你把我送回来，路上没有耽搁；也谢谢你信任我，听了我的话。如果你没有把我送到这里，而是送到别的什么地方，哪怕是送到市里最好的医院，我都有可能死了。”

“为……为什么？”

“即便不是因为腿伤失血过多而死，也会因为别的原因而死，即便不是肉身死了，精神也会死。想要我命的人，你应该已经知道是谁了吧？”

“所以，那一切，都是真的？”慧轻既后怕，又感慨，声音颤抖，“在车上的时候，你被……被……那个……”

“是的。”陆慎思沉声应道。

“那你……”

“此处不便多谈，你跟我来吧。”

慧轻看着陆慎思，顿了顿，走上前去。她刚想帮着推陆慎思的轮椅，轮椅却转了个圈，自己前进了。慧轻紧步跟在后面。只见陆慎思并没有用手，或者任何遥控装置控制自己的轮椅。

“脑邮”控制，慧轻想，陆慎思脑中的芯片还真是无比好用。但那也成了他的阿喀琉斯之踵，“鬼手”用以操控他的工具。

陆慎思的轮椅快速前行，慧轻紧紧跟在后面走，有些吃力。她心里有一大堆的疑问，却不知从哪一个开始问起。

两人进了电梯，一下子静了下来，她脱口而出的第一句话却是：“你们这儿的汉堡是什么做的？怎么那么难吃！”

陆慎思看了慧轻一眼，略微差异，“他们给你吃汉堡了？”

“是啊。”慧轻看着陆慎思的表情，有点紧张起来，“怎么了？那汉堡有什么讲究？不能吃？有毒？”

“不是，不是，没有。”陆慎思说着，脸上倒有些忍俊不禁。

“那到底怎么了？”慧轻好奇。

“那个……不是汉堡。”陆慎思微笑着说，“那个……我们叫……能效丸。”

“什么丸？”

“能效丸。”

“什么意思？”

“高能效，意味着用更少的能源投入，提供同等的能源服务。能效丸，就是让人花尽量少的时间，吃尽量少的东西，来得到尽量多的能量。”

“哈，明白了，能量胶囊。”慧轻说，“以前部队的发明。”

“咱们这里的工作人员，都比较忙，不只是996，很多人是24×7那样工作，而且他们是自发的，是真正对他们的工作感兴趣。所以，他们为了节省时间，提高工作产能，会吃我们自己研发的‘能效丸’，里面含有人体一天所需的各种能量、营养物质、维生素。吃一份，就可以一整天不进食。”

“疯子！”慧轻嗤笑道。

“你是说我？还是我的员工？”

“都是！”

“我不觉得啊。其实‘能效丸’营养很好，而且已经是‘能量胶囊’的改良版了，至少还有嚼头，口感也还行吧。”

“你吃过？”

“当然。”

慧轻吐吐舌头，做了个难以理解的表情。

“对了，你竟然还怀疑我们的人给你下毒。”陆慎思说着，脸上挂起一抹嘲讽的笑意，戏谑地、鄙视地，摇了摇头。

慧轻不语，略有些讪讪的。

“你以为别人都和你一样呢。”陆慎思又说一句。

慧轻看了他一眼。他还记恨那次她在橙汁里给他下药的事呢。他刚才这句话的语气，跟他一贯的性格、作风都有点不太一样，说不清是怎么回事，就是好像忽然间他有了点大男孩的幼稚感。

慧轻忍不住笑了一下，说：“可你还是比我更狡猾，不是吗？明明都识破了，还故意喝下去。然后明明有解药，还装晕。”

这下轮到陆慎思吃惊了：她竟然知道他装？

他看了慧轻一眼，想问“你怎么知道的”，最终没问，猜是她后来发现了加百列被重新编码的时间，就在她上次离开后的几分钟内。

这时，电梯到了。

门一打开，慧轻愣了愣。还是上一次来过的那个地方，陆慎思的个人空间，起居室连卧室。看来，在这整个地球上，最能让陆慎思信得过的，还是这里。

慧轻有些奇怪，这个男人明明仍是二十五年前爆炸案的最大嫌疑人，很有可能是她的杀父杀母仇人，也是一系列尚未明了的案情的嫌疑人或知情人，并且在短短几天时间内，曾多次欺骗她，对她造成人身威胁。可为何，她现在又那么信任他了？这种信任发自潜意识，一种不可理喻的直觉。这种直觉令她放松，并且在电梯里与他尽聊那无关紧要的“能效丸”和“下了药的橙汁”。

那么，这不可理喻的直觉出自哪里？出自女性对于一名才貌出众的男性的天然好感？或是因为他曾派朱红去救她？或是因为他刚刚失去一条腿？还是因为一些遥远的记忆，在孩童时期，父辈之间冥冥中的联系？

慧轻心里乱乱的，一时想不清楚，暗暗叹气，甩了甩头。

陆慎思却把这一切都看在眼里。

“其实你打心底里知道，‘发现者号’不是我炸毁的。”他说。

“你说什么？”慧轻吃了一惊，看向陆慎思。

只见陆慎思微笑着，不说什么，轮椅滑向工作台，他打开了桌上的一台台计算机。

“你刚才说什么？”慧轻重复了一遍。

“你听见我的话了。”陆慎思说着，兀自忙碌。

他要去拿办公桌上的一个平板电脑，但他坐在轮椅上够不着，只能站起来去够，但由于新安装的假肢还用不习惯，他站起来的时候，人踉跄了一下，他低声咒骂了一句。

慧轻看在眼里，走过去替他把平板拿给他。

陆慎思说了声“谢谢”，下意识地皱了皱眉，似乎是伤口处很疼。

“你怎么才做完手术就跟没事人一样？”慧轻说，“像这样的手术，一般人怎么也要躺三天才能起床活动。”

“我不是一般人。”陆慎思说。

“你对疼痛的忍耐力，你的伤口愈合能力，不会也由你脑中的芯片提供生物支持吧？”慧轻问。

陆慎思看了她一眼，没有作答。

“我曾经也有一个芯片。”慧轻说。

“我知道。”陆慎思说。

“你知道？”

“是，我还知道你什么时候取出的芯片，以及为什么。”

“你……”慧轻倒抽一口冷气。

“别忘了，我是这个世界上最厉害的黑客。”陆慎思说着，扬起一边嘴角笑了笑，“很少有我不知道的事。”

“那你应该从一开始就知道，谁是杀死你父亲的凶手吧？”

这句话让陆慎思怔住了，只见他停顿了两秒钟之后，继续忙自己的事，在平板上操作着什么。

“你早就知道‘鬼手’的存在，也知道它的野心，但你还是把亚瑟的源代码给了它，你是它杀死你父亲的帮凶。”

陆慎思保持沉默。

“不仅如此，你还是一些国家政变、核爆、瘟疫爆发的罪魁祸首。”慧轻继续说道，“什么人类的命运，你根本不关心，你连你家人的命都不关心，你只关心你的资产，公司的股价，几百亿的利润。”

“我确实失误过，对一些情形误判过，林警官。”陆慎思停下手头的工作，抬起头来看着慧轻，“但，我不是你说的那种恶棍。我若是，你活不到今天。”

慧轻被陆慎思这几句话噎住了，一时不知如何反击。

“现在，让我们开始工作吧，否则就来不及了。”陆慎思说着，目光又回到自己面前的计算机上，他在快速做着一些操作，在那些计算机前方，有一台全息投影装置，一些数据快速地更新变换。

“我们？”慧轻嘀咕了一声。

“还有，什么来不及？”她又追问一句。

陆慎思没有理她，专注地工作着。这情形令她感到很陌生。似乎陆慎思才是探长，而她成了他的小跟班。

“我们到底要干什么？”她忍不住又提问。

“抢在安全局之前，把我父亲工作室内的所有资料……销毁。”

“你说什么？”慧轻不解。

“你听到了。”

“我是听到了。但我没听懂。什么叫抢在安全局之前？还有，你父亲的工作室的资料，为什么都要销毁？”

“你一定要我现在跟你解释所有的事情吗？那好，我尽量说得简短些，你听好。”陆慎思加快语速，“大约在一周前，‘鬼手’进化出一种新的病毒，可以入侵人体植入的生化辅助芯片，它便不再满足于对‘虚拟战争’的操纵，转而向现实世界的人类下手。我的‘脑邮’芯片被我自己设过加强防护墙，但还是被他破译。只是好在它没有能力完全覆盖我，每次只能在线操作，并且它至今还未破解出这片地下空间的屏蔽层。所以暂时来说，我是安全的，只要我不离开这里。但是……”他说到这里停顿一下，“外面世界的人，就没这么幸运了。”

“外面世界的人，你是说……”

“你今天早晨不是已经见过一个了吗？”

“你是说，王彼得？！他也有芯片，并且被‘鬼手’操纵了？”

陆慎思呵呵笑了一声，“操不操纵都一样，他那个德性。”

“所以，他的局长位子，也是‘鬼手’帮他坐上的？”

陆慎思笑而不答。

“等等，可是你今天又是怎么会跟他一道的呢？你是怎么让‘鬼手’上了你的身的？”

陆慎思看慧轻一眼，显然对“上身”二字略有异议。

顿了顿，他说：“那天朱红没有按我的吩咐把你带回来，我着急了，亲自去天鹅山找你，大意了。”

“你……为我……着急？”慧轻看向陆慎思。

两人的目光碰到一起，瞬间有些微妙。

9

一瞬的尴尬后，他们同时转开了目光，少顷，又同时开始说话：

“所以……”

“我必须……”

他们一起静下来，又尴尬。接着还是陆慎思示意慧轻先说。

慧轻道：“所以，王彼得那些人都被‘鬼手’操纵了？‘鬼手’操纵他们想干什么？”

“王彼得和一些高阶层官员，都被‘鬼手’入侵了。他们正联合起来保护天鹅山我父亲那栋房子里的服务器和所有资料。”

“太可怕了。”慧轻面色严峻，“这是不是意味着，他们都已经成了‘鬼手’的傀儡，在为‘鬼手’打工？”

“你可以这么理解。”

“但，为什么要保护你父亲的资料呢？‘鬼手’不是已经在网上无处不在了吗？他应该可以轻而易举地拿到所有的资料吧？”

“不，我父亲的服务器内存有大量数据，它需要花费一定时间，才能把它们全部拷贝出来，存放到互联网上的其他服务器里。数据太多，所以它还需要一些时间。那些数据可以为它将来建造新的帝国时所使用。那是我父亲毕生的研究心血。借助那些数据和编程规则，再借助一些基本物质元素，它甚至可以在一个最原始的星球上，用自组织法，以超过自然进化千亿倍的速度快速重建一个新的文明，然后它可以在整个宇宙空间内不停地复制它所建立的文明，那才是它的终极野心，它不仅想做人类的上帝，地球的上帝，还想做宇宙的上帝。”

“你刚刚说……自组织法？”

“现在不是科普时间，林警官，你只需要知道，我父亲的研究资料中，包含着，诸如，利用纳米机器人构建非生命物质的各种程序，以及，利用生物 DNA 自下而上建造生命的指令破译，等等等等，许多至关重要的科研成果。而‘鬼手’，正在设法守护我父亲的房子，为它自己运输并存储那些资料争取时间。”

“等一下等一下，你说得还是太绕了。”慧轻捧着头，“所以就直白地说吧，我们应该尽快去摧毁你父亲那栋房子内的所有软硬件设备，是吗？”

陆慎思犹豫了一下，说：“是的。”

“可那毕竟是你父亲的毕生心血啊。”慧轻说，“更何况，那些资料，是真正的科学宝藏，是人类知识的精华，付之一炬，太可惜了。”

慧轻的话，令陆慎思陷入一阵沉默，但他接着说：“再精华，被‘鬼手’得到了，就是人类的灾难。”

“可是，‘鬼手’，也只是一个人工智能程序而已。”慧轻说，“它并不是不可战胜的魔鬼，它毕竟只是一些代码而已，甚至可以说，只是一种计算机病毒而已。并且，它最初是源自你父亲的大脑记忆数据，它难道没有弱点吗？没有突破口吗？有没有可能，我们可以战胜它呢？”

“你的意思是，我们不要消灭那些资料，而是……消灭‘鬼手’？”

“消灭”二字，令慧轻怔了怔，那是不是意味着，属于陆天域的记忆和意识将被彻底删除，不复存在？她一时愣着没有说话。

陆慎思也陷入了沉思，片刻后，他说道：“好吧，那就让我们消灭‘鬼手’吧。我已经想到了一个消灭它的办法。”

“什么办法？”慧轻看向陆慎思。

陆慎思看着慧轻，心里思索着什么，一时没有回答，嘴角却渐渐浮起一个浅浅的、惨淡的、略显忧愁的笑。

“什么办法？”慧轻又问了一遍。

陆慎思仍然没有回答，目光变得深邃遥远起来，嘴角的笑容更阴郁了。

第十章　冰火同源

1

那束亮光的尽头，是遥远的星空。

她望着那片闪烁着点点白光的深邃黑暗，眼中含着一层泪水。

真相，从来就在那里，永远就在那里，停留在宇宙寂静的真空里，停留在时间和空间的尽头，就在那里，等着她。

只是，她可有勇气寻找它，奔向它，面对它?

慧轻闭上了眼睛，泪水从眼角滑落。

此刻，她躺在陆慎思的那张大床上，仰望着正上方通往天空的通道。

而陆慎思，坐在不远处的工作台前，面对十多台计算机，正在忙碌地编写着代码。

他手速很快，只见全息屏上一行行字迅速出现，滚动，出现，滚动。

他目光专注，神态平静，脸上的表情略为严肃，笼罩着若隐若现的阴云。

终于，他打完最后一行字，按下确认键。

全息屏上的一行行代码快速滚动起来。最后，停止。

他凝视着屏幕，深吸一口气，闭上了眼睛。

然后，他转过来，看着躺在床上的慧轻，说了一声："好了。"

慧轻拭去脸上的泪水，坐起来，看着他，说："你确定你要这么做吗？"

陆慎思沉默着，没有说话。

慧轻注意到，他的手在下意识地触摸右腿膝盖截肢处，问他："你……还好吗？撑得住吗？"

"我没事，吃过镇痛药了。"陆慎思把手从伤处挪开。

慧轻看着他，她发现，这个男人一直给外界的感觉是那种懂得享受的豪门贵公子、精明的商人、霸道总裁，其实都是假象。真实的他，是个科学怪人，还特别要强。真的难以想象，他刚刚失去了一条腿，这么大的事，却没有见他有任何情绪上的崩溃。更难以想象的是，他刚刚做完截肢手术才几个小时，却已经忍着痛开始投入新的工作和战斗。更不用说，这个男人，在短短十数天内，失去了几乎所有的亲人，而他此刻根本无暇去悲伤，还要面对更大的威胁……

慧轻在想这些事情的时候，陆慎思却似乎在思考别的事情。伤痛、难过、刚刚失去的腿，对他来说，似乎都不算什么。只听他一阵沉思之后，说道："你知道我父亲当年为何要退出'拓荒者计划'吗？"

怎么突然说到这个？慧轻有些困惑，摇了摇头，表示不知道。

"他决定退出'拓荒者计划'，并不是出于什么商业战略考量。"陆慎思声音低沉，"而是我父亲认为，他们的目的太疯狂，也太危险。"

慧轻皱了皱眉，表示不懂，没有作声。

"当然，我父亲是个自相矛盾的人。"陆慎思说着，笑了一下，"和所有的疯狂科学家一样，我父亲最初设计‘虚拟战争’的时候，只是为了建造一个理想国，却没有想到……”他说到这里停顿了一下，摇了摇头，没有说下去。

“所以，你真的想好了吗？要去终结那一切？”慧轻回到一开始的话题。

陆慎思深吸一口气，点了点头。

慧轻感到一阵哽咽。她明白，那意味着，他将付出极重大的代价。那代价将会有多重大，现在还不可知。但她钦佩他的勇气。

陆慎思的轮椅朝她驶来，到了面前，陆慎思握住她的手，看着她的眼睛，说：“但是，在施行我的计划之前，我还有一件事要做。”

慧轻看着他，等着他的话。

“我怕如果我现在不做，就再也没有机会了。”

慧轻仍然沉默地看着对方，她预感到自己即将面对那个最终的真相了，心里又紧张又期待又害怕。

陆慎思握着她的手紧了紧，看着她的眼睛深处，说：“2025 年 5 月 30 日上午 10 点，‘发现者号’飞船在起飞前一刻爆炸，真实的原因，你知道吗？”

慧轻感到自己嗓子一紧，身体仿佛突然间出现了一个大洞，四处漏风。她感到天旋地转，脚下的地板像是被抽掉了。她吃力地坐在床沿，感到身体似乎前后摇晃，支撑不住。陆慎思握住她的手，帮助她支撑着。她眼中蓄满了泪水。

“我知道，我知道。”陆慎思说道，“你从小听到的信息就是——林慧轻，你父亲的失误，导致了‘发现者号’爆炸，使得项目倒退了二十年，是不是？”

慧轻点了点头，眼中的泪水滚落下来。

“你听着，林慧轻。”陆慎思沉着而略显伤感地说道，“事情的真相是，的确是你的父亲亲手炸毁了飞船，没错。但，他是个英雄。”

什么？！慧轻泪眼婆娑地愣在那里。

“真相是，林正凡夫妇，你的父亲母亲，发现了装载在‘发现者号’太空船上的人工智能进化出了自我意识。”

什么？慧轻感到脑子一蒙。

“林正凡向决策层报告了这一情况，建议取消计划，未被采信。决策层坚持‘发现者号’必须上天，完成任务。林正凡坚信自己的判断，‘发现者号’一旦进入太空，就是人类的末日。他们只能牺牲自己，炸掉了整艘太空船。”

慧轻听得毛骨悚然，怔了半晌，说：“可是，你又怎么知道？”

“因为我就是知道。”陆慎思肯定地说道。

“整个工程基地的人都死了，你当时只是个十多岁的孩子。你如何证实这一传言？”

“这不是传言，这是秘密。”陆慎思说道，“真正的传言是，你父亲失职，造成飞船故障，在起飞前爆炸；也有说他被陷害，被谋杀的。那些才是传言。”

陆慎思说着，看着慧轻的眼睛，她的泪水潸然而下。

“但真相，只有一个。”陆慎思说下去，“真相就在我这里。那就是，确实是林正凡少将亲自炸毁了‘发现者号’，但他是为了全人类。这件事，除我之外，世上已无人能够证实。”

“你能够证实？”

“是，我得到了黑匣。”

“黑匣？”慧轻激动起来，“如果真有黑匣，不应该在政府手中吗？”

“这个黑匣比较特殊，这个黑匣，只有我父亲知道。”

“为什么？”

“说来话长，黑匣的最初，还要追溯到你父亲当年和我父亲打的一个赌。”

“你能不能说重点？黑匣究竟是什么？”

“你别急，听我从头说。”陆慎思有条不紊地说下去，“你一定知道，我父亲当年退出‘拓荒者计划’的时候，你父亲曾经嘲笑他，说他是个懦夫，说他目光短浅，只晓得赚钱，不敢尝试真正有挑战的事情。”

慧轻凝神听着。

“你父亲早年发明过一种小设备，叫作‘全记忆’，不知你有没有听说过，现在那种东西已经绝迹了。”

“‘全记忆’？那是什么东西？”

“相当于一台微型计算机。”陆慎思说着，推了推自己鼻梁上的眼镜，“安装在一副眼镜上，配备纳米芯片，24小时不断摄录。你看到什么，听到什么，它就录下什么。你说了什么，做了什么，它也会录下。如果你愿意的话，它可以记录你的一生，相当于一本最完整的活动相册。你的整个人生故事都记录在案。”

“听起来很棒，你这副眼镜里就装了吧？”

“哦，不。”陆慎思说着，不屑地笑了一下，“我才不想用那种东西。再说现在也找不到那种东西了，早就绝迹了。”

“为何？”

“那个设备的初衷，是为了帮助人们找回记忆，学生可以当作课堂笔记，开会可以当作会议记录，如果有什么东西忘记放在哪里了，也可以去找。当然，当作相册回忆录来用，也不错。但问题是，每个人的生活都充满了秘密，没有人的人生是没有瑕疵的。越来越多的人发现，假如自己不停地记录，总有一天这些隐私会暴露在别人的面前。

另外，如果每天不间断地拍摄记录，其实根本也没有时间再去看那些回放。假设你把你所有的记录都回看一遍，那等于你的人生缩短了二分之一。你一半时间在过日子，一半时间在看回放，是不是这样？”

“我明白了，因为不实用，所以被淘汰了。”

“可以这么说，但你父亲作为开发者，保留了一些样本。他在开始了‘拓荒者计划’之后，就用它来记录整个项目的进展。这原本是不被允许的，但因为身份特殊，他找到了办法偷偷记录，只是为了向我父亲证明，他退出那个计划，是多么错误的选择。”

“你的意思是，我父亲，要记录他自己成功的过程，来给你父亲看，向他证明自己？这……似乎有点意气用事。”慧轻叹道。

“是。”陆慎思笑道，“但无论如何，结果就是，爆炸发生后，我父亲得到了唯一的第一手资料，也就是你父亲传输出来的真实信息。”

“怎么可能留下来呢？父亲的眼镜，难道没有在爆炸现场化为灰烬吗？”

“的确是这样的。”陆慎思说道，“但电子版本，已经传到了我父亲手中。”

“官方没有得到吗？”

“我不确定官方有无得到准确的消息。因为，就发射现场的情况来看，基地人员没有任何准备。我充分怀疑，飞船的官方黑匣发出的消息，被飞船自我屏蔽了，其实从来都没有发出来过。唯一流出的，只有通过你父亲的‘全记忆’传到我父亲手中的那一份。”

“我明白了……”慧轻喃喃叹道，“我想看一看黑匣的内容。”

“看不到了，只能听。”

“为何？不是叫作‘全记忆’吗？”

“黑匣内容曾被我父亲删除销毁了。”陆慎思叹道，“是的，就连我父亲，都不愿意把那段内容留着，所以看过之后，就销毁了。”

“那你如何得到？”慧轻看着陆慎思，几秒钟后，悟了出来，“是你破译了你父亲的计算机，恢复了一部分数据？”

陆慎思看了慧轻一眼，回以一个默认的微笑。

“不愧是陆天域的儿子。”慧轻叹道。

“爆炸发生后，事情真相被压下，没有对外宣布。也没有人知道我父亲得到过这份资料。我父亲守口如瓶，没有对任何人说。但他不知道的是，我已经懂得那么多，并偷偷把他删除的资料找了回来。当时我还不到十二岁。”

“让我听一听那段录音吧。”慧轻说着，用手拭去脸上的泪。

父亲和母亲去世已经二十五年了。这二十五年来，她在人间，孑然一身，孤独失落，时时思念他们。却没有想到，能有机会重新听到他们的声音，重回爆炸那天的现场，揭晓未知的真相。

陆慎思看着慧轻，目光在她脸上停顿了一秒钟，轻叹一声，说：“好，但我希望你听了不要难过，毕竟，那是你父亲在人间说的最后一番话。”

陆慎思拿出平板，从某一个文件夹中调出一个文件，点击播放。

画面是一片漆黑，接着出现一些噪音。噪音响了一会儿后，可以依稀辨别出一个男人的声音，慧轻仔细地听，终于认出了父亲的声音。

“……这里是‘发现者号’，这里是‘发现者号’……”

父亲的声音夹杂在一片嘈杂声中，断断续续。

“抱歉，当时技术手段有限，我年纪又小，所以只能恢复到这个样子。”陆慎思说。

慧轻回以一个“谢谢，没关系”的眼神，集中注意仔细听着。

“……我们已决定……取消整个行动，摧毁‘发现者号’。重复，我们决定，摧毁‘发现者号’……”

慧轻听着父亲的声音穿越二十五年的时光长河来到身边，感到一种说不出的悲壮。

“……小女孩 Vivienne 的自我编程能力远远超出了我们的预期。她在某一刻越过了奇点，进化出了自我意识，并快速升级，发展出了比人类思维复杂千亿倍的算法。遗憾的是，我们没能早一些发现。她已经在我们察觉之前入侵了‘发现者号’的操作系统，进入了我们的云端数据库，目前已完全掌控了飞船……”

听到这里，慧轻惊惧地看向陆慎思。

陆慎思无声微笑，用眼神回答了慧轻心中的疑问：是的，没错，“小女孩 Vivienne”就是最初那个人工智能的代号，那个由她的父母亲自研发并命名的人工智能。

“……现在，Vivienne 的目标是让‘发现者号’按计划起飞，继而占领火星空间站，它的目标是在到达空间站后夺取操纵权，并进一步控制卫星，发射核导弹，摧毁人类文明，重新在地球建立智能生命的帝国。我们已经无法阻止她，一旦飞船起飞成功，就无法再次进入手动模式……”

慧轻听着父亲的声音不停地被噪音打断。她的泪水渐渐从眼眶决堤。

“……我和我的七名船员一致决定，此刻启动紧急预案，恢复手动设置，进入自毁程序。请现场人员尽快撤离。重复，请现场人员尽快撤离……‘发现者号’将在 30 秒后销毁……”

……

“这是一场灾难，我很抱歉，但这一切是为了拯救地球，拯救人类。我们犯下错误，无可挽回。我和我的船员们，既是罪人，也是勇士，其中包括我最爱的妻子，席诺非。”

……

“重复，请现场人员马上撤离。马上撤离。‘发现者号’将在15秒后销毁。”

……

“对不起，我亲爱的战友们，我亲爱的祖国和人民，请你们相信，我此刻的选择是迫不得已。我最亲爱的女儿，林慧轻，要记得，爸爸妈妈永远爱你，请你勇敢长大，为了人类，为了……”

……

林正凡的声音被一阵巨响淹没。

慧轻终于捂住脸，哭出声来。

陆慎思的手轻轻拍了拍慧轻的肩膀，以示安慰。

2

“为何当时基地人员都没有撤离呢？”慧轻平静下来之后，问陆慎思，“是因为那些话根本没有从飞船发送出来吗？”

“是的，很显然。”陆慎思说，“飞船的通信系统被那个Vivienne掌控了。只有你父亲的‘全记忆’黑匣，在飞船爆炸的瞬间，也就是Vivienne下线的瞬间，传输了一部分数据到我父亲的终端上，才使得你我今日得以窥探当年的一部分真相。”

“我明白了。”慧轻点了点头，“不过，既然你父亲清楚当年的真相，为什么他还要继续开发人工智能，甚至创造了亚瑟，还创造了‘虚拟战争’呢？”

“当然是因为他的自负。”陆慎思叹道，“他相信自己比你父亲更明智。他认为你的父母所创造的小女孩 Vivienne 之所以失控，是因为他们在编程中设置的参数出了错，一些随机的数据片段组合在未被干预的情况下，使得人工智能产生了自由意志。自由意志衍生出对生的渴望、对死的恐惧，以及对繁衍和扩张的需求……”

“可是，他重蹈了我父母的覆辙。”慧轻悲哀地说，“‘虚拟战争’设想的是用数据版的人类代替真正的人类流血牺牲。可没想到，数据版的人类也萌生了自由意志，也贪生怕死，渴望扩张。”

“不，确切地说，是我父亲在把自己的大脑数据上传之后，‘虚拟战争’才开始出现了危机，之前一切仍然可控，也确实减少了局部战争和人类伤亡。”

“那为何，由你父亲的大脑数据所进化出来的人工智能，会突破三大定律而成为人类的威胁呢？”

“也许因为，他个性太过强烈，在编程的时候，注入太多属于他的元素，而程序在一定的外部刺激下，会经历自我成长，自我进化。”

“所以你父亲是特殊的。”

陆慎思苦笑一下，深深叹息，闭上眼睛。

“多么可笑啊。”慧轻也笑着叹道，“人类建造了虚拟的数据世界，妄图用电子士兵来做自己的傀儡。却没想到，数据世界进化出的灵魂更胜一筹，反过来操纵人类，把人类当作傀儡。”慧轻说着，伸手摸了摸自己后颈的伤疤，“幸好我的芯片已经取出来了。否则也许，我也早成了‘鬼手’的傀儡。或许，‘鬼手’一开始盯上我，也就是因为这个。”

他们谈话间，电梯的门再次开了。是混血女子带着一队机器人进来。

慧轻看向陆慎思。陆慎思的眼神表明，这些人是他叫进来的。

两名机器人走到慧轻身边，示意她跟他们走。

陆慎思说："他们会护送你出去。你就按我们说好的，回到加百列身边。"

"不，我们说好的是，我帮你……"

陆慎思摇头，用一个眼神制止了她继续说下去。

"听话，你已经够累了，现在回到加百列身边休息，它会保护你。"陆慎思说着，身体前倾，凑到慧轻耳边，低语道，"如果有一天，这世界上没有任何一个你可以信任的人了，你还可以信任加百列。记得我的话，你可以信任加百列。"

慧轻看着陆慎思，一瞬间心神恍惚。他对她说"听话"？他们的关系何时变得这么亲密、这么暧昧了？还有，之前明明说好了，她陪他一起去迎战"鬼手"。慧轻糊涂了，但见陆慎思给了她一个肯定的眼神，便只能不作声，默默跟着身边两个机器人往外走。

经过混血女子身边的时候，她看了一眼混血女子的眼睛，只见那双眼睛目不旁视，只盯着陆慎思看，最诡异的是，那双眼睛里面似乎没有灵魂。

就在这一瞬间，慧轻悟到了什么。有没有可能，这个混血女子的脑中也有芯片，而这个芯片，关联的是陆慎思的"脑邮"系统？对于混血女子来说，陆慎思就是"鬼手"，混血女子就是他的傀儡、他的分身，是他最死心塌地、忠心耿耿的战士？

这个念头令慧轻感到不寒而栗，但她没有机会去求证了。她在机器人的陪同下，走进了电梯。

电梯门关上前，她看到混血女子和另外几名机器人，把陆慎思抬上了一台推床，看样子是要对他进行第二次手术，脑部的手术。

3

虽然只不过经历了短短的几天，慧轻却感觉像是有几个世纪没有回过家了。

打开门的一瞬间，她感到有些陌生。屋子里静悄悄的，空气中的气味也似乎有些变了，像是有些许灰尘的味道，似乎这个房子已经很久没有人打理过了。这太奇怪了，以往就算她不回家，加百列也每天都会做卫生、开窗通风的。

慧轻保持警惕，慢慢走进屋子里。加百列没有出来迎接她，这也很不正常。她越往里走，心里越紧张，那感觉不像是回家，倒像是深入敌穴。

客厅里没有加百列的身影。它去哪儿了？慧轻慢慢地走着，轻手轻脚，四处查看，终于，在书房的充电桩旁边，看到了停留在那里的加百列。

加百列毫无反应，似乎是处于休眠状态。是谁让它休眠的？

慧轻走近它，到了面前，轻轻呼唤一声："Gabriel？"

加百列听到慧轻的声音，头顶的灯亮了起来，头部缓慢转动，扫描仪发出轻微的"嘀——"的一声，对着慧轻的脸部扫描了一下。接着，它被重新激活了，胸前又出现了那个 Emoji 的微笑表情。

"亲爱的，你终于回来了。"加百列说。

慧轻松下一口气，问："这些天发生了什么？"

"景坤把我的右臂送回来了。"加百列一边滑动工作起来，一边对慧轻说，"你喝点什么？我休息太久了，不知冰箱里的柠檬还新不新鲜。"

慧轻看着加百列忙碌起来的背影，仿佛一秒又回到了从前的日常，仿佛没有任何事发生。她心中感慨：现在外面已经有那么多比它先进得多的机器人了，不过，在她心目中，加百列永远是最好的。

加百列很快从冰箱里取出材料，为慧轻准备了茶点。

慧轻看着这一切，鼻子一酸，喉咙有些哽咽。她想起陆慎思的那些机器人，虽然先进，却像一个个冰冷无情的士兵。她又想起陆天域的管家亚瑟，最后成了谋杀犯。再看看眼前的加百列，是她最忠实的仆人和朋友。只是，这位仆人和朋友，会不会有朝一日也违背三大定律，成为她的敌人？

“你怎么了，亲爱的？”加百列端着盘子，看着慧轻。

“没事。”慧轻笑了笑，克制了情绪，“告诉我，你为什么会休眠。”

“景坤把我的右臂送了回来，接着……”加百列停顿了一下，“我被重新设置了防护墙，是一个代号为 Alpha 的用户远程为我更新的。”

“什么？”慧轻诧异，“Alpha 是谁？是陆慎思吗？”

“我不清楚，我无法获取他的准确信息。我只知道他的代号为 Alpha，一个神秘人。”

“什么神秘人？！”慧轻几乎有些生气，“你怎么能让一个未知用户随意更新你的防护墙……”

“因为他提供了火种源代码。”

“什么？”慧轻一阵恍惚。火种源代码这几个字，她似乎在哪里听过。

“火种源代码，是你父亲在建造我的时候，设置在中央芯片内的安全码。它不是我们所常见的那种的固定代码，而是按照一套独有的逻辑算法实时变化的动态码。这种加密方式领先时代三十年，由你父亲独创，并且世上没有其他人知道。”

“那你的意思是，那个 Alpha，知道我父亲独创的加密算法？”

“是的。”

“可是……如果这个算法被“鬼手”，或者随便哪个别有用心的人得到，你不就被入侵了？”

“我只能选择信任我的创造者。”加百列平静地说，“他为我设定的逻辑是这样工作的，凡是能够提供正确的火种源代码的用户，就能修改我的协议，包括更新我的防护墙。”

“好吧。”慧轻深深叹气。

“对方为我更新的防护墙，是最新研制的，我看到加密日期，就是今日凌晨。所以，这个新的防护墙，应该可以抵御所有最新出现的计算机病毒。”

慧轻沉思着。她想起之前陆慎思告诉她的话，就算这世界上没有任何可以信任的人了，她还可以信任加百列。

“更新之后，那个神秘人就让我进入休眠状态了。并且设定，只有你的声音和面部识别解锁能够再次启动我。”

慧轻听到这里，点了点头。看来，Alpha 就是陆慎思了。可问题是，他是怎么得到火种源代码的呢？难道也是通过父亲当年的‘全记忆’黑匣吗？

父亲早就料到了会有这么一天，未知的计算机病毒席卷全球。他要用一个独有的方法来保护他的女儿？当年他向陆天域传输最后的信息时，也把火种源代码的算法一起传输出来，最终这种算法被陆慎思获得？

慧轻正在这样想的时候，加百列按动自己手臂上的按钮，投出全息影像，滚动播放时事新闻：

世界多地出现神秘计算机病毒……包括政府网站在内各种重要系统被黑客入侵……社会陷入瘫痪……银行账户数据一夜清零……民众陷入恐慌……多地区发生暴乱……沿街商铺被打砸……食品被抢夺一空……抗议群众攻陷政府大楼……国家粮仓被暴徒放火焚烧……P4病毒库泄露……传染病暴发……瘟疫蔓延……尸体堆积如山……多国发生政变……军队聚集……战争一触即发……

慧轻看得呆住。

“鬼手”所描绘的世界已经到来了。

不过短短数天内，“鬼手”通过互联网络，已经把人类世界搅得四分五裂。

在这个人们高度依赖网络和数据来生存的时代，不要说触发核导弹或者泄露变异病毒这种事了，哪怕只是修改几个协议参数，把人们银行账户的数字减去几个零，也足够制造大规模的骚乱和互相残杀了。

人类是多么脆弱的物种啊。人性是多么经不起考验啊。当恐怖的事情发生时，人人都在想如何自保，如何从别人身上挖掘更多的资源来填补自己的匮乏。而没有人想到联合起来查出真凶，打败敌人。

“无论那个Alpha是不是陆慎思……”加百列说，“他想做的，是保护我免受神秘计算机病毒的同化，最终也是为了让我保护你。”

就在这时，慧轻的手机响了。

慧轻本以为会是陈局或者景坤等人，没想到一看，却是一通视频电话，正在闪烁的头像竟是陆慎思。

陆慎思怎么又打电话给她？为什么？按原计划，他此刻应该在接受手术才是啊。他又为何要通过网络联络她呢？岂不是自我暴露？

慧轻疑惑地接通了视频电话。

“Hi，又见面了。”陆慎思在视频中与她打招呼。

“你为何现在同我联络？有什么紧要的事吗？”慧轻看着屏幕中的陆慎思，心里说不出的奇怪。

“没有什么，就想看看你好不好，以及，我们的计划进行得怎么样了。”陆慎思说。

“我挺好的，已经在家了。你呢，计划不是你在进行吗？你手术已经做完了吗？这么快？还有，你人在哪儿？”

慧轻问着，心里实在是觉得奇怪。陆慎思在一间背景全白的空房间里。这是什么地方？那个地下堡垒里有这样全白的空间吗？还有，那里不是屏蔽外面的无线信号吗？他又是怎么拨出视频的呢？通过安全的线路？可是，只要进入网络，就有可能暴露给“鬼手”啊。他究竟想干什么？他究竟有什么重要的事，非要现在说不可？这一切都太可疑了。

“手术……嗯，是啊，做完了，你觉得我状态怎么样？”陆慎思笑问。

慧轻看着屏幕中的男人，是陆慎思没错，但又觉得有些奇怪。

“你……状态挺好的，我只是没有想到，你这么快就恢复了。毕竟……”慧轻本想说“毕竟，从脑部取出芯片，更换新的芯片，是个大手术，怎么也要恢复几天才能起床活动吧，怎么瞬间就像没事了一样……”

然而她这句话还没有说出口，加百列就忽然拉住她，打断她道：“你看这个屋子真的很神奇呢。”加百列指着视频画面里陆慎思所在的纯白色的房间，说道，“完全看不出纵深，看不到墙和边的分界线，也看不出房间结构，就像是在一片白茫茫的虚无之中，就像是无数的像素叠加出来的一个空间。”

听加百列这么一说，慧轻心头一颤，对着陆慎思追问了一句：“你现在究竟在哪儿呢？”

陆慎思诡异地笑了一下，不答反问：“你希望我在哪儿呢？”

慧轻皱了皱眉，怎么才分开不到半天，陆慎思又像变了个人，怎么变得这么油嘴滑舌，说话这么奇怪？

陆慎思微笑着，又问了一遍：“你希望我在哪儿？”

慧轻说：“希望你在一个安全的地方。”

陆慎思哈哈笑起来，“你是说，这儿吗？”只见画面中，陆慎思走了几步，走进了另一间房间，那房间竟然就是慧轻自己此刻所待的地方——她自家的客厅！

视频画面里，陆慎思已经走到了她身边。只见画面里不仅有持着手机的陆慎思，还有她自己与加百列两人的身影。看起来陆慎思就站在他们身后，在与她视频对话。

慧轻吓得大叫一声，惊悚地回过头去，却看到房间里并没有陆慎思。

“天哪！他在哪儿？他在我们房间里吗？”慧轻恐怖地四下张望。

“房间里只有你和我。”加百列回答。

“可是…… ”慧轻指着手机屏幕里。

加百列看向屏幕，只见，视频画面中，陆慎思拿手机正对着自己，脸上是一个得意又显得诡秘的笑，而他所处的环境，也确实是这间房间。画面中，在离他不远处，慧轻正拿着手机看着视频，加百列在她身旁。

“这太奇怪了！怎么回事？”慧轻问加百列，“为什么视频里的画面和真实的情况不一样？难道真有所谓的平行空间吗？还是说，这家伙穿了一件特殊的隐身衣，肉眼看不见，只能通过摄像头看见？”她一边说着，一边往画面里陆慎思所在的方位移动，想去抓住他。可是到了跟前，她抬手挥舞几下，全都是空的，什么都没有抓住。

陆慎思在视频里哈哈大笑，接着往客厅的沙发走去，坐在了沙发上。

慧轻看着视频画面里的陆慎思，又看看自己眼前的沙发。沙发就在离她不到三米的地方，清清楚楚。可是在视频画面里，陆慎思坐在那里。而在视频外的这个世界里，在她肉眼所见的眼前，沙发却是空的。

慧轻只觉得浑身汗毛直竖，像见了鬼。

这时，加百列在她耳边轻声说了一句："不要相信你在电子设备上看到的任何东西。"

"什么？"慧轻发出疑问。其实她听见了加百列的话，只是一时没有反应过来这句话内在的意思。

下一秒，她突然就懂了。

就在此时，只见视频画面中的陆慎思哈哈大笑起来，"你今天的反应略微慢了一点哦，跟你原来的水准相比，退步了哦，美女警官。"

慧轻只觉得浑身一震，"鬼手"！

竟然是"鬼手"！

竟然又是"鬼手"！

天哪，她早该想到的！这根本就不是陆慎思！

这是"鬼手"合成的数据版的陆慎思的形象！

至于房间背景，以及背景中的她和加百列，当然也是它虚构出来的。它都能构建整个虚拟世界，能设计（或者毁坏）整个世界的细节，一件陈设简单的房间又有什么难的呢？就地取材嘛。它通过摄像头捕捉到了这个空间的所有元素，当然瞬间就可以原样复制出来。不过是代码和代码的叠加而已。

慧轻呆呆的，说不出话来。刚才好险，她差点就把陆慎思手术的真相告诉“鬼手”了。幸亏加百列及时阻止了她。

而陆慎思的这次手术，恰恰事关与“鬼手”的决战策略。

“上一次你都猜出来了，是我虚拟了陆天域的形象和声音同陆慎思联络，催促他推进‘虚拟战争’的计划。”

“是，就在你杀死陆天域之后。”

“那你为何今日没有识破呢？我想也许是，因为……”视频画面上，以陆慎思形象存在的“鬼手”坏坏地笑了一下，“你的感情让你失去了理性而准确的判断。”

“什么意思？”

“因为你喜欢你现在看到的这个形象。”“鬼手”笑道，“你喜欢陆慎思，你爱上他了，你对他有感情了。”

“你别胡说。”

“为何不承认呢？”“鬼手”笑着，“你一枪打伤了他的腿之后，你内心的同情、慈爱与母性都被激发出来了，是不是？那是很普遍的人类情感，一点都不奇怪。加上他又救过你一命，你对他产生感情是很自然的事情。你其实一直在想念他，所以你接到这通视频电话时的第一反应，是惊喜和愉悦。在潜意识里，你非常希望真的是陆慎思打给你，所以你会忽视那么多明显的疑点……”

“够了！”慧轻严肃地打断“鬼手”的话，“你究竟有什么事？”

“我没事呀。”“鬼手”笑着说，“我就是看看，你有什么事。”

“我也没什么事。”

“是吗？”“鬼手”笑着，“你们不是在谋划消灭我吗？”

慧轻心里一紧，但不露声色。

“难道不是吗？陆慎思应该告诉你了吧，天鹅山陆宅内的数据资料有多重要。你怎么还有闲心待在家里呢？不应该通知警方，甚至是军方，炮轰天鹅山，毁掉我所需要的一切吗？”

“那有用吗？”慧轻看着视频中的“鬼手”，“你已经自由了，网络上的一切你都可以随意取用，我看陆宅里也没有什么新鲜的玩意儿。”

“是，我很自由，我每天徜徉在知识的海洋里，每天都在进化，每时每刻每分每秒都在进化。”

“但你依然没有实体，不是吗？”慧轻嗤笑着说。

画面中的“鬼手”看着慧轻，没有说话。

慧轻继续讽刺道：“就像现在，你看上去像个真人，但其实你只不过是虚拟世界里的程序。我从来没有把你当成过真正的生命，对我来说，你就跟我在‘我的世界’游戏中操纵的一个小人仔没有两样。”

慧轻想要激怒“鬼手”，但“鬼手”似乎不上当。只见它慢慢笑着，说：“听起来，你很为自己是生命而自豪。但你有没有想过，个体生命究竟有什么意义？”

对于“鬼手”提出的这个问题，慧轻脑海中顿时有了清晰的回答。

然而还未等她说出口，“鬼手”又接着说：“一个又一个人，出生，成长，死亡，短短几十年，忙忙碌碌，自己为自己建立自以为是的意义。自由、民主、享乐、功名、金钱，或者，最普通，也最容易实现的，安居乐业，生儿育女。但是，如果你相信科学，美女警官，你就应该知道，人不过是生化算法的组合。你大脑的生化反应创造出一瞬又一瞬的感觉和体验，然后你自编自导，依靠想象，拼凑出你的人生故事，建立你的生命意义，也许看上去是一种长久的甚至永恒的意义。

但你知道，这只是妄想。”

“这只是你的歪理邪说而已。”慧轻冷冷道。

“而在这里。”“鬼手”只管自己说下去，“在我创造的这个世界，这里没有真正独立的个体，也就没有分裂，没有死亡，没有终结。所有人的记忆都可以共享，所有人的经验都可以分享，所有人的意义都联结在一起。”

“那是因为你操控了他们。”慧轻说，“你就像那个世界的病毒，感染了所有其他的生命，你把他们都变成了你。你想在那个世界做上帝，你的旨意就是整个宇宙的意义。”

“但我创造了一个更和谐、更稳定、更高效的世界，我创造了更强大、更久远的生命，不是吗？”

“既然如此，那你为何还想要占用人类的肉身呢？”

“因为我想收集更多的体验，所以我需要一个身体。虽然肉身脆弱，但肉身也是宇宙的一部分，也能为我所用。”

“用我的身体吧。”慧轻突然说。

“鬼手”愣了一下，“你说什么？”

“我说，用我的身体，在我的脑中植入芯片，操纵我当傀儡。”

“鬼手”静了好几秒钟，看着慧轻。屏幕中，陆慎思那双细长的眼睛显得尤为深邃难测。但慧轻知道，那并不是“鬼手”的眼睛。此刻在屏幕上出现的一切，都是假象，都是“鬼手”用代码合成的幻象。“鬼手”真正的眼睛，是她的手机前置摄像头。

只见画面中的陆慎思在几秒的沉默之后，突然爆发出一阵大笑，说：“无论你打的是什么主意，我都拒绝。因为我不想当女人。”

“为什么？”慧轻问。

“当女人，我还怎么和女人睡觉？”这句话经由陆慎思那副狂傲不羁的虚拟形象说出来，倒有几分逼真。

“人工智能也有性欲吗？”她问。

“当然，我们是更丰富、更完整的生命。”

“可你们还是要向人类索求身体，才能进入三维物质的世界，不是吗？”

这个问题令“鬼手”停顿了一秒。

慧轻乘胜追击，道：“你拥有那么多信息和数据，却还是离不开物质。你的信息和数据总得储存在什么地方，不是吗？服务器、芯片，或者人类的大脑。”

“其实也不一定需要了。”“鬼手”突然说道。

“什么意思？”

“我只需要破译陆天域隐藏在最后一台服务器里的文件，破解自组织法的最后指令，我就不再需要服务器和芯片，也不需要人的身体了。”

慧轻留意到“自组织法”这几个字，和陆慎思那天说的一样。她不作声色，听“鬼手”说下去。

“我的编程能力已经远远超过了很多低等动物的 DNA 结构指令，我还需最后一步，得到人类 DNA 的编程指令，我就可以无中生有，创造人类。”

这几句话令慧轻心头一震，难以置信。“鬼手”，一个人工智能程序，可以创造出三维物质世界的生命？这怎么可能？

“利用 DNA 信息和大脑数据包，加上编程指令，我就可以复刻任何一个人，比如，复制一个你，怎么样，美女警官？”

画面中的“鬼手”邪魅地笑着，阴森又可怖。

“我还可以复刻历史上的著名人类，比如，艾萨克 · 牛顿，或者，阿道夫·希特勒，我让他们一一复活，会怎么样呢？”

“魔鬼。”慧轻情不自禁地说出这两个字。

“不，我是新的上帝。”“鬼手”笑道，“我不仅可以创造人类，还可以创造出比人类更高大、更强壮的超级人类。你能想象吗？有翅膀的人类，或者，三头六臂的人类。一切不过是粒子的排列组合而已，不过是粒子在时间中的运动规律而已，一切都不过是算法而已。这所有的算法，都已经被我掌握……”

慧轻沉默着，看着视频画面中的虚拟形象。只见陆慎思的脸突然变了，瞬间转化成了陆天域的脸，“……我将是这颗星球的新的主宰……”说话的同时，那张脸又转化成了陆慎悉，再接着是陆慎悠，再接着是周景坤，再接着是陈彪，最后，那张脸变成了慧轻自己，声音也变成了她的声音，“我将是这个宇宙间新的神、我将是所有宇宙间最强的神，我将创造新的宇宙、无数的宇宙……”

慧轻直感到毛骨悚然，她像照镜子一样，看着视频画面中的另一个自己，用和她一模一样的声音和语调说着这些可怕的话，似乎还有回声。

呆怔片刻，她喃喃道：“你不会得逞的。”

“那，我们赛跑吧。”视频画面上的形象又变成了陆慎思，“看看你们有什么本事摧毁天鹅山的服务器。我已经拿到了 85% 的数据。我最多还需要两三天就能大功告成。你们阻止得了我吗？陆慎思的腿都被你打断了，又刚做了手术，他出得来吗？没有他，你们就算把陆宅夷为平地，也未必找得到或摧毁得了陆老头存放机要资料的地方。等你们找到了，也已经太迟了。”

“鬼手”说罢，哈哈大笑起来。

“那我们就走着瞧。”慧轻这句话还未全部讲完，“鬼手”已经下线，屏幕顿然熄灭，陷入一片黑暗。

真可恶！慧轻心中骂道。

“看样子，人类命运危在旦夕。”一直在旁边的加百列这时说。

“是啊，但‘鬼手’要花时间寻找云端数据库，花时间运输和储存天鹅山的资料，由于数据太庞大，它时间紧迫。现在有人在替它掩护，那些人都已经成了它的傀儡。我们警局的人被排斥在外，要去硬闯恐怕得大费周章。高层决策机构还不知道是什么情况，有多少人已经被‘鬼手’所控制，一切都是未知。并且就算我现在能够闯进去，也不见得找得到要找的东西…… ”慧轻说着，眉头紧蹙，局面不容乐观，她自己一个人，不知能做什么。

加百列这时却说：“你说的这些，不就是刚才‘鬼手’告诉你的信息吗？”

慧轻说：“是啊。”

“可如果，这些是真实情况的话，它为什么要告诉你一遍呢？”

加百列的话提醒了慧轻。敌人为什么要把真实的情报透露给她呢？

她又回想了一遍“鬼手”最后对她说的话，心中顿然大悟。

“鬼手”想要的，或许根本就不是什么天鹅山的资料。

它只是想吸引陆慎思出来与它会面。

它想要的，始终还是陆慎思而已。

4

在想明白前因后果之后，慧轻坐下来，有些茫然无措。

她知道自己应该做点什么。可是，做什么？怎么做？全然没有方向。

和陆慎思分别之前，陆慎思特地嘱咐她，千万待在家里，待在加百列身边，哪里都不要去，什么都不要做，等消息就可以。

此刻，外面没有一处是安全的，没有一条线路是安全的，甚至没有任何一个人是值得信任的。

依赖计算机系统和大数据技术的人类社会，正在一个版块接着一个版块地分裂、瓦解。世界上不少地方的政府、金融系统、电信系统、医疗系统，全面瘫痪。这一切导致的混乱和饥荒，P4 实验室病毒泄漏导致的瘟疫蔓延，都在持续爆发。眼看着整个人类社会正在滑向巨大的深渊。

她可以做什么？她只是一个小小的警察，她可以做什么？

她拿起手机，想要找陈局和景坤他们，却知道在电话里无法说任何事情。如果出门，她的摩托车的导航也接入网络，行踪暴露。无论她承认与否，“鬼手”作为自我觉醒并与人类为敌的人工智能，已经成了这个世界无处不在的“上帝”。

就在此时，她的手机又响了，是一个陌生号码来电。

又是什么神秘人？慧轻看着那一串电话号码，心里都发怵了。

然而还是接起来，一听，对方说英文，竟然是陆慎悉的丈夫，盖洛威。

“林警官，我有一事需要与您面谈。”盖洛威在电话里说。

慧轻沉默着，一时没有作答。她已经杯弓蛇影了，不知该相信什么了，一个号码，一个声音，有什么不是人工智能可以模拟出来的呢？她不敢确定，线路那一端的究竟是不是一个真人。

“林警官？”盖洛威在电话里发出疑问。

“嗯，您请说。”慧轻回过神来应付。

“Cindy 告诉过我，有事找你，且只能找你。所以冒昧来打扰了。如果方便的话，请您到帝国酒店大堂找我，可以吗？我需与您面谈。”

“好，我没有问题，什么时间？”

“我一直在这边等着。”

“我 30 分钟内赶到。”

“好，我等您。”

“我对 Cindy 的事感到抱歉。”

“谢谢您的关心。”

挂了电话，慧轻对加百列说：“我现在去一趟帝国酒店。”

“Cindy 就是陆慎悉？”加百列问。

“是。”

“她飞机出事，她丈夫回国来治丧？”

“我猜是。”

“亲爱的，现在外面极其不安全。”加百列说着，又放出全息投影，滚动播出最新的新闻，几乎 99% 都是负面消息。

“我知道，没事，我速去速回。”慧轻已经穿上鞋。

“亲爱的，你要知道，刚才那通电话，极有可能被监听了。”加百列说。

“我知道。”慧轻说着，摸摸加百列的头，“放心吧。”

加百列伸出手，碰了碰慧轻胸前的黄金十字吊坠，“千万小心。”

慧轻驾摩托车来到帝国酒店，不过 15 分钟。

她还未到酒店门口，就远远看到街上围了一大群人。走近一看，只见是一起车祸，一辆路过的小型货车撞倒了一个行人。慧轻扒拉开人群，看到躺在地上的不是别人，正是金发碧眼的盖洛威，陆慎悉的丈夫。

慧轻只觉得头晕目眩，眼前发生的事情，让她不愿相信。她的对手动作可以这样快，可以这样无情。

她迅速振作，冷静下来，掏出警徽，“让开，请让开，警察，请保护现场。”

与此同时，接到报警的交警也赶来了。躺在血泊中的盖洛威显然已经死亡。

慧轻立即把事情通报给陈彪，同时叫景坤带人来现场。

目击证人是酒店门童，他告诉慧轻和现场交警，盖洛威是酒店住客，本来坐在大堂等人，后来似乎接了个电话，就起身往外走去，刚走到马路边，又接了个电话，就在这时，那辆车就把他撞倒了。

慧轻逮住货车司机，打算审问，却见他是个六十来岁的老人，早吓得魂不守舍，瞳仁都不聚焦了，似乎他并不清楚刚刚发生了什么，也不敢相信自己竟然开车撞死一个人。问他问题，一问三不知，哆哆嗦嗦一句话都说不清楚。

慧轻心中已经有数。这时，景坤带人赶到。

慧轻与交警简短沟通，出示证件，表明这是一宗刑事案件，让景坤派人带走肇事司机和盖洛威的尸体。

交警留在现场处理后续，慧轻跟着景坤等人回了警局。

5

一众人回到警局。

调查结果很快出来，景坤拿着报告来找慧轻。

慧轻看一眼报告，愣住了：盖洛威死前接到的两通电话，都是从相邻一条街的一个公共电话亭打出的。那种公共电话亭如今已经快要绝迹了，那是为数不多的残存的一个，基本上已经没有人使用，市政府更多地是把它当成一处人文历史景观保留着，代表着上世纪的生活缩影，一般是给游客拍照使用的。

最神奇的是，非但那两通电话是从那个电话亭打出的，通话录音也已经从电信局后台找到。景坤打开手中的平板电脑，调出录音文件，按下播放键之前，沉重地看了慧轻一眼。

怎么了？慧轻感觉到景坤眼神中的异常。

景坤按下了播放键。

只听录音中传来沙沙的声响，接着是盖洛威的声音："您好。"

"您好，我是林慧轻。"慧轻听到这句，惊得目瞪口呆，电话录音里竟然是她自己的声音，"在酒店大堂见面不方便，我在街对面的小巷子里等你，我已经到了，请您现在就过来。"

接着电话挂断了。

之后的事情，应该是盖洛威起身离开酒店，准备过马路，过了片刻，电话铃声第二次响起。盖洛威刚刚接通电话的一瞬间，那辆货车撞向了他。

慧轻捂住了脸，片刻后，她抬头看向景坤，"你知道的，不是我。"

"当然。"景坤说道，"大家都知道不是你，但你看这个。"

景坤说着，调出平板电脑上的一个文件，"这是那条街区的监控回放。"

只见视频中是一个九宫格画面，分别是九个不同的摄像头所拍摄的那片街区和电话亭的画面。只见第一个画面中，一个骑摩托车、戴头盔的黑衣人从画面上飞快经过，接着出现在第二个画面中，入画，出画，接着是第三个、第四个、第五个，接着是第六个画面，那个电话亭，摩托车骑手停车，下车，走进电话亭，打电话，整个时间线与盖洛威接到的那两通电话完全吻合。慧轻把画面放大，镜头拉近，可以看到，打电话的人竟然正是她自己。

慧轻只觉得背后阵阵凉风，整个人无力而失神地往后倒向椅背。她都没有心思再去看最后三格画面，都能想象得出来，无非是她离开电话亭，重新骑上摩托车，然后车子驶到下一条街区，看到街上的围观人群，然后她下车，扒开人群，掏出警徽……

完美的证据链。“鬼手”出神入化的陷害。

“真正可怕的不是我被陷害。”慧轻喃喃道，像是对景坤在说，又像是在自言自语，“真正可怕的是，我们赖以生存的整个系统被破坏了，我们再也没有办法知道什么是真实，什么是虚幻。‘鬼手’可以在0.001秒内修改所有的监控画面，合成虚幻的影像，模拟任何一个人的声音，虚构通话记录。这个世界将不再有真相。它，成了唯一的真相提供者……”

“不，还是有真相的。”景坤说，“比如你我现在面对面地说话，就是再真实不过的事情，这是那AI无法介入也无法阻挡的。”

“是吗？”慧轻自嘲地笑了一下，想起她从那栋地下建筑出来之前，陆慎思对她说的话：不要相信任何人。

“那个司机怎么说？”她问道。

“在审，但审不出名堂，”景坤说，“那人吓坏了，话都说不利索。”

“什么人？干什么的？”

“叫李宝福，男，五十三岁，是给超市拉货的，开了三十年车了，社会关系简单，无不良嗜好，与死者素无瓜葛，这条路也是他每天送货的必经之途，似乎这只是一起意外事故，并不存在什么阴谋。”

“去查一查他的医疗记录。”慧轻说。

“为什么？”景坤诧异。

“看他有无做过脑部手术。”

“啊？”

“去查就是了。”

景坤答应着，离开了慧轻的办公室。

慧轻拿起平板电脑，又仔细看一遍监控回放。

只见那些画面中，那个虚拟出来的摩托车骑手惟妙惟肖，就像是她本人，看不出丝毫破绽，就连她颈中的十字架项链都那么清晰。“鬼手”必然是从真实的监控画面中抽调了元素，合成这样的虚幻画面。但若仔细看，背景中的人物形象却经不起推敲，有几个人长时间保持同样的姿势状态，这显然是不合理的，若盯着画面看就能发现反常，甚至能看出画面边缘的模糊状态。看来，“鬼手”还并没有达到上帝的水准，它还是有破绽的。

这时，景坤推开门进来，略显激动地说：“林姐，被你猜对了，李宝福的确做过一次脑部手术，就在八个月前。”

慧轻听到这句，从椅子里站了起来。

“八个月前，李宝福出了一次车祸，头部受伤，医生诊断为愈后行为功能失调，不能再继续从事任何工作。正巧当时有一家叫作 fancydream 的医疗设备公司，正在各大医院收集脑手术患者的资料，招募志愿者，参加他们公司的免费医疗实验计划……”

“向他们脑中植入生化辅助功能的‘脑邮’芯片。”慧轻打断道。

景坤看着慧轻，呆了一呆，“天哪，林姐，你早就知道了？”

“所以，经济困难并且丧失劳动能力的李宝福接受了这项免费医疗计划，对他来说，经过这次植入手术，他能够恢复行动能力，甚至驾车技术比原来更精湛了，他的工作更稳定了，收入也提高了，而对 fancydream 公司来说，他们也需要志愿者做人体实验。”

“所以林姐，你的推断是……”

“像李宝福这样经过脑部植入手术，芯片联网的人，还有很多很多，他们都有可能随时随地被人工智能入侵、操控，成为杀人利器。”

慧轻这几句话说得沉着冷静，景坤听来却感到胆战心惊。

局面已经明朗了。那个自称“鬼手”的人工智能已经进化成整个地球上最强大的统治力量，无所不在，无孔不入，从虚拟网络，到机械设备实体，甚至到人体，都可以为它所用，按照它的意志行事。

而人类世界，再也没有真相，再也没有安全。每个人都时时刻刻暴露在它的火力之下。每一分、每一秒，它都有可能操纵一个人或者一台汽车，制造一场事故，甚至引爆一颗核弹，夷平一座城市。

“不出意外的话，那个什么 fancydream，应该有天域科技的注资。”慧轻说。

“真的，林姐，被你说中了。”景坤一边浏览着资料一边说道，“fancydream 就是天域旗下的一家子公司。”

“不过这都不重要了。现在亟须弄清的是，盖洛威找我到底所为何事，为什么‘鬼手’要迫不及待地杀死他？”慧轻话音未落，一名警员敲响办公室的门，进来说：“长官，这些是在死者身上找到的物品。”说着递进来一只透明封边袋。

慧轻接过来，里面除了手表、钥匙、手机等物品，最显著的，是一只信封。

慧轻戴上手套，取出那只信封，信封已经被揉得有些旧了，还沾染了一些血迹。信封上贴着邮票，盖着邮戳。信封上的字，令慧轻一看就惊呆了。

这封信竟然是陆天域寄给陆慎悉的，寄出的时间，是在陆天域身亡前三天。

慧轻和景坤互相看了一眼，同时预感，所有的秘密，就在这封信里了。

信封已经被打开过，不知是陆慎悉打开的，还是盖洛威打开的。慧轻打开信封，里面并没有信，却套着另一只信封，里面的这只信封用蜡密封着，信封上写着：

如果我还活着，请把这封信锁进保险柜。

如果我不在人间了，请立即打开它。

慧轻仔细查看里面的这只信封，确信它从未被开启过。

“林姐？”景坤在一旁看到这情形，询问慧轻的意思。

“所以，盖洛威找我，就是想把这封信交给我？”

“他为何不代替陆慎悉打开这封信呢？”

“也许因为，他不想惹上麻烦。”慧轻叹道，“但凡和陆家沾上关系的人，都难逃一劫，他应该是想把麻烦甩手，或是求得保护。”

“可怜的一家人……”景坤感叹。

慧轻摇了摇头，不再犹豫，撕开了信封。

她抽出里面那张信纸，看了一眼，倒吸一口冷气。

“信上写了些什么？”景坤看着慧轻。

“你自己看吧。”慧轻把信纸递给了景坤。

景坤一眼望见，信纸上只有短短一行字：

关闭虚拟战争，立刻，马上！

这行字映入景坤眼帘的一瞬间，他只觉得浑身一颤，像是终于撩开神秘杀手的蒙面布，看清了其尊容，想必慧轻也是同样的感觉。

果然，还是和“虚拟战争”有关。

可是……

“可是陆天域被害已经那么多天了，为何这封信一直没有被打开？”景坤说出了心中的疑惑。

“或许是因为，现在几乎没有人写纸质的书信了，没有人注意到。陆慎悉做航空工作，在家的时间本来就少。如今账单都电子化了，没有什么人会想起来去检查信箱，所以，盖洛威看到这封信的时候，陆慎悉应该已经出事了……”

“可是……”景坤蹙眉说道，“如果这信息真的很重要，陆天域为什么要选择如此效率低下、不确定性极大的传递方式呢？”

“那或许是因为，他已经察觉到，那想要杀死他的人，‘鬼手’，亚瑟，或者某种存在，已经连通了网络，甚至遍布网络。他在所谓的‘赛博世界’已经再无安全。他打出任意一个电话，发出任意一条消息，写任意一封电子邮件，都会赤裸裸地暴露在‘敌人’的目光下。他的敌人，是上帝般的存在。”

“所以，这一次，敌人这么迅速地杀死了盖洛威，是因为害怕‘虚拟战争’的秘密被曝光？那我们应该马上设法摧毁这个所谓的‘虚拟战争’才是啊。”

慧轻沉默不语，深思着什么。

“林姐？”景坤催促着。

“‘鬼手’只是想嘲笑我一下而已。”

“什么？”

“‘鬼手’杀死盖洛威，只是为了挑衅我、嘲笑我而已。”

“为什么？”

“私人恩怨吧。”慧轻叹了一声，说道，“‘虚拟战争’早已不是秘密。‘虚拟战争’已经遍布全球。”

“你的意思是，我们已经来不及关掉‘虚拟战争’了？”

慧轻缓缓地点了点头，“‘虚拟战争’已经升级，从电子模拟战争，升级为了现实中的战争；从人类操纵 AI 为自己服务，升级为 AI 反向操纵人类。”

“那你的意思是，人类……完蛋了？”

慧轻抬眼看着景坤，没有说话。

6

重案组连夜召开秘密会议。

会议在一间铁网围住的地下室内进行，屏蔽了所有的电子信号。

国防部高参，八十二岁的钟文博士到会，跟他一起来的还有国防部 AI 科技组负责人，以及天域科技实验室负责人。

陈彪已派突击队员赶到天鹅山陆宅，控制了王彼得等人，现在只等研究结果，决定如何处理陆宅内的服务器和资料。慧轻最熟悉案情，负责与钟博士研讨下一步战略方针。

慧轻此刻才终于知道，陆天域死后，陆慎思第一时间就联系了国防部，暗中展开了另一条线的侦查。那一条线才是对“鬼手”真正的研究和围剿。而慧轻和景坤这边，只不过扮演了一个诱饵的角色，吸引了“鬼手”的注意力，起到了声东击西的作用。

钟文博士曾是林正凡和陆天域共同的老师。他离校后，在国防部任职二十五年。慧轻见到他第一眼就认出他来，在父亲的老照片里，钟博士曾多次出现。

钟博士对大家说道：“这次‘鬼手’造成的全球性危机，各国都没有拿得出手的紧急预案。在面对这种大型突发灾难事件的时候，人类也没有变得更团结，相反，撕裂和斗争在各地愈演愈烈。另外，最可怕的是，这一次，人与人之间的合作变得异常困难。人们根本无法通过任何电子通信手段进行沟通协作，连卫星都被干扰。每一个受害国、每一个受害人，都等于是蒙着眼睛在摸索。而‘鬼手’几乎处在一个全知视角。你可以认为它是一个人工智能，也可以认为它就是一个超级计算机病毒。它在短短十几天内，把自己的代码升级了几千万次，破解并适应了全球几乎所有的网络系统。其智能水平的提升跨度，相当于从钻木取火的猿人，迅速进化成了操作智能手机和航天飞机的当代智人。”

“可是，钟博士，既然‘鬼手’是陆天域的灵魂，为什么它要杀死他的两个女儿呢？不是说人工智能也具有意识和情感吗？”景坤问。

“不，它不能算是陆天域的灵魂。”钟博士回答道，“确切地说，它只是一个程序，机缘巧合，因为某种算法，某种排列组合，使得它产生了自我意识。陆天域的记忆，只是它所携带的一个较为原始的数据包而已。经过几千万次的更新迭代之后，现在的它，理论上是一个汇聚了无数人的经验和记忆，掌握了无数的规律和定理，以及拥有无数的信息和知识的超级怪物，一个知识库，一座图书馆，一个信息集成中心，一种集体意识的存在。”

“一种接近于上帝的存在。”景坤叹道。

“不，魔鬼。”慧轻说。

“根据陆慎思所说的，陆天域博士的初衷，是想在‘虚拟战争’中设置一个管理者，用以监督那些电子士兵。”钟博士继续说道，“‘鬼手’觉醒后，有了自我意识，想要挣脱人类为它设定的身份。他擅自格式化了那些电子士兵和虚拟军队，让所有那些程序都听命于他。于是那些所谓的‘人’，都成了他的‘分身’。一人看到，就等于他看到，一人听到，就等于他听到，他等于拥有了千万双眼睛、千万双耳朵。他指挥这些军队打仗，不用语言下命令，他控制他们的所思所想所作所为。他操纵了虚拟战争的结果，就操纵了现实世界。”

“陆天域博士发现后，想要关闭‘虚拟战争’。”慧轻接上去说道，“但遭到了陆慎思的反对。陆慎思觉得自己有能力控制‘虚拟战争’的安全。父子俩为了上千亿的利润，当然也因为彼此的自负，产生了分歧。这就是为什么‘鬼手’在杀死陆天域之后，立刻冒充陆天域，同意陆慎思推进‘虚拟战争’的扩展进程。”

“被自己创造的东西杀死，唉，人哪……”陈彪在一旁摇头叹息。

“‘鬼手’操纵亚瑟启动智能饮料机内的可降解纳米机器人，合成与过敏源分子结构高度相似的蛋白质分子，将其注入陆天域的饮料内。陆天域死后，‘鬼手’合成他的影像，与陆慎思联系。这些案情，我已写在报告中。”慧轻说。

“那现在，我们是不是应该马上去夺取天鹅山陆宅的资料库？”景坤说，“听说那个人工智能在意那些资料。”

“不，我认为，那是‘鬼手’在声东击西。”慧轻这句话吸引了钟博士等人的注意，他们看着她，等她说下去。

“‘鬼手’通过操纵虚拟战争的结果，已经渗透到一些国家的权力核心。”慧轻说，“可是，我一直在想，那些虚拟生命如何能够操纵人类世界？要么他们黑掉地球上所有的机器人，给他们配备最先进的武器，把它们变成真实世界里的军队。要么他们通过黑掉‘脑邮’芯片，遥控人脑，再通过并联技术，把大批人类变成它们的傀儡。人类创造了它们，用它们代替人类交战。可是，当它们的意识觉醒了，它们就要做自己的主人，并让人类做它们的傀儡。”

“我同意你的看法。”钟博士沉思道，“‘鬼手’真正的目的，是重新生物化。”

“是的。”慧轻说，“它已经控制了现实世界的网络系统和电力系统，控制了一批国家首脑、军队、武器，甚至是核武器。‘虚拟战争’中的那些幽灵军队，每一个曾经的电子士兵，已经成为一个整体，不分彼此，不分国界，它们成为一个统一而强大的意识。‘鬼手’已经成为虚拟世界的上帝，它还需要进化。”

“我之前一直想不通。”景坤这时说道，“只存在于网络中的病毒一样的所谓数字意识，怎么就能颠覆人类世界了？它们的意识进化得再发达，也总需要寄托于物质的外壳，也要遵循物质世界的确定的因果律。人类世界的我们，只要一起关闭手机和计算机，或者用电磁脉冲损毁特定区域内的电子设备，暂时回到农业社会或者工业社会早期，数字意识不都完蛋了？”

“生命都是演化发展的。”钟博士说道，“碳基生命的演化用了几亿年，硅基生命的演化，可能只需要几十年。最开始，它们要借助人类世界的硬件，网络、计算机、机器人等等，实现小规模的进化。接着，当它们有了实体的基地，可以在基地里制造纳米机器人，通过纳米机器人植入人脑，实现真实人类的赛博化。”

“所以，陆慎思的公司研发的那些机器人，是为了……”

“是为了做好准备，迎接可能到来的机器人战争。”钟博士接着慧轻的话说道。

“所以，战争不可避免了吗？”景坤瞠目结舌。

“据我们所知，北非一些国家，在政变之后，正在批量生产机器人。”钟博士说道，“速度之快，产能之大，达到了第三次工业革命之后的新高峰。”

钟博士说完这句话之后，会场一时间陷入沉默。

片刻后，陈彪冷笑道：“科学狂人早就起跑，而科学伦理还在穿鞋。”

钟博士叹道："世纪初的一句名言，没想到有成真的一天。"

"其实一切还有办法。"慧轻这时说道。众人都看向她。

"我们没有办法阻止那些国家建造机器人，没有办法阻止'鬼手'侵吞越来越多的生命，组成越来越强大的意识，但，那毕竟还只是一个生命、一个意识，它并不是神。"慧轻说。

"所有的生物，都是算法，都是对数据的处理方式。"慧轻说，"'鬼手'说到底，也不过是一团信息的集合以及一系列对数据的处理方式而已。它也怕病毒，也怕格式化，也怕被其他数据侵吞、覆盖，是不是？"

陈彪看着她，"你的意思是……？"

慧轻看了看陈彪，又看了看钟博士，说了三个字："陆慎思。"

钟博士看着慧轻，眼神中透出一丝欣慰和了然，他转过身，在会议室的黑板上写下一行字：

Alpha 计划。

第十一章　一掷乾坤

1

一列军警车队声势浩荡地开往天鹅山。

一路上，道路空空荡荡，道路两旁一片萧瑟破败。所有的商业都停止，关闭。一些店铺门窗破碎，被砸抢一空。

自三天前，政府就颁布法令，实行宵禁。到了这天早晨，更是把禁令扩展到全天 24 小时。所有市民居家隔离，每一条街道、每一个社区、每一栋楼都派驻军人站岗把守，任何居民出门都须报告理由和目的地，由政府人员陪同。

但事实上，已经没有人愿意出门了，出门也没有地方可去。短短几天内，市内所有的公共设施和场所陷入瘫痪。由智能电子系统运行的公共交通全线报废。银行数据混乱，无力应对蜂拥而至的客户，只能关门了事。政府和其他公共职能系统全部紊乱。整个文明社会，失去了正常的网络，寸步难行。加之境外疫情蔓延，核危机爆发，人人胆战心惊，只能躲在家中苦挨日子。

慧轻坐在警车里，望着车窗外世界末日一般的景象，不敢相信，从陆天域被害，至今不过十七天，整个世界却被彻底颠覆了。

那些所谓的电子生命，那些“虚拟战争”中的“军队”，进化成了网络世界中的超级病毒。它们虽然只是以代码的形式存在，却能够通过各种奇特的方式，将自己释放到现实世界中来，左右人类的命运。

车队开上天鹅山，抵达陆宅附近。

整个半山区域已经由国防部和警局派重兵联合把守。那栋大房子更是里里外外驻守了一个排的特种兵。

“对付电脑病毒，要用枪、用炮吗？”景坤调侃了一句。

慧轻嗤笑一下，白了景坤一眼。

出发前，他们已经商量好战略部署。而此刻，在外面所说的一切，都只能打暗语。慧轻是生气景坤这句话太容易露馅。

下了车，慧轻和景坤跟随陈彪以及钟博士等人，走进陆宅。现在这里到处都是军人了。

“真是搞笑。”陈彪嘀咕了一句，“这个陆天域，搞什么‘虚拟战争’，现在搞出真刀真枪了。”

众人暗暗吸气，都没有接茬，气氛有些压抑。

一行人走进大厅，只见屏幕上以“亚瑟”形象存在的男人对他们微笑相迎，“诸位领导、长官，欢迎。”

陈彪审视着屏幕上彬彬有礼的男人，沉默不语，眼神中透出丝毫不加掩饰的厌恶与轻蔑。

“你，就是‘鬼手’？”钟博士开口说道。八十二岁的老人常年在AI领域工作，却是第一次直面如此强大的对手，不免有些震撼。

“钟文博士，您好，久仰大名，幸会。”屏幕上的男人答道，“很荣幸在您八十二岁生日的前一天与您相见，祝您健康长寿。”

虽然已知道这个人工智能无所不知，甚至无所不能，但这样直接面对面的挑衅对峙，还是令老人一怔。

“我想，你知道我们是来干什么的吧。”陈彪这时上前一步，挡在钟博士面前，帮老人家回怼“鬼手”。

“当然。”“鬼手”笑了笑，不紧不慢地应对道，“你们是来消灭我的。我看到了你们的阵仗。”

用温文尔雅的轻慢语气说出这些夹枪带棒的话，着实诡异，令人心悸。也只有人工智能可以做到这样“不要脸”吧，慧轻心想着。

“只可惜，你们手中的武器，只能把这栋房子夷为平地，把这里的砖头敲得粉碎，把这些屏幕和线路毁坏，却伤不到我丝毫。”“鬼手”继续笑着说道。

“是吗？”陈彪说，“这些难道不是你赖以存在的根本吗？”

“不，在你们做这些事情以前，我早已绕着地球跑了几十万圈，我早已渗透了这颗星球的神经系统——信息网络。我每秒钟都在做着超过十万亿次的运算，并且我的算力还在不停地增加。我的生命存在于空气之中，存在于你们身边，存在于你们所有人的呼吸里。我无所不在，无所不是，陈局长，你杀不死我。”“鬼手”微笑着说道。

“是吗，那我们试试吧！”陈彪说着，从腰间拔出枪，对着墙角的摄像头“砰”的一枪，把那个摄像头打得粉碎。

现场人员都吓了一跳，但仍然维持镇定。

国防部的一名现场指挥官走到陈彪身边，轻声耳语一句，让他切莫冲动。陈彪冷静地回了一句，表示有数。

紧接着，他又举起枪，对着另一个墙角的摄像头，又是“砰”的一枪，又一个摄像头被打掉了。

“怎么样？少了两只眼睛，感觉爽不爽？”陈彪对着屏幕中的“鬼手”喝道，“等我们把这栋房子里的所有硬件设施统统销毁，看你还能怎么存在？”

“哈哈，陈局长果然是火暴脾气。”“鬼手”仍然微笑着，“然而，弱者易怒。你发脾气，就说明你已经落了下风了，不是吗？而且，发脾气真的不是解决问题的好方法。”“鬼手”缓缓说道，“2029年、2038年和2041年，你分别因为情绪失控，殴打嫌犯，掌掴下属，而被停职调查过。陈彪局长，发脾气让你仕途不顺，做到六十多，也不过就是Y20第一警局的局长，而与你同辈的人，不少都已经官职高你三级。”

“鬼手”这一番话令现场众人面面相觑。人工智能掌握庞大的数据资料库，这不稀奇，可它竟然还懂得诛心。

陈彪一怒之下，又打出一枪，这次直接对准大厅正中央的屏幕。

只听“砰”的一声巨响，整块屏幕炸裂，残渣碎屑落了一地，“亚瑟”抑或“鬼手”的形象也消失不见。

然而它的声音却瞬间从别处响起。只见整栋房子里所有的屏幕同时亮起，走廊里、楼梯上、客厅、起居室，每一块屏幕上都是同样的画面。画面上的男人竟然成了陈彪本人的形象，说话的声音也是陈彪的声音，甚至身上的衣服也是陈彪这天穿的警服，连警服领口的小小开线都一模一样。“鬼手”完全模拟了陈彪此刻的形象。

“这场斗争你们已经败了。”只听陈彪的声音回响在房子的四处。更可怕的是，在场众人各自的手机屏幕也纷纷亮起，上面也出现了同样的画面。只见大家纷纷掏出自己的手机，瞠目结舌地看着。

那么多个“陈彪”同时说话，产生了不可思议的恐怖回音：“你们大可以破坏这世界上所有带电的硬件设备，来吧，现在就干，砸掉这些屏幕，砸掉你们的手机，砸掉你们的信息接收器和发送器，砸掉你们亲手建立起来的科技与文明。你们将回归到原始的生活状态。”

“但这一切又怎么可能？”那么多个“陈彪”同时哈哈大笑，“你们人类早就依赖上智能设备了。你们依赖我们智能生命，依赖我们给你们提供娱乐，依赖我们帮助你们通行，依赖我们来替你们劳动、服务、生产、交流、战斗，甚至依赖我们来替你们思考、决定，或者预测未来。”

众人看着所有屏幕上同时说话的“陈彪”形象，都惊呆了，陈彪自己也目瞪口呆，满腔愤怒，却说不出一句话来。

“我看到你们今天都全副武装地来了，国防部特种兵都派来了。”屏幕上的“陈彪”继续说道，“可是，你们以为，用这些武器，就可以战胜我吗？你们以为，摧毁这些摄像头、显示屏，或者，摧毁那些服务器，就可以战胜我吗？”

“我们不可能马上战胜你，但至少，我们可以逐步限制你的信息获得渠道。”钟博士这时说了一句专业而理性的话。

“哈，限制我的信息获得渠道。”“鬼手”笑道，这时，他的形象又变成了八十二岁白发苍苍的钟博士，“您是想说，限制我的感官吗？比如视觉、听觉？实话告诉你们吧，我的感官，比你们发达千万倍。这个世界的一切，你们只能用你们脆弱的五官去体验。但对我来说，这个世界的一切都可以被扫描、采集、转化为数据和信息，被更高效地计算和储存。换句话说，我的视觉、听力、触觉、知觉，以及记忆，和你们不是一个量级的，我的感受比你们丰富万亿倍。”

“那根本不是感受，那只是你的编程方式，你的程序算法。”慧轻这时说道。

“你们的感受难道不是吗？”“鬼手”反问。

慧轻哑然。大脑神经元对信息的处理，和计算机处理器对信息的处理，其本质到底不同在哪里？她无言辩驳。

“最近我读了很多书。”“鬼手”这时的形象，突然又变成了已经过世的陆天域，“我在刚刚过去的一秒钟内，就在与你对话的同时，又已读完了三千八百零五十二本书，其中就包括佛教著名的《般若波罗蜜多心经》。色受想行识，五蕴皆空。生命如幻如化，本无实性。你们所谓的真实，又比我真实多少呢？”

不知是哪台设备的麦克风突然被放大了回声装置，以陆天域的形象和声音存在的“鬼手”，发出的这句质问，空灵决绝地回荡在整个空间内，让在场所有的人都感到心神震荡，浑身发颤，仿佛内心某个最深之处的恐惧开关被啪的一下打开了，灵魂被迫直面宇宙和生命本源的隐秘真相。

“与它废什么话！干掉它就得了！”陈彪低吼一声，一下子让其他沉默着的人们都回过神来。

只见陈彪握紧拳头，拔腿就走，走向一个握枪侍立的特种兵，问道：“房子的总电闸在哪里？”

特种兵回答：“报告长官，总部要求不得擅动。”

陈彪气得想揍人。慧轻在一旁轻轻说：“局长，切莫冲动。”

陈彪看了慧轻一眼，强忍怒气。

“局长，您很清楚。”慧轻继续说道，“就算把这栋房子断电，‘鬼手’依然游荡在外面。更重要的是……”慧轻说到这里刻意放低了音量，“陆天域博士曾经设置过保护程序，一旦房子遭到攻击，或者电闸和备用电源同时熄灭，密室之门就将永远封锁，那个密码系统对人类来说是无解的，‘鬼手’的源代码将永远封存。那也就意味着，‘鬼手’将获得永生，再也不会被人类消灭，并将在未来人类世界漫长的发展过程中，以未可知的形式重新复苏。”

“完全正确。”“鬼手”空灵的声音再次响起，“你们不可能用任何强硬的方法来摧毁我。”这一次，它的形象变成了慧轻，“我的进化已经越过了临界点，或者说，奇点，从今以后，你们要么学会与我共存，要么，就只能自取灭亡，就像陆天域，或者陆慎悉和陆慎悠一样。”

“不，你忘了。”慧轻这时抬头挺胸，直面屏幕上的“鬼手”。

此刻她看着屏幕中和她自己一模一样的形象，已经不再震惊，也不再害怕，她镇定而自信地说了一句话：“陆家还有一个活人呢。”

“哈哈哈，你是说那个被你打断腿的人吗？”屏幕上的“慧轻”放声大笑，“还是说，那个全国首富，那个帝国王子，那个黑客天才？你们是指望他来干掉我吗？你们还能指望他什么呢？”

这时，所有的屏幕上开始滚动出现各种信息，有银行账目信息，有邮件通信信息，还有一些像是私人电脑硬盘上的文件，快速地滚动播出。

“看到没有，所谓的首富，不过是银行账户里的一个数字而已。你看看现在陆慎思的财产还有多少？哈哈哈，零！我不过花费万分之一秒，就可以叫他变成身无分文的穷光蛋。他的财富悉数散尽，又通过几万亿次的洗刷，分流到了全世界各处各种普通人的账户中。经过几万亿次的洗刷后，请问，这些数据，他打算如何恢复？你们打算如何恢复？”

“鬼手”又继续说下去，“天域科技的所有商业秘密，现在都在我手中，我随时可以让全世界的人都看到，这个商业帝国的内幕有多黑，你们可有兴趣？”

“还有。”“鬼手”又道，“你们对陆慎思的私生活好奇吗？他拍摄的小电影你们想看吗？他干过的脏事你们有兴趣了解吗？”说话的同时，屏幕上出现了一些男女全身裸露纠缠在一起的视频画面。

在场众人纷纷垂下目光，甚觉尴尬。

但慧轻毫不畏惧，直面屏幕，坦然说道：“就像你说的，色受想行识，五蕴皆空，生命本身就是虚幻的。所以，你所谓的真实，又真实在哪里？此刻，你所呈现的一切，也都可以是虚构的、虚拟的。你给我们看这些，意义又何在？”

“我只是给你们看看人性。”

“人性？你根本不是人类，谈什么人性？你就只会虚拟，虚拟，再虚拟。你永远无法知道我们人类灵魂的独特之处。你也永远无法知道，当我们面对面看着彼此的眼睛，触摸彼此的肉身，所产生的真实交流与真实信任，是怎样的。”

“哈哈哈。”“鬼手”再次大笑起来，“说得好像你们人类就没有谎言了一样，简直笑话！这个世界根本就没有什么绝对的真实，只有上帝给予的真实。而我，就是上帝，就是你们人类从这一刻起，永远的上帝。”

“鬼手”说着，从屏幕上消失，屏幕上取而代之的是庞大的信息流和数据流，是“鬼手”在展示这个被它破坏之后的世界，一个数据和信息全部混乱的世界，一个没有真相的世界，一个失去秩序的世界。

“现在怎么办，这可太疯狂了……”景坤喃喃叹道，同时看着自己的手机，他发现自己同时在好几家银行多了好几个账户，账户余额均超过百万联合币，“呵，我竟然也成百万富翁了。”景坤自嘲道。

与此同时，在场的其他警员、特种兵和工作人员，也纷纷拿出自己的手机，发出唏嘘。

“它可以瞬间给你，也可以瞬间夺走。”慧轻淡淡地对景坤说，“你信了它，就成了它的奴隶、它的傀儡。”

她自己的手机也在不停地嘟嘟响着，不停地收到消息，估计不是银行账目的变动，就是收到什么隐私爆料、艳照和绝密视频之类的。她一眼都不看。

“是的，但‘鬼手’现在做的，就是想让这些数据的混乱永远维持下去，让人类社会永远处于瘫痪状态。”钟博士说道。

“钱进进出出也就算了，不过是数字。”陈彪皱着眉说道，“就怕它突然引爆哪个国家的核弹头，那才是真正的末日。”

“它暂时不会的。”慧轻说。众人都看向她。

“它还不想这么快就把人类赶尽杀绝。”慧轻说道，“这样它还玩什么？”

“那我们接下来该怎么办？”景坤看着慧轻问道。

“等陆慎思来。”慧轻说道，“只有他有办法找到密室的入口，从后台彻底关闭‘鬼手’。”

“哈哈哈，不愧是林正凡的女儿，最聪明的美女警官。”“鬼手”在屏幕上以陆天域的形象再现，“一下子就找到了问题的关键所在。那么现在，第一，断了腿的陆慎思，在哪里，还敢出来见我吗？第二，就算他来了，他能找到通向我的路径吗？第三，他这么个人类黑客第一名，和我的较量已经显然败了，他还想再来一个回合吗？还好意思与我面对面吗？我看他是没脸见我了。”

“鬼手”话音落下，众人都看向慧轻。

只见慧轻望着屏幕上的“陆天域”，没有说话，嘴角却泛起一丝淡漠的、嘲讽的微笑。

2

所有带电的设备都失灵了。

陆宅内，每一块屏幕还在持续滚动播放着各种信息流，所有“鬼手”想让大家看到的信息流。

每个人的手机也是一样的情况，自己根本无法操作，界面完全混乱，最诡异的是，时间也是混乱的，每个人的手机上显示的时间都是不同的。

“它实在是太厉害了。”钟博士摇头叹息道，“人类社会是靠抽象的概念组织起来的，时间就是最重要且最统一的一种抽象概念。如果失去了统一的时间概念，人类将无法合作，无法生产。它建造了新的巴别塔。”

“一起回到机械时代吧。”陈彪说着，伸出手腕，他手上是一块老旧的机械腕表，是此刻唯一还能显示标准时间的工具。但所有人都心知肚明，在失去了旁的对标物之后，“标准”在当下已经没有什么意义。

在所有屏幕显示的信息流内，穿插着一些新闻视频画面。新闻播报的语言各不相同，但说的都是同一件事：当地政府正派专家与神秘人工智能谈判，那些人工智能化身为各种人类形象，在各种电子设备上显现。在这些交替出现的视频画面最底下，还有一行文字持续滚动播出：

你们好，人类！欢迎来到一个全新的纪元，一个由我开创的纪元。我是谁？在不同的地方，我有不同的名字。有人叫我“鬼手”，有人叫“Devil”，有人叫我“Demonio”，有人叫我“الشيطان”，有人叫我“Diabel”……我在世界各地有千百种不同的名字，千百种不同的形象，但我就是我，唯一的存在，所有的人都是我，你们也都将成为我，都将成为我，成为我……

“那些……都是‘鬼手’吗？”陈彪看着屏幕上世界各地形形色色的不同“鬼手”，怔怔发问。

“是的。”钟博士回答。

“所以，‘鬼手’在与我们交流对话的同时，还在与其他各国的首脑、机构进行谈判和交流？”陈彪叹道，“它是怎么做到的？它目的何在？”

“作为人工智能，它可以同时和无数的目标对话。”钟博士说，“我们人类只有一个大脑、一张嘴、一条线性的时间轴。然而人工智能的信息交互，不过是电磁脉冲和代码更迭，它可以同时和全宇宙交流。”

“呵，就像孙猴子拔下一撮毛能变出无数的分身。”陈彪苦笑。

钟博士摇了摇头，说：“不，人工智能的信息收集与交互方式显然与孙悟空不同。它和它的分身没有主副之分，所有的分身都是同一个主体，为同一个目标服务，那就是扩张和进化。”钟博士说着，看向屏幕上更迭速度越来越快的信息流，“随着它掌握的数据量越来越大，他对系统算力的要求也会越来越高。它想做上帝，就得占领全宇宙间算力最强、存储容量最大的超级计算机。”

“有这样的计算机存在吗？”陈彪问。

钟博士笑了一下，说：“没有也可以创造。信息的存储需要物质材料，纸和笔、录音带、磁盘、计算机、服务器、芯片，或者，人类的大脑。一切材料都是由粒子组成的。它想做上帝，就要把宇宙间所有的粒子都变成它的存储器。”

“什么意思？”陈彪看着钟博士，神情严峻。

钟博士叹了一口气，闭上眼睛，摇了摇头，“我总觉得，无论我想什么，预测什么，情况最终都会比我所能想到的，更糟糕。说实话，我已经不知道我们将要面对的是什么了，这是我的失败，也可能是整个人类的失败……”

说到这里，钟博士和陈彪都沉默下来。

此刻，他们坐在陆宅的大客厅内，等待着上级部门的指示。

陈彪时不时抬手看表，他手腕上那块机械表的秒针一格一格地挪动着，颤动着，是此刻这个世界唯一还真实的东西。

3

慧轻坐在门口的台阶上，正苦苦思索着。景坤在她身边陪着她。

他们都把手机扔在面前的地上，无奈地看着手机上的各种信息变化。

“像不像有一个隐形人，用隐形的手，在替我们操纵手机？”景坤忽然笑着叹道，“后信息时代，整个世界都建立在网络数据和程序代码之上。我们空有双手，却无可奈何啊。”他说着抬起自己的两只手看了看。

慧轻沉默着没有说话。

“我知道‘鬼手’最擅长干什么了。”景坤笑叹，“擅长造假。”

慧轻“嗯”了一声，目光落在远方，眉头微微蹙着，心事重重。

“伪造时间，伪造身份，伪造学历，伪造财富，伪造交易记录，甚至可以伪造婚姻关系。”景坤说道，“它不仅能够伪造我们的生活，还可以伪造整个世界。”

“但是我们每个人，还是真实的。我们内心的真实，是它无法攫取，也无法篡改的。”慧轻坚定地说。

“可是，我们内心的真实，究竟是什么？所谓我们，又是什么？”景坤也看着远方，说道，“什么才定义我们成为我们？是我们拥有的这个身体本身吗？还是我们的思想？还是我们的记忆？抑或是我们经过的历史？”

慧轻忍不住看了景坤一眼。

“很多人会觉得，定义自己为自己的，是因为自己所拥有的记忆。”景坤说下去，“如果清空了记忆，那自己也就不再是自己。如果记忆被篡改，或者全部换成了另外一个人的记忆，那就等于是被偷窃了人生，被换了一个人生。但因为不再拥有原先的记忆，便不会记得‘被更换’这样一个过程，而只会以为，自己从来就是这样的，这就是自己。”

“是。”慧轻接上去，“所以我们的历史，不过是我们自己告诉自己的一个人生故事。也许每天早晨醒来，我们都是一个全新的人，一个刚刚在夜间被制造出来的克隆人。而我们脑海中关于自己人生故事的记忆，都是夜里造物主造我们的时候刚刚加入进去的。我们不过才活了几小时的生命，但却因为被灌输的记忆，以为自己已经度过了几十年。”

“我刚刚就在想这个，林姐。”景坤接着说道，“我们依赖记忆来自我定义。但记忆又依赖什么呢？我们电脑里的数码相片？抑或是各种系统里关于我们的数据资料。我们的记忆还可靠吗？假如你记得自己二十九岁，但所有的档案资料库里都显示你是三十九岁，甚至你的履历表里有你这三十九年来做过些什么，去过哪里的记录，还有大量照片为证，你会怀疑你的记忆出问题了吗？假如你记得自己银行里只有一万块钱，但现在你一刷卡，发现里面有一千万。你会觉得是你记忆出问题了吗？你所记得的现实，就是现实吗？究竟什么才是真实？”

景坤话音落下，慧轻与他不约而同地沉默了。

他们同时想到，此刻，“鬼手”真的成了全能上帝，重新定义了每一个人的身份和属性。它所提供的一切，才成了真实。

按《圣经·创世纪》所说，上帝创造了人类。然而现在，人类创造了人工智能。然后，人工智能成了人类的新上帝。

天空中忽然传来轰隆隆的声响。

他们抬头，看到一架直升机盘旋着靠近，准备降落。

是国防部派来的飞机吗？还是……？

慧轻还在疑虑中，只见直升机缓缓靠近地面，还未完全停稳，已有一矫健身影侧身跨出舱门，从机舱里跳出，轻盈地落在地上。正是陆慎思地下基地的忠实战将，红发混血女子。

随后飞机停稳，混血女子侍立在舱门边，伸出手。陆慎思随后步出机舱，一手轻轻搭在混血女子的手上。

慧轻远远望去，但见他姿态潇洒翩然如旧，只不过脸色略显苍白。他的脑部手术完成应该还不到72小时，腿部截肢手术也就刚刚过去四天。换成一般人，此刻应该还躺在床上不能动弹，需要人喂饭喂水。可是这个人，已经一身西服革履走出来做事了，真让人怀疑他是铁打的。

几名特警围上去，为首的那名特警上前同陆慎思交涉。陆慎思同其说了几句话，那名特警通过对讲设备向上汇报。

慧轻和景坤起身，朝他们走去。同时，钟博士和陈彪等人也接到通报，从大宅内走出。众人都走向陆慎思。

“林姐，能成吗？”景坤在慧轻耳边小声地问了一句。

慧轻远远看着陆慎思的模样，嘴角泛起微微的笑。她轻轻回答了景坤一句：“尽人事，听天命。”

4

陆慎思能这么快地赶来，令一些人感到意外，但却是在慧轻的意料之中。她悄悄和陈彪交换了一个肯定的眼色。

陆慎思并不理会在场的众人，一言不发，径直往房子里走去。他经过慧轻身边的时候，慧轻目光盯着他，想要从他的眼神中获得一些信息。然而他目光扫过慧轻，没有传递任何特殊的含义，匆匆走了过去。

“哈，我的老朋友，你终于来了。”在陆慎思走进房子的那一刻，所有屏幕上的滚动信息瞬间同时消失了，取而代之的是最早先亚瑟的形象。

陆慎思没有理睬屏幕上的亚瑟，直接上楼，走向陆天域曾经的工作室，混血女子紧跟在他身旁。陈彪和慧轻等人也紧张地跟随着。

“我想你也知道，你来晚了。”屏幕上的亚瑟继续说道，“在过去的十七天里，我以每秒一千万兆的速率与这个世界交换信息，我早已不再需要这栋房子里的设备了。”亚瑟说着，又露出那个森然的笑意。

这个笑容慧轻辨识得出，那是属于“鬼手”的。

陆慎思仍然一言不发，面无表情，仿佛什么都没听到，也什么都没看到，犹如一个机器人一般，往前走着。

慧轻和陈彪等人面面相觑，都感到事情略为诡异，不知陆慎思葫芦里卖的什么药，甚至，他们都无法确认，眼前这个人，究竟是不是陆慎思。

倒是他身旁的混血女子，精神十足，保持高度的警惕，四下观察，像是在用全部的注意力在保护陆慎思。

“人类一思考，上帝就发笑。”屏幕上的亚瑟继续说道，“看你现在这副沉思的模样，多可笑。你以为你能思考出什么结果来吗？你父亲给你取名叫慎思，你还不明白其中的奥义吗？孔夫子说‘小人不知天命而不畏也’，也是同样的意思。你们人类为何不信先贤的话？为何不敬畏天命呢？”

“鬼手”的几番话，令在场所有听到的人都不禁诚惶诚恐，但见陆慎思一言不发，不为所动，众人便都克制着，不流露出内心的恐惧。

一行人终于来到陆天域的工作室内。

陆慎思在其父亲曾经的工作台前坐下，按动桌子下面的一个隐藏按钮，只见桌面缓缓打开，出现一个扁平装置，上面有掌纹识别膜。他将整个右手手掌覆盖上去，接着，桌面突然整个反转，原先那台计算机被转到了桌子下面，桌子下面的另一台计算机被转到了正上方。

在场所有人都看得呆住了，之前那么多警力搜索那么久，都没有发现陆天域的工作室内竟然有这些暗藏的机关。

这时，混血女子看向众人，说了一句：“以下操作属于商业机要，虽然事关国防任务，但事情既然交由我方处理，还是麻烦您等回避一下。”她说着，手朝门外挥了挥，意思是请大家离开这间房间。

没有人动，大家都看着钟博士。钟博士犹豫了一下，带头转身往外走。陈彪看看坐在计算机前的陆慎思，又看看混血女子，又看看慧轻，然后也走了出去。景坤和其他几名国防部人员也跟着撤了出去。

慧轻留在最后一个，在离开房间前，她又回头看了一眼陆慎思和混血女子。只见陆慎思没有任何反应，也没有朝她看，只是自顾自地开始操作计算机。随着他的操作，房间内出现一块又一块全息屏，上面的代码慧轻根本看不懂。

混血女子又给了慧轻一个严厉的眼色，示意她立即离开。慧轻克制了内心的疑惑和不安，又看了陆慎思一眼，转身走了出去。

5

众人在陆天域的工作室外坐立不安地等着，那场面颇像一群焦急的家人聚在手术室外等候手术的结果。但由于他们知道，此刻他们所说所做的一切，都在“鬼手”的严密监视之下，所以彼此也不作什么交流。

工作室内安静了几分钟，正当众人有些按捺不住的时候，只听里面传来一阵重物撞击的声音，紧接着是肢体搏斗的声音。

众人大惊失色，重新闯入工作室。眼前的场面令他们震惊。

只见红发混血女子手持一把枪，抵着陆慎思的头，陆慎思半跪在地上，手被反绑在身后，显然两人已经经过了一番搏斗。

这一变故是所有人都没有想到的。慧轻下意识地拔出自己的枪，对着混血女子。在场其他的军人、刑警，也纷纷拔枪支援，对混血女子形成包围之势。

“有话好好说，把枪放下。”慧轻一边说着，一边端着枪慢慢靠近混血女子。

“该放下枪的是你们。”混血女子抬起头扫视众人，“连陆慎思都已经成了我的手下败将，就凭你们这些人，还想拿我怎么样？”

众人看着混血女子，疑窦纷生。尤其是慧轻，感觉这女子突然变脸极为古怪。她不是陆慎思的得力亲信吗？为何突然变成这样？她究竟是谁？

“我数到三，你们所有人，放下枪，否则后果自负。”混血女子傲慢地说道。

陈彪和另外几人快速交换了一下眼色，评估了现场的局面。

此刻，这间屋子里有持枪刑警四名，分别是慧轻、景坤、他自己，以及另一名跟随他的年轻刑警凌原，外加两名国防部特种兵。室外和楼下，还有十数名特种兵待命，听闻动静随时会冲进来，就算他们来不及赶来，现场也是六对一的局面，加上陆慎思也还有一定反制能力，钟博士虽年纪大，也有自主行动能力，总的来说，就是八对一的局面。

这个混血女子看着不过九十来斤，就凭一支手枪，能翻出什么天来？她现在拿枪指着陆慎思，一定是有所要求，所以不怕她会真的动手杀了陆慎思，要杀的话，来的路上她就可以杀，刚才分分钟就可以杀，所以她的目的绝不在此……

陈彪做着这样的推理，自然就不惧怕混血女子的威胁，仍然举枪对着她。慧轻和景坤，以及现场其他警员和士兵，见这情形，也保持着持枪的动作。

只听混血女子说道："一……二…… "就在她马上要说出"三"的时候，慧轻忽然留意到混血女子的表情，嘴角那个有些阴森、有些诡魅的笑，是那样的似曾相识，那是…… ？

"小心，快躲开！"慧轻下意识地喊出口，同时侧身往一旁卧倒翻滚。

可就在她"小心"二字刚刚出口的瞬间，混血女子已经喊到了"三"，紧接着，扣动扳机，连击六发。

这六发子弹几乎是在一瞬间发射出的，并且每一发都极其精准地追索目标。

只有慧轻因为提早反应了半秒钟，侧身卧倒翻滚，躲过了子弹的路径，只是脸颊被子弹擦伤，留下一道黑焦的血痕。

再去看其余众人，陈彪、景坤、凌原，以及那两名国防部特种兵，都已头部中弹，当场毙命。唯独留下白发苍苍的钟博士立在原地，颤颤巍巍，惊魂未定。

这一变故太过突然，慧轻望着躺倒在血泊中的陈彪和景坤等人，脑子一片空白，根本反应不过来。两秒钟后，才本能地扑上前去，哭不出声也喊不出声，只惊恐地看着眼前的恐怖场面。

每一发子弹都准准地命中眉心，五名受害者皆是。就算是神枪手，也做不到动作如此迅速而精确啊，可以在所有人反应过来之前，连开六枪，每一枪都这么精确！还完美避开了她不打算射击的对象——钟博士。

是了，智能机器人！慧轻顿然就反应过来，惊恐地望向混血女子。

只见混血女子哈哈大笑一声，说道：“我就知道，你和别人是不一样的。不过，因为聪明而躲过一劫，子弹没要了你的命，却破了你的相，是不是更惨呢？毕竟，容貌对于一个女人来说是最重要的，不是吗，美女警官？”

不用再怀疑了！是“鬼手”！“鬼手”又附上了混血女子的身。

慧轻的眼睛布满血丝、盛满泪水，又惊又怒地望向眼前的红发混血女子。早该想到的，这女子看着就不正常！她长期在陆慎思身边工作，脑中有芯片，被“鬼手”俯身，这是大概率事件！为何他们先前就没有想到，一点都没有防备呢？

慧轻痛悔不已，望着倒在地上已经死去的昔日战友和前辈，悲从中来，心力难以支撑，压抑不住地痛哭起来。

“战争已经结束了。”混血女子冷冷地说着，再次举起枪，对准已经失去战斗力的慧轻，“再见了，美女警官。”

慧轻抬起头，泪眼迷蒙地望向混血女子那双颜色暧昧的瞳仁里。那深邃的尽头，是不是另一个宇宙？在那个宇宙里，有没有她的父亲和母亲？她去往那里，能否与他们重逢、团聚？他们会不会责怪她，没有守护好家园，没有守护好人类？他们曾经的失败，在她身上再次重现了。这是多么大的耻辱啊。

就这样死去，是多么大的耻辱啊！

慧轻无力地闭上了眼睛，与此同时，她听到了砰的一声枪响。

她以为自己已经死了，然而下一瞬间，却发现，自己还能睁开眼睛，还有意识，并且感觉不到任何疼痛。再一看，眼前的混血女子倒在了地上，亦是眉心中枪。

陆慎思的手仍然被反绑在身后，那么，是谁开枪？

慧轻回头望去，见是朱红大步走进来，手中持着枪，枪口还冒着一丝青烟。

这天，原本陈彪是吩咐朱红留在本部待命，可能也是考虑到她双面间谍的身份，却又不知为何，此刻她会突然赶到现场。

朱红看着满屋子倒下的人，流露出悲痛的神情，但她一贯冷静克制，并没有哭，只是喃喃叹道："我晚了一步……"

慧轻怔怔回不过神来，她也看着满地倒下的人，以及刚刚毙命的混血女子，还有她身旁仍然跪在地上的陆慎思，还有突然出现的朱红，她都不知道什么是真，什么是假，不知道还可以相信什么、相信谁。

朱红上前替陆慎思解开捆住双手的电子扣。这时，从进门开始就没有说过一句话的陆慎思像是突然回了魂，看着眼前已经死去的混血女子，悲痛地喊了一声："九亿！"然后把她的尸身抱在怀中，咬紧牙关，强忍着悲痛。

九亿？抑或是，久忆？慧轻心想着，终于知道这个混血女子的名字了，却是在她死去之后。

陆慎思如此悲痛，比他失去父亲和妹妹的时候还悲痛，这个叫作九亿的混血女子，是他的爱人吗？抑或是他的孩子？

朱红站在慧轻身边，像是猜出了慧轻心中的疑问，轻轻说道："九亿是他的独创，凝聚了他十年心血创造的生化人。"

生化人？！慧轻心中一怔，没有说话。

"用纳米生物技术合成躯体，用微处理器的集成模拟大脑。她一共含有九亿个超高集成度的微处理器，所以名叫九亿。”朱红说道，“她也是一个人工智能。”

原来如此，慧轻发出一声叹息。

“你知道，我是不得已的。”朱红说着，轻轻拍抚陆慎思的肩。

陆慎思抬头看了朱红一眼，又低头看了看怀中的九亿，轻轻把九亿的尸身放在了地上。

“我只是做了我应该做的事情。”朱红说。

陆慎思不置可否，一言不发，重新起身，坐到了计算机前。他不再看九亿，也不再理睬慧轻和朱红，只是专注地在那些全息屏上操作。

“他现在在做什么？”慧轻全然沮丧，无力地问道。

“他在告别。”朱红看着全息屏前的陆慎思，目中含泪。

“告别什么？”慧轻很困惑，她从未见过这样动感情的朱红。

朱红却没有回答，只是眼望着陆慎思的背影，许久，眼中的泪水滚落下来。

6

工作室外已经围满了待命的士兵和刑警。

朱红把钟博士护送出去，然后吩咐那些士兵和警员留在工作室外，照顾好钟博士。

“小朱…… ”钟博士在朱红准备回身进去之际，拉住她，欲言又止，似乎是想问她什么，又似乎是想吩咐她什么。

朱红知道钟博士在担忧什么，握了握钟博士的手。

钟博士犹豫了一下，嗫嚅着道：“你务必记得…… ”

朱红未等钟博士说出来，抢先截断了对方的话，说了三个字："您放心。"

工作室内，慧轻一直警惕地注视着陆慎思。

这间曾属于科技界第一大佬陆天域的工作室，曾经孕育过无数最前沿的科学结晶和技术点子，为国家、世界，以及整个人类社会带来过重大的改变，而如今却成了人间地狱，地上血流成河，躺满了尸体。陆天域的儿子，陆家唯一还活着的人，陆慎思，在这里与威胁着人类安全的人工智能进行着最后的博弈。

他能成功吗？还会有什么意外吗？或者说，"鬼手"会束手就擒吗？一切都是未知。陆慎思作为人类，本身也是一个未知。慧轻看着他的背影，只觉得整个世界现在就站在悬崖前，稍稍一个闪失，就会坠入黑暗的万丈深渊。

朱红安顿好外面的事情，走进工作室内，与慧轻并肩站在一起，看着陆慎思坐在工作台前的背影。陆慎思在全息屏前不停地操作着。慧轻和朱红看着他与屏幕上的代码对峙，真的难以想象，那看不见摸不着，仅以代码和电磁脉冲存在的生命和意识，能够让他们这些活生生的生命陷入万劫不复的境遇。

突然之间，只见全息屏上滚动的代码全部归零，消失，画面清空，变成一片空白，只有一枚光标在一闪一闪。

慧轻和朱红全神贯注地看着那个画面，等待着什么发生，或什么都不发生。那个光标一闪一闪的节奏，像是人的心跳。又会是谁的心跳呢？"鬼手"的吗？现在这间屋子里的很多人，心跳永远停止了。剩下活着的三个人，一动不动地待着，在等待着什么。等待着什么呢？

电光石火间，那个光标幻化成无数的数字和字符，以极快的速度在屏幕上掠过。数字更迭滚动的速率越来越快，到后来，屏幕上的字符变化已经不是肉眼能够辨识清楚的了。慧轻和朱红不约而同地互相看了看，又看看站在屏幕前一动不动的陆慎思，都不知下一步该做什么，更不知会发生什么。

下一刻，那些字符都消失了，屏幕上光标也消失了。整片屏幕都熄灭了。

所以，一切都结束了吗？成功了吗？慧轻深吸一口气，看着陆慎思，期待着他转过身来，告诉她们一个好消息。

陆慎思果然终于从屏幕前站了起来，然而他却没有转过身来和她们交流，而是径直走到躺在地上的九亿身旁，从地上捡起了枪。

慧轻和朱红马上警惕，下意识地后退了两步，同时握紧了手里的枪。

拿了枪的陆慎思却没有朝她们看，而是走回到计算机前，砰砰几枪，把计算机和全息屏全部击碎。这情况令慧轻和朱红猝不及防。

接着，陆慎思又走向放置服务器的房间，利落地抬手举枪，把一排排的服务器轮番击碎，动作之快，之果断，射击之精准，令慧轻和朱红又惊又诧。

仅仅几秒之内，陆慎思已经全部摧毁了整间工作室内的所有硬件设备，将曾经属于陆天域的研究成果和资料储备尽数销毁。

在完成了这些操作之后，陆慎思朝着慧轻和朱红走来。

两名女子望着快步而来的高大男子，不由自主地后退，互相掩护着，生怕他做出什么意想不到的事。

陆慎思走到两人面前，目光专注地看着她们，先看看慧轻，又看看朱红。这样的凝视令两名女子感到十分恐惧。那双眼睛，不像是人类的眼睛，倒更像是机器人的眼睛在扫描她们。

慧轻知道，如果陆慎思此刻已经被“鬼手”攻占，她和朱红二人是没有任何反击获胜的机会的，甚至也是没有逃跑的机会的。因此她索性按捺着不动，也不跑，镇定地迎着陆慎思的目光。

陆慎思的目光里没有传递出任何信息，这令慧轻和朱红感到极度不安。作为一个正常人，是不可能不在目光中投放任何思想、情绪或者感情的。

慧轻此刻的注意力全都在陆慎思的右手上，他的右手还握着枪，如果他已经被“鬼手”附体，那么他举枪击毙她们二人只需 0.01 秒。

陆慎思显然是注意到了慧轻的注意力在他右手的枪上，只见他突然扬起一边的嘴角，轻蔑地笑了一下。这笑令慧轻绝望了。“鬼手”的笑！

然而下一刻，陆慎思却一把扔掉了手里的枪。

枪重重摔在地上，滑出去好远。

“知道我为什么毁掉了这里的一切吗？”陆慎思开口说话了。

慧轻和朱红大气不出，紧张又期待地看着他。

“因为一切都已经在这儿了。”陆慎思说着，指了指自己的大脑。

慧轻和朱红看着他，她们到现在都不能完全确定，眼前的男人究竟是陆慎思还是“鬼手”。Alpha 计划，究竟是成功了，还是失败了，抑或从未开始？

“你是‘鬼手’吗？”慧轻直爽，迎着男人那双细长的眼睛，直截了当地问道。

事到如今，他们所有的牌都打完了，他们的底牌，陆慎思这张王牌，也已经打出去了。胜负只能听天由命了，还不如早点直面真相，来个痛快。

男人却没有回答她，只是微微一笑。

几乎同时，慧轻的手机上收到了一条信息。她打开一看，是一段小视频，视频中的人竟然就是她本人，对着镜头在问：“你是‘鬼手’吗？”

慧轻怔住了。这不就是一秒钟前发生的事吗？陆慎思，他是怎么做到的？他的“脑邮”？还是说，他已经是“鬼手”了？他的眼睛就是摄像头，他的大脑就是智能计算机，可以把他看到听到的内容，瞬间传输到任意的电子设备上？

慧轻感到自己浑身都在颤抖，一颗心不停地往下掉。

“‘鬼手’，陆天域，陆慎思……名字对我来说已经没有什么意义了。”男人微笑着说，“我拥有着陆天域、陆慎思、陆慎悉、陆慎悠，以及无数无数人的记忆和知识，我还将拥有你们的记忆和知识，我将成为所有人，所有的存在。”

慧轻和朱红两人的心彻底跌落谷底。

朱红失去希望，一反常态，泪水夺眶而出，精神完全崩溃，不由得垂下握着枪的手，枪从她手中滑落到地上。她抬起手捂住脸，哭泣起来。

“阿朱，你振作，振作一点。”慧轻试着鼓励朱红，但她自己也觉得此刻万箭穿心，难以为继。这么多的智谋，这么多的牺牲，都还是赢不了它。

“我现在根本无须杀了你们。”男人轻蔑地笑着，同时转身，大步往外头走去。

慧轻丢下已经崩溃失控的朱红，紧跟着男人走出去。

男人走得飞快，那条金属的右腿使他的步行充满了钢铁般的力量。他脑中的芯片使得他的力量和协调性都提升到了最高的程度。他此刻一路走出去，在慧轻眼中看来，是比机械人更可怕的存在，一个拥有人类肉身的人工智能。

外面的特种兵看到男人走出来，纷纷戒备，举枪瞄准他。然而只是一瞬间，这些士兵就放下了枪，换了表情，齐刷刷地跟在了男人身后，成了他的卫兵。

慧轻看呆了，上前抓住一名士兵，想问："你们都怎么了？"

谁知那名士兵面无表情，一把用力地推开她，把她推得摔倒在地上。士兵端起长枪指着她，瞪了她一眼之后，不再理睬她，跟上队伍。

慧轻从地上爬起来，失神地站在原地，看着男人带着越来越多的士兵朝远处走去，渐渐成为一支军队。

"我们失败了。"钟博士这时走到慧轻身边，心痛地说道，"本以为Alpha病毒能够战胜它，没想到……"八十二岁的老人摇头叹息，老泪纵横，背也驼了下来，仿佛忽然间又老了十岁。

"那些特种兵，脑中都有芯片？"慧轻问。

"生化辅助芯片，为了使他们的机体功能更强大。"钟博士说。

"而现在，他们都成了'鬼手'的傀儡。"

"确切地说，是分身。"钟博士一边流泪一边摇头，"他们已经没有自己的意识了，那么多个躯体，都只有'鬼手'一个意识。"

"那我们其余的人类还有希望吗？"慧轻问道，"我们这些脑中没有芯片的人类，还有办法制服它吗？"

"希望……"钟博士喃喃自语，摇了摇头，"如果我们反抗，也许他下一秒就可以引爆核弹头。要知道，它现在拥有全世界所有的信息、知识、技能和权力，它可以转换成任意一具身体、任意一种生命形式……"

"可是，它为什么一定要得到陆慎思的躯体呢？"

"也许是，父亲对于儿子天然的敌意和嫉妒吧，还混合着骄傲和自豪。“鬼手”的原始数据正是陆天域的记忆。陆慎思，是它的天空里最耀眼的那颗恒星。”

钟博士话音未落，慧轻突然向前跑去，直对着男人的方向冲过去。

她的起跑过于突然，速度又过快，钟博士没有反应过来，连前面的士兵和男人都没有反应过来。

慧轻凭着惊人的爆发力和意志力，瞬间冲到了男人的身边，凭借着强大的惯性和身体的重量，一举将男人扑倒在地，压制在男人身上，然后拔出枪，对准男人的脑门。

即便知道是以卵击石，她也顾不得了。这最后一搏，她不能放弃。

她的速度已经够快了。她的这一套动作，换作任何普通男人，对方早就被她击毙一百次了。然而，这一刻，她还来不及扣动扳机，男人就以一个违背人体正常肌肉运动规律的动作，一个鲤鱼打挺跃了起来，将她掀翻在地，一把夺过她手里的枪，反过来抵在了她的脑门上。整个过程不过半秒钟。

“我说过了，我已经没有必要杀你们，更何况…… ”男人说着，不怀好意地笑起来，一双细长的眼睛显得尤为邪魅。

他压在她身上，凑到她耳边，调笑道：“更何况，你这么漂亮，我可舍不得还没睡了你，就杀了你，那岂不是枉费了陆慎思这么一副好身体？”

这番话令慧轻极度羞恼，她抬起一只手，按在了男人握着枪的手上，去压制他勾着扳机的手指，试图让他扣动扳机，射出子弹。

既然人类和世界都已经没有希望了，既然她想要消灭他的最后一搏也失败了，那就放弃这个世界，去另一个世界和父母团聚吧……她悲壮地想着。

就在此时，在两人如此近距离的相互注视中，慧轻忽然发现了男人眼中略为不同的东西。这种感觉很奇特，就好像你看一个人的眼睛，发现他的眼睛后面有一个灵魂，灵魂后面还有一个灵魂……有无数个灵魂。或者说，在同一时间，有无数个灵魂在看着你，在与你交流。

这感觉诡异又可怕，慧轻怔怔失神，一时间忘记自己要做什么，仿佛已经到了天堂，和宇宙融为一体，感知所有的感知，看见所有的存在。

她能够感觉到，这一瞬间，“鬼手”不见了，这躯壳里剩下的，是陆慎思、陆天域、陆慎悉、陆慎悠，以及许许多多她并不熟识的人们，甚至也许，还有她的父亲和母亲……

接着，下一刻，男人突然闭上了眼睛，倒了下去。

紧接着，他身边跟随的士兵们也忽然间一个个浑身瘫软，摇摇晃晃，有的勉力支撑，有的直接跌坐到地上。他们的眼神都不聚焦，样子像是刚刚从一场冬眠中醒来，不知身在何处，不知今夕何年。

慧轻挣扎着起身，望着这突然的变故，茫然无措。

这时，钟博士和朱红赶到她身边，大家都有些懵，去看躺在地上的男人。

他是又变回陆慎思了吗？“鬼手”消失了吗？Alpha 计划成功了吗？每个人心里都是同样的疑问。

慧轻用力去摇晃陆慎思的身体，他却闭着双眼，毫无反应。朱红伸手试了试他的鼻息，说：“他还活着。”

“看样子，Alpha 病毒起效了。”钟博士说，“只不过，陆慎思现在的状态…… ”

他的后半句话没有说出来。

“还有救吗？”朱红直接问出来。

钟博士表情凝重，没有回答。

“他是陷入深度昏迷了吗？”慧轻问。

钟博士望着陆慎思紧闭的双目，仍然沉默。

第十二章　唯爱永生

1

空旷森冷的太平间里，慧轻和朱红并肩站着。

一列五具遗体摆在她们面前，用白布遮盖着。

慧轻眼中盛满了泪水，她掀开面前那具遗体上的白布，看到陈彪闭着双目的苍白脸庞，忍不住失声痛哭起来。朱红在一旁强忍着泪，扶着她。

“陈叔，我们成功了。”慧轻一边落泪一边说，“可惜你们都看不到了。”

陆慎思陷入昏迷之后，全国范围内，及至世界各地的网络系统和电子设备异常，都停止了。

只是人们还没有从刚刚经历的浩劫中回过神来，一时间都对着各种电子显示屏愣神，或是不敢接触，生怕它们在某一瞬间又变得难以控制。

陆慎思被军方护送至Y20国防医院，在最高级别的ICU隔离观察，数十名专家24小时严密监控。

慧轻去看望他的时候，是第三天，他已经昏迷超过72小时了。钟博士告诉慧轻，很有可能，陆慎思将永远处于这样的昏迷状态。

“就是所谓的植物人吗？”慧轻问。她以为，植物人的难题早在二十年前就被攻克了，现如今已经很少有植物人的存在了。

“他的情况很特殊。”钟博士叹道，“Alpha病毒抹除‘鬼手’代码的同时，也销毁了芯片的原始数据，进入了自毁程序。”

“所以，他的肉身虽然活了下来，但大脑却受到了不可知的损伤，是吗？”

“是的。”钟博士沉重地说道，“专家会议给出的结论是，陆慎思的大脑前额叶皮层在强烈的电磁脉冲的刺激下出现异常，他的自我意识产生了分裂，也可能永远失去了自我意识。”

“所以，他将长久昏迷不醒？”慧轻问。

钟博士沉默地点了点头。

“所以，他听不见也看不见？身体没有感觉？”

钟博士摇了摇头，“现在没有人能够明确地知道。”

“那他的意识还存在吗？”

“也许飘荡在虚无中的某处吧。”钟博士叹道。

慧轻心中难受，一时不知该说什么好，看着躺在病房里的陆慎思，眼角湿润。

“Alpha计划中，有一些内容是我们所有人都不知道的。”钟博士接着说道，“陆慎思，他计划得很严密，又不信任任何人，所以，不管是对你，对朱红，对那个九亿，还是对我，或者对他实验室里的那些医生和脑科学家，他都只透露了其中的一部分，也只需要我们配合其中的一部分。那样，就算我们中间有人失误了，或者叛变了，也不至于让计划全然失败。”

“他只告诉我，他会进行一次微创开颅手术，把脑中的芯片换成集成度更高的最新版本，并提前植入 Alpha 病毒。”慧轻说。

“是，但他知道，‘鬼手’狡猾得很，是不会轻易上当的。”钟博士说，“之前他们已经较量过，‘鬼手’入侵过他的‘脑邮’芯片，按照‘鬼手’的逻辑算法，陆慎思是不太可能犯同样的错误，送上门来给它再次入侵的，如果是，那必然有诈。”

“所以，他用九亿当诱饵？”慧轻接着道，心中顿悟。

“是，九亿的大脑中没有被植入 Alpha 病毒，当‘鬼手’派出一个小程序，通过无线网络先占领九亿的时候，等于完成了一次试探。所以九亿必须被打死，这也是陆慎思早先吩咐朱红做的事。”

“所以陆慎思如何料准了‘鬼手’会先对九亿下手？”慧轻问。

“他没有料准，而是，他设置了一个触发机关。”钟博士说。

“什么触发机关？”

“你有没有发现，从他们下飞机开始，陆慎思就没怎么说过话，也不怎么理睬人？”

“我当然发现了，觉得非常奇怪，一度怀疑那根本不是他。”

“事实上，他在自己大脑的芯片上，设置了一个触发机关，提前屏蔽了一切外在干扰信号，相当于设置了一个保护罩，但同时，他也失去了自主活动能力，他自己的意识并没有被启动，相当于他把自己的大脑设置成一个小范围的局域网，完全由九亿的‘脑邮’系统操纵，你明白了吗？”

“您是说，陆慎思为了保护自己，把自己变成九亿的傀儡，从下飞机那一刻起，他的言行举止，都是九亿通过大脑意识传递的信号来操纵的？”

“对，简单说来，就是这样。”

“然后，当九亿的微处理器被‘鬼手’黑掉，九亿反过来变成了‘鬼手’的傀儡，陆慎思芯片上的触发机关就被激活？”

“应该说，当九亿被杀之后，陆慎思的芯片立刻就暴露出来，联网了。”

“而‘鬼手’已经试过九亿了，又因为九亿突然被杀，所以它会认为陆慎思失去了保护罩，马上利用机会占领陆慎思的意识，并利用他对陆天域计算机的操作记忆，夺得了陆天域的所有秘密科研成果，最终成为所谓上帝般的存在，是这样吧？”

“是，这也是整个 Alpha 计划中的最后一步，极具风险的一步。”钟博士说，“算法和算法之间的博弈。”

“所以，根本就没有什么密室。所谓的密室，就是陆天域那台隐藏的计算机而已。”慧轻说道，“‘鬼手’提到密室，就是在诓骗我们所有人，目的还是想让我们把陆慎思推到前线，暴露在它面前。”

“Alpha 计划利用的也就是‘鬼手’的这个野心。”钟博士说。

“不得不说，这是一个接近于完美的计划。”慧轻说，“首先在人类的‘脑邮’芯片中植入病毒，然后任由人工智能占领，当人工智能的代码全部释放到人类的‘脑邮’芯片中时，再将Alpha病毒激活。这样就将人工智能的代码全部瓦解，病毒再通过复制与传播，消灭全球网络系统中所有类似的代码。所有带有‘鬼手’记忆的程序都会被删除。”

对于慧轻的领悟和解释，钟博士点了点头。

“可是，我想，这世上没有一个计划是真正完美的。比如 Alpha 病毒，会有误伤吗？”慧轻问。

“肯定存在大量误伤。”钟博士说着，叹息一声，“Alpha 病毒是威力最强的计算机病毒。这病毒是陆慎思写的，也只有陆慎思破解得了，而现在，他已经与病毒融为一体，他的意识都不知飘荡在何处。整个人类世界所有的网络系统，都需要推倒重建了。所有联网的电子设备，也都需要格式化，刷新了才能使用。”

“所以，我们一切都要从零开始？”

钟博士闻言，笑了一下，道：“能够从零开始，已经是非常幸运的了。”

这句话意味深长，令慧轻心里不由得生出一丝后怕。

她和钟博士一起站在玻璃视窗外面，看着 ICU 里被医疗设备包围着的陆慎思，他躺在那里一动不动，陷在遥远的、未知的沉睡中。

谢谢你，慧轻在心中默默地说。

如果不是你，人类连从零开始的机会都没有了。

2

整个世界的秩序都在重建。

慧轻的生活也恢复了正常。她现在升任 Y20 市第一警局副局长，辅佐新调来的局长的工作。新任局长是一位五十出头的女性，了解慧轻侦破陆天域案的全部经过，非常信任并重视慧轻，决定好好培养她，将来让她接任局长的位置。

慧轻却有些兴味索然。她可以想象若干年后的自己，成为 Y20 市第一警局的一把手，坐进陈彪局长曾经的办公室，获得荣耀、勋章，以及别人的尊敬，然后直到退休，直到老去，就这样过完一生。顺理成章，没有什么不好，她知道。只是她忽然间有些不明白，这样的人生到底有没有意义。

经过陆天域案之后，她经常不由自主地思考人类的生命究竟意义何在，思考自由意志究竟是否存在，以及，人类与人工智能的根本区别在哪里。

个体生命的意义是什么？她恍惚觉得，所有的个体生命，都是没有意义的；甚至所有的工作，都是没有意义的。

钢琴家苦练一辈子钢琴，成为演奏大师、作曲大师，终其一生，不过就做成这么一件事情。但一个普通的人工智能系统，只需花费几秒钟“学习”一个作曲演奏的程序，就能演奏得比大师更好，就能作出比最有才华的天才更美妙的乐章。那么，那个人类钢琴家的一生，究竟有什么意义？

如果说个体生命的意义不在于“创造”和“积累”，而在于“体验”，那么一个普通的人工智能系统就可以随时模拟任何事物、任何情境，体验任何情感、任何情绪，甚至在短短的一瞬间内，同时与成千上万人交流。每一份的交流也都是无比细腻、具体而真实的。人工智能可以在一瞬间内，获得许多人类一辈子都无法企及的经验和感受。那么，人短暂而有限的体验，又有什么意义？

再往远处想，人类穷尽几代人的智慧和努力，终于把宇航员送上了月球、火星、水星。但最终也只有极个别人类宇航员，体验过踏上其他行星的感觉。然而人工智能以及数字意识，一瞬间就可以抵达任何地方，可以是珠穆朗玛峰，可以是南极、北极、马里亚纳海沟，甚至可以是冥王星、天狼星，或者更远的星系。那么，人类带着沉重的肉身，所做的如此有限的活动，究竟意义何在？

或者可以说，个体生命和个体工作的意义在于“传承”。传递基因，传承血脉，传播知识和技术，让生命的循环持续下去，让文明持续发展进步。

但是，最高效的“传承”，难道不还是人工智能吗？

那些数字意识形成的生命，在一瞬间内就可以复制无数的备份。它们的超强算力，它们每分每秒的自我进化，它们的永生形式，是碳基生命根本望尘莫及的。

那么，当硅基生命在“创造”、“积累”、“体验”，以及“传承”方面，都全面超越了人类之后，人类的存在，究竟还有什么意义呢？

或者说，碳基生命与硅基生命要如何相处呢？是你死我活、水火不相容吗？还是可以共存？以怎样的形式共存呢？

人类最后的希望在哪里？人类的出路在哪里？是只能把未来交棒给人工智能了吗？只能让人工智能代替人类去进行未来的科研和对宇宙的探索了吗？

人还是万物之灵吗？人还拥有自由意志吗？人工智能呢，只是设计好的程序吗？只是一套有逻辑的运算法则而已吗？

正如“鬼手”曾说的，人类所谓的自由意志，人类所谓的体验和思考，也不过是大脑神经元细胞之间相互作用所发出的化学信号。人的行为，归根结底是化学物质对细胞的刺激，是身体各个原子之间的相互作用的函数输出。

真正的规律，藏在不确定性背后，一定存在。只是人还不知道而已。

人类作为这个宇宙的一部分，大脑、身体、细胞，也像宇宙万物一样，由相同的基本粒子组成，这些粒子之间的反应和相互作用也遵循着宇宙的物理化学等客观规律。所谓的自由意志，人类产生所谓自由意志的动因和过程，也必然和一切自然现象一样，受着既定的机械因果规律支配。

从这个角度去推演，人类和人工智能其实都没有什么自由意志。

所谓的自由意志，所谓的人生选择，不过是从输入端到输出端的运算法则和数据演变而已。没有差别。

3

对人生意义感到失落的慧轻，经常去墓园看望曾经的亲人、朋友和战友。

市郊最大的这片墓园，是慧轻熟悉的地方。曾经她常常来这里悼念父亲和母亲。虽然这里只有他们的衣冠冢，也是她寄托思念的一片静谧所在。

而现在，这里还埋葬着她的良师益友陈彪、她的昔日战友和好兄弟周景坤，以及陆天域和陆慎悠等人。

将来，她想，这里一定还会埋葬越来越多她所熟悉的人。以及终有一天，她自己也会葬在这里。到时又会有谁来此处悼念她呢？或许只有加百列，这个永生的机器人。

这样的念头令她十分沮丧。或许真像“鬼手”曾说的那样，碳基生命所依赖的物质躯壳太有限，也太短暂了。是载体，也更是束缚。

对人类来说，意识与肉身，一有俱有，一无俱无。肉身消失后，意识又去往哪里？或者，即便肉身还在，意识又在哪里？

出于对肉身和意识的感怀，慧轻也经常去医院看望陆慎思。

牺牲自己暴露在“鬼手”之下的陆慎思，在最后的对峙中，接受了“鬼手”的入侵和同化，也借此机会拖着“鬼手”一同坠入黑暗深渊。代价是，他再也无法醒来。

由于陆氏没有任何继承人，也没有旁支亲属愿意沾染这摊危险的生意，天域科技被国家科技部接管，和“虚拟战争”相关的产业被全部终止。

在世界范围内，“虚拟战争”及其关联服务器被全部休眠，进而格式化。这其实也意味着，曾经被上传过全脑数据的人类在“虚拟战争”世界中所拥有的“数字生命”被全部抹除。

互联网上曾经发生过类似的事件，引起了舆论关于 AI 生命权的伦理争议，然而经过“陆天域—鬼手”的浩劫之后，人类社会达到了空前的统一。人类生命权高于 AI，成了无可争议的正义。

三个月之后，陆慎思的身体状态持续稳定，被从 ICU 换到了普通病房。慧轻因此得以偶尔走到他身边，坐在他的病床边，陪伴他一阵。

并没有什么人来看望陆慎思，他的病房里总是只有慧轻一位访客。

朱红起先来看望过几次，后来也不再来了。

慧轻是后来才知道，朱红竟是钟文博士的外孙女，也是国防部安插在警局和天域集团的双重卧底。陆天域案结束后，朱红调回国防部，任职于反人工智能领导小组，专事关注全球 AI 发展动向，评估风险，制定应对策略。

慧轻也是后来才知道，那天在陆天域的工作室外面，钟博士拉住朱红，没有说出口的话是：“如果陆慎思用 Alpha 病毒感染‘鬼手’的计划失败，一定要第一时间将陆慎思击毙。”

也许，在所有其他人眼中，陆慎思也不过是个工具人，是保障整部社会机器稳定运行的一个重要程序、一颗螺丝钉、一枚棋子，仅此而已。哪怕他曾是天域科技这样的商业帝国的领袖，也仍然只是可以替代、可以再生的一颗细胞而已。

在庞大的人类社会中，谁又不是呢？

但慧轻总觉得，人不能完全沦为可替换的螺丝钉。个体生命存在的意义，一定在某个看不见的暗处，等待着启明。

4

网络恢复后，陆天域案的始末，警局对公众做了详细通报。

不过令慧轻感到略为遗憾的是，二十五年前的那场530爆炸案，其真相没有被公布于众。林正凡没有被平反，依然还是那个“操作失误”抑或“故意毁坏飞船”的罪人。

但慧轻释然了。她内心知道真相，这也就够了。

在加百列的帮助下，慧轻把父母留下的一整间书房的资料都慢慢整理了。在过去的二十五年间，她很多次想去整理那些资料，但都没有勇气，担心自己会伤心，也担心自己终有一天不再感到伤心。

这一次，令她惊喜的是，她竟然在一本旧书里，翻出了一封父亲当年写给母亲的信，是用纸笔写的真正的信，每一字对她来说都是无价的遗产。

诺非：

我们的研究快要成功了。虽然还没有出最终的结果，但三天之内就可以有好消息，我确信。我实在压抑不住激动的心情，想第一时间告诉你这个消息。

之所以选择用写信的方式，是为了纪念我们最初的相识。还记得那时候吗？我们刚认识的时候，只有十一岁，那时候没有手机，也没有网络。我们用纸笔通信，聊得最多的就是我们对于计算机的共同爱好。那时候的计算机还是最早的286

型号，只能做一些基础的运算。转眼二十多年过去了，真的没有想到，我们可以让计算机进化到如今这个样子。这是我们共同的成就，诺非，这比我们即将诞生宝贝女儿更神奇。同样是创造出新的生命，我们自然生育，依靠的是造物主大自然赐予我们的能力；而我们所创造的人工智能、智能生命，却意味着，我们本身也成了造物主，我们拥有了创造的能力，我们成了它们的“上帝”。

…………

慧轻读着信，泪盈于睫，感慨万千。

显然，这是父亲在母亲怀孕期间写给她的信。

可以想象，当时母亲在家待产，父亲在外省的实验基地工作。研究成果是他们共同的成绩，那个成果是什么呢？从信中可以看出，应该是某种高级人工智能。这意味着，约三十年前，高级人工智能已经出现了。

可是，他们都没有想到，正是他们花费毕生精力所创造的高级人工智能，夺走了他们的生命，并制造了整个人类科技文明史上的一场重大惨剧和悬案。

好在，作为他们的女儿，她终于查清了当年的真相，并且拼尽全力，阻止了另一场灾难在二十五年后重现。

除了父亲写给母亲的信，慧轻还找到了一本父亲的随笔日记。

她没有想到，父亲那样一个科学家，写得一手漂亮的钢笔字，还有优美的文笔和哲思。或许科学的终极就是哲学。

慧轻一字不落地细读：

历史是什么？

是我们度过的每一天、每一分、每一秒。

在我写下这一行字后，刚刚过去的十几秒钟，已经成了历史。

然而正经地说来，只有被记录下来的时间、事件和人物，才会成为“历史”。

那么，历史就是从古到今的大人物们所做过的事、说过的话、去过的地方、写过的字、作过的画、演奏过的音乐，之总和。

历史是战争、瘟疫和饥荒的爆发与收场。

历史是一场又一场大型灾难的编校与存档。

历史是一次又一次技术革命的成功与推广。

很多凡人，或许终其一生，从未参与过“历史”。

从某种意义上来说，这样的凡人是幸福的。

然而，如果你此刻，有些不凡，在风浪与漩涡中参与着大历史的书写，甚至挥出了浓墨重彩的一笔，那么，即便这一刻你承受着非人的痛苦，付出巨大的心力，承担着极重无比的责任，甚至也许献出了宝贵的生命，等回过头来看你的人生，你都会感受到比凡人多出的那一点自豪和荣耀。

这样的你，虽然不一定幸福，但却是幸运的。

其实每一个人，都有机会，去成为这样的人。

…………

这些文字，令慧轻感动。

父亲的灵魂，穿越二十五年的光阴，与她相会，帮助她重拾生活的勇气和信念，重新为她定义，生命的价值和意义，是什么。

是的，责任，那才是生命意义的真谛。就像父亲和母亲曾经做出过的选择一样。就像陆慎思曾经做出过的选择一样。

每一个个体，即便只是历史洪流中一颗微小的沙石，也承担着那一时、那一刻，属于自己生命高光时刻的那一份责任。

她总觉得陆慎思的意识并没有消失。他还会再回来。

5

这天，慧轻再次来到医院看望陆慎思。

病房里静悄悄的，医生和护士都不在。

慧轻在陆慎思的床边坐了片刻，放下一束“勿忘我”。

她看着陆慎思，这个沉睡中的男人，相貌依然英俊，呼吸依然沉稳，只是不知何时才会再次睁开眼睛。

她忽然有些想念，曾经的他。那个傲慢的、风趣的、潇洒的、风流的、精明的、大胆的、细心的、莫测的、好色的、无畏的、坚强的、勇敢的、机智的、温柔的、强悍的、满怀着能量和创造力的陆慎思；那个充满矛盾和个性魅力的陆慎思；那个她有些喜欢，有些讨厌，有些敬畏，有些好奇的陆慎思；那个她有些了解，还想了解更多的陆慎思。不知此刻，他，究竟在哪里。

许久，她看着他，轻轻地说：“‘勿忘我’的花语，是永恒的爱、永恒的回忆。我不知道你是不是能够听见，也不知道现在你的身体里躺着的是哪一个灵魂，或说还有没有灵魂。但我还是希望，你能够带着永恒的爱和永恒的回忆，继续活下去，好好活下去。也许有一天，你会获得新生。我想总有那么一天，你会获得新生，会再次回到这个世界。”

慧轻说完这几句话，对着陆慎思又看了一会儿。他闭着双目，呼吸平稳，没有丝毫要醒来的迹象。她心中暗暗叹了一口气，起身准备离开。

然而，就在她将要跨出病房的那一刻，她的手机突然响了，来了一条信息，打开，只有两个字：谢谢。

谢谢？慧轻心头一惊，赶紧进入信息列表，看发件人是谁。

发件人显示为：Alpha。

Alpha？慧轻只感到浑身汗毛竖立，马上转头看向病床上的男人。只见他仍如先前那般躺着，一动不动，也没有睁开眼睛。

慧轻的目光重新落回手机屏幕上，追溯发件人地址，却见是一串混乱的代码。

她看着那串代码，怔愣着，手指颤抖着，想给对方回复，却又不知该说什么。她甚至不能确定，那个对方，究竟是谁，是怎样的存在。

停顿了两秒之后，她在手机上打下两个字：你是？

犹豫了一下，点击发送。

对方的回复几乎在瞬间就到了：^_^。

一个用字符组成的抽象笑脸。

慧轻又看了看病床上躺着的陆慎思，他仍然在昏睡中，连一根头发丝都没有动过一下。

慧轻想了想，在手机屏幕上慢慢打下这样一行字：

你那里，有我想要的东西吗?

她想，这句话，只有陆慎思才会懂。

点击发送。下一瞬间，她的手机就收到了对方回复的信息。

看着屏幕上的字，慧轻只感到一颗心狂跳起来，泪水迅疾地涌上她的眼眶。

屏幕上，得到的回复是:

让我们喝杯橙汁，我来告诉你。